mil
batidas
do
coração

Também de Kiera Cass:

SÉRIE A SELEÇÃO
A Seleção
A Elite
A escolha
A herdeira
A coroa
Felizes para sempre — Antologia de contos da Seleção
Diário da Seleção

A sereia

SÉRIE A PROMETIDA
A prometida
A traição

KIERA CASS

mil batidas do coração

Tradução
CRISTIAN CLEMENTE

O selo jovem da Companhia das Letras

Copyright © 2022 by Kiera Cass

O selo Seguinte pertence à Editora Schwarcz S.A.

Grafia atualizada segundo o Acordo Ortográfico da Língua Portuguesa de 1990, que entrou em vigor no Brasil em 2009.

TÍTULO ORIGINAL A Thousand Heartbeats
CAPA Erin Fitzsimmons
IMAGEM DE CAPA Elena Vizerskaya
IMAGEM DE QUARTA CAPA Colin Anderson
MAPA Virginia Allyn
PREPARAÇÃO Julia Passos
REVISÃO Luciane H. Gomide e Paula Queiroz

Dados Internacionais de Catalogação na Publicação (CIP)
(Câmara Brasileira do Livro, SP, Brasil)

Cass, Kiera
    Mil batidas do coração / Kiera Cass ; tradução Cristian Clemente. — 1ª ed. — São Paulo : Seguinte, 2022.

    Título original: A Thousand Heartbeats.
    ISBN 978-85-5534-230-1

1. Ficção norte-americana I. Título.

22-133421   CDD-813

Índice para catálogo sistemático:
1. Ficção : Literatura norte-americana 813

Cibele Maria Dias – Bibliotecária – CRB-8/9427

[2022]
Todos os direitos desta edição reservados à
EDITORA SCHWARCZ S.A.
Rua Bandeira Paulista, 702, cj. 32
04532-002 — São Paulo — SP
Telefone (11) 3707-3500
www.seguinte.com.br
contato@seguinte.com.br

Para Teresa,
por todos os motivos do mundo e por nenhum motivo em especial

PARTE I

Annika tateava para encontrar sua espada escondida embaixo da cama ao mesmo tempo que Lennox limpava o sangue da sua.

Lennox correu os olhos pela encosta da colina e tomou fôlego. Mais três almas somadas à conta que há tempos ele tinha parado de fazer. Considerando todas as vidas perdidas na ponta da sua espada, ninguém do exército dahrainiano questionaria sua autoridade. Annika, por outro lado, só tinha derramado sangue uma vez. E apenas por acidente. Ainda assim, também eram poucos os que poderiam questionar sua autoridade.

A diferença era que quem podia, desafiava.

Annika se levantou com cuidado, as pernas ainda levemente doloridas. Ensaiou alguns passos até ser capaz de se mover com a graça habitual e, quando a sua criada chegou, ambas concordaram que seu jeito de andar era passável. Ela se sentou à penteadeira, com os olhos mirando o reflexo do canto da cama no espelho. A espada — escondida debaixo da cama — teria de esperar mais um ou dois dias, mas ela estava animada com a possibilidade de quebrar uma das poucas regras que ainda podia.

Enquanto isso, Lennox embainhou a espada e desceu a encosta calma da colina. Kawan se alegraria com as notícias. Para assegurar ao máximo sua situação, Lennox fazia questão de nunca dar a ela motivos para desgosto. Quando a guerra tiver terminado — se é que um dia tinha começado —, um reino inteiro acabará sob domínio, e Lennox teria seu pé na jugular deles.

Tanto Annika quanto Lennox estavam concentrados na chegada do seu grande dia, sem que um soubesse da existência do outro e incapazes de enxergar como esse encontro mudaria os rumos da vida de ambos.

Ou quanto sua vida já tinha mudado.

Lennox

CAMINHEI DE VOLTA PARA O CASTELO tentando decidir onde pararia primeiro: no meu quarto ou no refeitório. Conferi meu casaco e minhas botas, esfreguei a bochecha. As costas da minha mão estavam manchadas de terra, sangue e suor, e a minha camisa também tinha respingos dessas três coisas.

Então eu passaria pelo refeitório, para que todo mundo pudesse ver.

Segui para a entrada da ala leste, a área mais descuidada do Castelo Vosino. Para ser honesto, o resto não era muito melhor.

O Vosino era, por falta de uma expressão melhor, um lugar de segunda mão, abandonado por algum reino esquecido e escolhido para ser nosso lar. O esforço de manutenção era mínimo. Afinal, a ideia era que fosse apenas temporário.

Ao entrar no refeitório, vi Kawan sentado à mesa principal. Como sempre, minha mãe estava ao seu lado.

Ninguém nunca se sentava com eles. Nem mesmo eu havia sido convidado.

O resto do meu exército se acomodava onde queria, se misturando com os soldados rasos.

Assim que entrei, as atenções se voltaram para mim. Fui caminhando calmamente pelo corredor central segurando o cabo da espada. O tom das conversas baixou até virar um cochicho, enquanto as pessoas se esticavam para enxergar melhor.

Minha mãe foi a primeira a notar a minha presença, me inspecionando com a cara fechada e os olhos pintados de sombra azul. Quem se juntava às nossas fileiras abandonava a sofisticação e os trajes de gala e passava a vestir uma espécie de uniforme, e a maioria mantinha bem poucos itens pessoais. Minha mãe se beneficiava com a situação: todos os dias chegava para comer em vestidos que antes haviam sido usados por outra pessoa do castelo. Era a única mulher do Vosino a quem esse privilégio tinha sido concedido.

Sentado à direita dela, Kawan tinha o rosto parcialmente coberto pelo cálice do qual bebia. Ele o bateu na mesa e limpou a barba volumosa com a manga já suja da camisa. Com um suspiro pesado, fixou os olhos em mim.

— O que é isso? — perguntou, apontando para minha roupa manchada de sangue.

— Tivemos três tentativas de deserção hoje — informei. — Talvez o senhor devesse enviar carroças para retirar os corpos antes que os lobos encontrem os fugitivos.

— Isso é tudo? — Kawan perguntou.

Isso é tudo?

Não, não era tudo. Era a mais recente de uma sequência de ações realizadas em nome do nosso povo, em nome de Kawan, em meu próprio nome, para provar meu valor. E aqui estava eu, de pé, em silêncio, com trajes ensanguentados, à espera de que ele finalmente — *finalmente* — demonstrasse algum reconhecimento por mim.

Me mantive firme, exigindo que ele notasse:

— Acho bastante impressionante subjugar sozinho três recrutas jovens e bem treinados na escuridão da noite. Conseguir manter em segredo tanto a nossa localização como as nossas intenções, e ainda sair ileso no final. Mas posso estar enganado.

— Quase sempre está — ele resmungou. — Trista, mande seu filho se acalmar.

Meus olhos se voltaram para a minha mãe, mas ela permaneceu em silêncio. Eu sabia que ele estava me provocando; era um dos seus passatempos prediletos. Ainda assim, por pouco não mordi a isca. Fui salvo por uma agitação no corredor.

— Abram caminho! Abram caminho! — um garoto gritou ao entrar correndo no salão.

Um grito como esse só podia significar uma coisa: a Comissão mais recente tinha chegado ao fim, e nossas tropas haviam voltado.

Virei para trás e vi Aldrik e seus lacaios entrarem no refeitório, cada um puxando duas vacas.

Kawan soltou uma risadinha baixa, e eu abri espaço, vendo meu momento ser eclipsado.

Aldrik era tudo que Kawan buscava. Tinha ombros largos e uma determinação fácil de manipular. Ao se ajoelhar no mesmo lugar onde até pouco tempo eu estava, o cabelo castanho desgrenhado caiu sobre a testa. Atrás dele havia dois outros soldados, especialmente escolhidos por ele para acompanhá-lo na Comissão. Estavam cobertos de barro vermelho, e um deles estava sem camisa.

Cruzei os braços para contemplar a cena. Seis vacas no refeitório.

Ele podia tê-las deixado do lado de fora, mas Aldrik claramente sabia que essa era de longe a maior e melhor conquista que uma das missões tinha produzido.

A pior? Um corpo num saco de lona.

— Poderoso Kawan, trouxe meia dúzia de cabeças de gado para o exército dahrainiano. Faço essa oferenda na esperança de que ela prove minha lealdade e meu valor — Aldrik disse de cabeça baixa.

Várias pessoas aplaudiram, agradecidas pelos recursos. Como se isso fosse suficiente para alimentar sequer uma fração de nós.

Kawan se levantou e se aproximou para inspecionar os animais. Ao terminar, deu um tapinha no ombro de Aldrik e se voltou para a multidão:

— O que dizem? Essa oferenda lhes agrada?

— Sim! — todos gritaram. Bom, quase todos.

Kawan soltou uma gargalhada gutural:

— De acordo. Levante-se, Aldrik. Você serviu bem ao seu povo.

Os aplausos ressoaram pelo ambiente, e a multidão se uniu em torno de Aldrik e de seus companheiros. Aproveitei a oportunidade para escapulir. Conseguia apenas balançar a cabeça, imaginando de quem ele teria roubado aquelas vacas. Estava prestes a censurá-lo mentalmente por ser tão orgulhoso quando olhei para minha camisa e me lembrei de quem eu era, então resolvi deixar essa história de lado.

Aquilo era só um trabalho, e agora o meu estava terminado. Eu ia dormir um pouco. Bem, isso se a única mulher com quem eu me importava no castelo permitisse.

Abri minha porta e a Agulha logo começou a ganir.

— Eu sei, eu sei — eu disse, rindo.

Caminhei até a cama, que havia sido arrumada de qualquer jeito, e acariciei o pelo de sua nuca.

Eu encontrei a Agulha quando era filhote. Estava machucada e parecia ter sido abandonada pela própria matilha. Se tinha alguém que entendia o que era isso, esse alguém era eu. As raposas-cinzentas costumam ser noturnas — um fato que aprendi a duras penas —, mas ela sempre ficava feliz quando eu chegava.

Ela se esparramou na cama com a barriga para cima. Fiz um carinho e depois tirei as tábuas que cobriam a janela.

— Desculpe — eu disse. — Só não queria que você me visse com a espada. Não assim. Pode sair agora se quiser.

Ela ficou na cama enquanto eu me olhava no pequeno espelho quebrado em cima da escrivaninha. Eu estava pior do que pensava. Tinha terra na testa e uma mancha de sangue cobria a bochecha. Respirei fundo e molhei uma toalha numa bacia com água para limpar tudo o que tinha feito.

Agulha passou a andar de um lado para outro na cama com um olhar que eu poderia jurar ser de preocupação. As raposas-cinzentas são da família dos canídeos. Ela tinha os mesmos sentidos de um lobo, e sem dúvida podia cheirar tudo o que tinha em mim. Me parecia que ela sabia exatamente o tipo de pessoa que eu era e o que tinha feito. Mas ela era livre para ir e vir e sempre voltava. Por isso eu tinha esperança de que nunca esfregaria isso na minha cara.

No fim, não fazia muita diferença. Eu mesmo esfregava.

Annika

— Aqui, minha senhora — Noemi disse ao prender com uma agulha a frente do vestido no meu corpete. — É a última peça.

Ela mordeu os lábios como se hesitasse dizer algo.

Tentei mostrar o meu sorriso mais animador:

— Não importa o que seja, pode falar. Desde quando há segredos entre nós duas?

Nervosa, ela levou a mão aos seus cachos escuros:

— Não é segredo, minha senhora. Só me pergunto se está pronta para vê-lo de novo. Para ver qualquer pessoa de novo.

Noemi mordeu o lábio mais uma vez. Era um dos seus muitos hábitos adoráveis.

Segurei sua mão:

— Amanhã é o Dia da Fundação. O povo precisa ver que sua princesa está bem. Minha presença na corte dá coragem aos nossos conterrâneos, e esse é o meu papel mais importante.

Baixei a cabeça. Se Noemi fosse minha irmã de verdade, poderia ter argumentado. Como era minha criada, só respondeu:

— Muito bem.

Depois de escovar meu cabelo e ajeitar meu vestido, Noemi me ajudou a calçar meus sapatos mais resistentes. E eu saí.

Embora tenha passado a vida inteira aqui, ainda fico impressionada com o Castelo Meckonah, com suas janelas escancaradas, seus vastos pisos de mármore e suas várias galerias. Mas, para além de toda a beleza, Meckonah era meu lar.

Minha mãe e meu pai tinham trocado um casamento na igreja para pronunciar seus votos no campo aqui fora.

Nasci aqui. Minhas primeiras palavras, primeiros passos... meu primeiro tudo aconteceu aqui. Eu tinha tanto orgulho e amor por este palácio e por esta terra. Havia pouquíssimas coisas que eu não faria por eles. Na verdade, não parecia haver nada que eu não faria por Kadier.

Caminhei devagar até a sala de jantar. Parei ao me aproximar da porta. Talvez Noemi tivesse razão. Talvez fosse cedo demais. Mas já tinham me visto, e agora não dava para voltar.

Escalus me notou antes do meu pai e se levantou rapidamente, atravessando a sala para vir me cumprimentar. Expressei meu primeiro sorriso sincero em semanas ao ser abraçada por ele.

— Estava ansioso para te ver, mas Noemi disse que você não queria companhia — ele disse baixinho. Em seguida, levou a mão ao cabelo para tirar uma mecha do seu rosto. Tanto Escalus quanto eu tínhamos herdado o cabelo castanho-acinzentado e os olhos castanhos cálidos de nossa mãe Evelina, mas não havia como negar que ele era uma cópia de Theron Vedette.

— Foi chato, posso garantir. Nada além de suspiros sobre minha situação. Além disso, tenho certeza de que você tinha coisas mais importantes a fazer — tentei parecer animada, mas senti que não estava conseguindo.

— Você está com uma aparência diferente — ele disse, apoiando em mim sua mão reconfortante.

Dei de ombros:

— Eu me sinto diferente.

Ele engoliu em seco:

— Está tudo decidido, então?

Fiz que sim e baixei a voz:

— Tudo só depende da vontade do papai agora.

— Venha comer. Não há dor no mundo que um pouco de canela não resolva.

Ri baixo enquanto caminhávamos, pensando nas palavras da nossa mãe. Ela tinha muitas curas para os males da alma. Luz do sol, música, canela...

Mas meu sorriso durou só até eu chegar ao outro lado da mesa e fazer uma reverência ao meu pai. Quem ele seria hoje?

— Majestade — saudei.

— Annika, bom ver que você está recuperada — ele disse de um jeito cortante. Em sete palavras foi possível ver que a escuridão que às vezes dominava sua mente hoje estava baixa e espessa.

Abatida, assumi meu lugar à esquerda dele e observei os outros membros da corte tomarem o café da manhã em silêncio. Em certo sentido, era até musical o som de garfos e facas tinindo contra a porcelana dos pratos, como sinos em meio ao acorde grave das vozes. A luz entrava em camadas pelas janelas ogivais, e a manhã parecia prometer um belo dia.

— Agora que você está de volta à ativa, precisamos tratar de alguns negócios — meu pai começou. — O Dia da Fundação é amanhã, e por isso Nickolas chegará hoje à noite. Acho que seria uma excelente oportunidade para você pedi-lo em casamento.

— Hoje à noite? — eu tinha aceitado a decisão da melhor maneira possível, mas pensei que teria mais tempo. — Como o senhor sabia que eu voltaria à corte hoje?

— Eu não sabia, mas de algum jeito isso precisava acontecer. É raro ele vir à corte sem motivo, e quanto mais cedo, melhor. Você pode pedir depois do jantar.

Ora, ele tinha deixado tudo bem amarrado.

— E... sou *eu* quem tem de pedir?

Meu pai deu de ombros:

— É o protocolo. Você está acima dele na hierarquia — ele fixou os olhos estreitos em mim, ainda zangados por eu tê-lo confrontado. — E você... você é mais enérgica do que imaginávamos. Por isso, não parece que vai desmaiar ao tomar a iniciativa.

Quis gritar com ele, implorar para ter meu doce pai de volta. Por trás daqueles olhos, existia um homem que me compreendia, que via minha mãe em meu rosto. E eu sentia tanta saudade que fazia todo o possível para não desprezar *este* homem.

Mas eu ainda era filha da minha mãe. Por ela, mantive o sorriso no rosto, decidida a preservar o que tinha sobrado da nossa família.

— Não, meu senhor. Não será um problema.

— Ótimo — ele disse e voltou a se concentrar no seu prato.

Escalus não tinha mentido. Eu só precisava esticar o braço para pegar os pãezinhos de canela. Por mais tentadores que fossem, eu tinha perdido completamente o apetite.

Lennox

Acordei várias horas depois com o focinho da Agulha encostado na minha perna. Olhei para ela, me perguntando por que não tinha ido para fosse onde fosse que ela se escondia durante a maior parte do dia. Talvez soubesse que eu estava precisando dela.

As frutinhas que eu tinha apanhado de manhã ainda estavam no meu cinturão. Formei com elas uma pequena pilha para Agulha na beirada da cama, depois troquei de roupa para o resto do dia. Calças pretas com a bainha enfiada nas botas de couro preto e camisa branca por baixo de um colete preto. E, ainda que não tivesse a intenção de cavalgar hoje, coloquei a capa.

Saí das profundezas do castelo para a luz difusa do dia, com o vento marinho erguendo meu cabelo enquanto eu caminhava até as plantações.

Dava para ver a trilha rochosa que seguia até o mar, onde as pessoas pescavam em nossos poucos e minúsculos barcos usando grandes redes. Outros estavam nas plantações colhendo grãos. Ao redor, as florestas que subiam até o topo da montanha produziam naturalmente algumas frutas e castanhas, e se nos esforçássemos poderíamos cultivar a terra. Mas infelizmente o esforço precisava ser *muito* grande.

Ao longe, ouvi o clangor de espadas e caminhei até a arena para ajudar no treinamento. Ao chegar lá, porém, vi que o grupo já estava nas mãos competentes de Inigo, então minha presença seria quase inútil. Apoiei o pé na tábua mais baixa ao redor da arena e parei para observar se havia algum novo talento ali.

— É ele — ouvi alguém cochichar. — Matou três pessoas que tentaram fugir hoje cedo. Dizem que ele é os olhos e os ouvidos de Kawan.

— Quando alguém importante é capturado, dizem que só ele consegue... *dar um jeito* — outra voz sussurrada respondeu. — Nem mesmo os guardas de Kawan têm a frieza para matar essas pessoas.

— Kawan é forte, mas tem coração — um terceiro comentou.

—Vocês acham que ele está nos escutando?

— Se sou os olhos e ouvidos de Kawan, é melhor presumir que estou sempre escutando — falei, sem virar para eles.

Em seguida, cometi o erro de passar os olhos pela arena. Sempre que minha visão cruzava com a de alguém, a pessoa logo desviava o rosto.

Eu sabia como era ser reconhecido, mas me questionava em vão sobre como era ser conhecido de verdade.

Logo, uma mágoa maior veio à tona, e me perguntei como seria receber o perdão.

Mantive uma expressão neutra no rosto enquanto assistia às lutas, mas meus pensamentos formavam um turbilhão, uns atropelando os outros.

— Alguém que valha a pena notar?

Endireitei o corpo quando Kawan parou ao meu lado.

Arrisquei espiá-lo, na esperança de que não percebesse o desdém nos meus olhos.

Kawan não fazia a menor questão de se vestir para impressionar os outros. Trajava peças de couro velho. O cabelo escuro, despenteado, estava preso na nuca numa longa trança que escorria por cima do ombro direito. Meus olhos sempre denunciavam quem era a minha mãe, mas meu cabelo quase sempre confundia os novos recrutas, levando-os a pensar que Kawan era meu pai.

— Difícil dizer.

Ele bufou:

—Trouxemos dois meninos de Sibral esta semana.

A palavra pairou entre nós dois. Sibral ficava tão a oeste que era quase vizinho do inimigo.

— É uma longa jornada — comentei.

— É. Mas na verdade eles não estavam tentando nos encontrar, não sabiam da nossa existência. Mas vieram parar nos limites do nosso território e ficaram felizes de se juntar a nós em troca de abrigo e roupas quentes.

— Não sabiam da nossa existência — murmurei.

— Não se preocupe, logo vão saber — ele então levou as mãos à cintura e soergueu as calças pesadas. — Sobre a sua conquista hoje cedo, três contra um não é pouca coisa, mas eu prefiro que você evite fugas em geral a ter de pegá-los. Seria uma maneira melhor de empregar o seu tempo. E precisamos dos números.

Mordi a língua. Não era culpa minha que o *reinozinho* dele não correspondia às expectativas do povo.

— O que o senhor sugere?

— Um alerta de verdade — ele disse e olhou para o céu. — Fiquei sabendo que você vai dar mais uma aula hoje, deixe claro quais são as consequências.

Desviei o olhar, suspirando:

— Sim, senhor.

Ele me deu um tapinha nas costas:

— Bom garoto. Fique de olho aqui. Se alguém se mostrar promissor, me avise.

Depois disso, ele se retirou a passos largos enquanto todos abriam caminho conforme ele ia avançando. Quando eu passava a reação era parecida, mas a dele era muito mais grandiosa. Suspirei, observando-o e pensando que talvez houvesse algum valor naquilo. Se eu não podia ser conhecido ou perdoado, talvez fosse suficiente ser temido.

Annika

Senti o cheiro de livros velhos assim que abri as portas da biblioteca, e o peso que carregava sobre os ombros diminuiu um pouco. Passei os olhos pelo ambiente contemplando tudo, aproveitando a paz que a biblioteca me trazia.

Tinha tanta informação nesse lugar, tantas histórias. Na parte da frente, passávamos por estantes baixas que lembravam um labirinto, além de espaços abertos com mesas de leitura. Era espetacular quando o sol da tarde entrava pela janela: estudar aqui me permitia ler e, ao mesmo tempo, me aquecer no sol, como um gato. Isso era felicidade.

A biblioteca também era enorme, com uma passagem para subir ao primeiro andar nos fundos e, na frente, escadas que me deixavam zonza só de olhar para cima. Alguns dos livros mais antigos estavam presos às estantes; quem quisesse sair da biblioteca com eles precisava pedir permissão ao rei pessoalmente, e depois convencer Rhett — que cuidava da biblioteca como se fosse um organismo vivo — a cumprir a ordem. Nossa coleção era tão extensa que os reis dos territórios vizinhos às vezes vinham aqui pegar algo emprestado. Havia até baldes de areia escondidos sob os bancos de madeira talhada para que fosse possível salvar o máximo da biblioteca em caso de incêndio. Para a nossa sorte, isso nunca aconteceu.

Enquanto eu observava o ambiente e aproveitava a paz que o local despertava em mim, Rhett contornou uma estante alta, rindo baixo.

— Estava me perguntando onde você estaria! — exclamou, botando uma pilha de livros sobre uma escrivaninha antes de se aproximar para me dar um abraço.

Rhett era a única pessoa do palácio que não se dava ao trabalho de me tratar com cerimônia. Talvez fosse por nos conhecermos desde a infância, ou por ele ter começado a trabalhar no castelo no estábulo e já estar acostumado a me ver desarrumada e fazendo barulho, mas a verdade é que ele me tratava como se a tiara no meu cabelo não passasse de uma bijuteria qualquer.

— Não andei muito bem — eu disse.

— Espero que não tenha sido nada muito sério — ele falou ao recuar, abrindo um sorriso largo.

— Não foi nada.

Depois, com um sorriso canastrão, perguntou:

— E do que você está a fim hoje?

— Contos de fada. Aqueles em que todo mundo consegue o que quer e tem um final feliz.

Com o sorriso ainda estampado no rosto, ele dobrou o dedo, como se dissesse: *Vem comigo.*

— Para a sua sorte, recebemos coisas novas na semana passada. E, como conheço vossa alteza muito bem, tenho certeza de que não lê... este aqui — Rhett disse, puxando um livro do alto de uma estante — há tempo demais.

Ele colocou o romance surrado na minha mão, e me perguntei se alguém mais aqui já o havia lido além de mim. Às vezes eu tinha a sensação de que era a única em todo o palácio que se interessava pela biblioteca.

— Este é perfeito, na verdade. Reconfortante.

— Leve outro também — insistiu, colocando um livro em cima do primeiro. —Você lê mais rápido que o normal.

— Mas não tão rápido quanto eu gostaria — repliquei, sorrindo.

Ele me encarou por um momento, com um brilho estranho no olhar:

— Quer ficar para um chá? Melhor, descobri outro cadeado para você tentar...

Suspirei, com vontade de ficar, mas o dia seguinte seria muito cansativo. E a noite de hoje seria ainda pior.

— Guarde o cadeado para outra hora. Um dia desses ainda vou ganhar de você.

— Você vai ser uma líder melhor do que eu? Sim. Vai ler mais rápido? Claro. Mas vai abrir cadeados sem chave tão bem quanto eu? — ele disse, fingindo estar ofendido. — Nunca!

Achei graça:

— Primeiro, isso é o que vamos ver. Segundo, eu jamais serei líder. Vou viver feliz sob o governo do meu irmão. Um dia.

— Dá na mesma — ele respondeu, sem tirar o sorriso convencido do rosto.

— Obrigada pelos livros.

— Às suas ordens, alteza.

Depois, fui embora. Eu sabia que hoje as minhas pernas poderiam ser um incômodo, mas passar tanto tempo de pé estava sendo mais doloroso do que eu havia imaginado. Estava subindo a escada quando os livros escorregaram da minha mão. Abaixei um pouco rápido demais para pegar — e percebi que havia alguma coisa errada de verdade.

Gemi de dor ao sentir a parte de trás da minha perna esquerda queimar. Olhei para os lados rapidamente, feliz por estar sozinha.

Retomei o trajeto com cuidado, incapaz de andar mais rápido. Depois de levar mais tempo do que gostaria, enfim cheguei ao meu quarto e abri a porta com um empurrão.

— Alteza! — Noemi exclamou enquanto corria para fechar a porta atrás de mim.

Estremeci ao levantar minha roupa:

— Está muito feio?

— Parece que um dos cortes abriu. A boa notícia é que parece ser o único. Vamos para a cama.

Ela passou o pescoço por baixo do meu braço e, devagar, endireitou meu corpo.

— O que a senhora fez para isso acontecer?

— Comi. Fui à biblioteca. Você sabe como posso ser inconsequente.

Noemi deu uma risadinha e me deitou na cama de barriga para baixo:

— É bom ver a senhora fazendo piadas de novo.

Isso me fez pensar se algum dia eu voltaria a rir:

—Você poderia trazer meus livros, por favor? Assim tenho algo para fazer.

Ela saiu correndo para pegar os livros e os colocou na mesa de cabeceira. Fiquei olhando a capa em frangalhos do primeiro livro ao lado da outra, nova em folha, agradecida por Rhett ter insistido para eu que eu levasse os dois. Ia passar a tarde na cama.

— Sua Majestade mandou avisar que você tem um compromisso importante esta noite. Quer que eu prepare o seu melhor vestido? Em geral eu escolheria o prateado, mas como a ferida abriu, talvez algo num tom vermelho-escuro fosse melhor, não?

— Muito bem observado, Noemi. Obrigada.

— Isso vai arder.

— Eu sei.

Tentei não emitir nenhum som enquanto ela fazia o que precisava ser feito. Quanto menos ela soubesse da minha dor, melhor. Permaneci imóvel, tentando pensar com que palavras pedir alguém em casamento. Para ser mais exata, alguém com quem eu não queria me casar.

Com um suspiro tentei repelir o nojo que sentia. O casamento dos meus pais tinha sido arranjado, e o amor que eles sentiam um pelo outro era tão grande que seu fim arruinou meu pai de dentro para fora. Quando minha mãe desapareceu, ele ficou inconsolável por meses.

Assim, eu sabia por experiência própria que um casamento por conveniência não precisava ser necessariamente uma coisa horrível. Além disso, o palácio era tão grande que poderíamos passar quase a semana inteira nos vendo apenas na hora das refeições. Eu ainda teria meu quarto e minha biblioteca, meu irmão e Noemi. Ainda teria o estábulo e todos os rostos que aprendi a amar e nos quais confiava. Eu só teria também um marido. Era isso.

Quando Noemi terminou, peguei um dos livros para me perder num mundo em que todos os sonhos se tornavam realidade.

Lennox

— Sem enrolação — ordenei enquanto conduzia o grupo de jovens recrutas por uma encosta baixa, evitando intencionalmente a área onde naquela mesma manhã eu tinha dado cabo dos desertores.

O vento subia do mar agitando os tufos de mato e me obrigando a berrar para ser ouvido. Tudo bem. As pessoas estavam acostumadas aos meus gritos.

— Agrupem-se aqui — instruí os cerca de doze soldados que se apinhavam no topo da colina.

— Imaginem que um de vocês está numa missão e acaba se separando do grupo. Pode ser que você tenha se perdido naquela floresta ou não sabe onde foi parar sua bússola. O que você faz? — perguntei. Recebi apenas silêncio como resposta. — Ninguém?

Todos permaneceram no lugar com os braços cruzados na frente do peito, tremendo.

— Muito bem. Se estiver viajando de dia, é fácil. O sol vai do leste para o oeste. — Olhei para o chão e quase na mesma hora encontrei o que precisava. — Você pega um graveto de mais ou menos um metro e o finca no chão. — Com isso, cravei o graveto na terra como se fosse um pequeno poste. — Assim que o sol nascer, ou quando conseguir registrar alguma coisa, você coloca uma pedra na ponta da sombra do graveto — eu disse, pondo uma pedra numa sombra imaginária. — Em seguida, espere uns quinze minutos. O sol vai se mover, assim como a sombra do graveto. Então, você coloca uma pedra na ponta da nova sombra. — Coloquei uma segunda pedra na posição. — A linha imaginária entre as duas é a linha leste-oeste. Se você seguir pelo leste e virar para o norte, vai acabar no castelo. Ou no mar. Espero que vocês sejam inteligentes o bastante para perceber a diferença.

Nada. Bom, pelo menos achei engraçado.

—Viajar à noite é completamente diferente. Por isso, vocês vão precisar aprender a se orientar pelas estrelas.

Eles se encolheram e ficaram mais juntos. Por que ninguém entendia a importância disso? Um *reino* dependia deles. E eles só se preocupavam com o frio.

— Olhem para cima. Veem aquelas quatro estrelas que formam um quadrado irregular?

Mais silêncio.

— Alguém?

— Sim — um deles enfim respondeu.

—Todos veem? Se alguém não enxerga, precisa me dizer agora. Não dá para ensinar se vocês já estiverem perdidos.

Silêncio.

— Muito bem. Aquela é a Ursa Maior. Se você seguir a linha das duas últimas estrelas, vai encontrar a estrela mais brilhante do céu: a Estrela Polar. Todo mundo está vendo?

Os alunos murmuraram alguns sussurros hesitantes.

— A Estrela Polar está quase perfeitamente no norte verdadeiro. Não é ela que se move no céu, mas as outras que giram em torno dela. Se você olhar diretamente para cima, focar naquele ponto e depois seguir a linha de volta para a Estrela Polar, vai ver que ela indica o norte. Vocês sempre vão encontrar o castelo se seguirem nessa direção.

Olhei em volta para ver se todos tinham entendido. Tudo parecia muito óbvio para mim, mas eu estudava o céu desde antes de aprender a ler. Isso no tempo em que havia coisas para ler. Como ninguém fez perguntas, prossegui com a aula.

— Outra opção é pegar dois gravetos, escolher uma estrela brilhante no céu e alinhá-los logo abaixo da estrela escolhida, deixando mais ou menos um metro de distância entre eles. Depois, como no caso do sol, você espera vinte minutos para as estrelas se moverem. Se a estrela aparecer em cima dos gravetos, você está voltado para o leste, mas se baixar, então é o oeste. Se a estrela for para a direita, você está olhando para o sul e, se for para a esquerda, está de frente para o norte. Não confundam as direções ou vão acabar completamente perdidos. Nas próximas noites, a tarefa de vocês vai ser vir até aqui e treinar, mesmo se estiver nublado. Em um mês vão dominar o assunto.

Em seguida, de uma maneira que rapidamente ganhou a atenção de cada um dos soldados, ordenei:

— Agora, olhem para mim. Expliquei como se orientar pelo céu para chegar até aqui e sair daqui. Mas quero deixar uma coisa bem clara — parei uns instantes para olhar cada um antes de continuar. — Se vocês usarem esse conhecimento para tentar fugir, vão se ver comigo. E, se isso acontecer, vão se arrepender.

Alguma alma valente murmurou:

— Sim, senhor.

— Ótimo. Dispensados.

Quando a sombra do último aluno desapareceu no topo da colina, respirei fundo e deitei na relva, olhando para cima.

Às vezes, até no meu quarto o castelo era barulhento demais. Eco de passos, discussões estúpidas, gargalhadas desnecessárias. Mas aqui fora... aqui fora, eu conseguia pensar.

Me assustei com o farfalhar de folhas perto de mim, e só me tranquilizei quando percebi que era Agulha, que tinha me encontrado.

— Ah. Caçando, é? Pegou algo de bom?

Tentei acariciar a sua cabeça, mas ela já estava de novo em ação. Assim, voltei a olhar para o céu.

Quanta beleza havia ali, um lembrete assombroso da nossa própria pequenez. Meu pai costumava me mostrar todas as formas, falava dos personagens e das histórias relacionadas às linhas das estrelas. Eu não sabia quão a sério devia levar essas coisas, mas hoje gostava de pensar que, em algum lugar, outro pai contava ao filho as mesmas histórias, e esse menino pensava no que poderia ser sua vida, se seria capaz de se transformar no tipo de pessoa que vira lenda, que fica gravado nas estrelas.

Coitado do menino. Um dia essa ilusão seria destruída. Mas eu esperava que ele ainda a tivesse, pelo menos por uma noite.

Annika

A LUA ESTAVA ALTA LÁ FORA, rodeada de estrelas que cintilavam como diamantes, embora fosse evidente que nem todas eram brancas. Algumas eram azuis ou amarelas, outras ficavam entre o vermelho e o rosa. O céu noturno era a dama mais bem-vestida da corte, as estrelas eram o seu mais fino vestido, e a lua, sua coroa perfeita.

O salão estava cheio de música e gente feliz, e a pista de dança estava abarrotada de casais, velhos e jovens. E eu estava encostada na parede, olhando pela janela.

Meu primo Nickolas estava aqui, como prometido, com o corpo ereto como um alfinete e uma aparência entediada. Não que sua aparência já tivesse sido outra.

Nickolas — conhecido pelas pessoas como duque de Canisse — era alto e esbelto, tinha cabelo castanho e olhos cautelosos de quem guarda os pensamentos para si. Como sou alguém que sempre fala o que pensa, já cheguei a admirar esse traço. Ele era bem-sucedido, educado e membro da única família que importava, de acordo com meu pai.

Os pais dele tinham sido executados pelo meu avô por suspeita de ameaça à coroa. O sangue real que corria nas veias da mãe de Nickolas, Lady Leone, vinha de um parente *muito* distante, de um ramo tão longínquo da árvore genealógica que havia praticamente secado. Nickolas tinha sido poupado por ser apenas bebê, e quando atingiu uma idade que julgaram adequada, jurou ser fiel à nossa família. Era possível que tivesse apoiadores por aí, mas até onde eu sabia nunca tinha se desviado do compromisso de apoiar o ramo Vedette. Porém, isso não tinha impedido boatos, o que bastou para fazer meu pai agir. Havia muito tempo que seus olhos focavam o futuro, o de Escalus e o meu.

As opções matrimoniais do meu irmão eram complicadas; todas as possíveis noivas tinham prós e contras para o reino. Eu? O único garoto digno da minha mão era aquele capaz de roubar o meu lugar. Unir nossas linhagens significava pôr fim a qualquer possibilidade de um rival para Escalus. Não envolvia equações complicadas ou palavras sofisticadas. Era simples... para todo mundo, menos para mim.

Eu não tinha uma resposta melhor para o meu pai além de um simples *não*. Mas o meu *não* foi desconsiderado por completo. Assim, acabei com Nickolas me seguindo pelo salão, mesmo quando me afastava para tentar conversar com os convidados. Depois de uns minutos, ele me encontrava e aparecia atrás de mim, um pouco perto demais:

— A senhorita costuma dançar — comentou.

— Eu sei dançar. É que estive doente e ainda estou me recuperando — respondi.

Ele soltou um "hmmm" vago e seguiu ao meu lado, observando a multidão.

— A senhorita gosta de cavalgar, não é? Vai estar com sua majestade, sua alteza e comigo amanhã?

— Gosto de cavalgar, sim. Se eu estiver melhor, com certeza me juntarei a vocês.

— Muito bom.

Mas, se era tão bom, por que ele não sorriu? Por que ele *nunca* sorria?

Observei o salão enquanto tentava imaginar uma vida inteira daquilo. Como sempre, me perguntei o que minha mãe teria feito. Mas não conseguia refletir sobre o que ela faria sem considerar o que teria feito durante os acontecimentos que conduziram a esse momento. Primeiro, ela teria ficado do meu lado. Disso não havia a menor dúvida. Mesmo que isso significasse ficar contra meu pai, mesmo que ela corresse o risco de lidar com a ira dele, ela teria me apoiado. Segundo, se perdêssemos, ela procuraria o lado bom da coisa. Vasculharia tudo até descobrir o lado bom de modo incansável.

Observei mais uma vez meu primo Nickolas. Sim, ele era sério, frio. Mas talvez isso viesse junto de um profundo senso de responsabilidade. Ele provavelmente dedicaria a vida para guardar e proteger o que era importante. Se fosse sua esposa, eu sem dúvida seria importante.

E o amor... Eu não sabia o quanto ele seria capaz de amar. Eu mesma só senti uma fagulha de amor uma vez, quando criança. Sorri ao pensar naquela cavalgada pela estrada com minha mãe e o resto da casa. Sentia falta de me aventurar pelo mundo, da mão dela para me guiar.

Notei o olhar do meu pai, e ele me encarou como que me apressando para resolver logo a questão. Engoli em seco e ajeitei a postura.

— Nickolas?

— Quer comer alguma coisa? — ele sugeriu. — A senhorita não comeu muito no jantar.

Céus, ele estava me observando bem de perto.

— Não, obrigada. Você me acompanharia por um instante?

Ele fez cara de confuso, mas mesmo assim me seguiu até um corredor mais afastado.

— Em que posso ajudar? — ele perguntou, me encarando com as sobrancelhas quase juntas.

"Suma", pensei.

— Confesso que mal sei como começar esta conversa, mas espero que você me escute — disse, odiando o som da minha própria voz. Soava distante, monótona. Mas Nickolas parecia não notar. Apenas inclinou um pouco a cabeça, concordando, como se emitir alguma palavra fosse um desperdício de energia.

Senti o suor brotando na testa. Como eu seria capaz de mentir e pedir alguém em casamento?

— Perdoe-me, mas a hierarquia exige que seja eu a propor.

Limpei a garganta. Era como se as palavras precisassem de um empurrão para sair:

— Nickolas, quer se casar comigo? Se a resposta for não, eu compreendo e não vou...

— Sim.
— Sim?
— Sim. Está claro que essa seria a decisão mais inteligente.

Inteligente. Sim, essa era a primeira palavra que vinha à mente de uma dama ao pensar em casamento. Não termos de livros românticos como "se entregar por completo" e "destino".

— É verdade — eu disse. — E creio que traria muita alegria ao meu povo. Só ficaria atrás de quando Escalus fizer o mesmo.

Ele concordou com a cabeça.

— Daremos o exemplo, então.

E, sem nenhum aviso, ele me beijou. Eu devia ter suspeitado de que, se sua boca não sabia se curvar num sorriso, seria péssima em se dobrar para um beijo. Numa cajadada só, duas das experiências mais importantes da minha vida — o pedido de casamento e o primeiro beijo — aconteceram. E ambas foram tremendamente frustrantes.

—Vamos voltar — ele disse, me estendendo a mão. — Sua majestade vai querer saber.

Suspirei:

— Sem dúvida.

Dei a mão a ele e marchei de volta para o salão de festas. Meu pai assistia a tudo e, com os olhos, fez a pergunta, que foi respondida da mesma forma.

Será que ele conseguia ver meu coração desmoronando? O que tinha causado? Eu não sabia o que era pior: ele não conseguir ver, ou conseguir e não se importar.

Não. Eu me recusava a acreditar nisso. Ele ainda estava lá dentro. Eu sabia.

Escalus logo se aproximou e soltou:

— Com licença, primo Nick, mas...

— Nickolas — ele corrigiu. — Nick nunca. — Ele fez uma cara de quem achava que a diminuição do nome era algo muito abaixo dele.

Escalus logo camuflou o sorriso intrigado:

— Claro. Nickolas, por favor, permita-me interromper. Faz muito tempo que não danço com minha irmã.

Nickolas fechou a cara.

— Temos uma notícia para...

— Sem dúvida dá para esperar uma música. Venha, Annika. — Escalus me puxou rápido. Assim que tivemos certeza de que não seríamos ouvidos, ele falou: — Você parece prestes a chorar. Tente segurar, pelo menos por mais uns minutos.

— Vou ficar bem — eu disse. — Só me distraia.

Começamos a dançar, e tive a impressão de estar sorrindo... Já não conseguia ter certeza. Sentia um vazio estranho, talvez até pior do que perder minha mãe.

— Já contei para você de quando tentei fugir? — Escalus perguntou.

Fiz uma careta:

— Isso nunca aconteceu.

— Aconteceu — ele insistiu. — Eu estava com dez anos e tinha acabado de descobrir que um dia seria rei. Não é engraçado? Seria de supor que eu saberia disso bem antes, não acha? Afinal, por que ninguém mais tinha gente encarregada de dizer como os dias eram planejados? Por que eu não podia ficar amigo de quem quisesse? Por que nossos pais já tinham começado a falar sobre o meu casamento?

— É engraçado — admiti. — Tenho a impressão de que eu já sabia que você ia ser rei antes mesmo de começar a falar.

— Bom, eu nunca disse que era tão inteligente quanto você. Eu não sabia até o papai se sentar comigo para mostrar uma árvore genealógica e os lugares onde você e eu havíamos sido pintados. A tinta era mais forte, também lembro disso. Porque a nossa linhagem era antiga, e nós éramos recentes. Não importa. Fiquei com medo. Ouvi o papai falar sobre defender as fronteiras e fazer acordos, e tanta coisa que parecia grande demais para alguém tão pequeno quanto eu.

Olhei para ele, inclinando carinhosamente a cabeça.

— Ninguém esperava que você fosse governar o reino aos dez anos, bobinho.

Ele sorriu e olhou o salão.

—Viu, isso foi outra coisa que não entendi muito bem. Quando descobri que a coroa seria minha, pareceu que ocorreria naquela hora, que eu precisava aprender tudo. E eu não queria. Por isso decidi fugir. Isso deve ter acontecido uns seis meses depois de Rhett chegar, quando ele também era uma criança. Mas eu confiava tanto nele, ele me ajudou a fazer a mala e a planejar que cavalo eu usaria.

— Calma lá — eu disse, balançando a cabeça, confusa. —Você está me dizendo que *Rhett* tentou ajudar você a escapar quando tinha dez anos?

— Sim. Sem nem hesitar. Acho que ele não faria nada disso hoje.

Comecei a rir:

— Ele agora tem a cabeça mais no lugar.

— Concordo. Em todo caso, ele estava me ajudando a fazer a mala, e eu estava escrevendo uma carta para os nossos pais pedindo desculpas por partir. E nessa carta eu escrevi: "Entreguem a coroa para a Annika. Ela vai ser mesmo melhor do que eu".

Desviei o rosto:

—Você não escreveu isso.

— Escrevi. Achava que você, com sete anos, veja só, ia se sair melhor do que eu aos dez. Eu ainda acho que você seria uma ótima líder se precisasse, Annika. Acho que as pessoas pulariam de um precipício se você ordenasse.

— Não seja ridículo.

Ele me puxou para mais perto a fim de me fazer escutar:

—Annika, quando eu for rei, o motivo do meu sucesso será por ter você ao meu lado. Sei que você vai sempre me dizer quando eu estiver sendo tolo; se eu esquecer de alguma coisa, você com certeza vai me lembrar dela. E sei que você está sentindo que, esta noite, uma parte de você morreu. Reparei nisso assim que você virou no corredor.

Desviei o rosto. Escalus tinha razão. Era muito fácil ver o que eu sentia.

— Mas você tem que encontrar em você a força para aguentar. Ainda precisamos de você. *Eu* ainda preciso de você.

Ele me conduzia com cuidado pelo salão, enquanto eu refletia sobre as suas palavras. Elas me fizeram querer chorar, mas por um motivo completamente diferente. Nickolas e as correntes da obrigação eram como a ausência de esperança. Escalus e sua fé em mim eram um renascimento total.

— Espere. Você chegou a sair do palácio no fim das contas? O papai precisou ir atrás de você?

Escalus suspirou:

— Cometi o erro de contar à cozinheira que precisava de comida para fugir. Ela contou para a mamãe... que me achou no estábulo e me convenceu a ficar.

— Claro que convenceu.

— Claro que convenceu — ele repetiu. — Por isso, não importa como você se sinta agora, saiba que sou muito grato a você e que estarei com você não importa o que acontecer.

Levantei os olhos para aquele rapaz incrível, corajoso e maravilhoso que era o meu irmão mais velho:

— Também estarei.

Lennox

O REFEITÓRIO ESTAVA COMO SEMPRE. Barulhento, desorganizado e mais escuro do que devia, mesmo com o sol já no céu. Entrei e estava prestes a levar a mão ao cabo da espada quando lembrei que tinha vindo tomar café da manhã sem ela na cintura. Ao ver os muitos rostos que pareciam me encurralar naquela manhã, tive a sensação repentina de que tinha sido uma má ideia.

Sempre que podia, eu fazia as refeições antes ou depois da hora de pico. Quando não era possível, costumava pegar o que desse para comer e sair logo. Fiquei no canto, decidido a pegar um pedaço de pão e ir embora, ainda que minha fome fosse bem maior que isso.

No fim, não teve importância. Uma menininha veio até mim, deteve-se trêmula e levantou um olhar de animal assustado.

— Que foi? — eu quis saber.

Ela abriu a boca, mas não saiu nada.

— Não se preocupe. Não vou matar você por dar um recado.

Ela não pareceu muito convencida e precisou de mais uns fôlegos para conseguir falar:

— Kawan está perguntando por você — ela disse.

— Está? — perguntei, descrente.

Ela confirmou com a cabeça. Em seguida, com a tarefa cumprida, saiu o mais que pôde sem correr.

Mas o que ele queria comigo? Com um suspiro, deixei o café da manhã para lá e segui para os aposentos dele, aqueles que, assim eu supus, tinham pertencido ao rei quando construíram o castelo.

Lembrei-me de três coisas. Primeiro, que *ele* tinha mandado *me* chamar, então eu não estava rastejando até ele. Segundo, que eu devia enterrar por enquanto o meu orgulho o mais fundo possível. E, por fim, que eu tinha de seguir as regras.

Nunca fugir, nunca desviar o olhar, nunca dar desculpas. Era assim que eu sobrevivia.

Bati na porta, e ele esperou alguns instantes para mandar alguém abrir. Quem me recebeu foi Aldrik, com uma expressão convencida no rosto. Ele escancarou a porta, e vi Kawan sentado à sua mesa. Atrás dele, os guardas pessoais vigiavam: Slone, Illio, Maston e — indo se juntar a eles — Aldrik.

Seria de esperar que um desses lugares tão reverenciados fosse meu, não? Eu era o filho da mulher que estava reclinada no braço dele. Era eu quem fazia a maior parte do serviço sujo. E quem a maioria das pessoas do castelo mais temia.

Mas se eu quisesse alguma coisa das mãos de Kawan, precisava insistir. E eu me recusava a me humilhar assim.

— Chamou, senhor? — perguntei, dando ênfase à última palavra, num esforço para soar respeitoso. Como único descendente do líder do nosso povo, que há muito havia desaparecido, o próprio Kawan deveria ser chamado de rei, embora dissesse que reservava o título para quando de fato tomasse o seu reino. Toda vez que eu tentava imaginar Kawan com um círculo dourado sobre o cabelo emaranhado, não podia deixar de pensar que só mudar o cenário não seria suficiente para lhe dar mais ares de realeza.

— Chamei — ele respondeu levantando os olhos para mim, e tive a forte impressão de que estava prestes a ser castigado. — Chegou a hora de você provar o seu valor. Vou enviá-lo numa Comissão.

Por muito pouco não abri um sorriso. Uma Comissão. Finalmente!

Kawan usava as Comissões para testar as pessoas, para descobrir até onde ia a lealdade delas. Só quem se sabia que não fugiria podia ser escolhido, e quem voltava ganhava um ar de... intocável. Eu tinha conquistado um pouco disso na ponta da espada, mas queria que o respeito acompanhasse o medo que as pessoas costumavam associar ao meu nome.

Cada pessoa escolhia sua equipe e propunha a própria missão.

A única exigência era que o resultado beneficiasse o povo. Às vezes traziam mais comida, outras vezes mais gado, ou até mais soldados.

Mas, ao menos quando se tratava de mim, havia a sensação de que não importava o que conseguisse... nada mudaria.

Eu ia dar um fim nisso.

— Aceito, senhor. De bom grado.

— Como você sabe, pode escolher o que quer fazer. Contudo — ele disse, e em seguida fez uma pausa deliberada. Senti de novo a temível sensação de que seria castigado —, eu vou escolher os soldados que você vai levar.

— Como?!

Um sorriso se desenhou nos lábios de Kawan. Ele estava gostando daquilo. Olhei para minha mãe. Sempre calada, ela nem sequer retribuiu o olhar.

— Você precisa provar o seu valor, mas se arrisca demais. Vou mandar com você um grupo escolhido a dedo, gente que vai garantir que você ande na linha — ele disse.

Gente que vai me colocar para baixo, pensei.

— Primeiro, André.

Franzi a testa:

— Aquele... aquele que quase não fala?

— Griffin.

Bufei.

— Ele não leva nada a sério.

— Sherwin.

— Eu não faço a menor ideia de quem seja.

— Blythe.

— Uma garota?

— E Inigo.

Ao terminar, ele parecia estar plenamente satisfeito. E por que não estaria? Se os outros não conseguissem arruinar minha missão, Inigo sem dúvida conseguiria. Eu tinha deixado nele uma cicatriz no rosto que ia de alto a baixo. Ele não estava disposto a aceitar ordens minhas.

Atrás de Kawan, Slone tapou a boca para tentar esconder o riso. Depois de tudo que eu tinha feito, depois de todas as vidas que tirei, por que ainda precisava provar meu valor para essa gente?

Olhei de novo para minha mãe:

—Vai continuar calada? Uma Comissão que deu errado tirou o seu marido de você, e agora ele está garantindo o fracasso da minha. Você não vai comentar nada?

Ela não parecia nem um pouco incomodada. Seu cabelo de tons gélidos caía sobre um ombro, e seus olhos sorriam:

— Se você é o líder que sabemos que é, lidar com esse grupo vai ser fácil. Eu tenho fé.

Mais uma vez, ela traçou uma linha na areia. Mais uma vez, eu recuei.

— Pois bem. Vou mostrar exatamente do que sou capaz.

Annika

SEMPRE AMEI OS SINOS. Uma vez minha mãe me levou ao topo da torre onde eles ficavam e pediu ao zelador que me mostrasse o lugar. Pude encostar no enorme sino de bronze, e o zelador me deixou tentar puxar a corda. Eu era pequena demais para fazê-los soar. Mas o som deles, o repique nítido de alegria que emanava do palácio, era sinônimo de celebração. Eles tocavam quando a família real tinha um filho, quando conquistávamos uma grande vitória e — o único motivo pelo qual eu os ouvia — quando era feriado.

Hoje, eles ressoavam pelo Dia da Fundação. Qualquer um que olhasse para o palácio conseguiria nos ver de pé na sacada. Nosso trabalho era acenar para a multidão lá embaixo — alguns poderiam achar que não passava de uma tarefa frívola, mas era uma das poucas oportunidades que eu tinha para mostrar ao povo de Kadier que eu estava ali e que me importava com eles. Olhei nos olhos de tanta gente, recebi beijos soprados das pontas dos dedos delas e sorri na esperança de que ninguém pensasse que eu não estava em êxtase cumprindo a minha função.

O vento levantou meu cabelo e eu o joguei por cima do ombro, virando para Escalus. Ele estava tão elegante de uniforme, com o lado esquerdo do peito cheio de insígnias de treinamento militar.

Ri ao vê-lo corar quando mais uma mulher gritou seu nome.

—Você precisa se acostumar — eu lhe disse. — Só o casamento vai te salvar dessa adoração. E mesmo assim você ainda vai encontrar alguns lencinhos caídos pelo caminho. Embora talvez isso acabasse se você parasse de se abaixar para pegar.

Ele virou para mim, incrédulo:

— Como eu poderia fazer uma coisa dessas? As damas precisam dos seus lencinhos!

Ri de novo, e meu riso ecoou com os sinos. Do outro lado de Escalus, meu pai se inclinou para frente e mirou seu olhar em mim. Dava para ver pelo brilho nos seus olhos naquela manhã que quem estava ali era ele mesmo, o seu "eu" *autêntico*.

— Você está tão parecida com ela hoje — disse. — Com o cabelo por cima do ombro desse jeito, com um riso tão doce.

As palavras que saíram dos lábios do meu pai me deram vontade de chorar:

— Sério?

Sempre que ele estava desse jeito, quando a neblina de ódio que tinha se instalado em sua mente depois do desaparecimento de minha mãe se desfazia por um instante, meu mundo mudava. Eu tinha esperança. Via o homem que costumava morrer de orgulho de mim, que era só elogios. Eu me perguntava se essa pessoa um dia pediria desculpas pelas palavras que foram ditas e pelas coisas que foram feitas, me perguntava se meu pai teria pena e me deixaria escapar desse noivado. Estava tentada a pedir... Mas podia dar muito errado, o que o faria desaparecer de novo.

"Igual a ela."

As pessoas faziam esse comentário quase todo dia, e às vezes eu pausava ao ouvi-lo.

Eu tinha o nariz empinado e o cabelo castanho-acinzentado da minha mãe, e um retrato no corredor do outro lado me lembrava de que meus olhos também haviam sido um presente dela. Mas eu me perguntava se havia mais do que isso.

Pensava na postura de Escalus algumas vezes, em como seu peso se concentrava na perna esquerda, e em como meu pai fazia a mesma coisa o tempo todo. Ou no som da tosse dos dois... Se não estivesse olhando, não conseguia dizer qual dos dois era. Será que eu também tinha coisas assim? Detalhes que esqueci durante os anos de ausência dela?

— Olá, benzinho — Nickolas disse ao avançar para se juntar a nós na beira da sacada.

Eu me perguntei se minha mãe alguma vez tinha precisado se

esforçar tanto para sorrir, se também teríamos essa mesma característica em comum:

— Olá.

— Você nos acompanhará na cerimônia de caça à raposa? — ele perguntou enquanto acenava para a multidão lá embaixo.

Eu sentia quase raiva por estar deixando a chance passar. Nos últimos tempos, era raro meu pai permitir que eu saísse dos limites do palácio. Mas ainda que eu estivesse me sentindo em condições, a companhia não me animava.

— Como mencionei ontem à noite, estou um pouco mal. Adoraria cavalgar, mas será melhor ficar aqui à tarde — disse, para me justificar. — Mas sei que você é um excelente cavaleiro, então tenho certeza de que vai se sair bem.

— Creio que sim — ele respondeu. — A não ser que você queira que eu fique aqui com você.

Eu me esforcei para manter a voz firme:

— Não é necessário. Vou ficar só dormindo mesmo — falei, para em seguida virar os olhos para a multidão e voltar a sorrir e a acenar.

— Andei pensando — ele começou, enquanto continuávamos a saudar as pessoas. — Não quero um noivado longo. Acha que poderíamos preparar o casamento para daqui um mês?

— Um mês?

Uma sensação estranha, como se... como se uma mão me agarrasse pela garganta e me puxasse para baixo.

— Eu... eu preciso perguntar ao rei. Não é que eu já tenha planejado um casamento antes — disse, na tentativa de disfarçar meu medo com uma piada.

— É compreensível. Mas não vamos perder tempo.

Tentei pensar numa desculpa para esperar... e nenhuma me veio à mente.

— Como quiser — eu disse, por fim. Os sinos tinham parado de soar, e acenamos com a cabeça para a multidão uma última vez antes de nos virarmos para entrar. Ainda haveria a caça à raposa e a dança que as meninas faziam na praça, sacudindo fitas no ar. Se eu ficasse na sacada, poderia assistir de longe. Mais tarde, haveria uma caça ao tesouro em que as crianças procurariam pedras pintadas escondidas pelo palácio, e depois um banquete encerraria o dia. O Dia da Fundação com certeza era o meu feriado favorito.

Nickolas sorria enquanto caminhávamos:

— Fico feliz de vê-la tão prestativa. Eu gostaria de conversar com você sobre outro assunto.

Ele então me segurou pelas mãos. Foi um gesto tão delicado que por um instante questionei de onde teria vindo o meu medo. Afinal, ali estava Nickolas. Eu o conhecia — de longe — desde sempre. Talvez não fosse exatamente o que eu queria, mas eu também não tinha motivo para fugir.

— Você já tem dezoito anos. É uma dama de verdade, uma princesa, ainda por cima. Depois do anúncio do nosso noivado, espero que passe a usar o cabelo preso.

Meu coração ficou em pedaços. Nem dez minutos antes, meu pai tinha ficado feliz ao ver como meu cabelo estava.

— Eu... A minha mãe sempre usava o cabelo solto. Prefiro assim.

— Na vida privada, tudo bem. Mas você já não é criança, Annika. Uma dama usa o cabelo preso.

Engoli em seco. Ele estava muito perto de cruzar um limite.

— A *minha mãe* era uma dama infinitamente magnífica.

Ele inclinou a cabeça e falou num tom tão comedido e calmo, que era impressionante que fosse também tão irritante.

— Não quero brigar, Annika. Só acho que você deve demonstrar maturidade, ser uma dama adequada. Compreendo que nem *todas* as mulheres mais velhas usam o cabelo preso, mas a maioria usa. Quando estiver ao meu lado, quero que se apresente da maneira apropriada.

Soltei uma das mãos dele para que pudesse enrolar os dedos na ponta do meu cabelo, que chegava ao meio das costas. Era da mesma cor que o dela, tinha os mesmos cachos soltos. Eu o mantinha limpo e penteado. Deixá-los soltos não era nenhum motivo de vergonha.

Eu estava preparada para brigar — não seria a primeira vez —, mas não era hora nem lugar.

— É tudo? — perguntei.

— Por enquanto. Hora de trocar de roupa para a caçada.

Ele levantou minha mão para beijá-la antes de se retirar.

Na outra ponta do corredor, meu pai abriu um sorriso, outra vez genuíno.

Não queria que me visse triste, Não num dia bom. Precisava sair dali. Eu me escondi numa saleta enquanto todos se preparavam para a caçada e, assim que o palácio voltou a ficar quieto, me esgueirei para o meu único esconderijo.

Fiquei confusa ao entrar na biblioteca e levei um segundo para perceber o porquê: ela estava escura. Rhett não tinha se preocupado em abrir a maior parte das cortinas, e o local estava coberto por sombras cinzentas.

Fazia um silêncio misterioso, mas ela não estava vazia. Rhett estava lá, perto da entrada, afundado na sua cadeira de veludo, brincando com outro cadeado. Levantou a cabeça quando me ouviu entrar, mas não abriu o sorriso de sempre.

— Esse é o novo? — perguntei, me sentando com cuidado na frente dele.

Ele fez que sim com a cabeça e me entregou o cadeado. Era mais pesado do que parecia. Puxei um grampo do meu cabelo aparentemente ofensivo e comecei a trabalhar.

— Onde você encontrou isso? Parece tão velho — comentei, usando o grampo para investigar a parte de dentro do miolo.

— Estava num balde da cozinha. Alguém deve ter encontrado jogado por aí, e ninguém mais sabe onde a chave está.

Sua voz não soava muito entusiasmada, o que não era normal para ele. Rhett tinha aprendido a abrir cadeados e a bater carteiras nos vilarejos lotados das periferias do país antes de chegar ao palácio e começar num trabalho honesto.

Minha mãe, como eu disse, dava muita importância ao perdão.

Ele trabalhou duro no estábulo, mas demonstrou ter um apetite voraz por aprender. Quando a velha bibliotecária faleceu, sugeri à minha mãe que um jovem com a cabeça e a determinação dele seria o melhor candidato para a missão, e minha mãe acabou concordando. Rhett tinha um talento natural não apenas para a biblioteca, mas para tudo que fazia. Ele me ajudou a melhorar na esgrima, ainda que isso não fosse de todo permitido, e ainda arranjou tempo para me ensinar a abrir cadeados sem chave e a bater carteiras. Por mais que eu falasse, sabia que estava bem longe de ter a destreza e a habilidade dele, mas amava aprender mesmo assim.

— Alguma coisa de errado? — perguntei à queima-roupa. Meu grampo finalmente encontrou um ponto que talvez se mexesse.

— Ouvi um boato.

— Boatos — repeti. — Hmm. Nunca sei ao certo se são ruins ou divertidos. Acho que depende do assunto. O que dizem no andar de baixo é tão ruim quanto o que dizem no de cima?

Rhett manuseava de modo nervoso um fiapo comprido de palha:

— Bom... É um boato de cima.

Parei na hora de mexer no grampo:

— Ah, é?

E, de repente, ele desembuchou as palavras:

—Você está mesmo noiva do Nickolas? Por que não me contou?

Algo na inflexão das palavras, no jeito como seus olhos escureceram quando as pronunciou, me dizia que havia mais do que uma pequena frustração por saber pela boca de outras pessoas. Eu não esperava que ele ficasse tão magoado.

— Sim, estou. Foi ontem à noite. Não queria esconder de você. É que não estou com muita vontade de contar para *ninguém* ainda.

— Então é verdade? Vai mesmo se casar com ele? — algo despontava na sua voz, como se um sentimento profundo estivesse se revirando.

— É.

— Por quê?

Ergui os braços, exasperada:

— Porque sou obrigada, é óbvio.

Voltei a cutucar o cadeado, me saindo muito pior agora que estava irritada.

— Ah — sua voz se suavizou. — Então... você não o ama?

Encarei-o com um olhar vazio:

— Não, eu não o amo. Mas porque amo *Kadier*, vou me casar com Nickolas mesmo assim. Ainda que esteja sentindo como se tivessem construído uma jaula no meu peito e meus pulmões não conseguissem mais se encher de ar por inteiro. Talvez... talvez eu tenha lido livros demais — dei de ombros —, mas esperava uma *paixão*, um amor que agarrasse a razão pelos ombros e a jogasse de um penhasco. Tinha a esperança de conseguir me sentir livre dentro das limitações da minha vida... Mas isso não vai acontecer comigo. Nickolas não é minha alma gêmea nem meu amado. É meu prometido, e é apenas isso. Só me resta tentar encontrar uma maneira de tirar o melhor da situação.

—Você ao menos gosta dele?

Suspirei:

— Rhett, apesar da nossa intimidade, eu acho que essas perguntas não são muito apropriadas.

Ele tomou minha mão e enlaçou os dedos nos meus, sem que eu soltasse o cadeado. Senti cada calo conquistado por ele na juventude, cada corte cicatrizado.

— Mas a intimidade não é para isso? Você sempre pode falar comigo, Annika. Ser sincera.

Olhei nos seus olhos castanhos, que transbordavam de ternura. Eu já não tinha muita gente a quem confidenciar. Escalus me conhecia melhor do que ninguém, e Noemi vinha logo atrás. Minha mãe não estava mais aqui, e não dava mais para confiar no meu pai, não para coisas importantes de verdade. Mas Rhett... Ele tinha razão. Eu sempre havia sido sincera com ele.

— O que você quer que eu diga? — arrisquei. — Nasci para um papel específico neste mundo. Ele vem com responsabilidades.

Estou tentando aceitar tudo com alguma dignidade. Amo Nickolas? Não. Mas há muitos casamentos sem amor. No momento, só espero respeito.

— Ótimo, e você o respeita?

Engoli em seco. Bom, ele tinha acertado bem o cerne da questão, não?

— Annika, você não pode fazer isso.

Ri, com uma voz cansada e sem graça:

— Eu garanto a você que já tentei todos os caminhos. Se nem um príncipe e uma princesa conseguiram impedir, não acho que será um bibliotecário.

Foi um golpe baixo, um que jamais daria se não estivesse tão à flor da pele.

— Desculpe — disse quase que na mesma hora. — Se você quer ajudar, me apoie. No momento, preciso de todos os amigos que conseguir. E de gente que me lembre de tentar ver o lado positivo das coisas.

Ele fixou os olhos no chão por um instante:

— O porte dele é... notável. Se algum dia você precisar medir alguma coisa, ele seria uma régua excelente.

Minha risada saiu com um ronco, o que fez Rhett rir, o que me fez rir de verdade.

— Viu? — eu disse. — As coisas já estão melhores do que quando cheguei aqui.

— Eu sempre estive ao seu lado, Annika.

Olhei nos olhos de Rhett, aqueles olhos castanhos e sinceros. Pelo menos eu sempre podia ir até ele.

E então, sem nenhum aviso, ele tomou meu rosto entre as mãos e apertou os lábios contra os meus.

Eu pulei na mesma hora, e o cadeado que estava no meu colo caiu no tapete.

— O que você está fazendo!?

— Você sabe o que eu sinto, Annika. E eu sei que você sente o mesmo.

— Você não sabe nada! — eu disse, limpando a boca, chocada. — Se alguém tivesse entrado, sabe o que fariam? E seria dez vezes pior para você do que para mim!

Ele se levantou e agarrou de novo as minhas mãos:

— Então não deixe que façam isso, Annika.

— O quê?

— Fuja comigo.

Soltei os ombros, exausta:

— Rhett.

— Você acabou de dizer que queria um amor desprovido de razão. Se o meu não é isso, não sei qual seria.

Balancei a cabeça, confusa. Será que eu tinha interpretado errado o afeto dele durante todo esse tempo?

— Não posso.

— Pode — ele insistiu. — Pense. Você pode entrar no seu quarto e colocar numa mala cada uma das suas joias. E eu posso bater todas as carteiras daqui até a fronteira. Assim que sairmos de Kadier, ninguém vai reconhecer você. Poderíamos construir uma casa. Eu poderia arranjar um emprego. Poderíamos apenas *ser*.

— Rhett, chega de falar bobagem.

— Não é bobagem! — ele jurou. — Pense, Annika. Você poderia ser livre.

Por um instante pensei na proposta. Podíamos pegar o cavalo que quiséssemos e, com as celebrações, se saíssemos agora, ninguém daria pela nossa falta até a manhã seguinte. E ele tinha razão sobre ninguém me reconhecer. Eu tinha passado os últimos três anos na capital, quase sem sair dos limites do palácio. Se eu não cavalgasse com o estandarte real, ninguém faria a menor ideia de que havia sangue real nas minhas veias.

Se eu quisesse mesmo, poderia sumir.

— Rhett...

— Você não precisa decidir agora. Pense. É só falar, Annika, e eu levo você para bem longe daqui. Para te amar pelo resto da minha vida.

Lennox

Passei o dia todo possesso. Depois de todo esse tempo, era assim que minha Comissão ia ser? E não era como se eu pudesse recusar. Nunca desistir era o que eu fazia de melhor. No fim da tarde, minha raiva já tinha baixado o bastante para que conseguisse pensar direito. Então, mandei alguns dos novos recrutas procurarem as cinco pessoas que Kawan tinha designado para mim. Esperei por eles nos limites da plantação, longe dos olhos e ouvidos do castelo.

Inigo e Griffin chegaram juntos, e notei o cabelo loiro de Blythe logo atrás. Fiquei pasmo quando Kawan pronunciou seu nome, mas, para ser justo, ela era rápida. Bem rápida. Griffin provavelmente tinha qualidades que o redimissem — eu só não sabia quais. E embora Inigo não fosse a minha pessoa favorita no mundo, sem dúvida ele levava jeito com a espada. Ou com os punhos, se necessário.

— Do que se trata? — Inigo perguntou.

Soltei um suspiro:

— Ainda faltam duas pessoas. Vejo que já estão chegando.

Griffin e Inigo se viraram e olharam para além de Blythe. Ela fez o mesmo e viu duas silhuetas vestidas de cinza-escuro e preto se aproximarem. Depois, ela se apoiou numa rocha e inclinou a cabeça para saudar Inigo e Griffin; então me encarou longamente.

— Queria me ver? — André perguntou nervoso ao se aproximar.

— Sim. E suponho que você seja Sherwin, certo? — perguntei para o rapaz robusto atrás dele.

— Sim. Senhor. Digo, sim, senhor.

Soltei um suspiro e cruzei os braços:

— Certo. Meus parabéns, então. Kawan designou todos vocês para a minha Comissão.

Ao ouvir isso, Inigo endireitou o corpo:

— Designados? Não é assim que as Comissões funcionam.

— E eu não sei disso? — repliquei. — Mas cá estamos. Aparentemente, para provar o meu valor, vou ter de mostrar que sou capaz de liderar qualquer pessoa em qualquer situação.

Inigo fez uma pausa:

— Espere. Você ainda precisa provar o seu valor para ele?

Foi a primeira vez que ele reconheceu a minha longa lista de conquistas. Talvez tenha sido a primeira vez que alguém tenha feito isso.

Abri os braços:

— Parece que sim.

Inigo baixou a cabeça com a mente agitada. Ele me olhou, claramente chegando à mesma conclusão a que eu havia chegado logo antes de deixar os aposentos de Kawan.

— Sim — eu disse. — É uma armadilha.

— Por que você é sempre tão pessimista? — Griffin me perguntou, sorrindo o tempo todo.

— Não. Pense só — Inigo começou sério, atraindo nossos olhares. — Em geral eles dão um mês ou mais entre as Comissões, mas ele está fazendo você ir logo depois de Aldrik para as pessoas compararem a sua conquista com a dele. Além disso, ele não deixou você montar a própria equipe ou ter tempo para se planejar. Ele não quer que você prove o seu valor — ele concluiu, levantando os olhos para mim. — Ele quer que você fracasse.

Apontei para ele.

— Com certeza. Sherwin, eu não sabia da sua existência até agora. André e Blythe, conheço muito pouco das suas habilidades e não consigo confiar demais em vocês. Griffin, não consigo te levar a sério porque você mesmo não leva nada a sério. E, Inigo... acho que todo mundo sabe que não morremos de amores um pelo outro.

Inigo abriu um sorriso malicioso.

— É, eu iria preferir te jogar do alto do monte Govatar a te ajudar.

— Eu faria o mesmo de bom grado. Por isso você foi designado para me acompanhar e jogar tudo por água abaixo. O grupo foi pensado para fracassar.

Houve um momento de silêncio, um intervalo para o funeral da minha maior ambição pessoal até ali. Então, Blythe falou:

— Bom, sinto em desapontá-los, mas eu não fracasso — ela pronunciou a última palavra com um ar de nojo, e Inigo riu.

— Ela tem razão — ele comentou depressa. — Sua mira no arco e flecha é praticamente impecável, e quando o assunto é perseverança, bom... não há muitos como ela.

Blythe desviou o olhar.

— Obrigada.

— Disponha.

— Eu consigo ser sério — Griffin choramingou, o que fez todos rirem. — Verdade! Eu consigo.

— Você só sabe fazer piada — eu disse, cansado. — E flertar. E brincar.

Ele deu de ombros:

— Alguém precisa fazer essas coisas. Nossa vida já é sombria demais.

Bom, era um comentário pertinente. Tudo certo, então. Blythe era boa no arco e rápida. Griffin... Bom, deixando de lado o seu humor incansável, ele se saía razoavelmente bem na luta corpo a corpo. E Inigo? Era capaz de fazer quase tudo que decidia tentar.

Lancei um olhar para Sherwin:

— E você? O que sabe fazer?

— No momento, eu passo muito tempo na plantação. Mas Inigo está me treinando para o combate.

Olhei para Inigo sem nem precisar perguntar.

— Ele tem potencial com a espada. Ainda precisa de mais sutileza no arco. Quanto a André, é tímido, mas... — Inigo olhou o rapaz — consegue manejar a espada melhor a cavalo do que a pé. É impressionante.

Hmmm. Parece que Kawan não fazia nem ideia do que tinha

à disposição. Se fizesse, com certeza não teria designado para mim alguém com esse tipo de habilidade.

Voltei a olhar para Inigo. Ele era o único que podia bater o martelo.

— Não tenho a menor intenção de fracassar — ele me disse. — Não por causa de você, mas por mim.

— Se serve de alguma coisa — respondi —, eu cheguei a formular um plano brilhante, mas vou abrir mão dele em nome de algo muito mais alcançável, em que vamos nos arriscar pouco e teremos um potencial de ganho incalculável.

— É melhor do que mais recrutas? — Sherwin perguntou.

— É.

— Melhor do que seis vacas? — Griffin arriscou, fazendo o grupo rir.

Para a minha surpresa, até eu sorri:

— É.

— O que é, então? — Blythe perguntou.

Respirei fundo, pensando naquilo de que precisávamos mais do que qualquer outra coisa nos últimos tempos.

— Esperança.

Annika

Escalus tinha um jeito próprio de bater à porta. Era incrível como esse som de dois segundos era capaz de melhorar o meu humor por completo.

Noemi foi até a porta com um sorriso de orelha a orelha. Permaneci sentada à janela, com meu bastidor de bordado na mão.

— O que você está fazendo aqui? — perguntei. — Pensei que estivesse na caçada — continuei, lançando a ele um olhar afiado. No ano anterior, ele tinha tentado levar metade das pedras nos braços e acabou sendo escalado por vinte crianças que tentavam roubá-las de volta.

— Ah, já acabou há horas. Fui mais uma vez quem encontrou mais pedras? Sim. Sim, encontrei. Mas depois notei que minha irmã não tinha descido para o jantar e pensei que ela talvez precisasse de alguma coisinha. Para a senhorita — ele disse, entregando um pedaço grande de pão com passas para Noemi. Ela se iluminou como o sol ao tomá-lo nas mãos.

— Obrigada, sua alteza.

— Não foi nada. É o mínimo que eu poderia fazer. E este é para você. Ainda está quente — ele acrescentou, colocando meu pedaço no peitoril da janela, já que eu estava com as mãos ocupadas.

— Por que você foi à cozinha? Também perdeu o jantar?

Ele soltou o corpo no banco à minha frente com uma cara de tédio e irritação:

— Não, mas fugi do Nickolas logo depois da sobremesa. Ele está querendo que eu veja um projeto dele para uma muralha. Diz que andou estudando as fronteiras e acha que algumas torres de vigilância cairiam bem.

— Hmmm. E ele está certo?

—Vai saber. Cadê o meu? — ele perguntou.
— No cesto.

Escalus esticou a mão, tirou o próprio bordado do cesto de costura e voltou a se ajeitar no banco de pedra ao lado da janela. Nós dois recebemos uma educação única, que gostávamos de dividir um com o outro.

— Está ficando muito bonito, sua alteza — Noemi disse, olhando por cima do ombro do meu irmão.

Ele pôs o bordado sobre o joelho e levantou os olhos para ela, admirado.

— Ora, obrigado, Noemi. Viu só? Alguém aqui valoriza meu talento bruto.

— Noemi é obrigada a dizer isso — provoquei. — Ela não vai querer insultar seu futuro rei.

Escalus me olhou fingindo indignação:

— Não é nada disso! Diga a ela, Noemi.

Ela balançou a cabeça.

— Eu não ia querer insultar o senhor, mas também não faria elogios que não fossem merecidos.

—Viu? — ele insistiu.

— Ah, fica quieto — resmunguei para ele, com uma piscada para Noemi.

Ele riu sozinho e voltou a bordar outro círculo. Escalus parecia estar fazendo vários anéis que dividiam o mesmo centro, um maior do que o outro, e cada um realizado com os diferentes tipos de ponto que ele tinha aprendido. Eu gostava mais de flores e tons rosados; ele gostava de simetria e tons de azul.

— O papai gostou tanto do dia — ele comentou.

— Eu sei. Eu queria ter passado mais tempo com ele, mas... eu estava bem à flor da pele.

Escalus manteve a cabeça baixa, mas levantou os olhos para mim:

— Quer conversar sobre alguma coisa?

— Ainda não. Estou tentando decidir se estou sendo infantil.

Escalus sorriu e balançou a cabeça:

— Como você é capaz de pensar que seu comportamento nessa questão é infantil? Casar-se pelo bem do seu reino é tão... nobre.

— É mesmo? — desdenhei.

— Annika, Nickolas é o pretendente ao trono mais forte caso alguma coisa aconteça com o papai ou comigo. Casar-se com ele tira qualquer motivo para alguém que já tenha duvidado de nós começar uma guerra. E se algo acontecer comigo, o seu lugar no trono está garantido se tiver ele como marido. É difícil, eu sei, porque ele é tão... tão...

— Eu sei.

Não havia uma palavra para a impressão que Nickolas causava. *Tédio* não era forte o bastante, assim como *severo*, mas *perverso* talvez fosse longe demais. Seja lá qual fosse a palavra, dificilmente seria positiva.

— Bom, podemos reconhecer que ele... carece de algumas qualidades. Mas ele tem pontos fortes. É inteligente, sabe caçar e montar. É rico, não que você precise disso.

— Ele não tem nada de que preciso. Nada que eu quero.

— Hmm,

— O quê? — perguntei, espiando o sorriso do meu irmão.

— É que o jeito como você fala me faz pensar se existe alguém que tenha algo que você queira.

Fiz uma cara de tédio:

— Pelo amor...

— Pode falar.

Por uma fração de segundo, pensei em Rhett e na sua proposta. Ele não ligava para a minha posição nem para quão inapropriado havia sido seu convite. Só queria a mim. Eu conseguia reconhecer o apelo que aquilo tinha... mas não podia dizer isso em voz alta.

— Eu não precisaria falar. Se alguém tivesse roubado meu coração, você perceberia bem antes de mim.

Ele riu:

— E eu não sei! Noemi, quantas vezes ela falou para você do menino com a maçã?

— Parei de contar! — Noemi gritou do outro lado do quarto.

— Foi até bem romântico para uma criança de dez anos — argumentei enquanto Escalus ria. Respirei fundo. — Eu só queria dizer que na minha cabeça eu tinha alguns requisitos. E agora eles foram bem rebaixados. Sinto que só posso esperar um pouco de bondade. E talvez afeto.

— Vai chegar a hora — Escalus afirmou, embora com cautela. — O papai e a mamãe tiveram mais do que apenas afeto.

— Você se lembra de alguma época em que eles não eram carinhosos um com o outro? — perguntei, levantando os olhos do bordado. — Eles foram felizes desde o primeiro dia, ou...?

— Bom... Lembro uma vez que o papai ficou doente. Correndo risco de vida. Você era bem pequena. E a mamãe insistiu em cuidar dele pessoalmente. Não sei se foi o amor ou o dever que a motivou, mas os dois saíram disso agindo diferente um com o outro. Depois disso, o papai passou a idolatrar a mamãe.

— Não consigo imaginar uma situação em que Nickolas me idolatre.

— Entendi! — ele disse, colocando o bordado de lado. — Temos de envenená-lo!

— Escalus!

Ouvi Noemi rir atrás de mim. Ela se aproximou e parou ao meu lado, e eu levantei o braço para abraçar sua cintura.

— Acho que isso seja ilegal, sua alteza — Noemi provocou.

— É um pouco ilegal, não muito! — ele replicou antes de se voltar para mim. — Ele vai achar que está doente, e você pode cuidar dele, e aí vocês dois se acertam.

Balancei a cabeça:

— Péssima ideia.

— Ótima ideia. Vamos, Noemi, o que você acha?

— Acho... — ela começou com um suspiro — que é uma pena a sua irmã não ter nascido primeiro.

Eu me curvei de tanto rir, e o rosto de Escalus se encheu de rugas de admiração. Noemi acariciou minhas costas algumas vezes antes de voltar para seus afazeres, e Escalus e eu ficamos num silêncio confortável por quase uma hora. Era um alívio ele nunca precisar de mim para preencher o espaço com palavras.

Mas ele chegou ao seu limite e disse, esfregando os olhos:

— É o máximo que consigo aguentar. Onde está sua espada?

— No lugar de sempre.

Ele enfiou a mão embaixo da cama e pegou a espada. Desde o dia em que eu sem querer cortei o braço dele, a regra — a nossa regra — era que eu deveria treinar com um pano em volta da lâmina.

Nunca perguntei de onde tinha vindo minha espada. Achava que era uma que ele tinha usado quando era mais jovem e que depois acabara passando para mim, ou que ele tinha mandado fazer em segredo para a irmã mais nova. Em todo caso, eu a adorava.

Ele a desembainhou e a girou no ar, acertando o dossel da minha cama.

— Ei!

— Não fez marca. Agora de pé. Hora da aula.

Guardei meu bordado, dei uma mordida generosa no pão que ele tinha trazido para mim e, mastigando, fui até ele.

— Mostre-me a sua postura.

Espacei os pés até que ficassem uns trinta centímetros distantes um do outro e firmei a ponta dos dedos no piso de madeira.

— Bom. E onde ficam as mãos?

Eu as ergui diante do queixo, como se estivesse segurando o cabo da espada.

— Abaixe os ombros. Isso. Muito bem — ele disse, me entregando a espada. — Sua vez.

Inspirei longa e demoradamente antes de pegar a espada e mirar no dossel da cama. Diferente de Escalus, não tentei acertar. Minha meta era usar força suficiente para, se acertasse, conseguir arrancar um pedaço da madeira, mas ter controle o bastante para fazer a espada parar antes disso.

Escalus me observava com paciência, corrigindo minha postura e me incentivando. Passaram-se apenas alguns minutos antes de eu forçar demais. Minha espada caiu de forma ruidosa no chão e eu me encolhi de dor, levando a mão à coxa.

— Annika!

— Senhora! — Noemi veio correndo, mas era tarde demais. Escalus já tinha me pegado no colo e, rapidamente, me posto na cama.

— Estou bem. É só uma ferida que não está sarando direito.

Os olhos límpidos e cheios de confiança dele se fixaram nos meus:

— Nunca imaginei que a coisa ficaria tão feia entre vocês dois. Mesmo nos piores dias dele, eu...

Eu percebi que estava sangrando e tentei ao máximo evitar que escorresse no lençol:

— Eu sei. Mas ou passo minha vida inteira o odiando por isso ou faço as pazes. Perdoo. — Soltei um suspiro. — Você pode sair. Estou em boas mãos.

Escalus levantou os olhos para Noemi, que confirmou com a cabeça, dizendo sem palavras que me protegeria. Só os céus sabem o que aconteceria se alguém desse um jeito de subornar Noemi. Ela conhecia até o menor dos segredos do palácio.

— Vejo você de manhã — Escalus disse, simpático. — Espero que com um sorriso.

— Claro que vou levar meu sorriso comigo.

— Que bom. Sinto falta de te ver sendo você mesma.

Eu olhei para ele, tentando parecer esperançosa e ao mesmo tempo pensando nas palavras que dissemos um ao outro na noite anterior:

— Estou com você. Sempre.

Lennox

Acordei com o som de Agulha chegando para dormir. Ela choramingou e esfregou o nariz na minha orelha.
— Você não está ajudando — informei Agulha. — Eu tenho muito trabalho hoje e preciso estar descansado.
Ela soltou um longo suspiro.
— Muito bem — estendi o braço e meu cabelo caiu por cima dos olhos ao acariciar o queixo dela. — Talvez eu me levante mesmo. Quem sabe eu consiga fazer realmente a diferença em breve. Quem sabe a gente possa finalmente sair — falei, e depois sussurrei uma ideia que eu mal me permitia pensar. — Quem sabe em alguns dias eu seja conhecido por outra coisa. Mas não se não me preparar!
Pulei da cama e passei os dedos pelo rosto enquanto observava o quarto. Já não tinha muita coisa naquele espaço que eu pudesse considerar minha: só alguns vestígios dos meus anos como filho de mercador, antes de Kawan aparecer à nossa porta. Na parede do canto, um arco e uma aljava com flechas descansavam ao lado de um violão que havia muito tinha perdido as cordas. Sobre a escrivaninha que eu raras vezes usava, havia uma pilha com alguns livros sobre orientação pelas estrelas e, ao lado, uma caneta caligráfica oblíqua que eu usava, ainda que minha letra agora fosse bastante questionável. No outro canto da escrivaninha estava o telescópio que havia sido presente do meu pai, com as lentes lascadas nas bordas por causa da vez em que o deixei cair. O resto eram roupas em vários estágios de limpeza. Eu dizia a mim mesmo que valia a pena lutar pela minha vidinha, que havia coisas maiores do outro lado à espera.
Pela pequena janela era possível ver que o céu ainda estava ne-

buloso, por isso vesti a capa por cima da roupa antes de pegar também minha espada e partir para a arena. Vi o resto da minha equipe chegar pela lateral do castelo e disse a mim mesmo que devia me acalmar. Esse era o começo de tudo.

— Pedi que vocês fossem dispensados de qualquer serviço a que tivessem sido designados hoje. É fundamental que eu saiba o que cada um é capaz de fazer antes de partirmos. Por isso, agora de manhã, vocês vão enfrentar Inigo ou a mim.

Todos aparentavam estar nervosos, exceto Blythe, que parecia esperar por algo assim.

— Mas antes quero explicar por que é tão importante que vocês estejam prontos para qualquer coisa que vier pela frente — eu disse, e então fiz uma pausa e engoli em seco. — Vamos para Kadier. Vamos roubar a coroa kadierana. Na verdade, não. Retiro o que disse. Vamos recuperar a *nossa* coroa. E vamos trazê-la de volta para cá.

Inigo e Blythe se entreolharam, enquanto Sherwin parecia prestes a desmaiar. Griffin soltou uma gargalhada louca:

— Adorei! — ele exclamou.

— Isso pode ser suicídio — Inigo disse.

Dei de ombros:

— Ficarmos aqui, escondidos e marginalizados, é outro tipo de morte. Não sei quanto a vocês, mas eu estou cansado de esperar. Se conseguirmos isso, vamos dar a todos deste castelo uma coisa que nem comida, nem roupas, nem recrutas podem dar. Se conseguirmos, Kawan vai ter de enxergar que estamos prontos para reconquistar nosso reino.

— E como exatamente você planeja conseguir a coroa? — Blythe perguntou. — Pode ser impossível entrar sozinho em Dahrain.

Balancei a cabeça:

— É provável que seja difícil. Mas não impossível. Já aconteceu duas vezes.

Ela não cedeu nem se convenceu.

— Ainda que os mapas antigos sejam capazes de nos levar até

lá, e ainda que a gente consiga entrar no palácio deles, não existe chance de a verdadeira coroa estar à mostra. Com certeza vai estar guardada e vigiada. Podemos levar dias até encontrar.

—Vamos entrar discretamente. Temos umas roupas que nunca foram usadas no depósito. Vamos pegar as melhores entre as que restaram e nos transformar em súditos. Montamos acampamento em algum lugar de Dahrain, entramos no palácio e montamos guarda. Os membros da realeza são criaturas preguiçosas e com hábitos previsíveis. Não vamos demorar muito para descobrir onde guardam seus tesouros. O perigo são os guardas. Quem sabe quantos haverá? Eu consigo cuidar de quatro ao mesmo tempo. Inigo, provavelmente você consegue o mesmo — eu disse, e Inigo confirmou com a cabeça. — Então, preciso saber como vocês se comportam sob pressão. Preciso saber se somos capazes.

— É ousado — Griffin disse.

— Essa... essa não é bem a palavra — Inigo replicou.

Blythe suspirou:

— Um problema. As roupas femininas não vão para o depósito. Vão para o guarda-roupa da sua mãe.

— Já pensei nisso. Hoje à noite, quando todos estiverem jantando, vou até o quarto dela.

— Será que não podemos só pedir? — Sherwin propôs.

— Não — Inigo disse. — Se esperam que a gente falhe, não podemos pedir permissão. Vamos ter de pegar tudo que for preciso e mais. Se conseguirmos, ninguém vai poder dizer nada. Se não...

Ele olhou para mim, e eu balancei a cabeça:

— Não vamos fracassar. Vamos ter paciência e cuidado, e voltar com a coroa nas mãos.

Blythe chutou as tábuas da arena:

— Certo. Vamos começar a trabalhar, então.

Ela tomou a espada da mão de André e caminhou até o meio do espaço.

— Eu vou com ela. Você pode ficar com Sherwin — Inigo propôs para em seguida baixar a voz. — Comece devagar. Dê a ele uma chance de ganhar autoconfiança. Ele tem potencial, mas reage melhor a incentivos do que a gritos.

Aceitei o conselho:

— Obrigado.

Inigo deu um passo atrás ao me ouvir, como se o meu agradecimento fosse queimá-lo. Ele engoliu em seco e depois endireitou o corpo:

— De nada.

Em seguida, foi até Blythe. André e Griffin formaram uma dupla para treinar, e Sherwin ficou de frente para mim. Consegui ver o pânico em seus olhos. Por um lado, seria besteira da parte dele não ter medo de mim, mas, por outro, não era muito animador ver como o temor dominava seu rosto tão rápido.

Segui as instruções de Inigo e não falei nada a respeito.

Depois de uns quinze minutos, os movimentos de Sherwin começaram a ficar mais certeiros. Seus ataques passaram a ser mais agudos, e o tempo de reação diminuiu. Seu olhar mudou, e ele começou a se parecer mais com um soldado. Forcei mais, e ele reagiu, movendo-se com mais agressividade. Era promissor. No entanto, depois de um tempo eu o vi olhar por cima do meu ombro, o que me fez recuar e me virar para ver o que se passava.

Inigo e Blythe se moviam depressa, e suas espadas soavam em uníssono. Treinavam sem solavancos, um via os movimentos do outro com um segundo de antecedência, num ritmo tão sincronizado que parecia uma dança. Eu estava hipnotizado, a ponto de não querer piscar por medo de perder alguma coisa. Depois de mais um golpe bem dado, Inigo levantou o braço esquerdo, e Blythe recuou bem quando estava preparando outro ataque, baixando a espada.

Atrás de mim, Griffin e André aplaudiam, e Sherwin logo se juntou a eles. Blythe e Inigo olharam para o público entusiasmado e sorriram pelo reconhecimento.

— Excelente, Blythe — eu disse.

Ela baixou a cabeça rapidamente e jogou uma mecha de cabelo por trás da orelha, sem dizer nenhuma palavra.

— O mesmo vale para você, Sherwin — eu disse, voltando-me para ele. — Você só precisa estar tão confiante no início quanto fica depois de quinze minutos. Acredite em você desde o começo. Eu sei que você é capaz.

Ele concordou com a cabeça:

— Sim, senhor.

— Griffin. Está pronto para sofrer? — chamei.

Ele abriu os braços como se fosse abraçar o mundo, com um sorrisinho sempre nos lábios.

— A seu serviço.

E a manhã continuou assim, com trocas de parceiros de treino e de observações. Quando chegou a hora do almoço, eu estava mais do que convencido de que Kawan tinha sido burro. Primeiro, porque tinha tanta coisa à mão e não conseguiu usar. E, depois, porque sem querer tinha me entregado tudo.

Annika

Por mais que preferisse ficar no meu quarto, era quarta-feira, eu sabia que meu pai estaria ensinando Escalus. E eu odiava perder aula.

Cheguei à biblioteca bem na hora em que Rhett saía para entregar alguns livros. Seu sorriso tinha voltado, e ele parecia perfeitamente tranquilo. Não consegui não pensar: "Esse menino me beijou".

Alguma coisa nisso me deixava estarrecida. Ele tinha trabalhado tanto para chegar aonde estava no palácio. O trabalho, o conforto... muita gente brigaria para ter o que ele tinha.

E ele estava mais do que disposto a jogar tudo isso fora por mim.

Era o tipo de coisa que eu lia em livros, que fazia as pessoas se apaixonarem. Então, por quê? Por que eu não estava disposta a abandonar tudo por ele? Se ele me amava como dizia, seria uma perda maior ficar do que partir.

— Alteza — Rhett me cumprimentou com uma rara reverência, enquanto as portas se fechavam às suas costas. — Quer que eu prepare os cavalos? — seu tom era de brincadeira, mas dava para ouvir seu anseio por uma resposta por trás da piada.

— Ainda não.

— Ainda não... mas logo.

Achei graça da confiança dele:

— Você acha que me conhece muito bem, não é?

Ele endireitou o corpo e passou os livros para a outra mão.

— Duvida de mim? Sei que prefere tentar abrir cadeados pequenos a grandes, e que tem um estranho apreço por canela. Sua cor favorita, por algum motivo bizarro, é branco, e você não se incomoda com a chuva, mas odeia o frio.

Ele fez uma pausa e balançou a cabeça, o que só aumentou o meu sorriso.

— O que mais? Você gosta mais do final da tarde do que da manhã. Costuma priorizar sempre os outros. Se pudesse passar o dia inteiro num gramado ensolarado com um livro, passaria. Sobretudo se fosse naquele canto mais afastado do jardim.

Levei a mão ao coração:

— Eu amo mesmo aquele lugar. As flores lindas e aquela pedra lisa e redonda no chão.

Ele fez que sim com a cabeça:

— Eu sei. Eu sei tudo sobre você. E sei que você não só quer como merece mais do que isso — ele disse, e esticou o queixo na direção da biblioteca antes de seguir seu caminho.

Confusa com aquelas palavras, entrei. Como esperado, vi meu pai e Escalus em sua mesa habitual, atrás das fileiras de prateleiras baixas na parte da frente. Mas, para minha surpresa, Nickolas também estava lá.

"Você merece mais do que isso." É. Eu achava também.

— Está atrasada — meu pai disse bruscamente. — A aula de hoje é para todo mundo. Vocês são a próxima geração de líderes de Kadier. Como pôde se atrasar?

Quis corrigi-lo e dizer que, para começo de conversa, ele nunca tinha me convidado formalmente para essas aulas, que eu só ia porque Escalus começou a me arrastar. E que continuei a ir porque amava aquilo.

— Me perdoe, majestade. Estou mais do que pronta agora — falei enquanto me sentava em meu lugar. Dava para notar que ele não estava a fim de gracinhas hoje.

Diante deles havia vários livros. O maior de todos estava aberto e mostrava um mapa do continente inteiro. Havia linhas contínuas nas fronteiras, com os belos traços dos rios se entrelaçando através delas ou, às vezes, definindo-as. Ao Norte, do outro lado de um mar pequeno, jazia um torrão de terra nosso denominado apenas "A Ilha". Cadeias de montanhas, oceanos, grandes planícies... tudo muito comum. Mas duas palavras nesse mapa me faziam literalmente sentir calafrios.

A legenda que definia o espaço além dos limites de Stratfel, Roshmar e mesmo Ducan: "Terra de ninguém".

Uns anos atrás, um estranho tentou matar meu pai. Havia muito tempo que eu pensava que aquele homem vinha dessas terras. Também pensava que, se minha mãe estivesse viva, estaria ali em algum lugar. Em termos de distância, não era impossível chegar lá — um homem treinado provavelmente levaria um dia, um dia e meio de cavalgada —, mas havia a questão da floresta, tão densa e ameaçadora que nunca ouvi nenhum relato de quem a tivesse atravessado. Alguém talvez pudesse se arriscar pelo mar, mas o litoral sudeste era tão acidentado que, quando mandamos um navio à região para procurar minha mãe, acabamos com apenas um sobrevivente, que voltou a pé.

Meu pai pigarreou e me fixei nos olhos dele. Ele nos encarou com o rosto severo:

—Vocês três são o futuro do nosso reino. E queria lhes dar um momento para pensar sobre de onde viemos e para onde vocês podem nos levar.

Ele pegou um livro e abriu numa página que tinha marcado com uma fita comprida. Depois, colocou-o em cima do que estávamos vendo antes. Na nossa frente estavam os contornos de Kadier, mas não Kadier.

Cento e cinquenta anos atrás, Kadier não tinha nome. O nosso território pertencia a seis grandes clãs — Jeonile, Cyrus, Crausia, Etesh, Obron Tine e Straystan —, que eram unidos pela língua e divididos pela ganância. A terra era tão boa, tão fácil de trabalhar, que todos os clãs brigavam com unhas e dentes para conquistar mais. Porém a divisão acabou se tornando um problema maior do que imaginávamos. De costas para o oceano e de frente para Kialand e Monria — duas nações que tentavam desesperadamente nos empurrar para o mar —, nossa posição era perigosa. Depois de décadas de batalhas, terras e vidas perdidas, os seis clãs se encontraram e concordaram em se unir sob a liderança de um deles. O pai do meu tataravô foi eleito para conduzir o povo. Na época, nosso clã se chamava Jeonile, mas mudou o nome para Kadier a fim de homenagear uma mulher corajosa que, segundo a lenda, tinha lutado com valentia. Não consegui encontrar nada sobre ela nos nossos livros de história e por isso não sabia quem ela era. Mas o nome serviu para unir os seis clãs, que abandonaram as denominações antigas e abraçaram a nova.

Depois de avaliar as capacidades de cada homem, juntar recursos e planejar muito, a Kadier recém-unificada lançou um ataque contra Kialand, não apenas repelindo-os, mas até conquistando algumas terras deles para nós. Quando Monria ficou sabendo do que finalmente éramos capazes de fazer, veio nos oferecer presentes de paz. A coroa que eu usava tinha ouro monriano e durante todos esses anos passou de geração em geração.

No começo, líderes de outros clãs tentaram tomar o trono, alegando que descendiam de uma linhagem mais antiga e que tinham talentos que nos faltavam. Mas nós sabíamos lutar, e quem não se ajoelhava acabava enterrado. Ao longo dos anos, os líderes desses clãs foram rareando, e os parentes de alguns deles acabaram se casando com membros da família real. Tudo se resumia a Escalus e a mim, por um lado, e a Nickolas, por outro. Com a nossa união, não haveria mais ninguém com pretensão ao trono. Conduziríamos Kadier a uma paz nunca vista.

Olhamos fixamente para as linhas desbotadas, riscos feitos a pena que um dia haviam nos levado a nos bater contra inimigos. Meu pai tinha um dom para transmitir essa ideia.

— O Dia da Fundação foi ontem. Vamos anunciar o noivado de Annika e Nickolas amanhã. Com o casamento de vocês, depois de sete gerações, teremos transformado Kadier de meia dúzia de clãs em guerra num reino completamente unificado. Nossos antepassados só sonhavam com isso — ele disse.

Meu pai engoliu em seco e nos olhou antes de fechar o mapa antigo de Kadier e voltar àquele do continente inteiro:

— E é por isso que vocês devem trabalhar juntos. Serão um exemplo para o resto do país, um exemplo de paz e unidade. Enfrentarão obstáculos, sem dúvida. E haverá quem tente ganhar a simpatia de vocês para obter ganhos pessoais. Quando sua mãe desapareceu...

Meu pai fez uma pausa após dizer essas palavras.

— ... pensamos que tinha sido obra de um país vizinho, de alguém que queria destruir a paz pela qual tínhamos trabalhado. Na verdade, eu tinha certeza de que a sua família estava por trás disso, Nickolas — meu pai retomou, balançando a cabeça para si mesmo, expressando suas teorias, algumas das quais eu nunca tinha ouvido. Eu não sabia se algo daquilo estava baseado em fatos ou se ele tinha passado noites sonhando com as respostas. — Quando Jago veio atrás de mim, uns meses antes... tive a certeza de que estava trabalhando para alguém. Algum rei por aí quer minha morte. Todos querem Kadier. Sempre quiseram.

Ele então arregalou os olhos para o nada:

— Jago... não estava trabalhando sozinho. Tentou me matar para beneficiar outra pessoa. Eu sentia isso dentro de mim. Quando fracassou, levou sua mãe para me destruir.

Eu não queria admitir que ele estava me assustando ao falar daquele jeito.

Lembrei quando o assassino veio atrás do meu pai, infiltrando-se à noite, até chegar aos aposentos dele. Foi o grito da minha mãe que acordou meu pai e alertou os guardas. Mais uns segundos e poderíamos ter perdido ambos. Como minha mãe desapareceu pouco tempo depois, meu pai tinha deduzido que os dois incidentes estavam relacionados. Mas não tínhamos como saber se isso era verdade. Não houve um pedido de resgate nem deixaram um bilhete. Não havia nenhum sinal de luta. Se não fosse pelo fato de que minha mãe nunca, jamais, me abandonaria, eu seria capaz de pensar que ela simplesmente saiu do palácio uma noite para nunca mais voltar.

— Mas ninguém vai nos destruir — meu pai continuou. —

Vamos estar prontos e preparados. Um dia, quando descobrirmos uma pista, vamos cumprir com o nosso dever e fazer justiça. Até lá, seremos o melhor exemplo de família real já visto. Escalus, devemos escolher sua noiva com cuidado. Toda princesa tem suas desvantagens, mas uma aliança inteligente vai aumentar a nossa estabilidade. E, Annika, você e Nickolas vão fazer uma turnê real logo depois do casamento para se apresentar como casal aos monarcas das redondezas. Por isso, espero que pesquisem a etiqueta de Caporé, Sibral, Monria, Halsgar e Kialand. Esses cinco países são o mínimo do mínimo.

Fiz que sim, sabendo que Rhett me indicaria a direção certa.

— Deveríamos convidá-los para vir aqui, não? — Nickolas sugeriu, com um tom ofendido. — Sem dúvida eles é que deveriam percorrer o trajeto depois do nosso casamento.

Troquei um olhar com Escalus antes de responder pelo meu pai:

— Como um casal real jovem e recém-formado, espera-se que nós facilitemos o encontro para os mais velhos.

— Se insistem — Nickolas disse, em tom insatisfeito. — Isso é tudo?

Olhei para Escalus de novo. Que pergunta impertinente.

Meu pai confirmou com a cabeça:

— Por hoje.

Nickolas se virou como se estive prestes a falar comigo, mas Escalus foi mais rápido:

— Espero não estar sendo rude, mas se vocês dois não se importam, eu gostaria de roubar minha irmã um pouquinho. Temos alguns assuntos pessoais para conversar.

Sem esperar uma resposta, dei o braço para Escalus e deixei que me conduzisse para outra parte do castelo. Qualquer parte, de verdade.

—Você está bem? — ele perguntou.

Fiz que sim com a cabeça, embora o gesto fosse vazio.

— Só queria que o fato de fazer a coisa certa não parecesse ser tão errado.

Caminhamos em silêncio por um instante antes de lembrar por que, afinal, estávamos ali.

— Ah, como sou boba. O que você queria me dizer?

— Algo incrivelmente importante... Minha cor favorita é azul.

Fiz uma cara de tédio:

— Isso é tudo?

— Eu só queria saber como está a sua perna. Você me assustou ontem.

— Estou bem — eu disse. — Dói, mas a ferida não abriu. Está sarando melhor do que eu imaginava.

— Ah, é? Então, quando quer ter outra aula?

— Hoje à noite! — exclamei. — Mas dessa vez precisa ser no estábulo, não no meu quarto. Eu não consigo me mexer lá.

— Mas eu gosto de treinar no seu quarto.

— Tenho que poder fazer barulho, golpear coisas.

Ele bufou.

— Por favor! — pedi, dando puxões na manga do seu paletó como se fosse criança.

— Ugh. E você acha que Nickolas é péssimo? Certo. Vai ser no estábulo.

— Eu sabia que você me amava.

Ele me deu um beijo na testa.

— Quem não ama?

Lennox

Minha mãe estava sentada ao lado de Kawan na mesa principal, encostada nele e com os dedos em torno do seu colarinho. Ele sorria, com o rosto um pouco perto demais do dela, e falava baixo. Minha sensação era de que meu estômago estava capotando ladeira abaixo.

Permaneci de pé na porta e fiz contato visual com cada um dos membros da minha equipe. Inigo e Griffin estavam sentados à mesma mesa, mas em lados opostos. Kinton — o menino que entrou correndo no refeitório gritando que Aldrik havia retornado — estava curioso com a minha Comissão e encurralava André com perguntas, o que esta noite nos era útil. Sherwin estava sozinho numa mesa e, levando em conta que eu não sabia quem ele era até o dia anterior, supus apenas que ele fazia as refeições sozinho com frequência. Blythe estava sentada com algumas garotas, a maioria das quais eu conhecia de vista, mas não de nome.

O plano era simples. Eu iria até o quarto da minha mãe para roubar um vestido. Se, por algum motivo, ela ou Kawan se levantassem da mesa, Griffin e Inigo começariam uma briga. Kawan não impediria que duas pessoas que deviam me ajudar se machucassem, deixaria a coisa se arrastar e com certeza ficaria para ver. Se isso não bastasse, Blythe já tinha conseguido alguém para brigar com ela. Eu não sabia quem tinha topado de livre e espontânea vontade ser atacado por aquela garota, mas seja lá quem fosse eu já admirava essa pessoa.

Kawan e minha mãe ainda estavam comendo, então corri para o terceiro andar, cruzando com apenas um punhado de atrasados que desciam para o jantar. Tudo estava quase perfeito demais.

Abri a porta dos aposentos da minha mãe e vi que estavam vazios, como previsto. Ir até ali era sempre como adentrar uma lembrança distorcida. Antes, aquele espaço abrigava três pessoas. O canto onde ficava minha cama tinha agora uma penteadeira. A decoração era marcadamente feminina, e todos os vestígios do meu pai tinham sido apagados.

Precisei parar por um segundo para tomar um fôlego trêmulo. Como ela o tinha esquecido assim tão fácil? Como era capaz de viver no luxo enquanto o resto de nós trabalhava e treinava para a guerra? Como deixava Kawan tratar seu único filho daquele jeito?

E depois que esses pensamentos se esgueiraram na minha mente, se juntaram a eles mais uma dúzia. Por que eu tinha que fazer o trabalho sujo de Kawan? Por que nada nunca estava bom o bastante para ele? Por que eu tinha uma existência tão amarga?

Eu odiava tudo. Odiava o castelo. Odiava o destino. Odiava a mim mesmo.

Mas depois desse momento de fraqueza, reergui os muros firmes e fortes que cercavam meu coração. Seria muito mais seguro dessa forma por aqui.

O guarda-roupa da minha mãe ficava no canto nos fundos do quarto, e eu fui até lá, certificando-me de que no caminho não tinha tirado nada do lugar.

Só quando abri as portas do armário é que me dei conta do erro terrível que havia cometido: eu não fazia ideia do que caía bem numa dama. E será que eu deveria levar mais de um vestido, para o caso de passarmos vários dias fora? Será que minha incapacidade de escolher um vestido nos levaria à ruína?

Engoli em seco enquanto olhava fixamente para as roupas. O cabelo de Blythe era loiro. Amarelo fica bonito com azul. Ou verde.

Certo?

Peguei um de cada cor, enrolei-os numa trouxa e enfiei na bolsa que carregava no ombro. Conferi o guarda-roupa de novo, para garantir que nada parecesse estar fora de lugar, e fechei as portas.

Eu me esgueirei pelo corredor, desci correndo as escadas capengas e quase caí ao pisar numa pedra solta. No meu quarto,

Agulha me esperava ao pé da cama, toda orgulhosa, com um rato morto diante das patas.

Ela sabia que eu estava estressado. De algum jeito, Agulha sempre aparecia com comida nesses momentos. Ela apontou o focinho para baixo e levantou os olhos para mim.

Com um suspiro, caminhei até ela e peguei o rato.

— Obrigado — falei.

Guardei o animal no bolso só porque não suportaria que ela pensasse que eu tinha rejeitado o presente. Depois, fiz carinho na cabeça dela.

— Boa garota. Escute: não é para tocar nisso — eu disse com o dedo apontado para a bolsa. — Qualquer estrago aqui e eu vou ter sérios problemas.

Enfiei tudo debaixo da cama, na esperança de não ter arruinado nada no processo.

— Não que isso importe — eu disse. — Ter problema por isso é o mesmo que por qualquer outro motivo. E a esta altura eu já aprendi a não me importar.

Levantei a mão para fazer mais um carinho na cabeça dela:

— E não pense que eu me importo com você — avisei. — Eu não me importo.

Ela continuou com os olhos fixos em mim.

— É sério.

Ela deu uma latidinha antes de dar um salto e sair pela janela à procura de algo para comer.

Com um suspiro, também saí correndo para voltar ao refeitório. Parei no alto de uma escada para jogar o rato pela janela e limpei a mão na calça antes de entrar no salão. Lancei um rápido olhar para Sherwin, que ainda comia sozinho. Blythe me fitou nos olhos e logo desviou o rosto, e André agora estava sentado com Griffin e Inigo.

Fui até Inigo e me inclinei para sussurrar em seu ouvido:

— Consegui... mas por acaso você sabe algo sobre roupas femininas?

Ele engoliu a comida e me encarou de olhos arregalados:
—Você está de brincadeira.
— Quem dera.

Ao ouvir isso, ele jogou a cabeça para trás numa gargalhada louca. Era um som que não ouvíamos com frequência. Talvez um risinho solitário sim, mas uma gargalhada longa e irrestrita não acontecia muito no castelo, se é que já tinha acontecido alguma vez.

Foi contagioso, e eu me peguei sorrindo. Olhei para trás e vi que Blythe nos observava, também com um sorriso no rosto.

Foi estranho. Por um instante, o castelo não pareceu tão sombrio.

Annika

Noemi saiu de debaixo da minha saia de cócoras, e seu cabelo ficou um pouco bagunçado.

— Isso ajuda?

Dei alguns passos:

— Sim, você é brilhante. Muito obrigada de novo.

Ela se levantou, sorrindo para si mesma. Foi dela a ideia do cinto, ela que fez o design e o costurou. A peça seria usada debaixo das minhas saias volumosas. Assim, eu podia carregar minha espada sem ninguém perceber.

— Quanto tempo a senhorita passará fora? — ela perguntou.

— E o que devo dizer se alguém aparecer?

A pergunta me fez parar para pensar. Era improvável que alguém fosse me procurar a esta hora, mas se isso acontecesse... eu estava noiva agora. Andar pelo castelo às escondidas já não era apropriado.

— Não faço ideia, Noemi. Não tinha pensado nisso... Estava tão ansiosa, mas agora me pergunto se eu deveria ficar.

Noemi pegou minha mão e me trouxe de volta para o presente:

— Não, alteza. Só me leve com você. Se alguém perguntar, a senhorita estava melancólica e precisava de uma caminhada pela propriedade. E, naturalmente, fui fazer companhia — ela acrescentou fingindo seriedade, o que me fez rir.

— Tem certeza de que quer ser cúmplice dos meus crimes?

— Ah, alteza, acho que já sou.

Comecei a rir e apertei a mão dela:

— Suponho que sim, não é? Nada acontece na minha vida sem que você saiba. Quando você vai entrar numa aventura, Noemi? Preciso de alguns segredos seus.

Passamos de um quarto a outro rumo à escadaria. Ela sorriu:

— Creio que os seus terão de bastar para nós duas — ela disse, evitando a pergunta. — Espero que saiba que todos os seus segredos estão seguros comigo.

Suspirei.

— Se eu dissesse que ia fugir daqui, você me julgaria?

Ela engoliu em seco:

— Espero de verdade que a senhorita não fuja... Mas não, não julgaria. E se for, por favor, me avise.

— Eu avisaria... falei de brincadeira — afirmei. — Preciso descobrir um jeito melhor de aliviar meus temores. Tenho medo de me casar.

Noemi ficou cabisbaixa:

—Venha. Vamos nos divertir, ao menos por uma noite.

Vestimos o capuz das nossas capas e descemos as escadas. Eu ouvia os passos leves de Noemi atrás dos meus, e só esse som já me reconfortava um pouco. Estendi o braço para trás para pegar sua mão outra vez e atravessarmos o pátio.

—Você me promete uma coisa, Noemi?

— Qualquer coisa — ela garantiu.

— Não quero que você seja minha criada para sempre. Quero que se case quando estiver pronta. Eu não estava brincando quando disse que você deve ter as próprias aventuras. Mas, por favor, não me deixe tão cedo.

— Nunca, alteza. Não há mais nada no mundo que tenha espaço no meu coração — a voz de Noemi derramava sinceridade, e meu coração egoísta se tranquilizou por saber que eu não ficaria só.

Entramos no estábulo e encontramos os rapazes conversando bastante próximos no fundo. Escalus estava de pé, com a postura relaxada e inclinado para Rhett com um sorriso fácil. Rhett também parecia à vontade ao pagar uma moeda a Grayson, o menino que cuidava do estábulo, para que fosse achar o que fazer por mais ou menos uma hora.

Rhett foi o primeiro a nos ver, e não havia como negar o brilho em seus olhos. Será que eles sempre tinham sido assim? Talvez eu tenha confundido a sua alegria em me ver com simples charme. Era entranho pensar que toda aquela luz me pertencia.

— Ora, Noemi! Finalmente vai aprender a empunhar uma espada? — Escalus perguntou com um sorriso cada vez mais reluzente.

— Não, alteza — ela respondeu, com doçura. — Estou aqui só para servir de álibi à princesa.

Ele riu e balançou a cabeça:

— Acho que não. Acho que você está aqui para ter aula. Vem, pode usar a minha — ele disse, levando-a para uma baia aberta. — Por favor, só não me corte como fez a minha irmã estabanada.

Rhett veio para o meu lado. Eu conseguia sentir o seu olhar, talvez próximo demais. Respirei fundo e o fitei nos olhos.

— Case-se comigo — ele sussurrou com olhar suplicante. — Eu te adoro, Annika. Eu passaria a vida tentando te fazer feliz.

Depois, como se tivesse pensado em mais um argumento para me convencer, acrescentou:

— Escalus nos apoiaria. Ele odeia Nickolas.

Inclinei a cabeça para o lado:

— Odiar Nickolas não é o mesmo que apoiar a sua ideia. Afinal, isso é muito fácil.

Rhett riu baixinho.

— É justo. Eu mesmo o odeio. — O sorriso de Rhett saiu tão fácil. — Quando você precisa anunciar o noivado?

— Infelizmente, amanhã. Não tenho o privilégio de poder fazer a maioria das minhas escolhas.

Ele concordou com a cabeça.

— Bom, quando você quiser tomar uma decisão enorme, eu estarei pronto. Daria tudo o que você pedisse.

Endireitei minha postura.

— Então posso pedir que me ajude a relaxar depois de ter sido obrigada a pensar muito nos últimos dias?

— Ao seu dispor.

Rhett tinha um olhar malicioso, mas eu sabia que estava segura. Não que ele fosse me deixar vencer — nunca o fazia —, mas compartilhava uma característica com Escalus: ambos se sentiriam péssimos se me machucassem.

Empunhei a espada e assumi uma postura mais avançada, para manter Rhett longe. Ele golpeou minha lâmina e eu me defendi do golpe, dando um passo para o lado. Ele aprovou com a cabeça e acompanhou o movimento para ficar de frente para mim.

— Pegue leve com ele, Annika — Escalus avisou do outro lado do estábulo. Noemi logo reagiu ao comentário com uma risada.

— Nunca! — gritei de volta.

Senti meu corpo se entregar à dança e à beleza da luta. Eu conhecia a forma e o estilo de Rhett e me arrisquei a adivinhar o que faria. Quando ele golpeou para frente, usei o seu peso contra ele mesmo. Forcei a espada para baixo, empurrando o meu guarda-mão contra o de Rhett, de modo a forçar a espada a fazer um movimento circular e, assim, escapar de suas mãos. Vi a espada voar pelos ares até aterrissar numa pilha de feno e ficar ali, inútil.

Nos instantes de silêncio que se seguiram, senti um entusiasmo fervilhar dentro de mim, até Escalus enfim gritar:

— Annika! Você tirou a espada dele!

Deixei minha espada cair no chão e tapei a boca, em choque. Nunca tinha conseguido desarmar ninguém.

— Muito bom, Annika! — Rhett exclamou.

Logo Escalus apareceu, me tomou nos braços e me rodopiou:

— Agora é oficial. Quando eu for rei, você será a chefe da minha guarda.

— Não acredito que fiz isso! — deixei escapar. A adrenalina da conquista era intensa. Senti que era capaz: se tinha conseguido fazer algo que não era para mim, talvez existissem outras coisas, maiores, que eu também poderia aprender.

Lennox

Eu mesmo tinha instalado a tranca na minha porta. Era uma barra que passava por duas argolas de metal para impedir que a porta fosse aberta mesmo se levantassem o trinco. Não era sofisticada nem bonita, mas era melhor do que outras por aí.

Ali estava eu, com a porta trancada, esperando que todos chegassem. Pensei em como seriam os próximos dias. Eu tinha começado a preparar minha bagagem naquela mesma noite.

Nossos mapas eram antigos, e pouquíssimos de nós já tinham tido a coragem de ir muito para oeste antes. Mas chegaríamos a Dahrain — ou Kadier, como foi rebatizada —, se mantivéssemos a cabeça no lugar.

Eu não tinha muitas informações sobre Kadier. Sabia que tinham um rei e que ele morava num palácio grandioso que deveria ser de Kawan. Com base nos poucos mapas que tínhamos, sabia que Kadier era o maior país do continente. E que o povo de lá tinha tomado tudo o que era do meu.

Ouvi alguém bater na porta. Abri a tranca e vi Inigo, Sherwin, André, Griffin e Blythe se esgueiraram para dentro do quarto.

— Desculpe ter rido de você — Inigo disse logo de cara. — Mas você precisa admitir que foi engraçado.

Suspirei:

— Foi. Trouxeram roupas para mim?

— Sim — Griffin disse. — Tudo já está nas bolsas. Achamos melhor do que carregar tudo para cá.

Concordei:

— Pensaram bem. E, Blythe — comecei, coçando a cabeça antes de me abaixar para tirar a bolsa de debaixo da cama —, espero que estas roupas sirvam.

Ela tirou os vestidos e os colocou contra o corpo:

— Acho que sim. Você parece tão preocupado — ela comentou, com a expressão intrigada.

Limpei a garganta, levantei e ajeitei o colete.

— Não que eu saiba muito sobre vestidos.

Ela olhou a peça e passou a mão na cintura para alisar as marcas de dobra.

— Não se preocupe. Ainda me lembro do que fazer para parecer uma dama.

Havia um toque de saudade na voz dela, mas eu o ignorei para voltar ao assunto principal.

— Todos precisam estar prontos para partir amanhã cedo. Levem barracas, claro, e peguem uma espada do depósito. Atravessar a floresta vai ser pesado, por isso não se esqueçam de levar comida a mais. Não sei quanto tempo levaremos.

Engoli em seco antes de tocar no assunto que, se pudesse, eu evitaria.

— Sei que vocês já sabem como essa missão é perigosa. Se, por algum motivo, um de nós for capturado, não dê ao inimigo a chance de arrancar de você informação. É melhor morrer do que trair um exército inteiro. Se alguém acha que não vai aguentar, diga agora.

Sherwin tomou um fôlego trêmulo, mas logo emproou o corpo. E, apesar de ele ser baixo, foi uma atitude reconfortante. André abriu um sorriso silencioso, mas animador; Griffin assistia a tudo com um olhar sem brilho, mas fazia que sim com a cabeça. Inigo deu de ombros como se o desafio não fosse nada demais. Blythe, ainda abraçada ao vestido, inclinou a cabeça:

— Eu já disse a você que não fracasso.

Tratei de sufocar um sorriso:

— Muito bem — eu disse ao grupo. — Vão dormir. Encontro vocês no estábulo depois do café da manhã.

— Xô! — Griffin disse, gesticulando para alguma coisa do lado de fora da janela. — Desculpe. Acho que tinha um animal tentando entrar. Você tinha que colocar uma tábua aí.

Olhei para trás, na esperança de que Agulha ainda estivesse por perto. Eu não ia conseguir explicar a presença dela.

— Obrigado — disse de cabeça baixa. —Vejo vocês de manhã.

Depois que saíram, fiquei olhando para a janela aberta, esperando que ela voltasse. Senti um nó na garganta ao pensar que, caso eu não retornasse, talvez só Agulha sentisse a minha falta.

O vento batia no meu rosto, quente. Era um calor que eu nunca tinha sentido na vida. E havia um aroma doce no ar, que parecia o cheiro de maçãs assadas. Como eu não conhecia a paisagem, comecei a olhar em volta em busca de um marco reconhecível. Nada. Sem montanhas, sem mar violento, sem castelo em ruínas. Em vez disso, via um mato alto que se movia como se acenasse para nós a cada vez que era varrido pela brisa. A terra girou e beijou o horizonte na beleza de um pôr do sol. Era tão diferente de todos os poentes que já tinha visto que estendi a mão para tocá-lo.

Foi então que percebi que meus dedos deixavam marcas no céu, como se fosse tinta. Eu era uma pena de escrever. Então, estiquei a mão e gravei meu nome no céu.

Lennox.

Não era o meu nome completo, mas já não o usávamos assim... Decidi também que não precisava. O céu agora era meu.

Satisfeito, me deitei na relva. O mato estava tão alto que formava um muro ao meu redor, e eu fiquei observando o céu escurecer.

Eu estava ali sorrindo no escuro, incapaz de enxergar qualquer coisa. O ar ainda estava quente.

Foi quando uma mão acariciou minha bochecha. Diferente daquela terra, o toque me parecia familiar, como se eu o tivesse sentido a vida inteira. Mas, ao mesmo tempo, não era o caso.

— Aí está você — sussurrei.

— Estou.

— Fique — pedi. — Estou me sentindo sozinho.

Não houve resposta, apenas o carinho delicado na minha bochecha e no meu cabelo. Parecia que eu poderia descansar de verdade, como se enfim eu fosse invisível e ao mesmo tempo estivesse sendo visto.

Foi um alívio tão grande que quando acordei e percebi que não era real, meus olhos marejaram. Não chorei. Eu era incapaz de chorar. Mas tive vontade.

Funguei o nariz e com isso Agulha subiu na minha cama e esfregou o focinho no meu rosto.

— Quando você entrou? — perguntei. — Acabei de ter um sonho incrível.

Ela latiu baixo.

— Não, você não estava nele. Mas não se preocupe. Quando eu finalmente pegar o que pertence a mim, vou levar você comigo. Estou perto. Tão, tão perto.

O céu estava mudando de cor. O sol logo despontaria. Agulha sabia, e por isso avançou até o meu travesseiro e apoiou a cabeça na minha, respirando fundo antes de cair no sono.

— Por que você volta? — cochichei. — Não sabe como é perigoso fechar os olhos perto de mim? Todo mundo sabe.

Com o calor dela ao meu lado, olhei pela janela, observando as estrelas desaparecerem. Não era a mesma paz que a mão do meu sonho havia me dado ao vir me confortar... Mas era o melhor que eu podia esperar, e por isso aceitei. Logo eu alcançaria uma posição em que não precisaria de conforto. Nem conforto, nem aprovação, nada. E hoje seria dado o primeiro passo para isso.

Annika

Acordei dolorida e animada.

— Noemi? — chamei ainda sonolenta, virando o corpo para cima. Sempre me esquecia de que podia voltar a dormir de lado.

— Alteza?

— Que horas são?

— O café da manhã está quase acabando, mas pedi para servirem o seu aqui — ela apontou para a bandeja sobre a mesa perto da lareira apagada. — Achei que a senhorita merecia descansar um pouco.

— Ah, você é um anjo. Obrigada — disse, e levantei, sentindo uma dor deliciosa nas pernas e nos braços.

Noemi trouxe o meu roupão e me ajudou a vesti-lo. Sentada de qualquer jeito, passei um pé por baixo do corpo até tocar o canto do assento com os dedos, e comecei a comer. As migalhas caíam na minha camisola e nas mangas do roupão. Até uma liberdade minúscula como essa me fazia sorrir. Suspirava, encantada, a cada mordida.

Eu me endireitei assim que ouvi baterem na porta. Noemi correu para ajudar a limpar as migalhas do rosto e ajeitar o meu cabelo por cima de um dos ombros. Arrumando o próprio cabelo, ela abriu a porta.

— O duque de Canisse, alteza — ela anunciou, deixando Nickolas entrar no quarto.

— Oh — ele disse ao me ver de roupão. — Eu... eu volto mais tarde.

— Não, por favor. Precisa de algo?

— Sim. Escolhi este colete para hoje — ele disse apontando para o tecido azul-claro. — Você vai querer usar algo que combine, não?

Olhei para ele querendo que algo despertasse em meu coração.

— Noemi, tenho alguma coisa que combine? — perguntei, mas ela já estava a caminho do guarda-roupa.

— Acho que temos algumas opções que ficariam bem — ela disse, pegando dois vestidos azul-claros.

Antes que eu pudesse falar, Nickolas decidiu.

— O da esquerda. Muito bonito. Vejo você antes do anúncio?

Forcei um sorriso educado.

— Encontro você no grande salão perto da sacada. Tenho certeza de que vamos apenas acenar para a multidão.

Ele concordou com a cabeça.

— Muito bem. Vejo você lá.

Ele saiu tão rápido quanto tinha chegado, e só precisei desses poucos minutos para ver o quanto me atraía a ideia de fugir com o garoto da biblioteca. Rhett me permitiria escolher as próprias roupas, não se importaria com o meu penteado, não só me deixaria carregar uma espada como sorriria quando eu arrancasse a dele da sua mão...

A cada segundo ficava mais difícil engolir tudo aquilo. Odiava essa sensação de que o quarto estava diminuindo. Eu sabia que era um egoísmo tremendo sentir claustrofobia num palácio... Mas não conseguia deixar de pensar que eu poderia respirar com mais liberdade numa cabana na fronteira de Kadier.

No entanto, assim que esse pensamento passou pela minha cabeça, imaginei o rosto do meu irmão. Era tão tentador... Mas, por Escalus, eu tinha certeza de que ficaria.

Lennox

AGULHA ME SEGUIA DE PERTO. Parecia estar um pouco ansiosa, acordada quando deveria estar dormindo. Ela às vezes fazia isso, quando uma tempestade se aproximava, sentia no ar coisas que eu era incapaz de notar. Mas, apesar da sua inquietação, o tempo estava incrivelmente calmo. O sol até brilhava através das nuvens tênues. Mesmo assim, ela se recusava a sair do meu lado enquanto eu seguia para o cemitério.

Tenho certeza de que nunca deveríamos ter recuperado o corpo do meu pai. Eu não gostava de lembrar o estranho tom verde da sua pele. Ou a expressão de Kawan, que parecia sinistramente alegre ao ver meu pai partido ao meio. Mas, por mais difícil que tenha sido, pelo menos tivemos o que enterrar, uma oportunidade de encerrar a questão.

Nem todos tinham esse privilégio.

Depois que o corpo foi identificado, trouxeram-no para cá com a honra de ser o primeiro a morrer na guerra pela reconquista do nosso reino, um conflito que ainda estava para começar. Para mim era conveniente que ele estivesse enterrado ao lado de outra pessoa notável na nossa história, alguém importante o bastante para receber um jazigo apropriado. Os outros me viram aqui e acharam que eu tinha vindo falar com meu pai.

Isso era um erro.

— Estou partindo em Comissão — disse. — Tenho meus próprios soldados e tudo mais. Acho que você vai gostar de saber que não vou precisar matar ninguém. — Esfreguei o nariz. — Posso estar enganado. Se alguém me pegar, talvez precise — eu disse, como se fosse algo muito comum.

— Sua mãe amava você? — perguntei do nada. — Imagino que

sim. Quem tem boa mãe sempre tem um ar diferente. Não sei se a minha já me amou. Não mesmo. Houve um tempo, quando meu pai era vivo, que eu conseguia me enganar e acreditar nisso, mas não dá mais. Tenho a sensação de que sou apenas mais uma arma em seu arsenal para ficar com Kawan só para ela, para ser rainha quando ele enfim estabelecer seu novo reino.

O vento agitou meu cabelo e o fez cair sobre minha testa.

— Não se preocupe. Quando invadirmos, minha intenção é poupar a vida dos plebeus. Talvez você não acredite, mas sei ser misericordioso.

Soltei um suspiro e comecei a andar em círculos.

— Sei que é difícil acreditar, depois de tudo que já fiz. Você é testemunha de que não tenho coração.

Fixei os olhos na lápide. Não havia nome. Achei justo. Se nós fomos esquecidos, ela também poderia ser.

— Em todo caso, achei que você fosse gostar de saber da minha nova missão. Volto para visitá-la quando terminar.

O vento do litoral dançava à nossa volta, e eu fiquei ali por um bom tempo, perto da primeira alma que ceifei. Eu me perguntei se havia outro mundo, um lugar de onde fosse possível nos ver de cima. Se havia, será que meu pai estava lá, incomodado por eu ter trocado a sua companhia por outra? Eu não sabia explicar por que meu peito me empurrava para este túmulo que estava a seis passos à direita do dele. Eu esperava que, se ambos estivessem nesse outro mundo — um no qual eu imaginava que não havia perguntas e respostas intermináveis —, ele entenderia.

Agulha se escondeu num arbusto mais alto, o que era indício de que alguém se aproximava.

— Lennox?

Eu me virei e vi Inigo subindo pela trilha:

— Algo errado?

— Desculpe, mas estamos com problemas para conseguir comida suficiente.

— Minha próxima parada é a cozinha. Vou resolver isso —

disse e, depois de uma pausa, acrescentei: — Inigo, você... você tem alguma lembrança do meu pai?

Inigo arregalou os olhos.

— Eu não o esqueci — disparei. — É só que não sei o que os outros achavam dele.

Ele fez que sim com a cabeça:

— Eu lembro que ele era decidido, como você. Sempre soava esperto. Quando alguém fazia uma pergunta, ele sabia alguma coisa sobre o assunto. Talvez não tivesse a resposta completa, mas nunca encerrava a conversa sem dar uma luz. E me lembro da vez que o velho Theo caiu no bebedouro dos cavalos. O seu pai riu tanto que até chorou. Nunca vi ninguém rir como ele. Era estrondoso.

Abri um sorriso. Ele ria assim mesmo, não ria? Como um trovão, grave e intenso.

— Obrigado — falei baixo. — Vamos voltar.

— Com certeza, senhor.

Inigo me cutucou com o cotovelo e, pela primeira vez em muito tempo, me senti tranquilo.

Annika

Eu estava andando de um lado para outro no amplo salão que dava para a sacada principal. Fazia dez minutos que os sinos soavam, e a notícia do meu noivado era oficial. Eu já enxergava a multidão que se reunia embaixo da janela e ouvia os vivas e as palmas que vinham do outro lado dos muros do palácio. O povo estava nos esperando.

— Vai ficar tudo bem — Escalus assegurou, embora desse para notar que estava escondendo a própria inquietação.

— Não vai. Não para mim.

Eu era incapaz de articular mais do que três palavras por vez. Simplesmente eu não tinha fôlego para isso.

— Annika... você está pálida.

— Estou sentindo... sentindo...

Curvei o corpo, apoiei uma mão na parede. Eu precisava de mais ar.

— Annika? — meu pai se apressou pelo corredor. — O que houve?

Caí de joelhos e rolei para ficar com as costas no chão. Era bom sentir o frio do piso de mármore nos poucos centímetros da minha pele que estavam descobertos. No chão, meu pulmão podia se expandir um pouco mais. Eu só precisava me concentrar em fazê-lo funcionar.

— O que você acha que está acontecendo? — Escalus disparou. — Você fez isso com ela. Tinha de ter outro jeito. Nós estamos falando do resto da vida dela.

— Já conversamos sobre isso. O seu casamento é com alguém de fora do país, e o de Annika é para unificar as linhagens. Isso garante a paz — ele disse de modo assertivo, oscilando entre as duas versões de si mesmo com as quais eu tinha de lidar agora.

— Tem que existir um caminho que ainda não exploramos — Escalus suplicou.

— O anúncio já foi feito. O povo está se reunindo lá fora — essa foi a única resposta do meu pai.

— Escalus, me ajude — eu levantei os braços, e ele, com delicadeza, me puxou para cima. Assim que me coloquei de pé, meu irmão endireitou meu vestido e ajeitou as pregas nos lugares certos. Penteei meus cachos com os dedos e os joguei por cima do ombro. Lancei um olhar para Escalus, e ele fez que sim com a cabeça, o que queria dizer que minha aparência estava aceitável.

— O que aconteceu aqui? — Nickolas perguntou quando surgiu de repente.

— Levei um tombo — menti.

—Você? Mas você tem pés tão ágeis.

Ele deu passos largos na minha direção e estendeu uma caixinha.

— Talvez isso alivie a dor da sua queda — disse.

Nos livros, era nesse momento que os homens sempre se ajoelhavam. Tomavam a mão da sua dama como se sua vida dependesse disso. Já eu tive de segurar a caixinha que ele praticamente enfiou na minha mão.

Dentro dela, aninhado entre duas almofadas de veludo azul, estava um anel. Trazia uma pedra esverdeada oval rodeada de diamantes minúsculos. Era muito bonito, apesar de não ser do meu gosto.

— Que lindo — meu pai comentou, me fazendo lembrar do que eu deveria dizer naquela hora.

— Sim, obrigada — coloquei o anel na mão direita. Ficou um pouco grande, mas não a ponto de cair.

— Essa pedra, como você sem dúvida já sabe, é nativa de... — ele parou de falar quando enfim prestou atenção em mim. — Annika, já falamos sobre isso.

Eu o encarei, ainda zonza demais para adivinhar do que se tratava.

— Seu cabelo — ele disse, com um tom de voz cada vez mais decepcionado.

Tentei assumir uma aparência mais sóbria.

—Você falou especificamente depois que o nosso noivado fosse anunciado.

— Era assim que a nossa mãe usava o cabelo — Escalus disse, ecoando minhas palavras no Dia da Fundação.

— Eu sei e entendo o apego, mas acho que Annika devia prender o dela — Nickolas insistiu. — Busque a criada dela. Chame-a imediatamente.

Escalus ajeitou o corpo, e sua voz saiu num tom grave e firme que eu nunca o tinha visto usar.

— O senhor está se esquecendo da sua condição. Não tem o direito de me dar nenhuma ordem. Além disso, a Noemi é uma criada de confiança, e não vamos tirá-la do trabalho para realizar os seus caprichos. Por fim, se você disse a Annika que esse pedido passaria a valer depois do anúncio do casamento, ela está certa em querer aparecer para o seu povo do jeito que prefere uma última vez.

Escalus respirava com violência pelo nariz.

— Creio que você acha que esse casamento era a nossa única opção — ele continuou —, mas eu lhe asseguro que não. Muitos príncipes já tinham pedido a mão de Annika, mas foram rejeitados por acreditarmos que a união das linhagens nos trará paz. Se você a fizer sofrer, podemos desfazer tudo isso num piscar de olhos.

Nickolas olhou para o meu pai, que era traído pelo medo em seu olhar.

— Acho que não — Nickolas disse, enfim. Seu tom não era de ameaça, mas de quem havia entendido os fatos. — Mas se isso for acalmar as coisas, cedo nesse ponto hoje para podermos prosseguir. Não quero deixar o povo esperando — Nickolas ajustou a gravata e estendeu a mão para mim. — Está pronta, benzinho?

Ele já tinha me chamado disso antes. Eu esperava que isso não se tornasse hábito.

Lancei um olhar para Escalus, que ainda parecia estar disposto a tocar fogo no palácio para se livrar de Nickolas, e dei a mão para o meu noivo.

— Claro.

Meu pai não disse nada. Passou pela minha cabeça uma memória da minha infância. Eu tinha dito que não queria sair para caminhar porque Escalus tinha me contado histórias de bruxas e dragões, e eu não queria que eles me pegassem. Minha mãe me segurava pela mão, mas talvez tenha sido a única vez na minha vida que isso não bastava. Então meu pai pegou minha sombrinha e a segurou como uma espada. Jurou que ia usá-la como uma varinha para afastar bruxas e matar qualquer dragão. Naquela época, dava para acreditar.

Eu odiava que, apesar de estar ao meu lado todos os dias, ele estava tão distante. Eu conseguia ver que estava dividido, com uma visível pontada de remorso no olhar.

Ao se aproximar de mim, sussurrou, discreto:

— Sinto muito, Evelina — ele balançou a cabeça. — Digo... Annika.

E por um instante me perguntei se o que ele queria mesmo era pedir desculpas a ela.

— Estou bem — menti, em voz baixa. — De verdade.

Meu pai endireitou o paletó, e a hierarquia ditava que ele e Escalus deviam sair primeiro. Nickolas e eu fizemos uma pausa, para dar o tempo certo entre a entrada deles e a nossa.

— O rei parece... perturbado — Nickolas comentou ao ver o sorriso falso de meu pai.

— Ele está bem. Acho que não se importou com aquela cena.

Nickolas endireitou o corpo, e eu fiquei surpresa ao ver que ele conseguia ficar ainda mais ereto.

— Eu não fiz cena.

Depois de alguns acenos para a multidão apaixonada lá embaixo, meu pai e Escalus se afastaram, abrindo um espaço entre si como uma porta. Nickolas e eu surgimos para ocupar o centro da sacada. Levantei a mão de modo a deixar que o sol se refletisse no meu novo anel, dizendo a todos lá embaixo que a notícia feliz era verdadeira.

E sorri. Por eles, fingi que isso não tinha me custado nada.

Com um sorriso que mais parecia uma careta, Escalus cochichou para mim:

— Eu vou matá-lo.

Balancei a cabeça de leve.

— A morte dele pode iniciar uma guerra civil. Não arrisque tudo por causa do meu cabelo. Eu vou sobreviver.

Aí estava a minha nova meta. Não florescer. Não ser feliz.

A meta era sobreviver.

Lennox

Havia quatro coisas que eu carregava no cinturão o tempo todo: um pequeno pedaço de corda, uma barra de cereais e sementes prensadas com mel, uma lâmina dobrável para tarefas para as quais a minha espada era grande demais, e um botão do casaco do meu pai.

A fim de me preparar para a Comissão, fiz uma mala maior com mais comida, um odre de água, ataduras, uma única muda de roupa e minha barraca. Enfiei o arco e as flechas numa bolsa atada à minha sela, mas não achava que iria usá-los. Também levei nossos mapas desatualizados, na esperança de que ao menos nos ajudassem a chegar perto da localização verdadeira.

A única coisa que eu gostaria de ter levado com a bagagem era uma mente mais calma. Será que a missão era ambiciosa demais? Se eu conseguisse fazer isso — se provasse que deveríamos voltar agora ao nosso reino —, todas as perdas sofridas desde que cheguei a Vosino teriam valido a pena.

Blythe foi a primeira a aparecer. Pulei no cavalo, pronto para partir, e ela fez o mesmo.

— Inigo foi buscar uma espada reserva, e Griffin vem logo atrás de mim. Teve de dar um beijo de despedida na namorada.

— Griffin tem uma namorada? — perguntei, em choque.

Ela sorriu.

— Lembra que eu consegui alguém para me dar um soco ontem à noite caso a distração causada por Griffin e Inigo não fosse suficiente? Era ela. Rami. Ficou feliz em poder fazer algo que ajudaria Griffin.

Meu cavalo se agitou, embora eu seguisse imóvel e impressionado.

— Há quanto tempo eles estão juntos? — perguntei.

— Acho que mais ou menos um mês. Ela é parte daquele grupo que chegou há cinco meses. Lembra?

Eu lembrava. Todos tínhamos ficado impressionados com o grupo de vinte pessoas esfarrapadas que tinha vindo parar aqui. Metade se arrastava após terem passado quatro dias perdidos na floresta. Depois que lhe demos um lugar para descansar e comida, juraram fidelidade a Kawan tão rápido que eu até fiquei zonzo.

Fiz que sim com a cabeça.

— Griffin contou para ela o que você disse sobre não permitir que o inimigo arranque algo de nós, e ela passou a noite aos prantos.

— Ele nunca falou uma palavra sobre ela.

Blythe deu de ombros.

— Não existem muitos segredos por aqui... Acho que ele quis ter um.

Soltei um suspiro. Por isso relacionamentos não eram mais que problemas.

Inigo apareceu logo em seguida, com duas espadas na mão e uma bolsa nas costas.

— Ei — falei baixo —, você sabia que Griffin tinha namorada?

Ele suspirou.

— Rami. Ela... — ele só balançou a cabeça.

Todo mundo sabia menos eu?

Sherwin apareceu logo depois, conduzindo seu cavalo. Seu rosto estava sério e dava para ver que estava concentrado, pensando na missão que teríamos a seguir. Admirei sua atitude. Ele levava pouca bagagem e caminhava com firmeza. Fiquei feliz por tê-lo como soldado.

André apareceu depois, com uma expressão ansiosa e determinada. Por fim, Griffin surgiu, com os olhos vermelhos. Tentava o tempo todo se esconder atrás da crina do cavalo para não mostrar o rosto. Ele costumava ser só piadas e provocações e exagero. Só quando o vi tão mudado é que percebi como este lugar precisava de alguém como ele.

Alguém como meu pai. Alguém para quebrar o gelo.

Lancei um olhar para Inigo, que parecia ter lido a minha mente.

— Acho que podemos nos virar sem ele — sussurrou.

Concordei. Kawan faria de tudo para que todos víssemos a face da guerra antes do fim — mas Griffin podia ter o dia de hoje.

— Griffin.

— Sim, senhor — ele respondeu, ainda escondendo o rosto.

—Você fica. Kawan superestimou meus números.

Ele balançou a cabeça e engoliu em seco.

— Eu posso ir. Lennox, eu estou pronto.

— Estou vendo. Mas a minha ordem é para você ficar. Não preciso de você.

Fixei o olhar nele, querendo que ele cedesse. Eu sabia que ele não queria ser visto como covarde. Eu não ia querer. Mas a situação não tinha nada a ver com isso.

Por fim, ele soltou um longo suspiro.

— Obrigado, Lennox.

— Não há o que agradecer — afirmei. — Na nossa ausência, cuide para que este lugar não desmorone, sim?

Ele abriu um sorriso.

— Sim, senhor.

—Vamos — ordenei.

Ditei o ritmo, fazendo meu cavalo apertar o passo. Queria ter uma boa distância entre o castelo e mim antes de Kawan descobrir que eu tinha deixado para trás um dos soldados que ele havia escolhido a dedo. E eu precisava chegar mais perto de Dahrain. Eu me sentia como se estivesse preso debaixo d'água, e cruzar a fronteira seria como dar um longo respiro.

A parte mais difícil da jornada veio logo no começo. Havia uma região de bosques na parte mais distante do território; era espessa, mas dava para cruzar. Depois, vinham planícies cheias de relva alta e flores campestres, e fui obrigado a admitir que cavalgar ali às vezes dava a sensação de avançar por uma pintura. Era uma pena que ninguém as conhecesse de verdade. Do outro lado, bloqueando o acesso, estava a floresta, um conjunto de árvores retorcidas tão denso que era quase impossível atravessar.

A copa das árvores mais altas era espessa demais para a luz do sol entrar, o que deixava a parte de baixo sem muita vegetação. As árvores menores não se davam ao trabalho de ter folhas; em vez disso, estiravam galhos finos que se enroscavam em tudo e cortavam roupas e braços. Tudo formava um emaranhado tão compacto que até achar um ponto para entrar era um desafio. A única forma de cruzar era se guiar pelos retalhos de céu visíveis através das copas das árvores. Pouquíssimos podiam fazer isso sem acabar completamente perdidos. E, como só viajávamos para tão longe em Comissões ou para procurar recrutas pobres e necessitados, não tínhamos aberto ainda uma trilha de verdade.

Levamos várias horas para atravessar a floresta, mas felizmente conseguimos fazer isso antes do anoitecer. Respirei aliviado quando vimos o sol nascer do outro lado.

A parte do continente onde hoje vivíamos não era ruim. Tínhamos acesso ao mar, a terras mais ou menos cultiváveis, e havia um nível de reclusão que me agradava. Mas, à medida que avançávamos pelas fronteiras de outros países estabelecidos, me peguei invejando a beleza deles. Havia campos amplos e ondulados, e podíamos ouvir a música de riachos que corriam sobre um leito de pedras em seu caminho para o oceano. Sempre que entrávamos por uma estrada que cruzava um vilarejo, as crianças corriam atrás dos cavalos, entre risos e acenos. Em alguns lugares havia construções sendo erguidas, e as terras ainda não tinham sido totalmente loteadas e distribuídas. E havia muros para manter alguns do lado de dentro e os outros do lado de fora.

Viajávamos o mais rápido possível, sem parar nem uma vez. Aldrik tinha roubado o gado ao norte de Halsgar, e por via das dúvidas escolhi seguir mais por dentro, contornando a fronteira ao sul de Cadaad. No pôr do sol, já tínhamos chegado às portas de Monria. A floresta ao redor já não tinha o mesmo tamanho de quando meu mapa foi feito, mas dava para ver que era o mesmo lugar.

— Aqui — eu disse, conferindo mais uma vez o quadrado no mapa e mostrando-o a Inigo.

— Oh. Hmm... Eu não sei ler as palavras — ele disse baixinho.
Recolhi o mapa por um segundo para não o envergonhar.

— Você não precisa das palavras. Veja o terreno. Acho que a floresta é esta aqui, e o lago que passamos é este.

Ele pegou o mapa e notou as formas das árvores e das rochas. Depois, levantou os olhos e inspecionou o entorno, pensando no que tínhamos visto pelo caminho. Aos poucos, seu rosto mostrou que tinha entendido.

— Acho que você tem razão.

— Ótimo — agradeci, para em seguida me dirigir aos outros. — Vamos acampar debaixo dessas árvores e sair assim que o sol despontar.

Trotei até a árvore mais próxima para apear e amarrar meu cavalo.

Inigo começou a montar sua barraca.

— Só queria dizer que estou feliz com o que estamos fazendo. Se formos bem-sucedidos, provavelmente vai ser a Comissão mais importante já realizada.

Fiz um carinho atrás da orelha do meu cavalo.

— Se formos bem-sucedidos do jeito certo, concordo. Se não... Não quero nem pensar.

— Então não pense. O nosso grupo é bom. Se mantivermos a cabeça baixa e seguirmos as instruções que nos derem no palácio, vamos conseguir.

— Vamos esperar que sim. Mas ouça... — Eu o puxei para trás do meu cavalo e falei baixo: — se alguma coisa me acontecer, deem um jeito de salvar a Comissão. Faça *alguma* coisa. Mesmo que eu não esteja vivo para ver, quero reconquistar Dahrain.

Quase me doía confessar o quanto eu queria meu país de volta. Querer implicava a possibilidade de perder, e eu preferia ficar longe desse tipo de dor.

— A equipe vai seguir você. Provavelmente melhor do que segue a mim — admiti.

Ele engoliu em seco.

— Pode deixar. Mas nada vai acontecer com você — Inigo insistiu. — Você é inteligente demais.

Baixei a cabeça, remexendo o chão com o bico da bota.

— Meu pai era inteligente. E ele voltou para Vosino em pedaços. Acho que Kawan não ia ficar triste se eu morresse. Então, se isso fizer parte do plano dele, você continue. Siga em frente até recuperarmos o nosso reino.

Ele fez que sim com a cabeça e voltou a ajeitar as coisas para passar a noite.

Tirei minha barraca da mala e comecei a limpar o terreno para montá-la. Estava frio, mas não a ponto de precisar de uma fogueira.

Ouvi passos se aproximando, olhei para trás e vi Blythe vindo na minha direção.

— Precisa de alguma coisa? — perguntei.

Ela olhou para trás a fim de garantir que ninguém fosse ouvir o que ia dizer.

— Você já matou alguém de verdade?

A pergunta era tão ridícula que eu quase ri.

— Blythe, há quanto tempo você está em Vosino?

— Um ano e meio. Vim com um grupo de Roshmar depois que perdemos a nossa safra.

Aquele foi o maior reforço que tínhamos recebido em muitíssimo tempo. Apesar de Roshmar não ser bloqueada por aquela floresta maldita, havia montanhas a serem enfrentadas. Um terço da caravana apareceu em Vosino com queimaduras de frio, e aparentemente uns doze tinham ficado pelo caminho.

— Então você deve saber. Três pessoas no começo da semana. Mais alguns desertores uns meses atrás. Você se lembra dos piratas que conseguiram contornar as rochas e tentaram nos invadir por mar? Achei que minha espada ia ficar manchada para sempre depois daquilo — falei, dando de ombros. — Há muitos mais, mas infelizmente parei de contar. Minhas mãos são as mais sujas de sangue em nosso exército.

Ela me encarou de novo por um instante.

— Então por que você deixou Griffin ficar? Se você se importa tão pouco com quem vive ou morre, por que poupá-lo?

Endireitei o corpo e me virei para ela.

— Não foi misericórdia. Eu não precisava dele. Além disso, vai ser um prazer voltar e ver como Kawan ficou após eu ter desobedecido uma ordem dele. Só tenho a ganhar.

Ela só me observou, e algo mudou em seus olhos.

— Mesmo assim foi bondade sua se importar com duas pessoas que se amam.

— Se você insiste.

— Insisto — ela permaneceu em silêncio por um instante. — Sabe, mesmo em lugares sombrios, mesmo no meio da guerra, às vezes há quem encontre luz em outra pessoa.

E, de repente, eu conseguia ver bem nos olhos dela. Ela me fazia perguntas que eu não queria responder.

Senti a mão gélida do frio subir pela espinha.

— Vou partir do princípio de que a Comissão mexeu demais com você e esquecer que esta conversa já aconteceu.

Ela sorriu e deu um passo para trás.

— Veremos.

Eu tinha dito que aceitava ser temido se não pudesse ser conhecido. Eu estava errado. Eu *preferia* ser temido. Ser conhecido significa ficar exposto, e eu gelava até os ossos só de pensar que isso poderia acontecer comigo.

— Blythe — eu disse, encontrando minha voz. — Não é... isso não vai acontecer.

Ela balançou a cabeça, já recuando com toda tranquilidade e confiança.

— Eu já disse a você que não falho.

Annika

O PALÁCIO SE TORNAVA UM OUTRO MUNDO quando todos iam dormir. Havia velas acesas espalhadas pelos corredores principais, e depois da meia-noite a única iluminação vinha da lua. Olhei pela ampla janela para as partes de constelações escondidas atrás de árvores e pensei em como estavam longe demais.

Esgueirei-me até o corredor da ala mais distante do palácio, onde meu pai tinha posicionado um dos retratos mais grandiosos que eu já tinha visto.

Olhei para os lados para garantir que não havia mesmo ninguém ali e me sentei no chão diante da imensa pintura da minha mãe. O rosto era tão belo, tão sereno. Mesmo imóvel, ela encarnava a paz. A cabeça inclinada dizia que tinha perdoado qualquer ofensa. O sorriso silencioso convidava a se aproximar.

As pessoas diziam que eu era como ela. Eu queria ser. Queria ser serena e feliz e boa. Talvez fossem palavras muito simples, mas que podiam representar muita coisa.

— Perdão por não ter aparecido mais — sussurrei. — Eu contaria o motivo, mas acho que partiria o seu coração.

Engoli em seco, sabendo que era verdade. Se ela estivesse aqui neste último mês, estaria arrasada. Andei pensando que já não tinha mais lágrimas, mas minhas palavras trouxeram novas dores, e senti a umidade escorrer pelo rosto.

Ela estava em algum lugar, certo? Estava viva em algum lugar. Talvez mantida como refém... Ou tenha tido amnésia. Isso acontecia nos livros. Por isso, não era inconcebível que um dia, mesmo depois de três anos, ela voltasse ao palácio e me desse um abraço como fazia quando eu era pequena. Eu precisava acreditar nisso.

Mas às vezes doía.

— Estou noiva. De Nickolas. — Levantei a mão para mostrar o anel, fitando seus olhos pacíficos com o desejo de que houvesse alguma reação, algo que me dissesse se eu estava louca por ter me recusado de início ou se devia ter aguentado. — Escalus vive dizendo que sou muito nobre. E, se existe um presente que eu gostaria de poder dar a ele, é um reinado tranquilo. Mas o jeito como Nickolas fala comigo… Não sei. Eu sinto que algo ruim se esconde sob a superfície.

Balancei a cabeça.

— Mas eu preciso te contar… Eu tenho uma saída. — Levantei os olhos para ela, mais uma vez desejando ver uma reação. — Rhett me ama — confessei. — Ele quer que eu fuja com ele. Acho que você aprovaria se estivesse aqui. Você deve ter visto algo nele para conseguir esse trabalho para ele. E, se alguém é capaz de cuidar de mim, é ele. Rhett venderia as roupas do próprio corpo por mim. Não duvido. O único problema é que… eu não o amo. Não como ele me ama. E eu já falei isso a ele, mas Rhett diz que ficaria feliz só de me ter por perto. O que para mim também significa muita coisa. Mas… não acho que valha a pena fugir por isso. Mas, e se fosse mágico? Eu iria. Afinal, tudo tem que ter magia, não? — perguntei. — É o que dizem os livros. Mesmo quando as coisas começam mal, dá para sentir, mãe. Dá para ver que o príncipe vê o melhor na sua amada, e ela tem esperança nele, e assim os dois superam os momentos ruins, vivem algo tão bonito que *alguém* sente a necessidade de escrever a respeito. Eu não tenho nada disso. Com ninguém. E talvez nunca tenha — disse, dando de ombros. — Existe coisa pior, acho.

Limpei as lágrimas antes de continuar:

— Queria que você estivesse aqui. Queria ainda ter alguém que me amasse como você me amava.

Ali estava o cerne da minha dor. Eu era amada de algum jeito por todos ao meu redor. Mas ninguém me amava do mesmo jeito que ela.

— Decidi uma coisa. Já que parece que vou mesmo me casar

com Nickolas, no dia do nosso casamento eu finalmente vou registrar nos livros que você está morta — disse, fitando-a nos olhos. — Porque sei que esse será o primeiro casamento real em muito tempo e que a notícia vai se espalhar. E que, sem dúvida, se você estivesse viva e soubesse desse matrimônio, voltaria. Por isso, se não voltar, vou deixar registrado. Será o fim. Vou parar de acreditar.

Chorei mais um pouco, com ódio de precisar forçar esse fim. Mas era preciso, para eu manter a sanidade. Saber é melhor do que seguir na incerteza.

— Mas não vou parar de te visitar aqui — prometi. — Vou vir conversar com você não importa o que aconteça. E contar tudo, até as coisas ruins... Só que não hoje. Eu te amo — sussurrei. — Queria que você voltasse — disse com um suspiro, esfregando as têmporas. — Preciso ir dormir. Vamos viajar amanhã. O papai quer que o nosso povo veja Nickolas e a mim. Como eu raramente consigo sair do palácio, vou aproveitar a oportunidade — suspirei. — Me ajude a saber o que fazer. Você era capaz de encerrar uma discussão com um sorriso... Como conseguia? Me ensine. Eu devo ter mais de você do que só o cabelo e os olhos. Quero a sua graciosidade e a sua força. Espero que estejam aqui, em algum lugar.

Com isso, levantei e soprei um beijo na direção da pintura.

— Eu te amo. Nunca vou te esquecer.

Eu estava de pé numa praia de areia preta. Olhei para baixo por curiosidade, pensando que esse tipo de areia não existia. Mas, ainda assim, lá estava ela, comprimida entre os dedos dos meus pés descalços. Ventava muito, e o meu vestido era empurrado para cima e para trás, ameaçando fazer a saia levantar até a cabeça. Eu não conhecia o lugar. E estava muito sozinha.

Mas não tinha medo.

Levei a mão à cabeça. Meu cabelo estava solto, tremulava e estava livre.

Livre.

Permaneci ali por um bom tempo, observando as ondas e fixando o olhar onde o céu encontra o mar. Depois de um tempo, nos cantos do horizonte, as estrelas começaram a se mover. Convergiam com os planetas para se juntar num ponto brilhante, cada vez mais brilhante, que cegava mais do que o sol.

Cobri os olhos e olhei para o lado. Quando virei a cabeça, vi uma sombra.

Ele — porque tive certeza de que era um homem — ficou ao meu lado. Eu aguardei que o brilho de todas as estrelas o fizesse sumir da praia. Afinal, ele era uma *sombra*. A luz deveria fazê-lo desaparecer. Mas ele permaneceu ali, como se nem mesmo o que deveria fazê-lo fugir tivesse algum poder sobre ele, como se mesmo o que era capaz de destruí-lo não tivesse forças para afastá-lo de mim.

— Quem é você?

A sombra não tinha voz. Senti que não tinha nenhuma identidade. E que ele também estava curioso para saber a meu respeito, o meu nome, de onde eu vinha e como tinha encontrado a praia.

Tornei a olhá-lo, bem no lugar onde os olhos deveriam estar:

— Eu também não sou ninguém — falei.

Deu para perceber a tristeza que sentia por mim.

Ele levantou a mão e tocou minha bochecha com os dedos sombrios. Foi então que senti como era gelado, como seu interior era frio. Fixei os olhos nele, à procura de um sorriso, um olhar bondoso, qualquer coisa que mostrasse que ele era um amigo, não um inimigo.

Não havia nada além de gelo.

Então, de repente, me sentei na cama, ofegante.

— Alteza? — Noemi perguntou vindo apressada até mim e deixando de lado o fogo que tentava acender.

— Estou bem, estou bem — insisti. — Foi um pesadelo. Pelo menos acho que foi.

— Quer que eu lhe traga alguma coisa? Um pouco de água?

Balancei a cabeça.

— Não, minha doce Noemi. De verdade, foi só um sonho.

Olhei para a janela. A noite desvanecia rápido, e a luz do dia irrompia pelas árvores.

Voltei a me deitar, secando o suor da testa. Ainda conseguia ver a sombra. E sua lembrança me fazia arrepiar, o que era uma pena. Não tinha como eu voltar a dormir agora. Um dia a sós com Nickolas se aproximava, e parecia muito menos atraente à luz do dia.

Lennox

Acordei ao som dos pássaros. Foi a coisa mais estranha. No litoral, os pássaros não cantavam, por isso eu costumava acordar com a Agulha caminhando sobre meu peito. Fiquei um tempo na barraca, apenas ouvindo. Perguntei-me se haveria pássaros assim em Dahrain, se me acostumaria com esse som.

Tentei recordar o máximo possível da minha infância, da vida antes do castelo. Lembrei-me de uma casa modesta e da barriga da minha mãe crescendo com um bebezinho que nunca conheci. Também me lembrei de desenhar na lama e do gosto do pão, que era mais doce do que tudo o que tínhamos agora.

Eu me lembrei do dia em que juntei coragem para dizer a uma garota que ela era bonita, e da cadência delicada de sua voz ao agradecer o elogio. Das peças que pregava no meu pai, de colocar pedras nos sapatos dele e vê-lo não conseguir calçá-los. De ser feliz com o que tinha, e de dormir bem ao fim de cada dia. De uma sensação de paz e equilíbrio.

Mas não me lembrei dos pássaros.

Outros sons se juntaram ao seu canto. Inigo conversava com Blythe, e Sherwin desmontava a barraca. Era reconfortante saber que todos estavam trabalhando. Depois de ouvir o som no ar por mais um instante de paz, me vesti e comecei a desarmar a minha barraca.

Mantive a cabeça baixa, tentando me concentrar, e por isso levei um tempo para perceber que Blythe já estava de vestido. Tinha dado certo: o verde combinava bem com o cabelo, que já não estava trançado como sempre, mas solto, e escorria pelos ombros e pelas costas. Ela me lançou um olhar através dos cachos loiros, e eu pigarreei, desviando o rosto. Eu não sabia o que era ser observado tão de perto.

Sherwin veio até mim com um embrulho nas mãos.

— Estas são as suas — ele disse, e eu peguei a trouxa de roupa. Eu tinha dormido de calça preta e camisa branca, já estava de colete, mas ainda não o tinha abotoado, e minha capa de viagem me esperava. Quando vi os tecidos coloridos na minha frente, percebi que estava acostumado demais a usar preto e branco. As cores vívidas daquelas roupas me fizeram me sentir exposto, e assim não consegui me forçar a usá-las.

— Pode embrulhar de novo — eu disse. — Troco de roupa depois, se necessário.

Sherwin franziu a testa e olhou para Inigo, que fez que sim com a cabeça.

— Sim, senhor.

Ainda aconteceriam muitas coisas que escapariam do meu controle; eu precisava me apegar ao que podia controlar, no mínimo para manter a sanidade.

Enquanto eu ainda conferia minhas coisas pela última vez, André já estava em cima do cavalo, e Blythe ia logo atrás dele. Montei logo em seguida e peguei o mapa. Inigo veio para o meu lado.

— Posso dar uma olhada quando você terminar? — perguntou.

— Sim. Não sei se tem alguma coisa digna de nota. Se seguirmos para noroeste, conseguiremos atravessar Monria e Kialand em poucas horas, mas parece que não há nenhum marco no caminho daqui até lá. Ou pelo menos até onde achamos que *lá* fique.

Inigo examinou o mapa por um bom tempo e depois tirou uns instantes para analisar o terreno.

— Não, não tem muita coisa que nos ajude aqui tão longe, tem? Em todo caso, alguma mudança no plano?

— Não. É entrar e recuar. Talvez precisemos nos dividir para chamar menos a atenção. Não sei qual é a dificuldade de entrar nas terras do palácio. Talvez hoje seja mais uma expedição de reconhecimento. Só depende do que vamos descobrir chegando lá.

Inigo concordou, quase sorrindo.

— Se o que você quer levar de volta para todo mundo é essa

sensação que estou experimentando agora só de pensar em ver Dahrain... então, acho que ninguém vai superar esta Comissão.

— Se tudo correr bem.

— Não há motivo para não dar certo. Vamos ser discretos.

Fiz que sim e olhei em volta. Todos estavam despertos e montados, e não havia nenhum vestígio do nosso acampamento.

—Vamos sair — anunciei, e os outros três formaram uma fila atrás de Inigo e de mim.

Por um instante, avançamos calados, movendo-nos rápido, mas não a galope.

— Ei, escute — Inigo disse afinal, olhando para trás para conferir se estávamos longe dos outros. — Eu te devo um pedido de desculpas. Então, sinto muito, sabe.

Lancei um olhar para ele e logo desviei. Essa conversa estava mais do que atrasada, e agora que ela havia chegado, eu não sabia se conseguiria ir até o fim.

— Eu que quase arranquei seu olho. Há tempos que procuro uma jeito de pedir desculpas. Mas sem fazê-lo de fato, porque tenho certeza de que você sabe muito bem que esse não é o meu ponto forte.

Ele abriu um sorriso malicioso.

— Bom, você nunca teria pegado pesado comigo se eu não tivesse feito o mesmo com você antes — ele disse, balançando a cabeça. — Já pensei muito no que aconteceu e não sei por que meti na cabeça que devia baixar a sua bola. Muita gente tinha essa impressão, Lennox, e eu ainda não entendo. Mas era como se... como se eu precisasse ser frio com você para os outros não agirem assim comigo.

Inigo desviou o olhar, perdido em pensamentos.

— Acho que devíamos ter sido aliados — retomou. — Nós éramos, não? Até não sermos mais. E então seu pai morreu, e você baixou a guarda, e eu... — ele engoliu em seco. — Eu não parava. E não sei se teria parado se você não tivesse deixado claro que era impossível alguém te enfrentar.

Suspirei.

— E deixei bem claro mesmo, não é?

Às vezes eu pensava naquele dia, quando matei pela primeira vez. Eu tinha dezesseis anos, queria secretamente ficar maior e mais forte, e na minha raiva tinha humilhado Inigo no mesmo dia, mais cedo. A oportunidade de mudar de vida veio, e eu a agarrei. Rápido.

Poucas pessoas ainda se metiam comigo depois disso, mas Inigo era uma dessas poucas. Após um duelo de espadas bastante público, do qual eu saí vitorioso e ele, com uma cicatriz, a situação ficou consolidada. Eu era intocável.

— Bom, se vale alguma coisa, eu entendo — eu disse. — Acho que faço a mesma coisa hoje, em especial com os novos recrutas. Tenho que pegar pesado com eles para que possam ficar mais fortes.

—Você não pega tão pesado quanto pensa — Inigo insistiu. — E não fiz aquilo para tentar te dar uma lição. Eu queria te destruir.

Voltei os olhos para o horizonte.

— E quase conseguiu.

— Sinto muito.

— Eu também. Não tinha a intenção de quase te matar.

Ele levantou a mão.

—Você está se dando muito crédito. Com uma cicatriz gigantesca? Com certeza. Mas quase morto? Não. Nunca aconteceu. Eu aguento mais do que isso.

Algo semelhante a um riso me veio à boca.

— Na verdade, a cicatriz é algo que te torna único — eu disse. — Fiquei com raiva de ter *melhorado* a sua aparência.

Ele sorriu.

— É por causa do meu charme. Nada consegue detê-lo.

Ao longe, ouvi a risadinha de Blythe. Olhei na direção dela, mas ela estava virada para o outro lado.

— Então acabou? Estamos em paz? — perguntei.

— Se você quiser, sim — ele me garantiu.

— Ótimo.

Inigo olhou para o oeste, concentrado no que estava diante de nós. O sol se erguia às nossas costas, e eu mais uma vez tive a esperança de que hoje talvez fosse possível fazer o que queríamos.

— Eu estava falando sério ontem à noite — comecei. — Se algo me acontecer, você assume. A missão, no castelo, em qualquer lugar. Você é um bom líder.

Ele estalou a língua.

— Claro que sou um bom líder. Mas como você é teimoso demais para morrer, ninguém nunca vai descobrir.

Annika

Segurei um bocejo quando Escalus se aproximou com o cavalo.
— Nós a entediamos, alteza? — ele provocou.
— Não dormi bem. Tive sonhos estranhos. Acho que só estou ansiosa com o dia.

Ele soltou um suspiro pesado:
— Não posso culpar você. Podemos ficar juntos, nós quatro, se você preferir.
— Não. Odeio dizer isso, mas acho que não consigo lidar com o mau humor do papai e com a rigidez de Nickolas ao mesmo tempo — admiti. — Além disso, tenho de pedir um favor ao meu noivo, e espero que ele seja receptivo.
— Então vou esperar também. Ah, sim — ele disse, enquanto se voltava para o pajem que se aproximava com sua espada. — Obrigado, meu jovem.
— Por que você pode levar uma espada? — resmunguei. — Queria poder trazer a minha.
— Eu sei. Mas, olhe, eu prometo que vou até o seu quarto hoje. E se você se comportar bem, podemos tirar as faixas para você cortar alguma coisa de verdade. Desde que não seja eu de novo.
— Pela última vez, foi um acidente! E você quase não sangrou.
— Diga isso à minha camisa favorita! Nem Noemi conseguiu dar um jeito nela, e ela consegue arrumar tudo.
— Sinto muitíssimo por sua camisa — respondi sarcástica, e ele encarou minha resposta como piada, o que era mesmo. Eu adorava como Escalus lidava bem com tudo. Ele virou o cavalo para ficar ao meu lado e me deu um beijo na testa.
— Minha pobre camisa há muito está enterrada, mas atualizarei a lápide com sua bela homenagem — ele disse, o que me fez rir.

Nickolas enfim apareceu montado e veio em minha direção.

— Boa sorte — Escalus me desejou, antes de ir se juntar ao meu pai.

— O garoto que trabalha no estábulo é um desastre — Nickolas afirmou.

Ao longe, Grayson, o jovem que pagávamos para não contar sobre nossos treinos, apanhava no chão uma escova e uma manta extra. Parecia arrasado, o que nunca tinha acontecido.

— Seria de esperar que o ajudante do estábulo real soubesse equipar um cavalo. Tive de refazer tudo eu mesmo.

As pessoas que trabalhavam no nosso estábulo eram excelentes. Mas Nickolas era capaz de inventar padrões acima até das necessidades de um rei.

—Vou pedir para o tratador conversar com ele.

— Ótima ideia, benzinho.

Ele aparentemente não notou que estremeci ao ouvir o apelido.

— E o seu cabelo está bem mais bonito hoje — ele disse, apontando para os grampos do meu penteado.

Toquei os meus fios. Estava tão acostumada a deixá-los soltos, mesmo quando cavalgava. Gostava de sentir o vento balançá-los. Não via a hora de chegar no fim do dia e comemorar com Noemi a retirada do último grampo.

— Fica um pouco pesado assim — admiti.

— Mas você parece uma dama — ele comentou.

Eu era mais do que uma dama. Eu era uma princesa. Parecia que ele se esquecia disso o tempo todo.

— Obrigada. Eu gostaria de lhe pedir uma coisa. Veja...

— Todos prontos? — meu pai perguntou, surgindo ao nosso lado com um nervosismo intenso nos olhos. — Sabem, Escalus e eu podemos seguir com vocês.

— Escalus já se ofereceu, mas não se preocupe, pai. É só um passeio curto pelo campo, para acenar aos agricultores e voltar para casa. Nada demais.

Ele fez uma pausa:

— Talvez devêssemos ficar juntos...
— Pai, vamos ficar bem.
— É só que...
— Os guardas vão nos escoltar, e eu tenho acompanhante — eu disse, apontando para Nickolas. — Dá para ver que estamos bastante seguros.

Meu pai fez que sim com a cabeça:
—Você está certa, sem dúvida.

Mas ele parecia duvidar. Parecia nervoso. E me dei conta de que essa era a primeira vez em três anos, desde o desaparecimento da minha mãe, que ele me deixava sair da sua vista fora do palácio.

— Vai ficar tudo bem, pai. Vejo você hoje à noite, quando formos brindar ao futuro de Kadier — prometi.

— Até lá — ele disse.

As coisas estavam tão ruins entre nós que ele foi incapaz de dizer "eu te amo". Ainda que, se ele tivesse dito, eu não sei se teria sido capaz de dizer o mesmo.

Em vez disso, demos meia-volta com os cavalos e saímos a trote em direções diferentes.

Fiquei tão arrasada com a maneira com a qual eu e meu pai nos despedimos que não consegui falar com Nickolas durante a maior parte do trajeto. Em vez disso, fomos cruzando os campos em silêncio. Ao verem o estandarte real de um dos guardas, crianças corriam para a beira da estrada para me entregar flores, e prendi todas as que consegui no cabelo. A notícia do nosso noivado tinha se espalhado tão depressa quanto havíamos previsto, e os súditos de Kadier cobriram Nickolas e a mim de felicitações. A qualquer momento eu poderia ter virado para Nickolas e conversado. Deveria ter feito isso. Mas senti que meu gesto não seria bem-vindo.

Antes que eu percebesse, tínhamos ido muito mais longe do que eu pretendia. Uma pequena ponte de madeira sobre um canal bem raso marcava o fim de Kadier e o começo de Kialand. Os guardas sabiam muito bem que há muito tempo eu não saía do palácio e que sair do país seria algo inédito. Nickolas parecia não fazer ideia de que estávamos na fronteira. Eu não comentei nada com ele e olhei para o chefe da guarda. Deixando de lado o protocolo, ele esticou o pescoço e piscou para mim. Não consegui conter o sorriso diante daquele lampejo de liberdade.

— Você tinha comentado que queria conversar comigo sobre alguma coisa — Nickolas começou. — Da última vez que disse isso, acabamos noivos. O que é agora, benzinho? — ele disse, rindo da própria piada.

Argh, ele ia me chamar disso o tempo todo agora?

— Estava me perguntando se poderíamos morar longe do palácio depois de casarmos. Só no começo — acrescentei rápido, diante da expressão confusa no rosto dele.

— Por que você quer morar em outro lugar? O palácio é enorme. As instalações são perfeitas. Seu pai construiu um ótimo lar.

— Não me entenda mal. Amo minha casa — olhei ao longe, melancólica. — Mas você e eu... Nickolas, apesar de todos esses anos, sinto que mal o conheço. Se queremos ter um casamento bem-sucedido, que sirva de exemplo para todos em Kadier, acho que deveríamos nos conhecer melhor. E não sei se consigo fazer isso sob o olhar vigilante de toda a corte. Só quero que sejamos felizes.

Seria bom conseguir explicar que queria formar uma opinião sobre ele longe dos olhos de todo o palácio e sem a necessidade do protocolo. Eu precisava *conhecer* Nickolas.

Ele puxou as rédeas do cavalo para começar a trotar em círculos ao meu redor.

— Ninguém no mundo será mais feliz do que nós — afirmou. — Sei que você me acha um pouco... rígido, mas no fim verá que tenho razão. Você verá, Annika, cuidarei muito bem de você.

Tentei não parecer decepcionada.

— E serei muito grata a você por isso. Mas ainda assim gostaria que, no começo, tivéssemos um espaço longe do palácio. Minha ideia seria viver lá por um ano, mas até alguns meses bastariam.

— Alguns meses? — ele respondeu, ainda claramente surpreso com o meu pedido. — Annika, não consigo imaginar o que ganharíamos com isso. A partir de agora vamos passar todo o tempo juntos, e se permanecermos no palácio vamos tirar proveito não só do conforto do seu lar, mas também da sabedoria do seu pai e do seu irmão. E como você acha que eles ficarão se formos embora? Vão pensar que roubei você deles.

— Não se explicarmos — supliquei.

— Annika, tenho de dizer que eu só...

Ele não concluiu a frase, e eu virei para ver o que tinha chamado sua atenção. À esquerda de Nickolas e à minha frente, bem onde a floresta terminava, surgiram cinco pessoas a cavalo. Pareciam bastante normais, apesar de terem nos surpreendido ao se aproximarem em silêncio. Uma garota de vestido desbotado vinha acompanhada de quatro rapazes, e todos pareciam maltratados pelo vento e um pouco inseguros... mas não foi isso que me impediu de desviar o olhar.

O jovem no centro do bando cravou os olhos nos meus. Algo em seu rosto me era tão familiar que era perturbador, chegando a me dar calafrios. Ainda por cima, ele piscava para mim surpreso, com a pele cada vez mais pálida, como se estivesse vendo um fantasma.

Ele balançou a cabeça e falou para os companheiros:

— Temos um novo plano. Peguem-nos. A garota é minha.

Nickolas fugiu imediatamente, disparando na direção oposta. Dei meia-volta com o cavalo o mais rápido que pude para segui-lo. Os guardas puxaram suas espadas e galoparam ao meu lado para me proteger. Eu ainda conseguia ver Nickolas, mas ele se movia muito rápido e com um ar determinado.

Desejei de todo o coração ter ignorado o que os outros teriam dito e ter trazido comigo uma espada e que tivesse deixado meu pai vir conosco. Desejei ter qualquer coisa que pudesse me proteger. Segui o mais rápido que pude por um trecho denso de árvores na tentativa de me desvencilhar do meu perseguidor. Eu conseguia ouvir seu cavalo, mas eu me negava a olhar atrás para que ele não visse como eu estava aterrorizada.

Nickolas estava na minha frente, à direita, e vi quando um dos cavaleiros o alcançou e desferiu um golpe com o cabo da espada, fazendo-o desmaiar na sela, com todo o peso do corpo sobre o pescoço do cavalo.

— Não! — gritei, mudando imediatamente de direção para ir até lá.

Quando cheguei, o agressor fugia e era perseguido por um dos guardas. Saltei do cavalo e corri até meu noivo, para ver se ele ainda respirava.

Foi uma tolice, porque assim que botei os pés no chão, meu perseguidor apareceu atrás de mim.

Virei para ele e o vi desmontar para me pegar. Estava encurralada, mas tinha de tentar. Levantei a mão, puxei a espada de Nickolas e me preparei.

Lennox

Fiquei surpreso com a velocidade com que ela posicionou as pernas para o combate, segurando a espada diante do queixo. Era difícil imaginar que essa coitada seria capaz de lutar — não com o cabelo cheio de flores do campo, as roupas imaculadas e essa aparência meiga... que eu já tinha visto antes —, mas pelo menos ela sabia segurar uma espada.

Fiquei diante dela, tentando não rir, mas a frieza do seu olhar me dizia que isso teria sido um erro. Em vez disso, desembainhei a espada e me posicionei, convidando-a a lutar com um aceno de cabeça. Ela me atacou no ato, golpeando forte com as duas mãos, como se tentasse torcer meu braço. Eu apenas aparei sua espada e girei, intrigado.

Ela, porém, estava longe de estar intrigada. Estava furiosa. Tornou a investir contra mim, mais uma vez empunhando a espada com as duas mãos. Ela golpeava com força, mas sem afobação; eu tinha quase certeza de que ela já tinha usado uma espada antes. Sem tirar os olhos de mim, tentava puxar os laços do vestido para ajustá-lo, e parecia frustrada pelo fato de a saia estar atrapalhando. Mas, mesmo com os empecilhos, era rápida e leve: uma oponente decente.

Não me dei ao trabalho de atacar; apenas esperei que ela viesse para cima de mim. Ela acabaria ficando cansada, e então eu a pegaria. Ao redor, eu ouvia os sons de espada, e pelo canto dos olhos vi Inigo investir contra um dos guardas. Graças à vantagem do ataque surpresa e ao nosso treinamento, levávamos a melhor. Enquanto isso, ela continuava, com golpes verticais, horizontais e em qualquer sentido que conseguisse. Sempre que eu achava que ia largar a espada, cansada com o peso, ela juntava forças para continuar e batia sua lâmina contra a minha. Era como se aquela garota fosse uma jaula de ódio cuja porta tivesse enfim sido aberta.

Simplesmente. Não. Parava.

Em determinado momento, ela parou de dar golpes mais amplos e passou a dar estocadas, na esperança de furar o meu bloqueio. Havia muito que eu esperava que ela se cansasse, mas ela seguia avançando contra mim. Era como se tivesse acabado de pegar o ritmo. Empunhou a espada com uma mão e a agitou no ar com graça. Em seguida, firmou o pulso e investiu contra mim, me obrigando a dar um pulo para trás para que sua lâmina não me atravessasse.

Olhei para baixo e vi que ela tinha cortado um ponto da costura da minha roupa. Passou perto. Ao ver seu olhar determinado, me dei conta de que precisaria fazer mais do que me defender.

Girei num golpe e a peguei com a guarda baixa. Ela até que se defendeu bem, mas ao ver que eu tinha começado a lutar também, ficou tensa. Busquei acertar a espada, e não a garota, golpeando várias vezes na tentativa de derrubá-la ou, pelo menos, fazer com que se rendesse pelo medo. Depois de alguns minutos de massacre, a coitada perdeu o equilíbrio e caiu com um joelho no chão.

Depois de escorregar, ela levantou os olhos cheios de frustração para mim, e aquele olhar, aquele par de olhos, me eram tão conhecidos que fiquei paralisado. Eu os conhecia. Havia anos que me assombravam.

Em meio ao meu estupor, ela se levantou de um salto, ergueu a espada e desferiu um golpe de cima para baixo que rasgou meu peito. Bufei de dor e, como uma criança que revida a palmada, investi contra ela e abri um corte no seu braço esquerdo. Ela gritou e caiu de joelhos, com a mão segurando a ferida aberta.

Aproveitei a chance.

Baixei a espada e posicionei a ponta a centímetros de seu pescoço:

— Largue a arma.

Ela me fitou como se realmente estivesse pensando em dizer não. Mas depois olhou ao redor. Aparentemente, não viu muito sentido em insistir.

Quando ela largou a espada, afastei a minha.

— De pé — ordenei, e ela obedeceu, embora os olhos revelassem seu ódio.

Eu estava acostumado a ver os outros tremerem de medo, mas dela eu esperava certa dignidade serena.

Não estava preparado para uma raiva bem pouco velada.

Depois de cuidar da garota, olhei o resto do grupo para ver se precisavam de ajuda. Sherwin tinha o pé sobre um dos guardas, enquanto Inigo já tinha amarrado outro. Ao longe, Blythe e André traziam um terceiro.

— São todos? — perguntei.

— Sim. Um dos guardas morreu — André informou.

A garota emitiu um som quase inaudível de tristeza.

— E aquele ali? Vamos levar? — Inigo perguntou com o dedo apontado para o rapaz desmaiado sobre o cavalo.

— Não. Vocês não notaram? — eu disse, fitando a garota. — Ele nem quis saber dela. É inútil.

Os olhos dela revelavam mais que simples mágoa, o que me fez sentir uma pena sem sentido. Enfiei a mão na bolsa para pegar gazes. Enfaixei seu braço às pressas para evitar que sangrasse por toda parte.

— Obrigada — ela balbuciou.

Aí estava a dignidade serena.

Inigo ficou ao meu lado e falou baixo:

— O que acabamos de fazer exatamente? — perguntou com a voz transbordando de raiva.

— Eles são de Dahrain — respondi.

— Como você sabe?

— Eu sei — respondi. — Três guardas. O que vocês acham que vão nos contar depois de os convencermos?

Inigo refletiu em silêncio e depois inclinou a cabeça na direção da garota.

— E essa daí?

— Tenho planos — respondi.

Se minhas palavras a assustaram, ela não transpareceu. Os outros trataram de fazer os guardas montarem nos cavalos amarrados e de cabeça baixa.

Estendi a mão para que a garota pisasse e subisse na sua montaria:
— Suba.

Ela agarrou a sela, pronta para montar sozinha.

— Alteza... — um dos guardas chamou, e meu coração parou. Aquela palavra confirmava tudo o que eu temia. — Sinto muito.

Ao ouvir isso, ela empurrou meu braço e olhou por cima do meu ombro: os três guardas que sobraram mastigavam alguma coisa. Em questão de segundos, caíram no chão com a boca espumando. Estavam mortos.

— Não — ela sussurrou. — Não assim. Não por mim.

Segurei seu braço bom:

— Você também tem um desses que eles comeram? Se tiver, entregue agora.

Uma lágrima solitária de frustração escorreu pela sua bochecha. Ela negou com a cabeça, séria, ainda com os olhos nos homens caídos.

— Vou mandar te revistarem.

Os olhos dela não vacilaram.

— Adoraria ver o que vão descobrir.

— E agora? — Inigo quis saber.

Minha mente dava voltas. Segundo os mapas, ainda nem tínhamos posto os pés em Dahrain, mas por algum motivo eu tinha pegado a princesa deles. Isso mostrava que uma invasão seria mais fácil do que fomos levados a crer. Também provava que eu tinha coragem de seguir os passos do meu pai e voltar vivo. E uma princesa sem dúvida teria a informação de que precisávamos. Se tudo isso não era motivo de esperança, não sei o que seria.

— Ela já é o bastante — eu disse, tentando motivar tanto os outros como a mim mesmo. — Se quisermos chegar a Vosino esta noite, precisamos partir agora. Vamos.

Coloquei a princesa no meu cavalo e montei atrás dela. Com um suspiro, puxei as rédeas e comecei o caminho de volta para casa.

Annika

Depois de horas intermináveis, finalmente chegamos a um castelo quase em ruínas.

Com base na trajetória do sol, meu sequestrador havia me trazido para o leste. Tinha a sensação de que viramos para o norte também, mas não tinha tanta certeza. Olhei para a forma deste lado do castelo na esperança de conseguir me lembrar dela caso precisasse.

O cavaleiro desmontou e estendeu os braços para me ajudar a descer. Era irritante como ele era quase um cavalheiro. Diferente dos companheiros, ele mantinha a cabeça mais erguida e a postura mais ereta. Imaginei que era por isso que comandava.

Levei um tempo para perceber que ele tinha quase a mesma idade que eu, apesar da expressão fechada fazê-lo parecer mais velho e ameaçador. O cabelo escuro e os olhos de um azul chocante formavam um contraste intenso, e embora seu queixo tivesse contornos retos, o nariz era curvado, como se tivesse sido quebrado na juventude. Carrancudo, ele me empurrou para dentro do castelo e por um corredor.

— Quer que eu a leve? — a única garota do grupo de sequestradores perguntou, vindo para o meu lado.

— Não. Ela é minha — ele respondeu, de forma seca.

— Você precisa cuidar do ferimento, Lennox — ela insistiu, ainda ao nosso lado.

— Estou bem. Deixe-me em paz.

Ela não cedeu:

— Foi uma cavalgada longa. Pode infeccionar. Precisamos de todos...

Ele se virou para ela com tudo, apertando um pouco mais meu braço com raiva.

— Céus, Blythe, basta!

Eles se encaram por um instante.

— Não precisa pegar tão pesado com ela — outro comentou.

— Agora não, Inigo.

— Lennox?

Todos olhamos outro jovem, que tinha os dedos enlaçados aos da garota ao seu lado.

— Rami, por que você não entra? Logo mais estarei lá.

Ela fez o que ele havia pedido, apesar de olhá-lo como se não quisesse, e ao passar cravou os olhos em mim.

— Pensei que seriam dias, talvez semanas — ele sussurrou.

— Os planos mudaram. O que você acha que podemos conseguir em troca de uma princesa?

O recém-chegado olhou para mim e arregalou os olhos cheio de um ceticismo alegre.

— Essa eu tenho que ver — ele disse, juntando-se aos outros.

Eu tinha começado a coletar informações no mesmo segundo em que ele me colocou em seu cavalo. Analisei tudo que pude do território, e estava tentando decorar cada curva que fazíamos pelos corredores do castelo. Agora também estava aprendendo sobre a dinâmica do grupo dele. Neste momento, precisava fazer uma escolha. Eu podia estragar os planos do garoto e colocá-lo em sérios problemas, ou podia permanecer calada e imóvel. Fazê-lo perder um pouco de credibilidade não me adiantaria de nada, e se eu estava prestes a ser levada para o líder deles, as chances de eu escapar eram bastante pequenas.

Por ora, o melhor caminho era ficar orgulhosamente em silêncio.

Ele me empurrou até um lugar que parecia o grande salão que tínhamos em casa. Era mais escuro, quase sem janelas, e estava iluminado por várias tochas. As mesas e os bancos pareciam tão velhos quanto o próprio castelo. Ao entrarmos, as pessoas que ainda estavam terminando a refeição se viraram para nós. Levei alguns segundos para perceber que eu era coadjuvante; todos olhavam para ele.

Estavam olhando para esse *Lennox*.

Ele seguiu comigo até o corredor central, na direção de um homem que parecia ser tão largo quanto alto; era difícil dizer, pois estava sentado numa cadeira enorme, que supus ser um trono. Recostada no seu braço, uma mulher madura e bela, que praticamente se esparramava sobre ele de um jeito que na minha terra seria considerado indecente.

Lennox se ajoelhou diante deles e fixou o olhar no homem.

— Kawan, retornei da minha Comissão e venho fazer minha oferenda.

Então tornou a se levantar. Parecia não querer ficar numa posição submissa por mais tempo do que o necessário.

— O que é isso? — o homem perguntou, me encarando e aparentemente tomado de horror.

— A herdeira do trono do monstro.

A mulher me encarou boquiaberta.

— Ela é idêntica a...

— Eu sei — Lennox respondeu. — Como há anos o senhor diz que vamos reconquistar Dahrain, julguei que esta poderia ser a porta de entrada para o castelo.

Dahrain. Só então me dei conta de que ele já tinha usado esse nome antes. Ele teria se confundido?

—Você... você foi até Dahrain? — o homenzarrão perguntou, em choque.

— Sim. Foi fácil. Matamos uns guardas, prendemos a princesa. Imagine como seria simples tomarmos o reino inteiro com um pouco de conhecimento — sua voz tinha um tom algo acusatório.

— Quer que lhe dê algumas respostas?

O homem fez que sim com cabeça, sem dizer nada, ainda com o olhar fixo em mim.

— Então vamos começar a trabalhar agora mesmo.

Lennox me virou de forma bruta — com muito mais agressividade do que quando não tinha tanta gente olhando — e me arrastou para fora do salão tão rápido quanto havíamos entrado.

— Leve-a para baixo e coloque algemas de verdade — Lennox disse à garota. — Blythe? Espere com ela até eu chegar.

— Sim, senhor — ela respondeu de maneira amarga antes de me empurrar para fora. —Venha.

Suas mãos com certeza eram mais firmes do que as de Lennox, o que me surpreendeu. Ela não ligava para o fato de eu estar tropeçando nos degraus, e quando dobramos o corredor que dava para o que eu supunha ser o calabouço, me jogou contra a parede de um jeito que arrancou o ar dos meus pulmões e fez minha cabeça zunir.

— Não se mexa — ela avisou.

— Ele não devia ter gritado com você — sugeri baixinho.

— E não fale.

Ela colocou minhas novas algemas *antes* de tirar a corda, o que mostrava que ela sabia o que estava fazendo. Tive a sensação de que todos aqui sabiam.

Bufando, me agarrou pelo braço machucado e me jogou para dentro da cela. Havia algo que parecia uma cama colado à parede, e um buraco com uma barra que seria uma janela.

— Posso... eu preciso...

Ela apontou para um balde no canto.

— Ah. Ótimo.

— As acomodações não estão adequadas aos seus padrões, alteza?

Eu me vi sem escolha. Agachei-me sobre o balde, segurando o vestido como dava com as mãos acorrentadas, e desviei o rosto do olhar dela. Se eu saísse viva daqui, esse detalhe ficaria fora da história.

— Pode ao menos me dizer onde estou? — pedi à garota. — Nunca fui tanto para o leste. Nem sabia que esta terra era habitada.

Pelo que diziam, era praticamente impossível chegar aqui.

Ela reagiu com desdém.

— Não me surpreende. Seu povo já conseguiu tudo o que queria, não é? Não precisa se preocupar em juntar migalhas.

Levantei e comecei a me aproximar dela.

— E essas migalhas têm nome?

— Chamamos de Castelo Vosino — ela disparou. — Se estas terras tinham nome, ele já foi esquecido.

Assenti com a cabeça. Parecia que as palavras *terra de ninguém* no nosso mapa estavam muito, muito erradas.

— Incrível. Vocês estão aqui há muito tempo? Parece que o castelo precisa de alguns cuidados.

— O castelo foi descoberto há mais ou menos uma década, e fizemos o possível para mantê-lo. Só que não temos os seus recursos, não é, alteza?

Ela desencostou da parede com um chute e começou a andar em círculos pela cela.

— Fico pensando no que farão com você — ela disse, como que por acaso. — Faz séculos que não usamos o cavalete.

Tentei fazer com que ela não visse que essa linha de raciocínio me deixava abalada.

— Mas como você é da realeza, talvez valha algo com um pouco mais de requinte. O que acha?

— Como não torturamos ninguém em Kadier, que é o nome do meu país, não esse tal Dahrain, não posso opinar. Sou incapaz de conceber que uma forma de brutalidade possa ser melhor que outra.

Queria poder mexer as mãos. Odiava me sentir tão indefesa.

— Não seria divertido se nos deixassem a sós lá fora, você e eu, por um instante? — ela arriscou. — Temos uma arena, e pelo que vi parece que você é capaz de segurar uma espada. Talvez devêssemos partir para o combate corpo a corpo, não?

— Eu odiaria matar uma dama — respondi, de forma educada. — Além disso, pelo jeito como meu captor agia, acho que é mais provável que fique do meu lado do que do seu.

Ela cruzou a cela com três passos rápidos e me deu um tapa na cara. Deixei escapar um gemido contra a minha vontade e perdi um pouco a firmeza nos pés. O tapa não ajudou em nada a dor de cabeça cada vez mais forte que sentia desde que ela me jogou contra a parede.

— Se dependesse de mim, amarraria você numa rocha e esperaria a maré subir.

— Para a sorte dela, não depende de você.

Ambas nos viramos ao som de uma voz calma e firme.

Lennox adentrou a cela com uma aparência muito mais limpa, o que estranhamente o deixava mais sinistro. Tinha lavado o rosto e jogado o cabelo longo para trás. Vestia um casaco parecido com o anterior, com mangas apertadas e fivelas que pendiam de um dos lados. Mas esse não tinha um corte bem no meio.

— Pode ir, Blythe — ele disse.

Ela ficou por um instante de braços cruzados, antes de dar meia-volta e se retirar.

Ele a esperou sair para fechar a porta. A chave grande, ao que parece, funcionava dos dois lados. Ele nos trancou na cela e se escorou na parede de braços cruzados.

— Então, você deve ser Annika — ele disse de um jeito calmo.

Balancei a cabeça.

— Estou impressionada por você pensar tanto em mim. Em especial se levarmos em conta que eu nem desconfiava da sua existência antes de hoje.

Ele desviou o olhar e começou a circular pela cela, como a tal Blythe tinha feito antes.

— Eu também não sabia que você existia. Bom, eu não tinha certeza. Ouvi seu nome uma vez — ele disse, virando-se para me encarar com muita atenção, claramente à espera da reação que suas próximas palavras provocariam. — Foi a última coisa que sua mãe disse antes de morrer.

Lennox

O CHOQUE A CALOU. A máscara de orgulho, calculada com cuidado, começou a desmanchar rapidamente, conforme seus olhos se tornavam baços.

— O quê?

— Confesso que passei os últimos três anos me perguntando se "Annika" era algum tipo de oração numa língua que eu não conhecia. Ela pronunciou as sílabas com tanta serenidade, tanta esperança, que me perguntei se não seriam uma forma de suplicar misericórdia a algum deus ou se despedir do mundo.

— Minha mãe esteve *aqui*? — ela perguntou, com um suspiro.

Fiz que sim com a cabeça.

Ela começou a resfolegar, e vi seu olhar correr de um lado para outro, à procura de qual deveria ser a primeira pergunta.

— Ela está mesmo morta?

— Sim.

— E você estava com ela quando morreu?

— Estava.

— Ela... — Annika engoliu em seco, tentando com todas as forças não desmoronar. — Ela sentiu dor?

— Não — respondi. — Partiu rápido, sem dor, como é o desejo de todos que se vão.

Uma lágrima solitária escorreu por sua bochecha, passando sobre uma marca vermelha. Ela não soluçou nem desmaiou, não ficou com raiva. Eu me perguntei se ela tinha ideia de como era parecida com a mãe.

— Obrigada pela honestidade — ela balbuciou, levando a mão ao rosto para secar a lágrima e tremendo de dor ao mover o braço esquerdo.

— De nada. Espero receber a mesma coisa em troca. Sente-se — eu disse, apontando para o banquinho perto da parede lateral, e ela obedeceu, seus brios arrancados pela verdade sobre a mãe.

Ela arqueou as sobrancelhas:

— O que você quer saber?

— Números, princesa. Preciso saber exatamente quantas pessoas habitam o reino que vocês roubaram, quantos navios sua marinha tem. Quantos…

— Espere — ela disse levantando as mãos. — Roubamos? Não roubamos nada.

— Ah, roubaram, sim. Conheço sua história melhor do que você, princesa. Aposto que você ouviu a vida inteira que seus antepassados foram escolhidos para levar os clãs à vitória contra os invasores, certo?

— É. Porque fomos escolhidos. E vencemos.

Balancei a cabeça.

— Vocês podem ter conseguido conter aqueles que tentaram destruir os sete clãs, mas roubaram a coroa do meu povo, o clã dahrainiano. A maioria das pessoas aqui descende dele, e o único motivo para não estarmos sentados no trono é porque seus tataravós assassinaram metade do nosso clã e expulsaram a outra metade, roubando o papel para o qual fomos especificamente escolhidos para assumir.

Ela teve a audácia de sorrir para mim.

— Você está redondamente enganado. O território onde agora está Kadier estava antes dividido entre *seis* clãs, não sete. E foram meus antepassados que o mantiveram unido. Sem nós, vocês não teriam nada para invadir ilegalmente.

Essa fala me fez rir.

— Mentiram para você. O território onde está o seu castelinho, onde está a sua caminha arrumada, pertence ao meu povo, os dahairianos. Vivemos há gerações em exílio e queremos retornar à nossa terra. E você vai nos ajudar — eu disse. — Ou vai morrer.

Ela me encarou, aparentemente tentando decidir se eu estava mentindo ou não.

— É tudo verdade — insisti.

Ela desdenhou.

— Ainda que seja, não tenho o que você procura. Os soldados mortos por você provavelmente também não. Meu pai esconde o censo do reino. Quanto aos soldados e aos navios... *talvez* eles tivessem alguma ideia. Mas como sou a segunda na linha de sucessão, e ainda por cima uma mulher, não tenho acesso a esse tipo de informação.

Dei um passo na direção dela e fitei seus olhos, forçando-a a me encarar. Céus, aquele olhar penetrante me era familiar. Era como ver a mãe dela de novo.

— Alguma coisa você sabe — eu disse. — Mais do que quer dizer, pelo menos. Acho que uma garota que sabe montar como uma ladra de cavalos e empunhar uma espada como um cavaleiro pode ter mais informação do que *os outros* sabem que ela tem.

Ela engoliu em seco. Aí estava. Ninguém suspeitaria de que ela escondesse muita coisa, quer fosse informação ou não. Mas, sob os cachos bagunçados e o vestido esvoaçante, eu enxergava um coração e uma mente que o resto do mundo tinha ignorado. Ela tinha trancafiado ambos muito bem, e a questão agora era como encontrar a chave certa.

Comecei a andar de forma casual em círculos pela cela, pensando. Às vezes, o próprio silêncio já bastava para deixar alguns prisioneiros tão desconfortáveis que soltavam tudo apenas para preencher o vazio. A tortura era uma possibilidade, claro, mas nunca foi do meu gosto. Minha meta não era a dor, mas a vitória.

A chave para ganhar de Annika? A informação que eu tinha.

— Vou lhe fazer uma proposta. Diga-me quantos guardas há no palácio, e eu lhe conto aquilo que você mais quer saber.

— E o que é?

— Conto exatamente como sua mãe morreu.

— Você estava mesmo lá? — ela perguntou de novo com um olhar cada vez mais frágil.

— Estava.

Ela baixou a cabeça, pensativa. Quando voltou a erguê-la, manteve os olhos fechados e, trêmula, começou a falar:

— Todos os dias, há sessenta e oito soldados no palácio. Em feriados e em dias de festa, esse número sobe, mas raramente é mais do que cem.

Franzi a testa. Ela foi tão concisa, tão perfeitamente específica. Se eu conseguisse fazê-la continuar, teria Dahrain na palma da mão.

— Muito bem, princesa — elogiei, voltando a me aproximar do banquinho onde estava. — Sua mãe estava sob minha responsabilidade. Passei cerca de vinte minutos com ela na tentativa de, como agora, fazê-la falar. Ela não revelou nada importante, pelo menos não para a nossa missão. E então foi decapitada.

Fiz então uma pausa antes de concluir.

— E pelas minhas mãos.

Seu olhar se turvou.

— Você? — ela balbuciou.

— Sim.

— Como foi capaz?

Joguei a cabeça de lado e dei um passo atrás:

— Ela tinha de morrer. E acho que você já sabe o motivo.

Os olhos dela... selvagens como o mar, fervilhando por trás da criação real. O peito subindo e descendo de raiva, e dava para vê-la preencher as lacunas do quebra-cabeça em sua mente.

— Vamos, arrisque um palpite — incentivei. — Vi seu rosto no bosque. Logo me chamou a atenção por ser uma cópia do da sua mãe. Mas você também me reconheceu. Junte as peças, Annika. Quem sou eu?

O peito dela passou a se mover ainda mais rápido com o horror da conclusão.

— Você é filho de Jago, aquele monstro.

Fiz uma breve reverência a ela antes de falar.

— Então você vê como foi justo. Você decapitou meu pai.

— *Eu* não fiz nada — ela disse. — Não o julguei nem o condenei, embora ele claramente tenha merecido a punição pelo seu crime. Pelo menos seu pai foi julgado.

— Vocês jogaram o corpo dele numa carroça e a soltaram na floresta! Foi sorte termos recuperado o corpo, e ainda assim vocês acham que agiram com nobreza?

— O corpo dela... — sua voz cedeu. — Ela está aqui? Enterrada aqui?

— Sim.

Ela desviou o rosto, como se não quisesse me deixar ver as lágrimas transbordando. Dei-lhe um tempo para se recompor.

— Se você tivesse alguma dignidade — ela disse baixinho —, tiraria as algemas dos meus pulsos, me daria uma espada e me levaria para fora. Agora eu seria páreo para você sem pestanejar.

— Não, não seria — respondi secamente. — Você tem talento, devo reconhecer, mas eu tenho muito mais experiência. E sei que atacar cego de raiva leva a erros. Eu ainda ganharia.

Ela balançou a cabeça. Eu não sabia dizer se discordava de mim, se tentava clarear os pensamentos ou se estava frustrada com o próprio choro. Talvez as três coisas.

— Tenho mais perguntas.

Ela soltou um riso frio.

— Se você pensa que existe *alguma* chance de eu falar mais agora, está mais do que enganado.

— Eu não teria tanta certeza — eu disse. — Sei mais sobre a sua mãe, e estou disposto a trocar o meu conhecimento pelo seu.

Ela cruzou os braços, uma tarefa difícil para uma pessoa algemada.

— Vou guardar as lembranças que tenho, e você pode explicar ao seu líder como sua arrogância encerrou o interrogatório.

O desprezo em sua voz e a compreensão imediata de que eu preferiria rastejar pelo fogo a admitir minha derrota a Kawan me levaram aos limites da raiva. Quase estourei, mas me neguei a deixá-la ver o quão fundo o golpe tinha acertado.

Saquei o canivete da bolsa no cinturão.

— Seu pescoço é tão fino, alteza — disse, segurando um cacho do seu cabelo bem diante de seus olhos. — Seria mais fácil do que isto arrancar a sua cabeça — alertei, e com um movimento rápido da lâmina cortei seu cabelo, com tanta destreza que ela não deve ter sentido nem um puxão. Sacudi o cacho na cara dela e ameacei: — Se eu fosse você, começaria a falar.

— Não.

A palavra saiu como uma pedra, imóvel e fria.

— Fiz questão de não deixar sua mãe sofrer, mas não preciso fazer o mesmo com você. Ainda estou disposto a contar mais sobre os últimos momentos dela, mas só se você falar.

Fui em direção à porta com passos rápidos antes de deixá-la sozinha no frio. De braços ainda cruzados, Annika olhava para a outra parede.

—Volto daqui uma hora. Pense bem na sua decisão, princesa.

Annika

Só me permiti chorar quando ele saiu.
Dizia a mim mesma que era melhor saber. Eu não precisava mais ficar imaginando. Tinha respostas.
"Sua mãe está morta, Annika. Não vai voltar. Agora você sabe."
Talvez algum canto do meu coração devesse se sentir reconfortado por saber que ela não tinha sofrido e que havia sido enterrada decentemente. Mas eu só conseguia sentir mais saudades.
Se alguém tinha direito aos últimos momentos da minha mãe, era eu. Não ele. Odiava o fato de ele saber coisas que eu estava desesperada para ouvir e que tinha plena *consciência* do que isso significava para mim. Foi surreal conversar de forma tão calma com o homem que matou a pessoa que eu mais amava no mundo. Eu esperava alguém mais sinistro, parecido com um ogro. Mas ele era praticamente criança. Como eu.
Ela estava perto.
Se eu entregasse números, mesmo falsos, talvez ele me levasse ao túmulo dela. Talvez eu enfim pudesse me despedir. O único problema era que eu não queria dar nada a ele agora. Queria arrancar algo dele, isso sim. Queria descobrir uma maneira de fazê-lo sofrer mais do que qualquer outro seria capaz de fazer. Ainda que ele me desse uma espada e uma chance de enfrentá-lo, eu não sabia se seria capaz de lhe infligir a dor que desejava.
Sequei as lágrimas com as mãos na tentativa de resgatar minha capacidade de pensar com clareza, ao menos por um instante. Como eu poderia sair disso? "Pense, Annika."
Tirei um grampo do cabelo e comecei a trabalhar nas algemas. Fechei os olhos, tentando sentir ao máximo como o mecanismo funcionava. Eu estava trêmula e faminta. Se estivesse na biblioteca

ao lado de Rhett, a experiência seria completamente diferente. Ali, precisei juntar todas as forças para me concentrar.

Imaginei o cheiro dos livros velhos, o som do riso relaxado de Rhett. A lembrança me pôs um sorriso no rosto e desacelerou minha respiração. Em menos de um minuto, ouvi o clique da trava e a senti cair do meu pulso esquerdo.

Caminhei em silêncio até a porta. Uma tocha solitária na parede iluminava a maior parte do corredor. Parecia que ele tinha me deixado sem nenhuma vigilância. Devia pensar que eu não seria capaz de escapar.

A fechadura da porta era completamente diferente, e eu precisava de algo muito mais forte do que um grampo de cabelo para vencê-la. Espiei o corredor para confirmar que estava mesmo sozinha. O castelo parecia ser tão velho que dava a impressão de que um espirro no momento certo o derrubaria. Agarrei a maçaneta com as duas mãos e apoiei um pé na parede. Usei todo o meu peso para tirar a porta do lugar. Ela balançou um pouco, mas não havia como fazê-la se soltar.

Muito bem, então. Fui tentar a janela.

Aquilo mal podia ser considerado uma janela. Um buraco redondo com uma barra no meio, sem vidro nem nada. Se chovesse, a água cairia bem em cima dessa coisa miserável que servia de cama. Dava para ver as manchas das vezes em que isso tinha acontecido. Agarrei a barra e puxei com as duas mãos, sacudindo-a. Com certeza ela não iria nem para frente, nem para trás. Mas se mexia de lado.

Escalei a parede para olhar melhor a base da barra. A cela tinha sido tão descuidada que a pedra da parede era praticamente areia. Parecia que seria possível arrancar pelo menos uma lasca. Não havia como um homem adulto passar pela largura do buraco... mas se eu deslocasse a barra pelo menos um dedo para o lado, teria grandes chances de passar.

Ele tinha dito que me daria uma hora, mas não dava para saber se ele manteria a palavra. Usei a ponta solta da algema para começar a desgastar a pedra. Quando ele voltasse, eu poderia fechar a algema, descer da janela e me deitar na cama como se tudo estivesse no lugar. Ele não suspeitaria de nada.

— É possível — murmurei para mim mesma. — É possível.

Lennox

Coloquei os fios de cabelo de Annika sobre a mesa e os vi se curvarem num cacho diferente. Eu seria obrigado a matá-la, não seria? Tentei me lembrar de quando me ensinaram a demonstrar misericórdia. Nenhuma aula do tipo me veio à mente.

Talvez Annika fosse um caso distinto. Na última vez em que alguém de sangue real chegou ao castelo, fui a única pessoa que teve estômago para matá-la. Se eu me recusasse agora, quem daria um jeito em Annika?

Agulha gemia na janela.

— Vai entrar ou sair? — perguntei.

Ela desceu e aterrizou em cima da minha cama para se deitar com a cabeça sobre as patas. Eu não sabia se as raposas eram capazes de sentir preocupação, mas seus olhos me diziam que ela estava preocupada comigo.

— Não fique assim — eu disse para a confortar.

Atravessei o quarto até a cama e me inclinei para acariciar Agulha. Ao fazer isso, olhei minhas mãos. Eu estava mesmo disposto a usar as mesmas mãos que cuidam de Agulha, que mostram mapas nas estrelas, que constroem um exército... para esganar Annika?

Apanhei um ramo de árvore, encolhendo-me um pouco pela dor no corte, e joguei a capa sobre os ombros para sair.

O vento tinha voltado a soprar, e minha capa tremulava enquanto eu caminhava até o cemitério. Peguei o pequeno ramo, ainda verde e folhoso, e o empilhei com outros que cobriam o túmulo da mãe de Annika.

— Outra oferta — eu disse, ao colocá-lo. — Eu a conheci. Conheci sua última oração — contei. — Ela está com raiva. Parece não *querer* sentir essa raiva, mas sente. Queria saber de onde veio isso. Não de você.

Lancei um olhar para o castelo. Daqui onde estava, eu via o lado que tinha janelas decadentes no andar de baixo, onde os novos recrutas moravam. Dizem que antigamente construíamos estruturas boas. Eu nunca as vi.

Engoli em seco.

— Receio que vou ter de matá-la. Não quero, mas... Ela é... observadora demais. Já sabe mais do que deveria.

Pela primeira vez em muito tempo, meus olhos se encheram de lágrimas. Estava tão cansado. Cansado e com raiva, totalmente pronto para algo novo. Mas aqui estava eu, preso a essa terra abandonada, a esse castelo moribundo e a esse pedaço de terra onde estava uma mulher que me amou demais nos poucos minutos que me conheceu. E de repente tive ódio dela por isso.

— Não entendo por que venho aqui. Você está *morta*! Não foi capaz de se salvar e com certeza não vai ser capaz de salvar a mim. Nunca vou ser capaz de entender a bondade nos seus olhos, ou por que vou passar o resto da vida pedindo desculpas a você. Seu marido tirou meu pai de mim! Por culpa dele minha mãe está nos braços daquele porco! Uma vida por outra!

Virei para trás e gritei na noite.

— Por que você foi tão doce? — berrei. — Por que fez isso comigo?

Olhei para a sua lápide, certo de que me assombraria para sempre. Ao pensar em todos que já tinha matado, era só dela que me lembrava. Ela não implorou misericórdia. Não cuspiu no meu rosto. Aceitou o fim, aceitou a mim, e caminhou para a morte como se por anos aguardasse esse encontro.

— De vez em quando sinto o mesmo — confessei. — Às vezes, penso que qualquer lugar seria melhor do que este. Mas tenho a sensação de que, se o mundo é dividido aí do outro lado, nós não ficaremos no mesmo lugar quando chegar a minha vez.

Uma lágrima escorreu pela minha bochecha, a última que permitiria, e olhei para a lápide. Eu ainda conseguia vê-la, e a imagem era mais viva agora que conhecia sua filha. Eu me lembraria das duas para sempre.

Nunca fugir, nunca desviar o olhar, nunca dar desculpas. Era assim que eu sobrevivia. E devia continuar por esse caminho. Precisava arrancar alguma coisa de Annika para dar a Kawan. Teria de ser impiedoso. Eu me negava a ser visto como um fracasso. Eu mesmo tinha me metido nesse buraco, e agora ia lutar para sair.

Ninguém me deteve quando entrei de supetão no castelo e segui pelos corredores até o calabouço. Peguei a chave na parede oposta e a enfiei na fechadura. Pelas barras da porta, vi que ela estava encolhida na cama, com as costas apoiadas na parede e a cabeça, nos joelhos. Ela levantou os olhos e me viu, e eu tentei interpretar aquele olhar. Ainda havia tristeza, mas tinha também uma insolência estudada que me deixava tenso.

— Pensou melhor? — perguntei ao fechar a porta depois de entrar.

— Não estou a fim de falar, em especial com você. Assassino.

A palavra doeu tanto quanto a ferida que ela tinha aberto no meu peito na floresta.

— Prefiro me considerar um executor. Além disso, nunca mais houve uma infração entre nossos povos desde aquele dia. Eu chamaria isso de progresso.

— Falou o homem que capturou a mim e meus guardas — ela comentou, com cara de tédio.

Quase ri. Ela estava completamente certa.

— Ouça, alteza, preciso...

— Pare de me chamar assim — ela disse, virando-se para me encarar. — Não com esse tom de desprezo. Só tenho esse título porque nasci com ele, não fiz nada para isso. E não mereço ser julgada por você.

— Você está me julgando pelo meu nascimento, não? Meu povo não passa de escória para você. Somos tão vis que não merecemos nem a nossa terra, e agora...

Ela ergueu a mão com delicadeza, sem se incomodar com as algemas que ainda prendiam seus pulsos.

— Reconheço que o meu passeio pelo seu lar foi limitado, mas você poderia me dizer se este barraco tem biblioteca?

Cruzei os braços.

— Não.

— Achei que não teria. Agora, como exatamente você pode ter tanta certeza desse direito ao meu reino?

— Nossa história é oral, passada de geração em geração. Todos os membros do meu povo a conhecem.

Ela balançou a cabeça e suspiro.

— Eu não estava viva quando fundaram Kadier, nem você. Você diz que a história é uma, e eu digo que é outra. Prefiro pensar que sei a verdade, já que realmente moro lá. Não é desrespeito, não é julgamento. Além disso, também sei que você é a pessoa que tirou minha mãe de mim. Não quero nada de você.

As palavras saíram suaves e afiadas.

— Pois bem, Annika. Já que é tão inteligente, tenho certeza de que guarda a informação de que preciso em algum lugar desse seu cérebro. E eu guardo coisas que sei que você quer. Coisas que provavelmente quer mais do que uma chance de voltar para casa. Se cooperar, existe a possibilidade de eu lhe dar as duas coisas.

Ela jogou a cabeça de lado.

—Você não vai me levar para casa, não adianta fingir que vai.

O tom dela era tão calmo e resignado à possibilidade da morte, mas mesmo assim eu lhe contei a verdade.

— Se eu puder, levo você a Dahrain pessoalmente.

— Antes ou depois da invasão?

Cerrei os punhos e respirei fundo.

— Seria mais inteligente da sua parte, no mínimo, parar de ser tão difícil.

— Seria mais inteligente da sua parte parar de assassinar os outros.

Endireitei o corpo e chutei o banco. Ele rolou pela cela e deixou um enorme vácuo de silêncio.

— Desculpe — ela disse baixinho.

Voltei a olhar para ela, surpreso.

— Estou cansada — ela admitiu, olhando para as mãos e agitando os dedos de nervosismo. — No mesmo dia, fui arrancada de casa e testemunhei a morte de quatro dos nossos melhores guardas. Não faço ideia do que aconteceu com o meu noivo, e descobri mais sobre a morte da minha mãe em cinco minutos com você do que com qualquer outra pessoa nos últimos três anos. É muito pesado para alguém do meu gênero e com a minha criação. Preciso dormir. Se você me deixar dormir, eu falo.

Noivo. Hmmm. Talvez eu devesse ter trazido aquele sujeito afinal.

Meu plano até aqui consistia em vencê-la pelo cansaço. Fazê-la delirar tanto que seria incapaz de outra coisa além de falar. Até agora, só tinha conseguido arrancar respostas atravessadas e fazer papel de bobo.

—Volto ao amanhecer. Esteja preparada. Se não me conceder nada, vão pedir a sua morte.

Virei as costas para sair, mas logo, sem conseguir me segurar, olhei para ela pela última vez.

— Qual é a sua constelação favorita?

Ela me olhou surpresa, e com razão. Em seguida, seu rosto assumiu a expressão de quem ia dizer a verdade apesar de saber que não era o melhor a se fazer.

— Cassiopeia.

Desdenhei.

— Ela está pendurada de cabeça para baixo. Para sempre. Por que ela?

Ela brincou com o anel em seu dedo — um anel de noivado, eu supus.

—Tem formas piores de existir — ela disse baixinho. E depois, como se fosse se arrepender até de perguntar, me olhou sem levantar a cabeça e perguntou:

— E a sua?

— Orion.

— É tão... todo mundo fala Orion.
— Exato. O guarda dos céus. Todo mundo conhece Orion.

Ela levantou a cabeça, e seu rosto de repente me parecia mais suave.

— É um bom exemplo a ser seguido, imagino.

Confirmei com a cabeça.

— Eu também.

— Sabe, Orion não foi santo — ela disse. — Você podia mirar mais alto. Ser melhor.

Ouvi o trovejar da minha própria pulsação, e tive de vestir a armadura, negando-me a deixá-la tocar minha alma. Suas palavras se aproximavam perigosamente das de sua mãe, e eu não era capaz de ouvi-las de novo. Engoli em seco e me despedi.

— Até o amanhecer.

— Até o amanhecer.

Saí e tranquei bem a porta. E fiz o mesmo com meu coração cansado.

Annika

Tinha o pressentimento de que mencionar minha feminilidade e minha criação suave deixaria Lennox confuso. Às vezes, mesmo pessoas imprevisíveis são bastante previsíveis.

Esperei até ter certeza de que ele tinha saído havia bastante tempo, e então tirei um grampo do cabelo. Pensei em Rhett sentado mais perto de mim do que ele sabia que devia estar e no quanto ele se dedicava ao trabalho. Pensei nele tentando me fazer rir.

Clic.

Uma algema solta. Faltava a outra.

Troquei de mão. Mesmo não sendo tão boa com a esquerda e mesmo que doesse demais usar aquele lado.

Dessa vez pensei em Escalus. Nele com a agulha e o bordado na mão, tão quieto e pensativo. Nele que tinha a mesma atitude com uma espada na mão. Pensei em como, se nós dois estivéssemos aqui juntos, nos concentraríamos em resgatar um ao outro. Parecia que era só isso que fazíamos.

Clic.

E, assim, eu estava sem algemas.

Fui até os pés da cama e forcei a barra. Consegui ganhar pouco mais de um dedo ao deixá-la inclinada. Talvez fosse o bastante. Mas não ia dar certo com esse vestido. Era volumoso demais. Comecei a puxar os alfinetes e a desfazer os nós, tirei as camadas de tecido externas e joguei minha capa de montaria de lado. Assim que me vi só de combinação e espartilho, pensei que poderia ter uma chance. Eu me olhei para ver se algo mais podia me atrapalhar.

Havia.

Tirei o anel de noivado e o deixei bem em cima da pilha de roupas descartadas.

Subi na janela e virei a cabeça de lado para passar pela abertura. Permaneci de lado e consegui passar os ombros e os braços e me escorar na parede. O corte no meu braço latejava por causa do esforço, mas continuei calada, trabalhando. Era difícil acreditar que aquela cela conseguia bloquear tanto vento, mas era verdade. Desejei poder levar o vestido comigo, mas não valia a pena me arriscar a voltar para pegar. Eu precisava abrir o máximo de distância possível entre Lennox e mim.

Forcei o corpo para frente de novo. Meu quadril estava entalado. Isso também ia doer. Forcei mais, balançando o corpo, ganhando um milímetro de cada vez.

— É possível — disse a mim mesma. Era dolorido. Tinha certeza de que meu braço estava sangrando. As pedras rasgavam minha combinação de linho e eu as sentia rasparem meu quadril. Senti a pressão sobre meus machucados antigos, e ainda que as feridas não tenham aberto, era uma sensação lancinante na pele.

Mas, com ou sem dor, eu ia escapar. Não seria aprisionada; não seria morta como minha mãe.

Ele disse que ela estava enterrada aqui. Se procurasse, talvez conseguisse encontrá-la. Lennox tinha razão: havia coisas que eu queria mais do que fugir. Queria saber tudo, cada coisa que ela tinha dito a ele, e o motivo de ele aparentar se lembrar tão bem dela. Queria saber como ela estava e derramar minhas lágrimas na sua lápide.

Mas pensei em Escalus. No mínimo, precisava voltar para casa para avisar a ele e ao meu pai que havia uma guerra no horizonte.

Depois que minhas coxas passaram pela janela, as pernas saíram com facilidade, e despenquei toda desajeitada, com tanta dor que era mais fácil rastejar do que andar.

Forcei-me a ficar de pé mesmo assim. Eu precisava me mexer. Na melhor das hipóteses, tinha até antes do amanhecer para ele perceber que eu não estava. Se eu conseguisse um cavalo, seria bem mais fácil, mas não podia contar com isso. Eu precisava seguir escondida e sem parar.

Minha combinação era branca. Meu espartilho também. Eu era praticamente uma tocha no meio da noite. Enterrei as mãos num monte de lama gelada e as esfreguei nas roupas e na pele para tentar me camuflar nas sombras. O frio já estava chegando aos meus ossos.

"Ande, Annika. Ande para se aquecer."

Não vi guardas nem soldados em ronda. Mas por que eles se dariam ao trabalho? Ninguém sabia que estavam aqui. Eram predadores, não presas.

Fiquei o mais próximo do chão que conseguia, e olhei para trás tantas vezes que nem podia mais contar. Assim que o castelo ficou menor no horizonte, passei a me mover mais rápido. Ao longe, vi a primeira fileira de árvores da floresta densa.

Costurei meu caminho pelas árvores, sabendo que atrás haveria um campo aberto. Parecia que eu estava demorando demais para atravessar aquele trecho em meio a tropeços nas raízes e topadas nas árvores, mas no fim avistei o campo. Ao longe, a floresta traiçoeira estava à espera, mas se Lennox tinha sido capaz de chegar a Kadier, eu também seria. Olhei para o céu à procura da Estrela Polar e de outros marcos. Consegui me localizar e comecei a correr. Corri até minhas pernas queimarem. Até meus pulmões estarem prestes a explodir. Até meu corpo não passar de um monte de músculos desgastados e nervos doloridos.

E depois, para viver, continuei em frente.

Lennox

As batidas martelaram a minha porta com o céu ainda cinzento. Vi que o sol estava pensando em se levantar, e desejei profundamente que mudasse de ideia.

Mal tinha dormido. Enquanto estava acordado, tudo o que via eram os olhos orgulhosos de Annika me desafiando a pensar que seria capaz de levar a melhor, me dizendo que eu estava errado. Com os olhos fechados, eu ainda a via me fitando e pronunciando Cassiopeia com tanta elegância, o que me lembrava de como as palavras já haviam sido belas e misteriosas para mim.

E agora, nos segundos entre as batidas, via sua lápide ao lado do túmulo da mãe.

— Lennox! De pé, menino!

Saltei da cama na hora, procurando Agulha no quarto para garantir que não estava lá. Kawan não permitia que desperdiçássemos recursos com animais, e sua voz já indicava que estava de mau humor. Nem me preocupei em colocar a camisa dentro da calça ou vestir o colete. Era raro ele querer algo tão cedo, então eu já estava tenso.

— Sim, senhor — eu disse, ao abrir a porta. — O que posso fazer?

Atrás dele estava Blythe, de braços cruzados.

— Ela fugiu — Kawan disse.

Não tinha certeza se havia soltado um suspiro de frustração ou de alívio.

— O quê?

— Fui ver como ela estava — Blythe disse. — Encontrei uma pilha de roupas no chão, perto da janela. Ela soltou as algemas, empurrou a barra da abertura para o lado e foi embora.

Fiquei em choque.

— Ela... soltou as algemas?

Kawan me deu um tapa forte na cara:

— Ela saiu do *castelo*! Sob a sua guarda! Como você foi deixar isso acontecer? Que tipo de oferenda é essa, para começo de conversa? No que isso ajuda o exército? Você nos entregou! Por mais tolo que seu pai fosse, você é dez vezes pior.

Precisei juntar todas as forças para não partir para cima dele. Eu era forte, tinha chance. Mas no momento havia problemas maiores que o meu orgulho.

Mexi o queixo, me negando a levar a mão ao rosto dolorido.

— Como eu ia saber que aquele fiapo de menina era capaz de escapar de algemas?

— Como você foi burro a ponto de não ficar lá embaixo? — ele me olhou bem nos olhos, com uma expressão mais do que sombria no rosto. — As lembranças da mãe dela voltaram para assustá-lo? — ele arriscou, em tom sarcástico.

A vontade de dar um soco nele crescia dentro de mim. Só queria dar um. Um.

— Meu único erro foi não conhecer o inimigo — eu disse. — O objetivo da Comissão era mostrar como é fácil entrar no território que há séculos o senhor diz que vamos recuperar. Essa garota pode ter nos ensinado uma coisa muito importante hoje. Talvez todos em seu país saibam escapar de correntes. Isso vai mudar a forma como os manteremos presos daqui para frente, certo?

Kawan não reagiu, irritado por eu ter enxergado algo de bom nisso. E eu, internamente, me dei os parabéns por ter tirado essa ideia do nada.

— Dê um jeito nisso — ele ordenou, apontando o dedo rachado na minha cara. — Agora.

Saiu batendo os pés pelo corredor, e seus passos ecoavam como trovões.

— Não se mexa — eu disse para Blythe ao fechar a porta.

Peguei o colete da noite anterior e o vesti, assim como meu

cinturão e a bolsa que costumo pendurar nele. Enfiei os pés nas botas e peguei minha capa de montar. Tinha a sensação de que precisaríamos nos mobilizar imediatamente.

— Faz quanto tempo que você foi lá? — perguntei abrindo a porta para descer até o refeitório. Queria reforços.

Blythe logo me seguiu.

— Talvez meia hora.

— As algemas estão lá? — quis ter certeza.

— Estão. Um dos lados está arranhado. Parece que ela as usou para martelar a pedra na base da barra da janela.

Balancei a cabeça. Que esperta. Perguntei-me quantos aqui teriam pensado em fazer o mesmo.

— Ela tirou as roupas de cima para sair pela janela. Por isso a pilha toda bagunçada que deixou para trás. Se estiver só de roupa de baixo, não sei se terá conseguido sobreviver ao frio — Blythe acrescentou.

Concordei ao pensar nos ventos cruéis que às vezes sopravam do mar, no fato de ela não ter comido ou bebido desde a manhã do dia anterior, e de estar procurando às cegas o caminho para casa na escuridão. Se acrescentarmos a floresta à equação, era praticamente impossível que fosse bem-sucedida.

— Bem notado.

Imaginei que isso resolveria o meu problema. Se ela ficasse, provavelmente precisaria morrer. E, se morresse agora, não seria pelas minhas mãos.

— Depois de inspecionar a cela, fui direto contar para Kawan. Ele não gostou nem um pouco de ser acordado tão cedo. Assim que expliquei a situação, ele se levantou, colocou uma roupa decente e fomos te procurar.

Repassei a linha do tempo na tentativa de lembrar a que horas tinha deixado a cela na noite passada. Na melhor das hipóteses, ela tinha seis horas à nossa frente.

— Sabemos se ela arranjou um cavalo?

— Não.

— Espere — eu disse, detendo-me um pouco antes de entrar no refeitório. — Por que você foi ao calabouço?

Algo brilhou nos olhos de Blythe, tão rápido que não consegui identificar o que era:

— Estava te procurando. Queria ver como ia o interrogatório.

Tive a impressão de que era mentira, mas não havia como provar.

— Lá fora tem animais selvagens — pensei alto. — O terreno é traiçoeiro. Ela não tinha mantimentos, quase não tinha roupa e não fazia ideia de onde estava. É muito provável que tenha morrido.

— Muito provável mesmo.

— Mas temos de procurá-la, ou Kawan vai esfregar isso na minha cara.

— Com certeza.

Bufando, entrei no refeitório:

— Inigo! Griffin!

Não esperei para ver se vinham; tinha certeza de que sim. Marchei até a parte do castelo onde ficava o barracão que usávamos de estábulo. Dali em diante, passaria a controlar o número de cavalos.

Peguei um odre de água para mim e joguei um para Blythe. Nessa mesma hora, Griffin e Inigo apareceram correndo, já à procura de um cavalo, sem dizer uma palavra. Montamos e partimos para o oeste. Se ela tivesse um mínimo senso de direção, seguiria para a floresta. E foi para lá que rumei.

Annika

O sol já havia nascido, e eu estava sem abrigo. Minhas botas de montar não tinham sido feitas para correr, e eu sentia as bolhas dos pés se abrirem. Os dedos da mão ainda latejavam por causa do frio da noite, e era quase impossível cerrar os punhos sem ficar praticamente cega de dor. Eu não tinha visto nenhum sinal de civilização desde que saíra do castelo arruinado, e por isso não havia como pedir ajuda.

De acordo com o sol, eu estava seguindo para o oeste, mas isso era tudo o que eu tinha para me orientar. E quando chegasse àquela floresta terrível, o sol não me ajudaria muito. Estava cada vez mais difícil pensar com clareza. Fazia horas que eu só avançava graças à vontade de escapar, mas agora eu só conseguia pensar nos corpos dos soldados mortos expostos ao tempo, no fato de eu não ter voltado para casa como prometido. Meu pai não queria que eu fosse para longe dele e, mesmo que não estivesse na sua melhor fase, devia estar preocupado. Além disso, eu estive tão perto da minha mãe e fui obrigada a deixá-la para trás. Eram esses os pensamentos que rodavam na minha cabeça o tempo todo, embora logo tenham ganhado a companhia de problemas mais práticos: dor, fome, exaustão.

Quando entrei na floresta densa, disse a mim mesma para não me preocupar: eu só precisava ficar o mais longe possível de Lennox. Parecia que tinham me levado até ali para me matar, e que Lennox seria o encarregado da tarefa, ainda que ele parecesse não querer cumpri-la. Nem mesmo quando o deixei com raiva. Balancei a cabeça. Não podia expressar simpatia pelo homem que tirou a vida da minha mãe.

Movimentar a cabeça desse jeito foi o bastante para me deixar tonta, e precisei me apoiar numa árvore. Um galho arranhou meu braço e eu chiei de dor, ao mesmo tempo surpresa por ainda conseguir sentir alguma coisa.

Foi então que ouvi os cavalos.

Olhei para trás e avistei quatro cavaleiros ao longe. Reconheci Lennox imediatamente por causa da capa. Eu havia fracassado. Não tinha sido rápida o bastante.

A árvore em que estava apoiada tinha um lado oco, e tudo que consegui fazer foi entrar nesse buraco e me esconder. Eu não teria nenhuma proteção caso alguém viesse pela frente, mas era o que me restava. Essas quatro pessoas não sabiam onde eu estava. Disse a mim mesma que havia uma chance de passarem sem me ver.

Eu me esforcei para desacelerar a respiração, deixar o corpo reto e, abraçando a mim mesma, permaneci no tronco oco.

"Não se mexa, não se mexa, não se mexa."

— Espalhem-se.

O som da voz dele me deixou tensa. Ele estava muito perto.

—Vocês três, ampliem as buscas para o sul. É bem provável que ela tenha desmaiado em algum lugar por aqui.

— Sim, senhor — responderam, e ouvi com atenção o som dos três cavalos partindo em diferentes direções.

Fiquei à espera da movimentação de Lennox, mas por muito tempo não ouvi nada. Depois, por fim, ouvi o cavalo dar um passo, depois outro, e tive a certeza de que ele ainda estava próximo, inspecionando a área.

Eu ouvia meu coração palpitar como um trovão.

Depois de alguns minutos de tensão, eu o vi. Estava montado no mesmo cavalo de ontem, sombrio, assustador. Seu rosto exibia o mesmo aspecto fechado, mas com uma nova marca vermelha e inchada, parecida com a que eu ainda sentia em minha face. Ele soltou um suspirou, passou as mãos de luva pelo cabelo preto e parou.

Ele parecia cansado. Não cansado fisicamente... Mas como se precisasse de um tipo de descanso que o sono não podia dar.

De repente, Lennox levantou os olhos, como se tivesse ouvido algo, apesar de eu não ter feito nenhum ruído. Com um ar de dúvida no olhar, inclinou a cabeça para o lado... e me viu.

Era isso.

Devagar, trotou sem trazer no rosto o triunfo que eu esperava. Eu não sabia o que me aguardava a seguir, mas por um momento ele apenas me encarou. Senti-me humilhada ao me dar conta de que vestia pouco mais que uma combinação e um espartilho, além de estar coberta de lama da cabeça aos pés. Não era o fim digno que eu esperava.

Aguardei que viesse para cima, mas ele continuou apenas olhando. Então, enfiou a mão na bolsa presa ao cinturão e me jogou uma coisa:

— Pegue — ele disse baixinho.

Instintivamente estendi o braço antes que o embrulho atingisse o chão. Examinei o pequeno retângulo na palma da minha mão. Parecia uma barra de sementes com melaço embalada em papel.

Ele tirou o odre de água da sela, deu um gole demorado e o soltou no chão.

— Ops.

Em seguida, desfez o nó que mantinha sua capa presa aos ombros, e ela caiu no chão por conta do próprio peso.

— Não se mexa — ele instruiu. — Assim que eles encerrarem as buscas, vou conduzi-los para a planície atrás de você e mantê-los ao sul. Quando você não ouvir mais os cavalos, e só *então*, vá por ali — ele apontou na direção que eu já vinha seguindo. — Essa capa é grossa o bastante para aguentar os espinhos. Antes de chegar em casa, jogue fora a capa e o odre. A última vez que você me viu foi no calabouço. Está claro?

Com certeza franzi a testa enquanto ele falava, deixando evidente a minha confusão.

— Da próxima vez que nossos caminhos se cruzarem, não serei tão leniente. Quando chegar a hora de reconquistar nosso reino, Annika, você vai morrer.

Ergui a cabeça.

— Agradeço o aviso. Saiba que eu também não pretendo poupá-lo, Lennox.

No canto dos seus lábios brotou uma sugestão de sorriso.

— Registrado. Até lá — ele acenou a cabeça para mim, como se fosse um cavalheiro.

Deixei a capa onde estava por um momento, mas peguei o odre, que estava perto o bastante para que eu conseguisse alcançá-lo. Não me importava o fato de ele ter botado a boca ali: apertei o recipiente contra os lábios e sorvi, desesperada por algo para beber. Fiz uma pausa e, ofegante, olhei ao redor para ter certeza de que nenhum deles vinha em minha direção.

Baixei os olhos para a barra de sementes e decidi arriscar uma mordida. Fiquei surpresa ao descobrir que ela era doce e crocante. Dei outra mordida e percebi que havia algo familiar ali. Canela.

Sorri, me acalmei e fiquei à espera.

Lennox

— Nenhum sinal dela — Blythe confessou num tom que transmitia sua frustração.
— E vocês? — perguntei a Inigo e Griffin.
— Nada — Inigo acrescentou decepcionado, enquanto Griffin apenas balançava a cabeça.
— Alguma marca de animal selvagem? — perguntei.
— Não — Inigo começou —, mas isso não significa que ela não tenha sido pega por algum. É improvável que tenha conseguido atravessar a floresta sozinha.
Concordei com a cabeça.
— Então é isso — disse. — De volta para o castelo. Eu assumo a responsabilidade. Ela fugiu quando eu a vigiava, e vocês três a procuraram de forma incansável. A culpa é toda minha, e eu a aceito.
— Nós podemos ficar ao seu lado — Inigo se ofereceu. — Pelo menos, a gente se apresenta como um grupo unido. Não é culpa sua a garota ser sorrateira.
Pela segunda vez no dia, quase sorri.
— Agradeço a sua oferta. De verdade. Mas ela estava confiada a mim, então a culpa é minha. Vamos embora. E bebam com parcimônia — acrescentei. — Minha água caiu em algum lugar por aí.
— Quer procurar? — Blythe propôs.
Balancei a cabeça.
— Não. Quero voltar ao castelo e acabar com isso. Vamos.
Avancei rápido pela floresta e os mantive no sentido sul, como prometido. Assim que saímos em campo aberto, parei bem na frente de um grupo de árvores.
— Tem algo errado com a minha sela — avisei. — Podem ir, já alcanço vocês.

Desci do cavalo e forcei a vista para enxergar dentro da floresta. Depois de um instante, tive um vislumbre de uma silhueta preta passando pelas árvores no sentido sudeste. Ora, como eram as coisas. Ela sabia cumprir ordens.

Ergui o braço e arranquei um galho fino e baixo de uma árvore. Tinha certeza de que a mãe dela estaria interessada em ouvir essa história.

Kawan tamborilava com os dedos no braço da cadeira. Para mim, era como se ele gostasse de pensar que aquilo era seu trono, mas a verdade é que não passava da maior e mais antiga cadeira do castelo. Além disso, não estávamos na sala do trono ou no salão de festas. Estávamos no refeitório.

— Então ela se foi? — ele perguntou.

— Não encontramos nenhum vestígio dela — menti, mantendo a voz calma e nítida para dar a impressão de que não me importava com quem estivesse ouvindo. — Considerando o tempo que se passou, nós deveríamos ter cruzado com ela. Se não a vimos, é porque se perdeu ou está morta.

Ele levantou a mão que tamborilava.

— Mas não temos o corpo? Nada para mandar de volta àquele rei desgraçado?

— Não, não temos. *Eu* não tenho. A culpa é minha.

Ele se levantou, com os olhos semicerrados, e superou a distância entre nós com quatro passos.

— Estou morrendo de vontade de saber, Lennox. O que você conseguiu com essa missão?

— Nós descobrimos que somos capazes de dizimar a família deles — insisti. — Com certeza, agora podemos...

Kawan levou a mão para trás e a lançou contra a minha cara como havia feito de manhã, só que com muito mais força.

—Você nos expôs! Seu pai pelo menos estava *sozinho*. Como o nosso homem que raptou a rainha deles. *Você* juntou uma equipe e a trouxe para o meu castelo! Revelou a nossa posição e quantos somos num momento espetacular de idiotice! É possível que agora todos os nossos esforços se reduzam a nada. Você quer ou não reconquistar a nossa terra, filho?

Cerrei o punho. Pelo canto do olho, vi minha mãe se endireitar no assento, ciente de que Kawan tinha ido longe demais.

— Eu não sou seu filho — murmurei, cravando meu olhar gélido nos olhos dele. — Serei seu soldado. Serei as mãos que ficam sujas de sangue no lugar das suas. Serei o líder de qualquer missão que o senhor escolha. Mas nunca, *jamais*, serei seu filho.

Ele me encarou como se me desafiasse a contestá-lo outra vez.

— Tudo aqui é meu. É bom que você se lembre disso.

Talvez eu devesse ter segurado a língua. Mas ser humilhado sem necessidade por Kawan duas vezes no mesmo dia era um pouco demais para mim.

— Engraçado. Você diz que tudo é seu. Quando o *trabalho* vai ser seu? Sou eu que mantenho o exército na linha. Fui o único com estômago para matar a rainha. Adoraria saber como o senhor é capaz de dizer que qualquer coisa aqui é sua.

Já que não era um homem com o dom da palavra, ele se virou rápido e me deu um soco no meio do nariz, me fazendo cair para trás, nos braços alertas de Inigo.

— Se você não quer terminar na ponta da minha espada — vociferou —, é melhor aprender o seu lugar, e não sair dele.

Meu lugar. Havia anos que o meu lugar era preencher as lacunas que a covardia dele não alcançava.

Olhei para minha mãe. Se ela estava triste em ver o filho sangrar, sabia disfarçar bem.

— Saia da minha frente! — Kawan berrou.

— Com gosto.

Eu me desvencilhei de Inigo e saí do refeitório com a cabeça erguida e sangue escorrendo pelo pescoço. Dobrei a esquina do corredor com tudo, sem saber que Inigo, Blythe e Griffin me seguiam.

— Aqui — Inigo disse.

Virei para trás e o vi com um lenço na mão. Eu não costumava ligar para essas coisas, mas sentia que era muito sangue.

— Obrigado. E obrigado por me segurar — levei o lenço ao nariz e olhei para os três. — Vocês não precisavam ficar atrás de mim, nem me seguir quando saí. Ele me odeia, sempre odiou. Se vocês ficarem por perto, vão acabar sentindo a ira dele.

— Acho que todo mundo recebe uma dose dela de um jeito ou de outro — Griffin comentou.

Soltei um riso baixo, que fez minha dor aumentar.

— Tenho certeza de que ele vai me dar outra tarefa logo para compensar esse fracasso. E vai ser ainda mais perigosa, já que ele prefere a minha morte ao meu sucesso. Se vocês não quiserem ir, falem agora.

— Estou dentro — Inigo decidiu no ato, cruzando os braços.

— Falo também por André e Sherwin. Todos vamos — Griffin afirmou.

Olhei para Blythe.

— Você já sabe.

Pela primeira vez em anos, eu não estava sozinho. Parte de mim estava aterrorizada com a ideia, com a possibilidade de me conhecerem. Mas a guerra estava no horizonte — isso ia acontecer, era certo, depois dos tropeços que acabaram nos expondo —, e se queríamos vencer, eu precisava poder contar com alguém.

— Obrigado — eu disse. E tomei seus sorrisos cautelosos como um acordo informal.

Éramos uma equipe.

Annika

Ao despejar o último gole de água na boca, pensei na minha casa. Embora ele fosse a pessoa que eu menos quisesse ver, não parava de pensar em Nickolas.

Alguém que nem olhou para trás para saber se eu estava bem.

Pensei na nossa discussão, na recusa dele de aceitar que passássemos um tempo a sós depois de casados. Não sabia ao certo o que eu diria quando nos reencontrássemos. E mesmo que eu tivesse palavras, seria capaz de dizê-las? Nosso noivado já era público. Tudo isso fazia com que eu me sentisse indefesa.

"Você acabou de escapar de seus sequestradores, Annika. Você se manteve calma. Fugiu de um calabouço e atravessou a floresta que seu pai julgava ser impenetrável. De algum modo, convenceu o assassino da sua mãe a deixá-la viver. Você não é indefesa."

Parei por um instante no meio da campina. Era verdade. Eu tinha acabado de sobreviver a algo a que até Escalus teria tido dificuldade. Eu havia conseguido.

Joguei a capa de Lennox para trás dos ombros, de um jeito que a brisa a fazia levantar, e endireitei o corpo. Eu não era indefesa.

Animada, avancei, sabendo que o tempo, por mais que demorasse, não importava: eu ia chegar em casa. Enquanto marchava, avistei no horizonte algo semelhante a um exército. Era uma linha de cavalos, talvez quarenta, um ao lado do outro, e não dava para ver quantos havia atrás. O sol ainda estava alto o bastante para me permitir distinguir a bandeira verde-clara de Kadier com o porta-estandarte à esquerda do meu pai, cuja coroa brilhava ao poente. À sua direita estava Escalus. E, à direita do meu irmão, distingui a silhueta afetada de Nickolas.

— Escalus! — gritei com todas as forças, com a voz falhando de alívio. — Escalus!

— Alto! — alguém ordenou, e toda a companhia se deteve.

— Annika! — Escalus chamou, já desmontando e correndo até mim através do mato. Atrás dele, todos os homens que o acompanhavam começaram a comemorar: a princesa estava salva.

Não consegui me controlar e comecei a chorar. Eu mal podia me mexer, mas isso não importava. Escalus vinha na minha direção, e tudo ficaria bem agora.

Ele se lançou contra mim com os olhos marejados e me deu um abraço apertado, e eu nem liguei para a dor.

— Annika, o que está fazendo aqui?

— O que estou fazendo aqui? O que *você* está fazendo aqui?

Ele riu.

— Vim resgatá-la, claro. Partindo para o leste às cegas e rezando para te encontrar.

As lágrimas jorravam, mas eu apenas sorria e sorria.

— Está tudo bem. Eu mesma me resgatei.

— Ah! — ele exclamou, me levantando no ar e girando. — Não consigo acreditar. Tive tanto medo de te perder!

— Quase perdeu. Tenho tanto para contar.

Mas antes que pudesse começar, meu pai e Nickolas se aproximaram.

Meu pai me fitou nos olhos e por um belo segundo achei que fosse dizer tudo o que eu tanto desejava ouvir. "Perdão", ou "Case-se com quem quiser", ou "Eu te amo". Mas ele ainda era rei, e estava focado em questões de Estado.

— O que você tem para nos contar? — ele perguntou, olhando-me de alto a baixo e percebendo que eu vestia apenas roupa íntima e estava coberta de lama.

— Conheci o filho de Jago — contei. — Há um exército de onde ele vem, pai. Você tinha razão: Jago não trabalhava sozinho. Mas não é outro país que está à espreita. É uma coisa muito pior. Uma guerra se aproxima, e precisamos nos preparar.

— Tem certeza? — Nickolas perguntou.

— Ah, vejam só quem acordou — disparei. — Obrigada por cuidar de mim na floresta.

— Annika — meu pai disse com voz terna. — Sem Nickolas, não faríamos ideia do que havia acontecido com você.

— Eu conto o que aconteceu comigo — eu disse encarando os olhos frios de meu pai. — Fui abandonada nas mãos de um assassino.

Meu pai bufou.

— Então você não sai mais em cavalgadas.

Fechei a cara.

— Essa não é a resposta.

— Talvez não seja, mas humilhar seu noivo também não é.

— Chega. Precisamos ir para casa — Escalus, sempre a voz da razão, disse. — Annika, você vem comigo no meu cavalo.

Meu pai foi à frente para anunciar aos homens a nossa vitória antecipada. Todos deram vivas e cantaram, subindo e descendo as espadas no ritmo da canção.

— Será que não deveríamos mandar os homens na frente? — Nickolas perguntou. — Afinal, ela está quase despida.

Escalus olhou para o meu pobre noivo e falou por mim.

— Caro Nickolas, cale a boca.

PARTE II

No mesmo instante que Lennox rolava desconfortável no seu colchão fino, a cortina do dossel da cama de Annika ondulava com a brisa matinal. O tempo ia virar. Lennox, que estava acostumado com ventos fortes, não dava muita importância a isso, mas Annika, que tinha deixado a janela aberta sem querer, começava a tremer.

O ar frio impregnou sua pele e, por fim, a acordou. Ela se sentou na cama por um minuto e examinou o quarto com cuidado. Ela nunca tinha se importado com o frio, mas agora isso lhe causava um novo efeito. Qualquer ventinho a arrastava de volta para o calabouço do Castelo Vosino. Ela era capaz de muito mais do que qualquer um havia imaginado, mas isso não queria dizer que seus medos tivessem sido apagados. Era isso que pairava em sua mente quando ela voltou a se deitar para esperar o sol nascer e vir aquecê-la.

Lennox, contudo, já assistia ao despontar do sol no horizonte, e a neblina do mar impedia que o brilho fosse intenso demais. Como fazia todo dia depois da fuga de Annika, ele a imaginou acuada na floresta, agachada e pronta para atacar. Pensou que, apesar da semelhança perturbadora dela com a mãe, ele não tinha conseguido antecipar seus movimentos nem prever do que seria capaz.

Caminhou até a escrivaninha e apanhou o cacho de cabelo castanho. Falar com ela, mesmo discutir com ela, fez com que ele se sentisse visto, de uma maneira que nunca tinha acontecido. Ele ainda não compreendia ao certo. O povo dela era responsável por ele ter perdido o pai e sua família ter se despedaçado, e um dia o exército dele marcharia sobre aquelas terras.

Mas ela gostava de Cassiopeia. Sabia usar uma espada. E seu cabelo, ele lembrava, tinha aroma de água de rosas.

Ele não queria destruí-la. Mas o faria.

Enquanto isso, Annika tornou a se sentar na cama, suspirando. Foi devagar até a janela, fechou-a sem fazer ruído e a trancou com chave. Ainda tremia e, embora tivesse cobertores de sobra, foi até o baú aos pés da cama.

Em cima dos vestidos da infância e dos desenhos da mãe estava uma capa toda preta com dois cordões compridos. Ela a pegou e a envolveu no corpo para afastar o frio. Embora Lennox a tivesse raptado, também tinha demonstrado uma generosidade inesperada. Ele podia tê-la matado.

Mas não a matou.

Ele disse que viria reconquistar seu reino, mas o que isso significava, afinal? O palácio era dela, sempre havia sido. Ela se encolheu mais sob a capa. Se respirasse fundo, conseguia sentir o cheiro do mar.

Ele a salvou. Ele a vestiu. Estranhamente, tinha demonstrado mais preocupação por ela do que seu próprio noivo.

Mas ele havia tirado a mãe dela. E se ele marchasse até Kadier, ela lutaria. Em nome de tudo o que mais amava, daria fim nele.

Tanto Annika como Lennox se aferravam ao que haviam tomado um do outro, conscientes de que em seu próximo encontro um deles morreria.

Annika

Depois de escapar de Lennox, fiquei no quarto a semana inteira. Precisava me curar de um corte grande e de alguns arranhões, além de ter muito para pensar longe de olhares curiosos.

Eu estava no processo de aceitar que minha mãe tinha morrido. Havia um sentimento de conclusão em saber a verdade, e, apesar de desconfiar de que nunca recuperaríamos seu corpo, eu iria fazer o possível para que ela tivesse um funeral digno assim que possível.

O maior problema agora era que havia um exército determinado a nos invadir. O número de guardas em torno do palácio aumentou. Não só aqui, também nas fronteiras. Caso viessem, estaríamos mais preparados do que nunca.

Mas, para mim, o mais importante era que eu havia tomado uma decisão. E, dessa vez, não voltaria atrás.

Compreendia bastante bem o que eu significava para o meu povo. Quando voltei do que aparentemente seria minha morte certa, recebi de presente seis cavalos, comidas exóticas e tantas flores que nunca mais precisaria sair do quarto para dar uma volta no jardim. E as cartas! Li todas, uma mais repleta de elogios do que a outra, algumas até manchadas com lágrimas de alegria e preocupação pela minha vida.

Eu tinha passado tanto tempo pensando no meu povo, preocupada com ele. Agora sabia que o sentimento era recíproco.

— Está perfeito, Noemi — disse, enquanto me admirava no espelho.

— Ele não vai ficar zangado, alteza? — ela perguntou ao colocar a coroa simples na minha cabeça.

— A intenção é meio essa — respondi, virando para ela e fazendo meu cabelo comprido cair sobre o ombro. Era uma afirmação simples, mas clara.

— Mas o deixaram *inconsciente* — ela destacou, embora sem muita firmeza.

— Se esse tivesse sido seu único crime, eu estaria errada. Mas ele nem olhou para mim quando eles apareceram. Saiu correndo e esperou que eu o seguisse por conta própria. Qualquer cavalheiro decente, com ou sem título de nobreza, teria pelo menos olhado para trás. Acho que não tem como escapar desse casamento, mas ele abriu mão do direito de me controlar.

Noemi suspirou e juntou as mãos.

— Foi um comportamento um pouco chocante para alguém de sangue nobre. Seu irmão jamais faria uma coisa dessas.

Olhei para ela.

— Sangue nobre ou não, ele não deveria ter feito aquilo. E você tem razão. Escalus morreria antes de me ver capturada — falei, para em seguida olhar para a janela.

— É só o comportamento dele que a irrita, alteza? A senhora parece triste — Noemi ergueu as mãos, ainda juntas, até o queixo.

— Acho que estou mesmo.

Ela se aproximou e cochichou.

— A senhora conheceu o homem que matou a sua mãe. Viu seus conterrâneos morrerem. Foi interrogada. Escapou de um calabouço e correu a pé para casa. Conheço muitos homens barbados que fracassariam se estivessem em seu lugar. Não tem problema sentir tristeza ou raiva ou qualquer outra coisa.

— Não é nada disso — confessei.

— O que é, então?

Fechei os olhos, lembrando da mudança no tom de voz dele quando as ameaças e perguntas tinham acabado.

— Ele perguntou qual era a minha constelação favorita. E depois eu fiz a mesma pergunta a ele.

Noemi arregalou os olhos:

— Como a senhorita foi capaz de falar com ele?

Assenti com a cabeça.

— Eu sei, eu sei. E é isso que me incomoda. Agora sei coisas sobre essa pessoa, inclusive sei que é uma pessoa. Agora sei que ele foi forçado a ter uma vida isolada. Você devia ter ouvido a maneira como ele falava das estrelas, como usava as palavras em geral. Sei que ele tem olhos azuis de um tom entre o gelo e o céu — engoli em seco. — Mas ele matou minha mãe. Quer minha casa, a coroa do meu pai e tudo que passei a vida servindo.

Noemi me olhou com empatia.

— Ele não pode ter nada disso.

Balancei a cabeça e olhei para o nada.

— Não terá. Estou disposta a me casar com Nickolas pelo meu país, pelo futuro do meu irmão. E agora vou lutar contra Lennox pelos mesmos motivos.

Ela estremeceu.

— Por mais que a senhorita tenha dito várias vezes, é difícil acreditar que ele é real e tem nome.

— Ah, é muito real — disse, enquanto me vestia para o dia.

Eu não podia contar a ela — nem a ninguém — que o nome dele ecoava na minha cabeça desde a primeira vez que o tinha ouvido. Às vezes por medo, outras por raiva e, o que me deixava horrorizada, às vezes por gratidão.

Entrei na sala de jantar com a cabeça erguida. Nem sempre usava coroa, mas hoje parecia apropriado. Os homens da minha vida já estavam sentados à mesa principal. Meu pai, claro, estava no centro, na cadeira de encosto alto, e olhava para a comida como se ela o tivesse ofendido de alguma maneira.

À esquerda estava meu amado irmão, Escalus. Seus olhos brilhavam, seu sorriso era de boas-vindas e seu comportamento era tudo que eu deveria poder esperar do meu pai.

À direita do meu pai havia um assento livre para mim, e ao lado estava o bom e velho Nickolas. Todo ângulos e linhas, parecia comer com mau humor. Ele estava no meio de uma mordida quando me notou cruzar a sala com meu cabelo esvoaçando atrás. Cravei os olhos nos dele, desafiando-o a reclamar.

— Bom dia, irmão — eu disse ao dar a volta na mesa, e em seguida até me inclinei para beijar meu pai na bochecha. O gesto o surpreendeu tanto quanto a mim, e ele me encarou com um rosto perplexo.

Coloquei comida no prato e assumi meu lugar. Só vários instantes depois é que meu noivo teve coragem de arriscar algumas palavras.

— É bom vê-la de volta à vida normal — arriscou, para sentir o terreno.

Abri um sorriso, mas não falei nada. Eu tinha proibido todos, exceto Escalus e o médico, de entrarem no meu quarto. Se meu pai passou por lá, ninguém me disse. Mas Nickolas apareceu três vezes, e foi mandado de volta com firmeza por Noemi.

— Benzinho, não quero começar uma discussão na nossa primeira manhã juntos de novo, mas espero que você prenda o cabelo depois do café da manhã — ele sussurrou, na tentativa de fazer o pedido soar delicado. Para a sua tristeza, porém, nem isso funcionaria mais comigo a partir de agora.

Virei-me para ele devagar e o encarei com um olhar frio, e ele teve a inteligência de se inclinar para trás.

— Em primeiro lugar, se você me chamar de "benzinho" de novo, vou enfiar um garfo na sua garganta. Em segundo, eu nunca concordei em prender o cabelo. Você exigiu, e eu tinha a sensação de que devia obedecer, mas agora, mais do que nunca, quero me parecer com a minha mãe. Você não vai me tirar isso. E, em terceiro lugar, é incrível que você ache que ainda pode me mandar fazer alguma coisa.

Ele ficou boquiaberto, me encarando como se eu tivesse acabado de espetá-lo com ferro em brasa. O que era algo que eu estava disposta a fazer se ele dissesse mais alguma besteira.

Meu pai balançou a cabeça.

— Que comportamento mais infantil — reclamou. — A sua mãe...

— Minha mãe teria concordado comigo — rebati, rápida e decidida. — E se você tivesse falado desse jeito comigo sobre o assunto na presença dela, ela sentiria vergonha de você.

Deu para ver que minhas palavras o magoaram. Continuei.

— E, para começo de conversa, ela nunca teria me colocado numa situação em que eu dependesse de alguém assim.

Ele apenas me olhava, como que para medir a minha determinação.

— Não me provoque, Annika — ameaçou, finalmente. — Não vai acabar bem.

— E da última vez acabou bem? — eu disse, baixando o tom de voz e me inclinando para ele.

Vi seu queixo ficar tenso.

— Não estou querendo desfazer o noivado. Agora nosso povo precisa de mais estabilidade do que nunca. Mas o senhor — eu disse, com os olhos em Nickolas — não deve esperar ser admitido à minha presença mais do que uma ou duas vezes até o nosso casamento, que acontecerá quando eu estiver pronta. E, depois disso, prepare-se para manter distância. Você pode tirar a minha liberdade, mas não vou permitir que toque na minha alegria.

Levantei-me — sem terminar o café, mas também sem vontade de ficar ali — e saí da sala de jantar batendo o pé. Senti o jeito como minha mão levantava a barra do vestido para jogá-lo para trás e lembrei que minha mãe fazia exatamente a mesma coisa. Então pensei: "Eu sou filha dela".

Lennox

Depois do meu erro monstruoso de ter deixado Annika escapar, nossas rotinas diárias ganharam novas tarefas. Embora todos acreditassem que ela tinha morrido no caminho, Kawan não estava disposto a correr riscos. Por isso, patrulhar o castelo e o perímetro daquilo que considerávamos nossas terras passou a ser obrigatório a qualquer momento.

— Obrigada por ter me deixado vir com você — Blythe disse. De novo.

— Não foi nada, mesmo. As patrulhas deveriam ser sempre feitas em duplas.

— Eu sei... Só queria agradecer.

Estávamos patrulhando os limites do bosque, vigiando tudo até onde nossa vista alcançava. Era mais difícil à noite, mais perigoso. Eu pensava na possibilidade de passar a noite ali, fosse ou não necessário. O sono andava fugindo de mim, nos últimos tempos.

— Lennox?

— Sim?

— O que estamos fazendo aqui?

Finalmente desviei o olhar do horizonte para encará-la.

— Patrulhando?

— Não — ela disse. — O que quero dizer é que treinamos e esperamos... Mas você já se perguntou se vale a pena lutar por aquela terra?

Apertei os olhos, pensativo, e a afirmação de Annika de que eu tinha sido enganado ecoou na minha cabeça. Meu pai tinha me contado parte da nossa história, e Kawan completou o que faltava quando marchou até a nossa casa e pronunciou o nosso sobrenome como se fosse algo sagrado. Várias das coisas que ele e meu pai conversaram à mesa pareciam se encaixar: a palavra *Dahrain*, as histórias de guerra, os nomes dos outros clãs agora extintos. Ele nos disse que não precisávamos morar à margem da terra dos outros. Um dia, poderíamos ter a nossa.

— Eu só quero o nosso reino de volta — eu disse. — Isso é tudo que sempre quis: um lugar meu de verdade.

Ela pareceu refletir sobre a minha resposta enquanto trotávamos devagar com os cavalos.

— Posso fazer uma pergunta boba?

— Claro.

— Por que não aqui?

— O quê?

Ela apontou para a terra às nossas costas, onde o castelo em ruínas se erguia ao longe.

— Por que não fazer nossa casa aqui? É onde já estamos. Conhecemos a terra e sabemos cultivá-la. Temos recursos... Por que não começar a construir casas de verdade?

Olhei para o lugar onde nos escondíamos. Ali eu me tornara o homem que era agora, ali eu encontrara Agulha e fizera alguns amigos. Um canto daquele lugar era só meu, e eu conseguia sobreviver aos apertos se precisasse. Não que ali não tivesse nenhum conforto para mim, mas ainda assim...

— Eu não posso desistir de Dahrain. E se não posso ir para lá, também não sei se consigo ficar aqui se Kawan ficar. Acho que, se concluir que seria impossível voltar para Dahrain, preferiria encontrar outro pedaço de terra sem dono e tomar posse.

— Ir embora sozinho e fundar seu próprio país? — ela perguntou, cética.

— Não — respondi, achando graça da sua ousadia. — Só uma casa. Uma casa de verdade. Não um lugar para o exército, mas para uma família.

Nossos olhares se cruzaram.

— Com alguém em especial? — ela perguntou.

— Blythe.

— Por exemplo, e aquela garota? — ela perguntou em tom comedido.

Aquela garota.

Havia centenas de mulheres no castelo, ela poderia estar se referindo a qualquer uma delas. Mas eu sabia que estava falando de Annika.

—Você foi quase... bondoso com ela — Blythe continuou. — E não é assim com ninguém.

— Aquela garota é a encarnação de tudo que mais odeio no mundo — eu disse, com firmeza. — Por isso, se você vai desperdiçar seu tempo com ciúmes, eu escolheria um assunto melhor.

Minhas palavras pareceram acalmar Blythe, e ela voltou a se concentrar no horizonte. Menos de um minuto tinha se passado quando ela esticou o braço.

— Ali — sussurrou.

Segui seu olhar e avistei três silhuetas caminhando pela planície oeste. Homens. Ombros largos e cinturas estreitas. Não corriam, então não estavam em perigo nem desesperados. Carregavam bolsas nas costas, então não passavam necessidade. Usavam o mesmo uniforme verde-claro dos guardas que escoltavam Annika.

— Soldados kadierianos? — Blythe perguntou, baixinho.

Fiz que sim.

— Se estão em missão para nos encontrar, isso significa que com certeza outros virão em breve. Se nos escondermos, eles podem voltar. É possível que não saibam o que estão procurando.

— Mas e se... — ela sussurrou, lendo meus pensamentos.

Desembainhei a espada, e Blythe botou uma flecha no arco.

Enterrei as esporas no cavalo e partimos.

Os três perceberam a nossa aproximação quase na mesma hora e nos olharam com rostos tomados de horror. Perguntei-me se puxariam as espadas ou se dariam meia-volta para fugir. Mas nada disso aconteceu. Quando nos aproximamos, eles caíram de joelhos, e o que estava à esquerda sacou um pedaço de tecido branco do bolso e o agitou no alto.

— Clemência! — suplicou.

Levantei a mão, embora Blythe já estivesse parando o cavalo.

—Viemos em paz — ele nos garantiu. — Nossa princesa voltou e contou tudo...

— Ela sobreviveu!? — Blythe interrompeu, incrédula.

O homem confirmou com a cabeça e continuou.

— Ela explicou tudo. Jago, a rainha Evelina, a história dos nossos povos. O rei Theron quer um acordo de paz.

— É verdade — o soldado do meio disse. Medroso, seus olhos iam e voltavam de Blythe para mim, e suas mãos estavam embaixo do queixo, como um rato.

— Paz? — Blythe perguntou. — Como?

O primeiro a falar limpou a garganta.

— Ele propõe um encontro em território neutro. Há uma ilha no litoral de Kadier — ele começou, tentando abrir um mapa com as mãos trêmulas. — Ele os convida para uma conversa lá. Sua intenção é abrir o comércio, dar presentes — o soldado concluiu, erguendo uma pilha de papel.

Eu encarava a ideia de um encontro com certo ceticismo. Seria possível haver paz entre nós? Depois de tudo o que tinha acontecido? Era, pelo menos, um reconhecimento, uma demonstração de respeito.

Ainda assim, eu não estava muito disposto a confiar em nenhum deles.

— Mentirosos — insisti. — Mentirosos *e* intrusos. Vou devolvê-los ao seu rei dentro de uma caixa.

— Não, não, não! — ele gritou. — É verdade. Veja. Temos nossas facas de caça, mas de resto estamos desarmados. Só viemos entregar a mensagem e mostrar onde fica a ilha — ele garantiu. — Nos levem com vocês que explicaremos tudo.

Nada daquilo me cheirava bem. Era fácil demais.

Mas não era eu quem estava no comando.

— Larguem as armas — ordenei, e cada um sacou uma pequena faca de caça e a jogou no chão. — Os suprimentos também.

Desci do cavalo e me aproximei do homem que carregava a bandeira.

— Os três, estendam os braços. Vamos contar essa história ao nosso líder. Ele decidirá o destino de vocês.

Annika

Entrei na biblioteca real me sentindo renovada. Como Rhett não estava em sua escrivaninha, caminhei entre as estantes para ver se conseguia escutar um sinal dele em algum lugar. Levou um tempo, mas ouvi no fundo da biblioteca um barulho de livros sendo colocados no lugar. Olhei e lá estava ele.

Rhett forçava a vista para ler os nomes nas lombadas dos livros e conferia duas vezes se tudo estava no local correto. Sua paixão pelo trabalho era admirável. Foi então que me ocorreu que ele nunca tinha feito nada sem entusiasmo ou zelo, sem essa paixão.

Ele levantou a cabeça e me flagrou enquanto eu o observava. Num gesto nada característico, ele enfiou os livros no espaço vazio de uma estante e veio correndo até mim com os olhos cheios de preocupação. Ele me envolveu em seus braços e falou, aos sussurros:

— Ah, Annika — só a maneira como ele pronunciava meu nome já revelava a dor e a saudade que devia ter sentido. Ele recuou e me olhou nos olhos, enquanto segurava minhas bochechas. — Não acredito que você escapou. Como está se sentindo?

Essa era a pergunta, não era? Ainda não conseguia explicar muito bem. Eu me sentia ao mesmo tempo fascinada e exausta, orgulhosa e fracassada, grata e frustrada.

— É difícil dizer — reconheci. — Imagino que você tenha ficado sabendo da minha mãe.

Ele fez que sim.

— E você olhou o assassino nos olhos?

— Olhei.

— Acho que, no seu lugar, eu teria tentado matar esse homem com as próprias mãos — ele resmungou.

Soltei um riso sem graça.

— Bom, eu sugeri que ele me desse uma espada de novo e me deixasse tentar a sorte, mas ele negou. E eu não estava em posição de negociar.

— E mesmo assim escapou — Rhett disse com uma voz que passava da raiva à admiração.

— Sim. E, agora que me sinto melhor, preciso fazer uma pesquisa.

Ele se animou ao ouvir isso.

—Você veio ao lugar certo. Em que posso lhe servir?

— Quero os registros do julgamento de Jago — respondi. — Quero ler as provas e a sentença. Depois de conhecer o filho dele, sinto que preciso saber melhor o que aconteceu.

Rhett assentiu com a cabeça, pensativo.

— Muito bem. Por aqui. Os documentos dos processos ficam na seção de história.

Quando começamos a andar para o lugar indicado, notei que ele esfregava os dedos, ansioso.

—Você chegou a receber minhas cartas? — ele perguntou, finalmente.

— Recebi — disse, e baixei a cabeça pensando naquelas mensagens. Por mais vagas que fossem, dava para ler o desejo que havia por trás delas.

— Não me atrevi a colocar isso em palavras — ele cochichou, embora estivéssemos a sós —, mas depois de saber que Nickolas tinha voltado sem você, queria dizer que minha proposta ainda está de pé.

— Rhett... Eu...

Ele reagiu com um sorriso.

— Sei que você vai me rejeitar, mas espere uns minutos. Assim posso fingir mais um pouquinho que tinha alguma chance.

Seus olhos estavam tão tristes, as cores da esperança iam desvanecendo. Tomei a mão dele.

— Então quero dizer outra coisa: obrigada. Você salvou a minha vida, Rhett.

Ele franziu a testa e me encarou, confuso.

— Quando me capturaram na floresta, amarraram minhas mãos com corda, mas ao me colocarem no calabouço, trocaram isso por algemas de verdade. Eu não teria conseguido me livrar delas se você não tivesse me ensinado. Você me tirou daquele calabouço como se estivesse ao meu lado.

Seus olhos se encheram de ternura e esperança.

— Sério?

— Com certeza.

Depois de um instante de hesitação, ele chegou mais perto e se inclinou, como se fosse me beijar.

— Rhett — murmurei, e ele parou, engolindo em seco, com o rosto a poucos centímetros do meu.

— Perdão. Eu fiquei... comovido com suas palavras.

— Rhett, você é meu amigo mais íntimo e é importante demais para mim. Mas vou me casar com outro. Por isso, se você não consegue se segurar e ficar sem me beijar, vou ser obrigada a ficar longe.

Ele me encarou com um olhar de frustração.

— Depois de tudo o que aconteceu? Ele não abandonou você?

Eu fiz que sim com a cabeça.

— Eu não o amo. Nem sequer o respeito. Se fosse livre, jamais me uniria a um homem desses. Para mim, o casamento com Nickolas vai ser como se eu simplesmente estivesse assinando um contrato — disse, dando de ombros. — Mas não posso fazer nada quanto a isso. Um exército pode chegar aqui a qualquer minuto. E mesmo que isso leve anos para acontecer, quando for a hora, quero que encontre uma frente unida. É o melhor que posso fazer pelo meu povo.

Ele me encarou com uma admiração velada.

— Queria ter metade da sua bondade. Acho que não existem muitas coisas pelas quais eu sacrificaria minha vida.

Abri um sorriso:

— Então me faça a gentileza de cuidar bem desta biblioteca.

Talvez eu não possa continuar treinando com a espada, então é provável que este seja o meu único refúgio no futuro.

Rhett bufou, enquanto olhava para cima à procura do livro de que eu precisava.

— Se proteger esta biblioteca é a única maneira que tenho de te amar, vou guardá-la com a minha vida.

Lennox

— Conte de novo o que eles disseram — Kawan ordenou pela décima vez.

Conversávamos numa sala pequena sobre os visitantes inesperados. Minha mãe estava lá, junto com Aldrik, Slone, Illio e Maston.

— É como já expliquei — respondi em voz monótona. — Eles se renderam, entregaram as armas, e traziam a mensagem de que o rei Theron nos convidou para uma reunião em uma ilha. Não sei mais nada além disso.

Kawan se voltou para Blythe.

— Eles não tentaram lutar — ela disse —, nem mesmo quando os trancamos na cela.

— Que desta vez tem guardas, suponho — ele questionou, lançando um olhar de raiva para mim.

— Claro.

Ele recostou na cadeira e bufou, alisando a barba espessa e revolta com os dedos gordos. Depois de um tempo, começou a uivar de tanto rir, jogando a cabeça para trás e espalmando a mesa.

— Imaginem — ele disse. — Se eu soubesse que seria tão fácil dobrar essa gente, eu teria tomado a princesa faz tempo.

— Mas esse é o ponto — eu comentei. — Nós tomamos a *rainha* deles faz tempo. Naquela época, ninguém veio nos procurar.

— Como foi uma ação um pouco desorganizada, eles devem ter pensado que era um incidente isolado. Agora sabem que estão ameaçados, e isso pode ser um passo para conquistar mais coisas.

Não fazia sentido para mim. Eles tiveram três anos para procurar quem estava por trás do ataque. Mais: se matamos sua rainha e sequestramos sua princesa, por que nos ofereceriam paz? Eu não confiava em nada daquilo. Mas eu podia falar sobre a minha desconfiança o dia inteiro que nada mudaria aos olhos de Kawan.

— Como o senhor deseja proceder? — perguntei.

— O primeiro passo é interrogar — ele disse, decidido. — Separe os três. Faça as mesmas perguntas. Tente encontrar o que é consistente nas declarações. Nenhum deles come ou dorme enquanto não tivermos respostas — ele então pausou por um minuto e acrescentou: — E veja se consegue identificar o mais fraco.

— Para algum propósito específico?

— Ainda não decidi.

Aquiesci.

— Posso sugerir que o senhor envie Blythe para a primeira rodada de interrogatórios?

Ele me encarou cético.

— Por quê?

— Devia tê-la visto cavalgar com arco e flecha. Ela os deixou duas vezes mais apavorados do que eu. E acho que eles podem ficar desestabilizados se forem interrogados por uma mulher.

Kawan olhou para nós dois.

— Muito bem. Quero informações. Números, tamanho do exército. Não quero paz, quero tudo. Quero arrancar cada tijolo daquele castelo — as últimas palavras saíram como um rosnado.

— Sim, senhor — respondi, para depois dar as costas e me retirar, seguido por Blythe.

— Vou direto para o interrogatório? — ela perguntou assim que ninguém mais podia nos ouvir.

— Acho que você vai precisar de uma estratégia diferente para cada um. O que carregava a bandeira provavelmente vai responder qualquer coisa que você perguntar. Já o do meio...

Ela suspirou.

— Ele estava em pânico. Talvez conversar primeiro? Começar com um diálogo?

— É uma boa ideia — disse, concordando com a cabeça. — Acho que ele pode ser o elo fraco dos três, mas posso estar enganado.

—Vou fazer o meu melhor — Blythe garantiu.
Botei a mão em seu ombro:
— Sei que vai.
Ela arregalou os olhos, e eu pigarreei, já recolhendo a mão.
—Vou ver se consigo arranjar papel — falei. Annika havia notado a falta de uma biblioteca aqui, e embora eu honrasse a nossa história oral, sabia que a palavra escrita também tinha força.

Segui para o meu quarto. Eu guardava com cuidado na parte de trás da escrivaninha uma pequena pilha de folhas em branco e uma das minhas penas de escrever. Tinta seria outro problema. Abri os frascos e só encontrei blocos secos, que se desmanchavam. Eu esperava que um pouco de água ressuscitasse a tinta. Enfiei o papel e a pena no bolso e, segurando o frasco com firmeza, corri para onde estava Blythe.

Dava para ouvir sua voz no calabouço induzindo o medroso a falar. Encontrei dois bancos e coloquei um do lado do outro para servir de mesa. Mergulhei os dedos na água parada de um balde próximo e deixei as gotas escorrerem sobre a tinta seca.

Eu queria muito que desse certo.

Dividimos os homens em pontos diferentes do calabouço; a ideia é que precisariam gritar para se comunicar, e nós ouviríamos tudo. Isso também significava que eu podia ouvir a conversa de Blythe de onde eu estava, embora não a enxergasse.

— Eu sei — Blythe disse, com doçura. — Atravessamos aquela região recentemente também. Acho que não chegamos a Kadier, mas entendo pelo que você passou.

— Eu odeio aquela trilha. E odeio esta cela. Já dissemos que viemos em paz. Por que nos prenderam? Por que me separou dos meus amigos?

— Precisamos conversar com cada um de vocês, é só isso. E você está aqui para sua segurança. Não sabemos como vão recebê-los lá em cima, por isso pedimos paciência.

— Hmm — ele pareceu satisfeito com a explicação.

—Vou fazer o possível para deixar a cela mais confortável,

mas não posso prometer muito. Nós temos uma vida bem simples aqui.

— A vida no exército não é muito melhor.

Eu quase vi Blythe inclinando a cabeça de lado, comovida, com um sorriso no rosto ao fazer a próxima pergunta.

— Mas o rei trata mal os soldados? Com todo o trabalho que vocês fazem!

— Ele anda tenso nos últimos anos, desde o desaparecimento da rainha. Passamos o tempo todo em patrulha. Sabe quantos quilômetros eu ando por semana? Posso dizer que muito mais do que meu soldo paga.

— Que triste — Blythe comentou. — Então ele mantém um monte de tropas no palácio?

— Sim, mas a maioria fica nos limites da propriedade. Ele não quer que os visitantes indesejados se aproximem.

— Eu sei. Nós também estamos de olho nas nossas fronteiras — Blythe comentou.

Houve um silêncio, e me perguntei o que estaria acontecendo.

—Você não precisa se preocupar com nada — o medroso falou em voz baixa. —Vocês o assustaram.

— Como assim? — Blythe quis saber, também em voz baixa.

— Ele controla tudo com mãos de ferro. Filhos, coroa, reino. Se quer conversar, é porque vocês o assustaram.

Houve outro instante de silêncio. Eu tinha certeza de que Blythe estava fazendo a mesma coisa que eu: divertindo-se com a ideia de um rei intimidado.

— Obrigada — ela disse. — Logo volto para mais informações.

Ouvi quando Blythe abriu e fechou o cadeado. Estiquei a cabeça para visualizar o corredor e vi em seus olhos a esperança que havia em meu peito. Ela se apressou até mim e falou aos sussurros:

—Você ouviu isso?

— Ouvi — confirmei, com talvez o sorriso mais brilhante que havia dado em uma década. — Eu estava cético, mas ele parece dizer a verdade.

— Lennox, se isso for verdade, existe uma chance de conseguirmos...

— Sem derramar sangue.

Ela concordou com a cabeça.

— Precisamos registrar tudo o que dizem — mergulhei a pena na tinta e fiz um traço para ver se estava funcionando. Saiu um pouco grossa, mas servia. Fui entregar a pena para Blythe, mas ela corou e baixou a cabeça:

— Eu não sei — murmurou.

Vi que lhe doía reconhecer isso e, assim, não falei mais nada.

— Tudo bem, eu sei — fiquei um pouco envergonhado. Era a segunda vez que uma situação dessas acontecia, e eu estava ficando constrangido por ser o único que sabia ler. Mas, pensando melhor, até pouco tempo atrás isso não servia para muita coisa. — Quando conquistarmos nosso reino, você vai ter tanto tempo livre que vai passar as tardes descansando e lendo — eu lhe disse. — Eu te ensino quando chegarmos a Dahrain.

— Sério? — ela perguntou com um sorriso.

— Claro. Agora vamos anotar tudo antes que a gente esqueça.

Annika

Uma carta de Nickolas estava à minha espera de manhã.

— Parece que o duque a passou por baixo da porta à noite — Noemi disse.

Franzi a testa.

— Parece um gesto romântico demais para ele.

Ela riu.

— Um homem desesperado logo fica sentimental. Ele pode gostar da senhorita mais do que a senhorita suspeitava.

— Ele quer me ver — anunciei depois de ler o bilhete por alto.

— Imaginei. A senhora vai recebê-lo?

Noemi tirou três vestidos do armário e os estendeu no encosto do sofá para que eu escolhesse. Seria crueldade minha querer vestir um que o deixaria de coração partido?

— Eu já disse que não queria vê-lo a sós até o casamento. Estaremos juntos no café da manhã, e já é o bastante por um dia — eu enfiei o bilhete no envelope e saltei da cama. — Acho que vou com esse de flores rosa hoje.

— Excelente escolha. Um dos meus favoritos para...

Noemi parou de repente. Eu me virei e vi que ela estava olhando pela janela, para algo que a tinha desconcentrado por um segundo.

— Você está bem? — perguntei.

Eu me aproximei da janela e vi exatamente o que tinha roubado a sua atenção.

Centenas de soldados faziam exercícios militares perto dos limites da propriedade. Treinamentos nas terras do palácio não eram inéditos, mas também não eram comuns.

— O que acha que é isso? — ela perguntou.

Soltei um suspiro.

— Se o treinamento está sendo aqui, deve ser para alguma ação específica no palácio.

— Acha mesmo? Tantos assim?

Dei de ombros.

— Com o número de rondas que o tamanho da propriedade exige e para evitar que fiquem cansados, pode ser que precisem de muita gente. E da forma como meu pai anda tenso, eu não duvidaria que dobrasse o número de guardas para Escalus e para mim.

Ela fez que sim.

— Então vamos transformar este quarto num oásis — ela disse, quase para si mesma. Seus olhos ainda estavam no horizonte, mas os meus estavam nela. Fazia toda a diferença que, no meio daquilo tudo, ela pensasse em como deixar a situação melhor para mim.

Depois de apertar o espartilho e fechar o vestido, Noemi começou a ajeitar meu cabelo. Ela puxou a franja para trás e deixou o resto solto. Comecei a brincar com um cacho e me veio à cabeça a imagem da minha mãe. Agora isso sempre acontecia quando arrumava o cabelo. Peguei uma flor de um dos vasos e cortei o caule no tamanho certo para encaixá-la na orelha.

Quando considerou que eu estava pronta, Noemi abriu a porta para que eu seguisse o meu caminho. Mas ao chegar à sala de jantar, vi que a mesa principal estava vazia, exceto por Escalus.

Ele parecia perfeitamente à vontade ali sozinho. Vestia um paletó verde, e estava com o cabelo penteado para trás. Fui até ele e dei um beijo em sua bochecha.

— Onde está o papai?

Sentei-me no lugar reservado para mim, embora ficasse longe do meu irmão.

— Está em reuniões.

Fixei o olhar nele. Havia algo estranho na sua voz.

Falei mais baixo.

— Tem alguma coisa a ver com o exército lá fora?

Ele correu os olhos pelas pessoas à nossa frente e depois se virou para mim, confirmando com a cabeça.

Ele ia me contar, só não agora.

— Certo, e onde está Nickolas?

— Você não ficou sabendo? Está entocado no quarto desde o café da manhã de ontem. O mordomo dele disse que está se recusando a comer desde então. Acho... acho que você partiu o coração dele, Annika.

Fiz uma cara de tédio.

— Por favor. Até agora, durante o nosso curto noivado, ele não fez nada além de me dar ordens e me ignorar. E se ele acha que vou esquecer que ele me abandonou na floresta, está enganado.

Escalus deu de ombros.

— Todos podemos agir de maneira impensada em momentos de pressão. Não que eu concorde com as ações dele — acrescentou rapidamente.

Não respondi. O que poderia dizer?

Escalus cortou a comida franzindo a testa.

— Annika, você já deve ter percebido que eu não suporto o Nickolas. Só a presença dele me cansa. Mas... se eu tivesse algo importante a dizer, gostaria que me ouvissem.

— Você sabia que ele me mandou um bilhete pedindo exatamente isso?

Meu irmão riu sozinho.

— Não, mas não me surpreende. Vá lá, deixe Nickolas fazer seu discurso. Se mesmo assim ele não se redimir, tudo bem. Tenha um casamento distante e sem amor — suspirou. — Mas eu conheço você. Vai se arrepender de ter perdido todo esse tempo se o amor já estivesse lá desde o começo.

Nickolas estava instalado num dos melhores aposentos do castelo, a apenas alguns corredores de distância de Escalus. Respirei fundo e bati na porta. Um mordomo atendeu e arregalou os olhos ao me ver.

— Sua alteza real — ele saudou, curvando-se até o chão.

— É ela? — Nickolas perguntou de dentro do quarto. Ouvi seus passos apressados ecoarem até ele chegar à porta e escancará-la.

— Annika — ele falou, fazendo meu nome soar como uma corda atirada a um náufrago.

O cabelo dele estava todo bagunçado, o colete estava aberto e a gravata pendia solta do pescoço. Eu nunca o tinha visto nem mesmo com um fio fora de lugar. Nickolas era todo ângulos retos, mas ali estava ele, prostrado e desfeito.

— Digo, alteza — ele acrescentou finalmente, curvando-se numa reverência. — Espero que isso signifique que a senhora recebeu minha carta e está disposta a falar comigo. Devo-lhe as maiores desculpas. Por favor, entre para conversarmos.

—Você está bem, senhor? — perguntei, ainda o contemplando.

— Não! — ele exclamou, quase arrancando os cabelos. — Nunca estive tão perturbado na vida!

Ele não fez nenhum gesto para me conduzir até o seu quarto, o que era outro mau sinal. Nickolas era todo protocolo e recato. Olhei para os dois lados do corredor vazio antes de falar:

— Nickolas, nunca nos vi sendo felizes juntos, e tinha feito as pazes com isso... — comecei, para logo fazer uma pausa e balançar a cabeça. — Não tenho esperanças nem mesmo de sermos cordiais um com o outro. Muitos casamentos entre pessoas da nobreza acabam assim. — Outra pausa para sufocar com força a vontade de chorar. Era terrível admitir isso em voz alta. — Mas não vou desfazer o noivado — retomei — nem exigir nada de você. Eu só quero ficar em paz. De fato, eu não peço. Eu ordeno. Tenha um bom dia.

Virei-me para ir embora, mas ele me agarrou pelo pulso.

— Annika.

Ele balbuciou meu nome com tanto desespero que fiquei paralisada. Aproveitando-se da minha perplexidade, ele segurou minha outra mão e ficou de joelhos.

— Sinto muito. Se eu... se eu soubesse me expressar melhor, eu o faria. — Ele manteve os olhos baixos, aparentemente nervoso. Nickolas nunca ficava nervoso. — Agradeço por você ainda querer se casar comigo... mas não há esperança de felicidade em nosso casamento?

Desviei o olhar por um instante.

— Nickolas, se algum dia você me amou, escondeu isso extraordinariamente bem.

Quando tornei a olhá-lo, o vi assentir com a cabeça.

— Talvez "amor" seja uma palavra forte demais. Mas você é a única certeza que já tive na vida.

A maneira como ele disse aquilo me permitiu vislumbrar seu medo. Foi em parte por isso que Lennox me assustava tanto. Eu tinha passado a vida a serviço da coroa. A ideia de que alguém a roubasse me deixava perdida. Embora às vezes fosse difícil e ela me obrigasse a fazer coisas a contragosto, eu não queria perdê-la.

Kadier era a minha vida.

Ao notar o meu senso de dever sempre presente, o reflexo cristalino dos meus próprios medos nos olhos de Nickolas, o meu coração titubeou. Mas não dei o braço a torcer.

— Se houver alguma verdade nisso, prove.

Ele me soltou e levantou os braços, com as mãos espalmadas:

— Sim. Claro. Só... Só me dê um tempo.

Virei de costas e me retirei, pensando no que eu tinha me metido.

Lennox

Na manhã do dia seguinte, já tínhamos colhido o depoimento dos nossos prisioneiros, e os três diziam a mesma coisa. O número de guardas em locais específicos era semelhante. Todos indicaram onde ficavam o castelo e os campos de treinamento nos nossos mapas antigos, e chegaram até a atualizá-los o melhor que puderam. E todos confirmaram a mesma história: o rei de Kadier queria se encontrar conosco, conversar sobre o futuro e fazer um acordo de paz.

Entreguei meu relatório para Kawan, escrito na minha caligrafia destreinada. Pelo menos a maioria das linhas era reta.

Na minha cabeça, as primeiras perguntas lógicas a serem feitas a partir disso seriam na linha de "Quando vamos nos encontrar?" ou "Os relatos batem?". Mas Kawan tinha as próprias prioridades.

— Quem lhe deu este papel? — ele perguntou.

Bastaram essas quatro palavras para eu confirmar algo que já suspeitava: ele não queria que aprendêssemos a ler e escrever.

— Revirei o depósito. Não tinha muito papel, e a tinta estava seca. Peço perdão se usei recursos desnecessariamente, mas julguei que um acontecimento dessa magnitude merecia ser registrado.

Ele me encarou por um longo tempo e depois olhou para as páginas. Seus olhos corriam atônitos pelas fileiras de informações que indicavam a mesma coisa, mas nenhuma expressão de que havia compreendido se insinuou em seu rosto.

Kawan... Kawan não sabia ler?

Ele pigarreou e começou a falar.

— Vocês dois fizeram um bom trabalho. Dá para ver que querem compensar pelos erros da última missão.

Sua voz tinha saído sombria como sempre, e as palavras estavam carregadas de amargor, mas eu estava ocupado demais aproveitando as primeiras palavras gentis que ele dirigia a mim para prestar atenção nisso.

Havia apenas um motivo para ele me fazer um elogio: devia estar escondendo alguma coisa. Se sabia ler, só o fazia num nível muito rudimentar. Eu precisava tomar uma decisão, e rápido. Podia expô-lo e vê-lo cair um pouco no conceito dos seus capangas de confiança. Ou podia ajudá-lo. Por enquanto.

— Obrigado — comecei a falar. — Como o senhor vê, as respostas de todos são semelhantes. Eles atualizaram nossos mapas, deram a localização exata do palácio, dos campos de treinamento do exército e dos poucos pontos de observação defensivos de que dispõem. O local do nosso encontro é este — eu disse, apontando para um pedaço de terra chamado simplesmente de "a ilha". Daria trabalho chegar lá, mas Kawan era teimoso demais para pedir que marcassem em outro lugar. — Parece que o clima lá é muito instável, e por isso ela está abandonada há anos. O rei quer conversar sobre comércio e sobre uma possível parceria para construir uma estrada entre os nossos reinos a fim de facilitar o transporte de bens. Os soldados disseram que ele tem um verdadeiro tesouro cheio de presentes para representar sua vontade de selar a paz.

De uma coisa os enviados não falaram: do reino em si. Para mim, todo o resto não tinha nenhum significado.

— E quando acontecerá essa conversa? — Kawan perguntou.

Ajeitei os pés, para ficar mais firme.

— Daqui a poucos dias. O rei vai nos encontrar lá e fazer o máximo para nos... aplacar.

— Aplacar — ele desdenhou. — Nós vamos dizimá-los. Vamos acabar com eles da mesma maneira como eles pensam que acabaram conosco.

Dava para ver a ganância ganhar corpo.

—Vamos matá-lo. Vamos matar o rei naquela ilha e jogar o corpo no mar. Depois de termos nos livrado dele, invadir Dahrain será fácil — continuou, alisando a barba. — Não vamos deixá-lo chegar na ilha. Vamos atacar no mar, mostrar do que somos capazes. Ele vai se arrepender de ter tomado a minha coroa.

Esse plano não me caiu bem. Tínhamos uns poucos barcos de pesca, mas nenhum navio capaz de transportar todo o nosso exército. Onde arranjaríamos tantos barcos? Como um grupo treinado para batalhas em terra se sairia no mar aberto? Ou, o mais óbvio: por que não evitar a violência? Parecia que estávamos intimidando o rei a ponto de ele se submeter. Talvez fosse possível simplesmente entrar em Dahrain, de tão perto que estávamos.

— Senhor, tem certeza de que esse é o melhor plano de ação?

Os olhos de Kawan se levantaram devagar do papel. Ele podia não ser capaz de ler as palavras que tinha diante de si, mas eu era capaz de ler o seu olhar. Os olhos dele exigiam silêncio, obediência.

— Primeiro, vocês dois vão interrogar os homens de novo. Quero o tamanho do exército do rei falso deles confirmado, e a hora exata da reunião. Não fracassem — ele avisou. — Nesse meio-tempo, vamos preparar a comemoração.

— Comemoração? — perguntei. A mente dele, como sempre, seguia por direções totalmente opostas às que deveria.

— Claro. Se o nosso povo vai retomar o seu lar, vamos festejar.

Assenti com a cabeça e dei meia-volta para sair, certo de que Blythe estaria dois passos atrás de mim. Ela fechou a porta quando passou para o corredor, atônita.

— Isso... não era o que eu esperava — admitiu em voz baixa.

— Nem eu. Por que ele vai nos obrigar a entrar em batalha?

Eu não conseguia pensar num único motivo racional para essa decisão. Ele estava pondo todos nós em perigo.

— Uma comemoração? — Inigo perguntou. — Para quê? Para comemorar que vamos para a guerra?

Estávamos do lado de fora, sentados sobre as pedras, olhando o mar. Ventava o suficiente para que mais ninguém quisesse estar aqui, e o barulho era alto o bastante para que nossas reclamações se perdessem no ar. Eu precisava respirar, passar um tempo longe da raiva que me nublava a mente.

Concordei com a cabeça.

— Mas sabe o que me mata de verdade?

— O quê?

— O dia da reunião, o dia em que vamos decidir se nos instalamos de vez aqui ou se retornamos para casa...

Inigo suspirou.

— É Matraleit.

— Exatamente. E ele não disse nada a respeito. Nada de banquetes, de festas. Se nós lutamos pelo nosso povo, ele deveria ao menos se lembrar das nossas tradições.

Inigo olhou para o céu.

— Eu sou grato a você. É alguém que conserva as coisas. Eu conhecia um pouco da nossa história, mas metade do que sei aprendi com outras pessoas do castelo depois que chegamos aqui.

— Não sei por que não a escrevemos em algum lugar. Teria sido útil mais de uma vez — balancei a cabeça, fazendo a pergunta que gostaria de ter feito ao meu pai antes de ele morrer. Se Kawan nos encontrou — se sabia que devia procurar determinadas famílias —, onde ele aprendeu isso? Minha família conhecia o Matraleit, mas havia coisas que *ele* ensinou para *nós*. Outras famílias confirmaram as histórias dele, e todos colaboraram para construir a história oral mais completa possível. Mas ele sabia tanto quando apareceu na nossa porta... Como?

— Não se preocupe — Inigo disse, afastando a pergunta da minha cabeça. — O fato de Kawan não registrar a data não significa que as garotas vão deixar passar.

Fiz uma cara de tédio.

— Você está fazendo uma pulseira para alguém?

Ele riu.

— Nada. Acho que ninguém quer uma pulseira minha. E não espero receber nenhuma. *Você*, por outro lado, precisa ficar atento.

— Não comece.
—Você sabe que vai acontecer. Podia ao menos abraçar a ideia.
— Inigo parecia muito contente por ter descoberto uma coisa que podia usar para me provocar.
— Eu não abraço nada. Nunca.

Inigo riu, mas agora que tinha tocado no assunto, olhei para trás, examinando os campos ao longe. Como esperado, havia gente recolhendo palha.

Engoli em seco. O Matraleit tinha a ver com união, com vínculo. Era sobre permanência. Em algum momento do passado, as pessoas começaram a tecer pulseiras para dar a quem gostavam. Os homens de vez em quando faziam as suas, mas eram as mulheres as que mais se divertiam. Às vezes, você encontrava gente usando várias pulseiras, orgulhosas por terem roubado tantos corações. Outras vezes, a pulseira era entregue com muita seriedade, como uma prévia dos votos de casamento. E havia também aquelas que eram entregues de maneira anônima, e o presenteado precisava desvendar quem as tinha feito. Enfim, as pulseiras se tornaram um símbolo desse feriado.

Eu nunca recebi nenhuma. Se agora isso acontecesse, só poderia vir de uma pessoa.

— Ouça — Inigo começou —, piadas à parte, não deixe Kawan entrar na sua cabeça. Chegará o momento em que vamos ter de agir com precisão e planejamento. Você não vai conseguir se estiver distraído pela raiva.

Desviei o olhar e engoli em seco:
— Eu sei.
— Então, talvez valesse a pena pensar em abraçar *algo*. Ao menos para ter outra coisa no coração.

Olhei bem para ele.
—Vou pensar, desde que você prometa nunca mais falar comigo assim.

Ele riu.
— Combinado.

Dei-lhe um tapinha no ombro e fui para o meu quarto. Havia muita coisa ocupando minha cabeça, mas foquei meu pensamento no conselho dele. Não queria desapontá-lo... porém não me achava capaz de seguir a sugestão.

Annika

Eu estava apertando o último nó do meu bordado quando a batida especial de Escalus soou à porta. Noemi se animou e correu para abrir.

Ele entrou rápido, com a cabeça erguida e um ramalhete de flores do campo na mão.

— Que gentileza — eu disse, apontando para os buquês que continuavam a chegar ao meu quarto. — Mas como você pode ver, não tenho onde colocar.

— Imaginei. É por isso que as flores são para a sua criada — ele disse, entregando-as a Noemi. — Ela merece algo bonito só dela. As pessoas esquecem que ela tem a infeliz tarefa de cuidar de você.

— O que disse? — questionei, fingindo estar ofendida, enquanto Noemi ria.

— A princesa é muito boa para mim, senhor. Se alguém perguntar, o senhor pode dizer que fui eu mesma quem disse — Noemi falou com o rosto enterrado nas flores, e eu me senti um pouco culpada.

— Eu tento, mas Escalus tem razão — falei. — Quando foi a última vez que eu lhe dei algo sem nenhum motivo especial? E você faz tanto por mim...

— Eu falei — Escalus disse, sentando-se.

— Não tenho do que reclamar, senhora. Vou levar as flores para o meu quarto — ela saiu com a energia renovada.

— Você é tão atencioso, Escalus. Para mim, para Noemi... Não conheço ninguém que tenha demandado a sua atenção e não tenha recebido.

— Faço o melhor que posso — ele replicou, com um sorriso.
— E você também.

— Às vezes, gostaria de poder fazer mais. O reino é maior do que o castelo, afinal de contas — comentei, olhando atentamente para os pontos do bordado. — Depois do que aconteceu, acho que o papai não vai me deixar sair para lugar nenhum por algum tempo. Se é que um dia vai deixar de novo.

Lennox adoraria saber que tinha arruinado a minha vida em mais de um sentido.

— Não caia num poço de desespero ainda — Escalus provocou. — O povo tem clamado a sua presença. Se você fizesse o papai se lembrar disso, talvez ele mudasse de ideia.

Noemi voltou e olhou por cima do meu ombro:

— Esse corte ficou ótimo, minha senhora. Este talvez seja o seu melhor bordado.

Uma ideia simples, mas feliz, me ocorreu.

— Será que não deveríamos colocar no seu quarto, Noemi? Para deixar o ambiente mais alegre?

O rosto dela se iluminou.

— Mesmo?

— E aquele travesseiro mal-acabado? — Escalus perguntou enquanto ainda trabalhava na última costura. — Com certeza combinaria.

Ela riu.

— Os dois precisam parar. Aceito qualquer coisa que sua alteza achar que deve me dar, mas não preciso ser coberta de presentes.

A mão dela estava bem perto do meu ombro, e eu apenas a tomei para dar um beijo.

— Você é boa demais, Noemi.

— Talvez a pessoa mais confiável que já conheci na vida — Escalus acrescentou, mais sério. — E é por isso que pode ficar enquanto conto o que vim aqui para contar.

— Então você sabe o porquê dos soldados? — perguntei.

Escalus soltou um suspiro.

— Annika, o papai pode não admitir na sua frente, mas o modo como ele agiu quando te levaram... Ele achou que a culpa tinha sido toda dele. Não parava de se repreender por ter deixado você sair da vista dele. Também ficou bravo com Nickolas, mas precisou manter as aparências; o noivado era público, e ele não podia deixar o povo pensar que a escolha tinha sido errada. Por isso, todos nós estamos sob vigilância, e as patrulhas na fronteira são constantes. Eu...

Escalus parou para pensar duas vezes no que ia dizer.

— Só que a maneira como ele age... Eu acho que tem alguma coisa maior por trás disso tudo, mas não sei ao certo.

— O que mais poderia ter? — perguntei, pensando alto em tudo aquilo. — Se ele atacar, será o rei que interrompeu uma paz de mais de cento e cinquenta anos; ele nunca faria isso. Não temos para onde correr, e eles também não têm nenhum direito real ao trono. Só podemos nos proteger.

Como que aproveitando a deixa, escutamos uma batida na porta. Noemi se apressou e cumprimentou o guarda, que anunciou que o rei queria nos ver com urgência. Talvez por causa das palavras de Escalus, ou porque meu pai raramente pedia para nos ver, senti um vazio por dentro assim que nos levantamos para ir aos aposentos dele.

Batemos na porta, e Escalus e eu nos entreolhamos enquanto os segundos passavam. A espera só aumentou minha ansiedade. Por fim, um mordomo veio nos dar as boas-vindas, e ao entrar cruzamos com um monte de pessoas saindo, conselheiros e soldados de alta patente.

Meu pai estava em sua ampla escrivaninha, empilhando e guardando papéis. Ele olhou para nós e foi direto ao assunto.

— Ah, bem quem eu queria ver — ele disse, gesticulando para que nos sentássemos à sua frente. Sobre a mesa, no centro, estava um mapa enorme de Kadier. — Quero que ambos cancelem todos os compromissos de quinta-feira. Vou precisar da presença dos dois numa questão de Estado.

Franzi a testa:

— Nós dois, majestade?

Ele confirmou e apontou para uma seção do mapa. Inclinei a cabeça para ver.

— Annika, como você disse que eles se chamavam? Dahranianos? Seja lá o que for, vamos nos encontrar na ilha para negociar a paz. E vocês dois estarão presentes.

Meu sangue gelou.

— Senhor... como... Por que fazer isso? Por que o senhor os convidaria para vir tão perto? Eu já disse que eles têm um exército. Há anos que treinam para invadir nosso país. Suplico que o senhor pense melhor.

— Já enviei emissários. Se eles concordarem, chegarão na manhã de quinta-feira. Por isso, estejam prontos e esperem no cais.

Lancei um olhar suplicante para Escalus, que pigarreou e disse:

— Pai, o senhor tem certeza? Eles enviaram um homem para assassiná-lo. Conseguiram matar a nossa mãe e quase fizeram o mesmo com Annika. Como vamos um dia poder relaxar se estiverem assim tão perto?

Eu vi. Como no segundo que uma louça cai no chão e se parte em pedaços, o olhar do meu pai foi tomado por uma raiva sombria que se apoderou dele de forma feroz. Tomei fôlego e aguardei a tempestade.

— Por que vocês dois sempre têm que me contradizer? — ele questionou, assumindo depois um tom de galhofa: — "Não vou me casar com ele!" "Não vou me casar com ela!" "Quero isso!"... Chega! Agora não estou falando como seu pai, mas como seu soberano. Vou encontrar o chefe desse suposto exército na quinta-feira e quero meu herdeiro direto de um lado, e a princesa que escapou das garras deles do outro. Vamos nos apresentar unidos, e vocês não vão falar nada a respeito!

Na minha cabeça, me vi olhando da janela do meu quarto para encontrar Lennox lá embaixo. Ele me encararia com seus penetrantes olhos azuis, com a capa esvoaçando ao vento. Nenhuma muralha ou espada seria capaz de detê-lo.

Pairou um silêncio cheio de raiva entre nós. O rei apontou para a porta. Fiz uma reverência, meu irmão se curvou, e nos retiramos rapidamente da sala. Segui Escalus pelo corredor, sentindo a tensão emanar do seu corpo em ondas.

Quando dobramos a esquina, ele apoiou as costas na parede e levou a mão à testa.

— O que fazemos? — perguntei. — Escalus, não podemos seguir esse plano.

Ele balançou a cabeça.

— Acho que somos obrigados.

— Como? Não! Escalus, isso é claramente uma loucura. E se você falasse com os ministros e os fizesse declarar que nosso pai está inapto para governar? Você já é maior de idade, poderia ser regente.

Ele fez que não.

— Se eu declaro nosso pai louco, vou manchar minha própria reputação e a dos meus filhos. Você sabe disso. No meu primeiro erro, vão dizer que estou indo pelo mesmo caminho, e vou perder o trono. Além disso — ele acrescentou, depois de tomar um longo e pesado fôlego —, se ele enviou um emissário, o plano já está em ação. Se chegarem à ilha e não encontrarem ninguém para recebê-los, tomarão isso como um insulto e quase como um convite para a guerra. Colocaremos todos em perigo.

Senti minha cabeça girar.

— O que precisamos fazer agora é ter um plano para você — ele continuou.

— O quê? Por que para mim?

— Se a reunião acabar mal, precisamos de um lugar onde possa se esconder até ter apoio suficiente para recuperar nosso território.

Foi então que perdi a esperança. Escalus, apesar de toda a compostura, de todo o cuidado, tinha se rendido. Se ele queria fazer um plano para que eu reconquistasse Kadier, é porque pensava mesmo que estávamos a ponto de perder o país.

Lennox

Algumas horas depois, nossos três prisioneiros viraram convidados de honra. Kawan lhes deu as boas-vindas no nosso banquete de comemoração, ao qual todos deveríamos comparecer.

Ainda assim, fiquei de olho. Eles não se juntaram num canto, como eu esperava, mas circularam confiantes pelo ambiente, encantando a todos. Foi fácil fazer isso; Kawan os tinha apresentado praticamente como nossos salvadores.

Fiquei perto do Bandeira Branca. Medroso e Calado (o que não tinha dito nada quando os encontramos) tinham os ombros tão tensos que eu sabia: mesmo sendo bem recebidos, eles não falariam nada. Medroso não diria nada porque parecia não confiar em nós, e Calado porque se comportava como se estivesse acima de tudo aquilo. Bandeira Branca, porém, parecia perfeitamente à vontade. Com um copo de cerveja na mão, ria alto de alguma piada. Fiquei logo atrás para escutar.

— Dizem que a ilha é bonita — Bandeira Branca comentou. — Como nunca vi, estou feliz que vamos acompanhá-los.

— E que presentes vão nos dar? — alguém perguntou, juntando as mãos de expectativa.

Bandeira Branca deu de ombros.

— Acho que comida, porque temos alimentos de sobra. Também somos conhecidos pelos nossos couros excelentes, por isso eu não estranharia se ele levasse algumas selas. Mas se sintam livres para imaginar coisa melhor.

Fiz uma cara de tédio ao ouvi-lo se gabar. Claro que tinham de sobra. Foi exatamente por isso que tomaram nossa terra.

— Contaram para você que todos vimos a sua princesa? — outra pessoa quis saber. O tom das vozes era de admiração e informalidade. Como podiam esquecer tão rápido que aquele era o rosto do inimigo?

Ele fez que sim e soltou uma risada.

— Vou dizer que todos ficamos surpresos quando soubemos que ela tinha escapado. Ela meio que é uma dama, como a mãe. Ninguém imaginava que era tão fantástica.

Senti um nó na garganta.

— Não sei se fantástica — alguém opinou. — Ela pode ser esperta, mas não diria que é forte. Eu não ficaria preocupado se cruzasse com ela no campo de batalha.

Bandeira Branca balançou a cabeça.

—Vocês nunca verão uma coisa dessas. Eu não ficaria surpreso se o pai dela literalmente a trancasse numa torre. Já o irmão dela, Escalus, é todo modos e decoro por fora, mas não duvido que seja capaz de matar um homem. Em especial em nome da irmã. Se você cruzar com ele, é melhor correr.

Aprendi muito sobre aquela pequena família real graças às palavras descuidadas desse visitante indesejado.

Segundo nossos supostos convidados, era raro ver um dos irmãos sem o outro em público. Annika elogiava o irmão sempre que podia e parecia não amar ninguém no mundo mais do que a ele. Escalus enaltecia diante de todos a sabedoria e a bondade da irmã, assim como sua força. Meu palpite era de que ele tinha sido o responsável por ensiná-la a empunhar a espada. E, pelo relato dos visitantes, ele não parecia nada entusiasmado com o noivado da irmã.

Esse detalhe fazia minha mente viajar por caminhos que não tinham importância para mim. Se o príncipe não gostava do noivo da irmã, seria por que o sujeito não passava de um bufão — o meu palpite —, ou por que havia outra pessoa que ele queria ao lado dela? Também me perguntei por que tinham se dado ao trabalho de encontrar um par para ela antes de acharem alguém para ele. A escolha da cônjuge dele não seria muito mais importante do que achar alguém para ela?

Eu estava sentado perdido nesses pensamentos, quando alguns dos nossos músicos adentraram o refeitório para anunciar a chegada do nosso líder e da minha mãe. Nas nossas raras celebrações, os dois sempre faziam uma entrada dessas, como se de fato fossem da realeza. Kawan, com seu trono falso; minha mãe, com seus vestidos roubados: um espetáculo completamente brega.

Kawan chegou e, com ar convencido, inspecionou o ambiente. No entanto, por mais irritado que eu estivesse com seu pequeno desfile e com seu jeito casual de ignorar a própria imbecilidade, tudo isso foi ofuscado pelo pico de ódio que senti da minha mãe.

Ela estava usando a roupa de Annika.

O vestido de cavalgar abandonado no calabouço tinha sido ajustado ao corpo da minha mãe, mas era inconfundível. O corpete creme, as flores bordadas. Minha mãe andava com a cabeça mais do que erguida, e sua mão tocava de leve a de Kawan.

Aquilo me enfureceu.

Enquanto os outros aplaudiam a entrada de ambos, atravessei o refeitório para tomar a mão de minha mãe e, com o máximo de calma possível, tirá-la dali.

— O que significa isso? — ela quis saber, irritada.

— Tire esse vestido.

Ela me encarou como se eu fosse louco.

— Deve ser piada. Este é a primeira roupa que consegui que de fato foi feita para alguém da realeza — ela disse com um sorriso. — Agora, vou aproveitar.

Não a deixei passar.

— Você. Não é. Rainha. Kawan nem se dá ao trabalho de se casar com você para lhe dar um título oficial. Você pode desfilar com quantos vestidos bonitos quiser, mas isso não muda o fato de ser substituível aos olhos dele.

Ela me encarou, e o formato dos seus lábios mostrava sua raiva.

— Por que você é sempre tão cruel com a sua mãe?

Soltei uma risada alta e irônica.

— Eu, cruel com você? Você simplesmente cruza os braços enquanto o homem que mandou seu marido para a morte bate no seu filho em público. Como pode falar de crueldade comigo?

Ela engoliu em seco.

— Eu não aprovo a violência com que ele te trata, tampouco que tenha feito isso na frente de tantas pessoas. Eu sinto muito por isso.

Cruzei os braços.

— Ah, que reconfortante. Sobretudo porque eu sei que, se ele decidir me bater de novo esta noite, você ficaria sentada mais uma vez sem fazer nada.

Ela desviou o rosto, confirmando o que eu já sabia.

— Você não entende? — sussurrei. — Ele te mantém por perto para me manter por perto. Só eu tenho coragem de matar uma rainha, de sequestrar uma princesa, de matar quem tenta fugir quando percebe que Kawan nunca cumprirá o que prometeu. Se ele me perder, toda essa estrutura cai por terra. Faz tanto tempo que quero fugir, encontrar coisa melhor, e o motivo para ainda não ter abandonado tudo isso é que estou esperando o dia em que você vai acordar e se lembrar de que sou seu filho.

Ela passou a olhar para o chão, para o punho do vestido, para a tocha na parede. Qualquer coisa, menos para mim.

— Você alguma vez me amou? Quando você me olhou e enxergou algo além de um soldado?

— Lennox, é claro que amei você.

Verbo no passado. Não deixei passar.

— Mas você se parece demais com ele — ela admitiu, levando a mão à boca. — Me mata olhar para você e ver a sombra do homem com que me casei e que depois perdi. Temos de sobreviver aqui, Lennox. Para ter tudo aquilo que viemos buscar, temos de sobreviver.

Passei as mãos na cabeça, já prestes a arrancar meus cabelos.

— Faz anos que eu sobrevivo, e não consigo conceber uma justificativa mais triste para existir do que essa. Estou pronto para começar a vida, mãe. E sei, sem nenhuma dúvida — eu disse, me aproximando dela —, que quando ela começar, você não vai estar ao meu lado.

Fazia um tempo que as lágrimas estavam se acumulando em seus olhos, mas agora uma delas escorreu.

— O que você quer de mim, Lennox?

— Quero seguir em frente, quero ir atrás do nosso reino do jeito certo. Em nome do meu pai. Quero saber que tenho gente ao meu lado. E quero... quero a minha mãe. Mas ela morreu quando se tornou amante de Kawan — eu disse, com os lábios trêmulos —, e acho que nunca mais vai voltar.

Ela baixou os olhos, mas manteve a cabeça erguida, recusando-se a sentir vergonha. Sei que ela não sentiria. Eu era impotente. Não podia fazer nada, o que me fazia querer gritar de frustração.

— Desculpe por ser uma decepção tão grande para você — ela murmurou.

— Você não é nada para mim — corrigi. — Você é uma ninguém que banca a rainha. É uma fraude.

Seu olhar ficou rígido outra vez.

— Ótimo. Então se considere nada além de um soldado para mim.

— Já faço isso.

Ela me deu as costas e voltou para o banquete com o nariz empinado.

Enfiei a mão no bolso, segurei o botão do meu pai e comecei a esfregá-lo com o polegar e o indicador.

Eu tinha enterrado meu pai fisicamente, e agora era o momento de fazer o mesmo, mentalmente, com minha mãe.

Saí órfão do castelo.

Annika

— Ele fez o quê? — Rhett perguntou, perplexo. — E o que vai acontecer agora?

Dei de ombros.

— Nós vamos. Tudo já está em andamento. Mas o que acontece se eles tentarem nos invadir? Eu te digo: se Lennox pensar que é possível lançar uma invasão bem-sucedida, é isso que fará. Vai abrir mão de qualquer reunião e vir direto para este palácio.

Soltei um suspiro e esfreguei as têmporas. Estava com uma leve enxaqueca desde que meu pai tinha anunciado seus planos.

Rhett estendeu o braço para segurar a minha mão.

— O que podemos fazer? Como posso ajudar?

Notei que seus olhos estavam cheios de preocupação. Meu instinto dizia que ele não estava preocupado consigo mesmo.

Estava preocupado comigo.

— Tenho dois pedidos. Primeiro, preciso que você pegue os nossos livros de história mais importantes e os embrulhe. Se Lennox ignorar a reunião e vier até aqui, você deve fugir e levar junto a verdade. Este é o *nosso* reino. E se nós tivermos que reconquistá-lo em algum momento, você terá as provas.

Ele assentiu com a cabeça, e notei que já tinha uma lista com os livros essenciais pronta.

— Isso é fácil. O que mais?

— Quero treinar com a minha espada. Se algo der errado na reunião e o enviado deles estiver esperando uma donzela em apuros, vou garantir que se arrependa. Vejo nos seus olhos que você gosta demais de mim para me deixar indefesa. Você me ajuda?

Ele apenas sorriu.

— Annika, eu não apenas gosto de você. Eu te amo. Nunca fiz questão de esconder isso.

Senti minhas bochechas corarem. Será que ele sempre ia querer que eu me sentisse dividida? Se eu não tivesse vínculos com Nickolas, se não estivesse presa a ele por laços de honra e dever, será que deixaria Rhett vir atrás de mim? Não sei. E, pelo meu bem, era melhor não passar muito tempo pensando nisso.

— Sei que ama.

— E eu sei que você não está confortável com isso. É fácil notar — ele disse com uma gargalhada. — Mas me contento em amá-la de longe. Aqui, nesta velha e empoeirada biblioteca. Existem coisas piores.

Olhei no fundo dos seus olhos, no mínimo com admiração:

— Posso perguntar uma coisa que talvez passe dos limites?

— Para mim, não há limites entre a gente. Pode perguntar o que quiser, sempre.

Senti minha pulsação ficar desregulada, uma sensação parecida com a que tive quando me levaram para o Castelo Vosino. Afastei esse sentimento.

— Como você sabe? Você diz que me ama. Como identificar o amor?

Ele tomou fôlego longa e lentamente antes de se aproximar:

— Você leu cada um dos contos de fada desta biblioteca, Annika. Como não sabe? Você não vê o amor, ele não tem aparência — ele me sussurrou. — O amor tem um som. O som de mil batidas do coração ao mesmo tempo. O som fervilhante de uma cachoeira, ou do silêncio antes do romper do dia. Você consegue escutá-lo à noite, ninando seu sono, e, nos dias mais sombrios, ele irrompe como um riso. A questão é que alguns de nós fomos treinados para ouvi-lo. Assim, quando ele chega, é fácil percebê-lo no meio do ruído. Porém, para outros, existem sons demais em volta, que o sufocam. Essas pessoas levam mais tempo para ouvir. Mas quando o som enfim rompe a barreira, é como uma sinfonia.

Ele levantou meu queixo com delicadeza, para que nossos olhos se encontrassem.

— Apenas escute, Annika. Escute. Ele vai chegar.

Ele deu um beijo suave na minha bochecha, talvez na esperança de fazer esse som explodir naquele instante.

Não aconteceu.

Mas acreditei nele.

— Acho que vai ser mais fácil depois que essa guerra iminente passar — provoquei, para quebrar a tensão do momento.

Ele riu:

— Você deve estar certa. À propósito, sim. Vou treinar com você. Se você venceu o tal Lennox, então é páreo para qualquer um que aparecer por aqui. Mas não vamos arriscar. — Ele pensou por um segundo. — Se estão se preparando, vai ter gente entrando e saindo do estábulo o tempo todo. Vamos ter de nos encontrar em outro lugar.

— Que tal no meu lugar favorito do jardim? Onde fica a pedra? O mato está tão alto que ninguém vai ver, além de ser longe o bastante para o som não chamar a atenção de ninguém.

Ele pensou um pouco.

— Sim, acho que serve — Rhett virou a cabeça para observar o céu, que estava escurecendo. — Depois do jantar?

— Espero você lá.

Algo me ocorreu assim que saí da biblioteca: talvez Nickolas não tivesse sido informado dos planos do meu pai. Apesar de todas as minhas dúvidas em relação a ele, parecia crueldade deixá-lo na ignorância nesse assunto. Segui para o seu quarto.

— Alteza real — Nickolas me cumprimentou quando fui anunciada —, a que devo a honra da sua companhia?

— Escalus procurou você?

Ele fez que não com cabeça.

— Então, por favor, me deixe entrar. Tem algo que acho que você precisa saber.

Se Rhett reagiu à notícia com raiva, Nickolas expressou apenas um ar de preocupação tranquila.

— Não aprovo a sua ida. Atrapalha meus planos.
— Como? — perguntei.
Ele suspirou.
— Enquanto súdito, meu instinto é insistir para o rei me deixar partir com todos no navio. Se as coisas não correrem bem, vou querer defender seu pai. Mas, como noivo... — ele levantou o olhar para mim. — Lennox já a capturou uma vez. E, como da última vez a culpa foi toda minha, sinto que devo evitar qualquer possibilidade de isso acontecer agora. Por isso, ficaria ao seu lado.

Observei seus olhos irem de um lado ao outro mirando o chão, como se estivesse acrescentando detalhes a duas colunas distintas em sua cabeça para descobrir se uma era mais pesada do que a outra.

— Posso dar a minha opinião? — arrisquei.
Ele levantou os olhos para mim na mesma hora.
— Claro.
— Proteja Escalus. Meu pai terá um monte de guardas a seu lado, e você deve ter percebido que, se for preciso, sou bem hábil com a espada.

Fiz uma pausa. Não queria continuar, mas engoli em seco e acabei admitindo uma verdade dura.

— Todos sabemos qual é a minha posição na hierarquia. — Ao ouvir isso, Nickolas olhou para mim. — É muito mais importante Escalus voltar são e salvo. Se o reino me perder, tudo vai continuar. Mas e se algo acontecer com meu irmão? Será um desastre. — Respirei fundo. — Você será muito mais útil se proteger Escalus. Ele é muito mais valioso.

Nickolas olhou para o chão antes de me responder num tom tão baixo que quase não ouvi.

— Não para todo mundo.

Percebi que, para ele, reconhecer isso equivalia a gravar nossos nomes em mármore ou escrever uma ópera em minha homenagem.

— Nickolas?

Ele não conseguiu me olhar nos olhos direito, mas falou:

— Não tenho talento para florear palavras. Se tivesse, já teria feito isso há muito tempo. Mas, para alguns de nós... para mim... será muito pior perder você do que qualquer outra pessoa. Annika, passei a vida toda ouvindo que o protocolo e o decoro eram obrigatórios para me tornar um membro da sua família. Meus tutores e cuidadores me educaram para ser uma pessoa que ninguém no reino pudesse duvidar de que era digna de você. Mas eles falharam em me tornar alguém que você também julgasse digno. Talvez seja tarde demais para reencontrar meu caminho. Na floresta... Não a culpo por me odiar. Pensei que nosso país estava sob ataque, e meu instinto foi levar a notícia ao palácio. Devia ter levado você ao palácio. Hoje eu me sinto burro de um jeito imperdoável por causa disso. Nunca vou conseguir pedir desculpas o suficiente por esse momento.

Ele esfregou as mãos, nervoso. Após anos pensando que conhecia Nickolas, fiquei chocada ao descobrir que talvez não soubesse nada sobre ele. Eu me perguntei se agora, depois disso, eu ouviria algo que parecesse amor.

Ainda não.

No entanto, a sinceridade dele foi valiosa para mim.

— Não é tarde demais, Nickolas.

Ele levantou os olhos, numa demonstração de que ainda não acreditava em mim por completo.

— Gostaria de começar de novo, Annika. Sem expectativas. Conhecer você, e que você me conheça.

Fiz que sim com a cabeça.

— Eu também gostaria. Mas não consigo pensar nisso enquanto isso tudo não terminar. Se você gosta tanto de mim como diz, por favor, fique ao lado do meu pai e do meu irmão quando formos para a ilha. Proteja-os da melhor maneira possível. Seja a voz da razão no ouvido deles.

Nickolas concordou.

— Seu desejo é uma ordem.

Lennox

Estava escuro demais para ir longe, mas eu não aguentava ficar dentro das muralhas do castelo. Não agora. Acima do ruído do vaivém das ondas, eu conseguia ouvir nossos poucos músicos dando seu máximo para tocar uma antiga canção popular de Dahrain. Quando eu era criança, minha mãe a cantarolava para mim ao me colocar na cama. Se ela tinha alguma letra, já tinha sido esquecida havia muito tempo. Mas será que eu não deveria me alegrar com isso, com o fato de seguirmos em frente nos apoiando no pouco de história que conhecíamos? Eu só conseguia pensar que estávamos sendo enganados, e que esse plano de Kawan ia mais prejudicar do que ajudar.

E a minha mãe…

Fiquei perto da arena, onde a luz das tochas que ficavam ao lado dos portões e nas janelas ainda me permitia enxergar onde estava. E olhei para o solo encharcado, desejando alguém que treinasse comigo, algo que me permitisse extravasar o que sentia no peito.

— Tarde demais — ouvi dizerem com um tom provocador na voz.

Olhei para trás e vi Inigo vindo na minha direção, acompanhado de algumas pessoas.

—Você leu a minha mente — disse-lhe, olhando bem para ver quem estava com ele. Blythe, claro, mas também André, Sherwin, Griffin e Rami. — O que houve?

Inigo deu de ombros.

—Vi você sair, e Blythe falou que você provavelmente tinha saído do castelo. Imaginei que devia ter um bom motivo para não ficar de olho nos prisioneiros.

Fiz uma cara de tédio.

— Talvez você não tenha notado, mas eles já não são mais prisioneiros de verdade. São convidados benquistos, que nos levarão a problemas.

— Tem certeza? — Griffin perguntou.

Olhei para Blythe, que soltou um suspiro.

— Se o que eles dizem é verdade, existe a possibilidade de Dahrain ficar sem os membros da família real por um tempo. Poderíamos avançar e tomar o castelo. Poderíamos reconquistar nosso reino com pouco ou até nenhum conflito. Mas, em vez de invadir um trono desarmado, o que seria ao mesmo tempo um feito para nós e uma humilhação para eles, Kawan quer aproveitar a chance para matar o rei deles. Pode ser uma abordagem mais simples... Ou não.

— Você não tem um bom pressentimento quanto a isso, não é? — Inigo me perguntou.

— Não tenho. Por quê? Não sei dizer. Só não acho que depois de tudo o que aconteceu eles vão querer mesmo se encontrar sem impor nenhuma consequência — cravei os olhos no chão, um pouco envergonhado por agir guiado por sentimentos. Eles só servem para nos meter em problemas.

— E qual é o plano, então? — Inigo perguntou.

Levantei a cabeça na mesma hora.

— Você com certeza tem algo em mente — Sherwin disse. — Vai precisar de todos nós, ou só de alguns?

— Nem que seja para distrair? — Rami propôs. — Eu não participei da ação na última vez — ela disse, piscando para Blythe, que riu.

Pisquei surpreso algumas vezes e olhei para eles.

— Vocês... vocês querem saber qual é o meu plano?

— Claro — Blythe respondeu rápido. — Você tem um, não?

Engoli em seco. Eu tinha. Eu quase sempre tinha.

— Acho que deveríamos tomar o castelo. É fácil alguém "se perder" naquela floresta densa enquanto estivermos marchando para o encontro. Com todos lá, ninguém dará falta de alguns poucos — eu disse, confiante. — Se eu estiver errado e Kawan for capaz de matar o rei deles, teremos uma vitória dupla: o rei estará morto e nós teremos seu reino nas mãos, tudo numa cajadada só.

Inigo fez que sim com a cabeça e perguntou:

— E nós vamos contar isso para o Kawan?

Olhei para cada um e reparei que alguns se contorciam.

— Acho que não. Ele nos impediria se descobrisse, mas, se não souber, não vai poder fazer nada.

— Ótimo — Inigo disse. — Vamos ter de agir rápido... Provavelmente estaremos a pé.

— E provavelmente teremos de levar mais mantimentos, para garantir — André acrescentou.

Aquiesci; não tinha pensado tão à frente. A conversa logo passou para a especulação. Quão rápido podíamos avançar, quão exatos eram os números que a princesa tinha dado. Apesar de termos pouca informação, eles aceitaram o plano completamente.

Enquanto falavam, tirei uns instantes para pousar os olhos em cada um daqueles rostos. Por que essa atitude, essa vontade de me seguir, me surpreendia? Quando lhes ofereci empreendermos uma Comissão mais fácil do que a que realmente pretendia, eles recusaram tal facilidade. Quando abandonei nosso plano para raptar Annika, eles seguiram minhas ordens. Quando até esse plano desmoronou por completo, ficaram do meu lado diante de Kawan.

Eu tinha amigos.

Blythe se virou para mim e abriu um sorriso brilhante, daqueles que parecia guardar só para mim. Nessa hora eu desejei ser capaz de seguir o conselho de Inigo e abraçar algo. Agora, seria quase um ato de rebeldia, não? Kawan me fazia ter a sensação de que a morte estava à espreita em todos os cantos, de que gostar de alguma coisa era um risco. Ser feliz seria uma espécie de vingança.

Ainda assim, eu não conseguia.

Mas isso não significava que eu era incapaz de me rebelar.

— Alguém aqui gostaria de aprender a ler? — perguntei.

O braço de Griffin foi o primeiro a subir. Notei a pulseira de palha que envolvia orgulhosamente seu pulso.

—Você sabe ler? — Rami perguntou com uma voz tingida de alegria.

Fiz que sim com a cabeça.

— Meu pai me ensinou. Posso ensinar vocês, se quiserem.

— Abram caminho que a mão direita dele vai passar — Inigo disse estendendo o braço e ficando ao meu lado.

Não pude conter o riso. Peguei uma das flechas sem ponta que tinham sido deixadas numa pilha ao lado da arena e escrevi as letras do nome dele na terra.

I-N-I-G-O

Ele inclinou a cabeça:

— Parece... forte.

— Um nome robusto — comentei. — Um nome de confiança para uma pessoa de confiança.

Não olhei, mas ouvi Inigo pigarrear com força.

Ele se afastou, rindo.

— Minha vez! — Blythe insistiu, aproximando-se depressa.

Escrevi as letras do nome dela devagar, sabendo que Blythe ia querer ter a chance de observá-las bem.

— Gostei da que vai no meio — ela disse, apontando.

— É um y — falei.

— É tão lindo.

— Seu nome é lindo. Minha caligrafia, não.

— Mas é, sim. Espere, escreva seu nome. Quero ver — ela insistiu, empurrando meu braço.

— Calma, calma — respondi com uma risada.

Comecei a esboçar as letras logo abaixo do nome dela. Blythe sorriu.

— Sempre achei que seu nome tinha um som sério. E a aparência é séria também. Que letra é essa no final?

— O nome dela é x.

— Gosto mais dessa — ela comentou com um sussurro.

O ombro dela roçava no meu. E lá estava ele, mais uma vez, o desejo de ser capaz de simplesmente abraçá-la. Ela se virou para mim, e notei como meu rosto e o dela estavam próximos. Senti um instinto que havia muitos anos estava adormecido dentro de mim. Eu poderia beijá-la, se quisesse. Podia baixar meus lábios alguns centímetros, com a certeza de que ela mais do que aceitaria o gesto. Estava tão fácil que parecia até errado não fazer isso.

Mas me segurei mesmo assim.

Limpei a garganta e olhei para o pequeno grupo que tínhamos formado. Contemplei cada sorriso, a conversa fácil, a determinação para alcançar mais coisas. Foi então que outro sentimento que eu não conhecia muito bem emergiu em mim: orgulho.

O riso deles iluminou a noite.

— Nunca fiz parte de nada assim — Rami falou, baixinho.

Abri um sorriso malicioso.

— Bem-vinda à rebelião.

Annika

A ESPADA DE RHETT ATINGIU A MINHA com tanta força que fez voar faíscas. A cicatriz deixada por Lennox no meu braço esquerdo ardia, e o meu joelho direito se dobrou com o impacto, mas não cedeu. Reagi, dando a volta para acertá-lo nas costas.

Por insistência de Rhett, nós dois usávamos várias camadas de couro para proteger o peito. Ri quando ele sugeriu a ideia, achando que era bobeira. Mas ele estava vindo com tudo, como eu tinha pedido. No fim, essa proteção estava me salvando dos cortes, embora eu sem dúvida iria ficar com um ou dois hematomas.

Como eu esperava, fui rápida demais para ele e acertei um golpe bem entre os seus ombros.

— Ai! Muito bom, Annika — ele disse com uma careta, enquanto puxava os nós da sua proteção. — Escalus ensinou você muito bem.

— Terminamos? — perguntei, frustrada.

— Por hoje. Está começando a ficar tarde, e amanhã cedo você precisa acordar e ser princesa — ele respondeu, piscando para mim.

— Dá mais trabalho do que parece.

— Ah, eu sei. É por isso que estou mandando você para a cama.

Comecei a soltar os nós que seguravam a proteção enquanto andava em círculos pelo meu esconderijo favorito no jardim. Ele não tinha flores e fontes impressionantes como outras partes mais próximas ao palácio, e por isso ninguém vinha para esses lados, a não ser os jardineiros. Rhett e eu permanecemos na trilha que dava a volta na pedra que ficava no meio do terreno, aproveitando a inclinação. Eu não sabia o que estava à minha espera.

— Você viu? — perguntei. — Um navio no cais.

Rhett fez que sim:

— Não paro de dizer a mim mesmo que você vai estar mais segura ao lado do rei, com os guardas de elite dele. Mas isso não é um grande consolo.

— Eu me sinto tão... perdida. Tudo pode desmoronar em questão de dias, e não sei o que fazer. Não posso desafiar meu pai, mas não posso ficar quieta — disse, balançando a cabeça. — Nos últimos tempos, sinto que tudo o que acontece ao meu redor está errado — confessei, me fixando nos olhos empáticos de Rhett. — Desculpe. Sei que não tenho direito de reclamar.

— Você carrega nos ombros a preocupação de um reino, Annika.

— Mas essa é a questão: esse reino nunca foi meu. É do meu pai e, quando ele morrer, vai pertencer a Escalus. A vida toda eu tentei apoiá-los, porque, mesmo que nunca venha a ser a governante, amo Kadier. Amo, de todo o coração. Mas não paro de me perguntar se não desperdicei o meu amor. Se faz a diferença eu estar aqui, afinal.

Rhett largou a espada no chão e me segurou pelos ombros.

— Annika, *nunca mais* quero ouvir você dizer isso. Você não faz ideia de como eu ruiria sem você. É sério. Não sei o que faria — ele declarou, engolindo em seco antes de continuar: — Sei o quanto ama seu irmão, e sei o quanto ama Kadier, e, por isso, me resignei ao fato de que você nunca fugirá comigo. Mas isso não quer dizer que eu não ficaria em pedaços se você fosse embora.

Abri um sorriso triste.

— Não é que eu não goste de você, Rhett.

— Também sei disso. Acho que, em circunstâncias diferentes, nós poderíamos ter sido felizes. Mas você é uma princesa, e seu amor por Kadier sempre vencerá. Se você está disposta a se casar com aquele idiota, esse amor com certeza é muito grande.

Comecei a rir.

— Ele está tentando.

Rhett deu de ombros.

— Odeio o Nickolas mesmo assim.

Fui pegar a espada para voltar ao palácio, sorrindo.

— Tenho certeza de que você não é o único; mas ainda quero dar a ele a chance de crescer.

— Nada que ele fizer será capaz de mudar o que sinto — ele disse, como se contasse um fato. — Qualquer homem que fique entre você e mim é meu inimigo.

E um calafrio que não tinha nada a ver com a temperatura me desceu pela espinha.

Nós nos separamos nas escadas; Rhett ainda sorriu para mim antes de se dirigir para o quarto. Sei que eu devia ir para a cama, mas não conseguia, ainda não.

Assim que ele sumiu na curva do corredor, segui outro caminho. Era mais tarde do que eu imaginava, e o palácio estava vazio e silencioso. Amava quando ele ficava assim; podia fingir que tudo era meu.

Com passos rápidos, fui até o corredor distante onde ficava o quadro de minha mãe. Ainda estava com a espada embainhada nas mãos. Eu me perguntei o que ela pensaria disso. Lembrei a vez em que ela me trouxe uma fatia de bolo de uma festa da qual eu era pequena demais para participar. Sentamos no chão, na frente da lareira, e comemos só com o garfo, sem nos dar ao trabalho de pegar pratos.

Ela não se incomodava com um bom segredo. Eu acho que ela teria gostado de saber que eu era capaz de me defender.

Detive-me logo na entrada do corredor... Dava para ouvir alguma coisa.

O choro de alguém.

Eu me escondi atrás de uma planta grande e me esforcei para ver o fim do corredor, onde estava o quadro de minha mãe.

Fiquei pasma e sem palavras ao avistar duas silhuetas abraçadas à luz exígua da lua.

Era impossível não reconhecer Escalus. Mas a garota em seus braços — que tinha contornos que eu também conhecia muito bem — foi um choque quando a reconheci.

— Noemi — Escalus sussurrou. — Não vou morrer. Vai ser uma reunião rápida, diplomática. Vamos ir e voltar no mesmo dia.

— Escalus, não confio nessa gente — Noemi disse, pronunciando o nome dele da maneira mais casual. — Annika acorda tremendo toda noite com pesadelos desde que voltou. Eles não são como nós. Não vão demonstrar o mesmo autocontrole que você.

Ele a puxou para mais perto de si.

— Não há nada que eu possa fazer a respeito das ações deles. Só posso controlar as minhas. Como não sou covarde, eu vou — ele disse, para em seguida segurar o rosto dela de forma delicada, como se fosse um vaso frágil à beira de um precipício. — Mas também não sou burro. Vou voltar para você. Não há homem nem exército capaz de me impedir.

Ela soltou um suspiro recortado, e Escalus se inclinou para beijá-la.

Agora eu tinha provas de que todos os contos de fada que conhecia estavam certos. Num único segundo, senti a verdade deles invadir meu peito. Eu podia não ter o privilégio de um amor inevitável e absoluto. Mas Escalus e Noemi tinham.

Isso era perceptível no tom determinado da voz dele, no belo arco que o corpo dela fazia ao encontrar o dele, no próprio silêncio que recaiu quando seus lábios se tocaram. Amavam tanto um ao outro que aprenderam a esconder esse amor à vista de todos.

Mais: amavam um ao outro embora soubessem que o relacionamento estava condenado. Mesmo se Noemi não fosse da criadagem, Escalus estava destinado a se casar com alguma princesa estrangeira. Chegaria o momento em que ambos seriam forçados a se submeter a uma dolorosa separação... mas eles não se importavam.

Amavam-se demais para deixar que isso os detivesse agora. Ousaria dizer que provavelmente já haviam tentado se deter, mas sem sucesso.

Antes que eu fosse pega e roubasse aquele momento perfeito de ambos, dei meia-volta e fui embora tão depressa quanto tinha chegado.

Minha mente ficou inundada de pensamentos que se chocavam uns com os outros, como ondas violentas. Primeiro, passei de repente a ver meu irmão sob uma luz nova. Claro que Escalus levava presentes para Noemi quando trazia coisas para mim. Mas era provável que fosse o contrário: ele só fazia para mim a fim de acobertar que estava trazendo mimos *para ela*. Ele a elogiava sempre que podia; fazia Nickolas garantir a presença dela quando fazíamos coisas juntos. Queria estar sempre perto dela.

E Noemi. Sempre soube que ela era capaz de guardar segredo, mas fiquei chocada ao descobrir que eu estava ainda mais certa do que imaginava. De repente me dei conta de que não fazia ideia de quantas coisas ela escondia de mim. Não que eu a culpasse. Se isso vazasse, ela seria expulsa do palácio na mesma hora. E eu não sabia ao certo o que fariam com Escalus.

E quanto a mim? Não me doía tanto perceber que talvez eu não fosse tão importante para meu irmão quanto eu imaginava, porque sabia que nada em seu amor por mim mudaria. E não me doía tanto que Noemi não houvesse confiado esse segredo a mim, porque eu sabia que ela ainda me protegeria com todas as forças. O que me doía, de uma forma que eu não era capaz de descrever, era a inveja.

Aquilo que passei a vida esperando estava dolorosamente fora do meu alcance. Eu não podia tê-lo nem mesmo como eles: de um modo breve e belo. E nunca teria. Eu enxergava tudo claramente. Rhett me adorava, e eu me sentia lisonjeada, mas meus sentimentos não eram tão fortes quanto os dele. E... eu achava que nunca seria capaz de sentir por ele o que queria sentir por alguém. Queria desmaiar, arder em desejos. Queria paixão e ternura e... um amor que podia não fazer sentido no papel, mas que era inegável na vida real.

Era impossível para mim.

Quando atingi o auge da autopiedade, já estava na porta do meu quarto. Joguei a espada no chão e comecei a descalçar as botas quando as lágrimas vieram. Despi-me de qualquer jeito e atirei as roupas no sofá antes de me jogar na cama. Entrei debaixo das cobertas na tentativa de me isolar do mundo. De abafar os ecos da minha frustração.

Desejei uma e outra vez que minha mãe estivesse aqui.

Lennox

Reconheci o cheiro quase que imediatamente, embora eu não conseguisse ver o rosto.

—Você está longe de casa — eu disse.

—Você também — ela respondeu.

Bom, isso era mesmo verdade.

— Mas eu estou pronto para partir.

Sem dizer nada, ela enlaçou os dedos nos meus. A relva alta e os canteiros de flores emolduravam minha vista até onde os olhos alcançavam. Fitei sua nuca, deixando que só suas longas mechas de cabelo castanho-claro mostrassem o caminho.

Vi como era fácil estar um passo atrás para segui-la. Era confortável segurar sua mão, macia após uma vida inteira de conforto. E o som de sua voz era doce ao me conduzir, dizendo:

— Só mais um pouco.

Caminhei até os campos se erguerem numa colina. Logo, logo mais. Eu veria. Veria meu lar, enfim. Mas então acordei com um susto quando Agulha começou a lamber meu rosto. Perdi um pouco o fôlego, confuso e frustrado.

Agulha deu seus latidinhos, ansiosa. Notei que estava tensa, provavelmente porque eu estava. Ela não parava de lamber a ponta dos meus dedos para me confortar como podia. Nos últimos tempos ela andava passando mais tempo fora, mas disse a mim mesmo que isso era bom. Ela era um animal selvagem, afinal.

Fiquei de pé e fiz um carinho em sua orelha. Queria encontrar uma maneira de lhe explicar que eu também passaria um tempo fora, e que talvez não voltasse.

— Mas você vai ficar bem sem mim — eu disse. — Mesmo assim, tente se cuidar e não fique perto dos recrutas que ficarem para trás. Podem confundir você com comida. E, se eu não voltar, obrigado por ficar comigo. Por muito tempo, você foi a única — baixei a voz até não passar de um cochicho: — Não conte para os outros, mas ainda gosto mais da sua companhia.

Dei-lhe um beijo na cabeça, e ela logo esfregou o focinho no meu travesseiro fino. Sorri e comecei a me preparar da melhor maneira possível. Enfiei a camisa dentro da calça mais resistente que tinha e abotoei o casaco.

Arrumei minha bagagem como sempre fazia, enfiando na mala um item extra de cada coisa para o caso de imprevistos. A jornada ia ser demorada com tanta gente se deslocando a pé. Viajaríamos hoje, acamparíamos à noite e chegaríamos ao mar amanhã. Por isso, também separei algo em que pudesse dormir.

Por uma fração de segundo, quis levar a mecha do cabelo de Annika. Não sei por quê, mas tinha a sensação de que era um talismã. Algo a tinha protegido, isso era certo. Mas disse a mim mesmo que eu não precisava de proteção. O rei Theron provavelmente viria com um pequeno destacamento de soldados; nós iríamos em massa.

Ainda assim, fui até onde a mecha estava e a tirei do fundo da gaveta da escrivaninha. Ainda formava um cacho, que se enrolou no meu dedo. Quase senti pena de Annika. Enquanto ela estaria escondida em algum lugar, eu tomaria seu castelo — *meu* castelo.

Eu me assustei um pouco com a batida na porta e guardei depressa o cabelo da princesa. Agulha correu para se esconder no canto. Fiquei surpreso ao ver Blythe tão cedo, e com um fardo na mão.

— Bom dia — ela disse.

— Para você também. O que é isso? — perguntei com o dedo apontado para o embrulho.

— Não sei. Estava do lado de fora da porta, e eu peguei — ela explicou, me entregando.

Parecia um monte de tecido preto amarrado com barbante.

Puxei o laço e a coisa começou a desenrolar. Ergui e reconheci sua forma na hora.

Não havia nenhum bilhete — como poderia haver? —, mas eu sabia o que era e de quem tinha vindo. Ninguém além da minha mãe poderia ter a capa de montaria do meu pai.

Engoli em seco, arrancando algo que não sabia nomear das profundezas do meu ser. Algo que havia sido enterrado junto com a infância da qual eu sentia tanta saudade, com a cor verde pálida da mão do cadáver do meu pai, com meu vômito pela janela depois de matar a mãe de Annika, com a tristeza que sentia cada vez que alguém começava a ter o mínimo de importância para mim; lá, com o medo que se instalava nos olhos de todo mundo que percebia que eu seria a última pessoa que veriam na vida.

Eu não ia chorar. Não hoje.

— Você devia usar — Blythe determinou. — Vai parecer muito mais perigoso com uma capa esvoaçante nas costas. Além disso, não sabemos o que nos espera lá fora.

Engoli em seco de novo antes de colocar a capa e prendê-la nos ombros.

Diferente da minha, ela era mais escura, e o preto ainda estava vivo, o que me dizia que embora ele estive morto fazia anos, minha mãe a conservava bem. Os cordões eram maiores e tinham franjas nas pontas, e as costuras eram mais bonitas do que as da minha capa. Na parte interna da gola, havia algum tipo de emblema, bordado com linha preta, que só era perceptível para quem sabia que estava ali. Eu não sabia o que era, mas gostava do fato de ele ainda ter segredos depois de todo esse tempo.

Algo na maneira como a capa me envolvia dava a sensação de um abraço, e tentei não pensar muito nisso.

— Caiu bem em você — Blythe disse. Os olhos acesos estavam de volta, junto de um leve rubor nas bochechas.

Balancei a cabeça rapidamente para mudar de assunto.

— Tem algum motivo para você aparecer tão cedo?

— Dois, na verdade — ela disse, olhando para o chão.

Por causa do embrulho, eu não tinha notado antes, mas agora via em suas mãos a pulseira tecida com grama comprida e um tecido azul que ela devia ter roubado ou economizado para comprar.

Eu não podia aceitar.

— Obrigado — balbuciei, no mínimo admirado por ela ter a coragem de me entregar aquilo. — Por favor, não se irrite... mas não estou pronto para usar isso.

Seu rosto demonstrou mais bondade do que eu merecia.

—Você não precisa usar. Eu só precisava fazer.

Olhei nos seus olhos por um brevíssimo segundo, depois virei o rosto e comecei a ajeitar a gola da minha capa recém-chegada.

— Hmm, e qual era o outro motivo?

— Ah — ela disse com as bochechas rosadas. — Kawan chamou você. Eles estão juntando os últimos suprimentos.

Assenti com a cabeça.

—Vamos lá.

Peguei minha bolsa e minha espada. Antes de sair, me detive para lançar um último olhar para Agulha. Ela piscou para mim, e desejei poder vê-la de novo. Deixei a pulseira na escrivaninha, fechei a porta e segui Blythe pelo corredor.

Encontramos um bom número de soldados lá fora, e logo vi Bandeira Branca, Medroso e Calado observando tudo com olhos que denunciavam seu tremor. Nós não parecíamos um grupo de pessoas prestes a receber um enviado: não, com gente montando nos cavalos e afiando as espadas, aquele exército claramente partia para a guerra.

Vi Kawan acenar para mim e marchei até ele, com a capa esvoaçando nas costas. Para uma peça tão resistente, ela até que era leve. A cada segundo eu admirava mais a sua fabricação.

Não me importaria nada que meu melhor amigo estivesse morrendo de hipotermia: eu jamais tiraria essa capa.

Ao me aproximar, notei a presença da minha mãe, sempre pendurada em Kawan. Engoli em seco, sem saber ao certo o que dizer ou fazer. Pensei que tivéssemos cortado todos os laços que nos uniam. Mas ali estava eu, usando a capa do meu pai, que me havia sido dada por ela.

Parei e levantei as mãos, perguntando sem palavras o que ela achava.

Mesmo à distância, vi as lágrimas em seus olhos. Ela fez que sim com a cabeça, e um sorriso dolorido surgiu em seus lábios.

Será que um dia eu a entenderia? Será que ela me entenderia? Talvez tivéssemos de nos contentar com a situação.

— Nossos convidados insistem para que deixemos as espadas aqui — Kawan afirmou.

— Levá-las vai ser considerado um ato de agressão — Bandeira Branca afirmou de forma dura. — O rei não vai tolerar.

— E por que deveríamos ser obrigados a viajar desarmados? — Kawan quis saber.

Bandeira Branca balançou a cabeça.

— Fomos sinceros desde o instante em que nos descobriram. Por que acha que daríamos um mau conselho agora?

Os olhos de Kawan eram ameaçadores.

— Ainda digo para levarmos as armas.

— Ainda digo que é um erro.

Houve um silêncio longo o bastante para eu puxar a espada e apontá-la para a garganta de Bandeira Branca. Calado e Medroso recuaram, mas logo foram cercados e não tentaram mais escapar.

— Eu acho que quem quer garantir que não vamos levar armas sabe sem dúvida que vamos precisar delas. Responda à minha pergunta e não desperdice meu tempo com mentiras: o rei não vai estar sozinho, vai?

Ele respondeu com desprezo.

— Provavelmente vai estar acompanhado do filho e de um punhado de guardas.

De novo, eu não tinha como provar, mas meu instinto dizia que era mentira.

Kawan, talvez enfim percebendo isso também, fez um gesto preguiçoso com a mão.

— A esta altura, não importa. Vamos levar nossas armas, e o seu rei em breve se juntará a vocês na cova. Lennox — ele acrescentou, quase como se fosse óbvio —, cuide deles.

Senti meu estômago revirar, mas não vacilei.

— Amarrem os três — eu disse, e Aldrik, Illio e Slone saíram detrás de Kawan para amarrar as mãos dos nossos estimados hóspedes. Com eles bem presos, apontei para o caminho que dava para o mar. — Andem.

Inigo ficou ao meu lado.

— Quer ajuda? — cochichou.

Balancei a cabeça.

— Tenho de fazer isso sozinho. Garanta que os outros estejam prontos. Agora tenho certeza.

Marchei com eles pela trilha pedregosa ao som da voz de Medroso, que abriu a boca assim que nos distanciamos do resto do exército.

— Coleman? Coleman, diga alguma coisa! Diga que falamos a verdade!

— Eles não acreditam, meu amigo. Não posso fazer mais nada — Bandeira Branca falou, resignado.

Medroso ficou de frente para Bandeira Branca.

— O quê? — seus olhos se encheram de lágrimas ao compreender que a morte era inevitável.

Calado, que vinha à frente do grupo, também se virou para Bandeira Branca à espera de uma resposta melhor. Como todos nós.

Bandeira Branca (Coleman) olhou para mim e depois para os companheiros.

— Ainda que eu tivesse algo mais a dizer, não poderia. Meu silêncio será meu último serviço ao nosso rei — ele lançou um olhar para mim, supondo que eu relataria cada sílaba sua para Kawan.

Mal sabia ele.

— Continuem caminhando. Até a praia — eu disse.

Depois de trocarem alguns olhares de raiva, os três começaram sua amarga marcha para a morte.

Assim que pisamos a areia preta da praia, fiz os três ficarem lado a lado de costas para as ondas e de frente para mim. As nuvens rolavam no céu, ameaçando chover.

— Não vou tolerar mais mentiras — comecei. — Falem com clareza e rápido. O rei de vocês, qual é a maior fraqueza dele?

Bandeira Branca se recusou a falar, mas Medroso ainda se mostrava esperançoso, como se uma resposta fosse lhe garantir um perdão.

— Os filhos. Se você pegar um deles, ele daria qualquer coisa que você pedisse.

— Cale a boca, Victos! — Coleman ordenou.

— E a do seu príncipe?

— A irmã. Ela é a fraqueza dele, e ele é a dela. De novo, você só precisa de um.

As mãos de Coleman estavam atadas, mas ele girou as duas no ar e acertou Victos, que caiu de joelhos.

— Você quer morrer por isso? — Victos perguntou caído na areia.

Coleman me encarou com olhos afiados.

— Morrerei feliz pela vingança, pela paz futura.

Voltei-me para Calado, que não tinha dito nada desde que chegamos. Ele olhava para o chão, e eu não sabia ao certo se ele só queria me desafiar ou se tinha aceitado seu destino.

—Você. Qual é o seu nome?

— Palmer — ele respondeu.

—Você tem algo a dizer para se salvar? — perguntei.

Victos se levantou, e Coleman olhou para Palmer, ansioso para saber o que ele diria.

Ele me encarou por um instante.

—A princesa diz que você afirma que o nosso reino é de vocês.

— É verdade, eu afirmo.

— Ela diz que você não deu provas disso.

— Podemos não ter belas bibliotecas como vocês, mas isso não diminui nossa verdade.

— A sensibilidade da princesa pode ser um pouco romântica, mas ela é sensata. Se você tivesse alguma prova, ela daria um jeito de negociar a paz. Nesse aspecto, ela é como a mãe.

Concordei com a cabeça.

— E mais durona do que aparenta.

Palmer me olhou com estranheza.

— Claro que é. Você jamais suspeitaria do que ela teve de enfrentar.

Franzi a testa. Eu conhecia parte das dores dela; eu mesmo a tinha causado.

— O que você quer dizer?

Ele levantou os olhos para mim.

— Se eu morrer hoje, a maior vergonha da minha vida terá sido revelar os segredos da princesa. Não posso dizer mais nada.

Quanta lealdade ela atraía.

— Uma última pergunta, então: se você é tão dedicado à família dela, por que está me contando essas coisas? — perguntei.

— Quer a verdade? Você teria de matar o rei para tomar a coroa das mãos dele. O mesmo vale para o príncipe. Mas a princesa? — Palmer baixou os olhos e balançou a cabeça. — Há anos que eu a observo de longe, desde antes de ela perder a mãe, e ela deve ser uma das poucas pessoas que compreendem que existem coisas no mundo mais valiosas que títulos e coroas. Se a hora chegar, ela fará o que é certo. Ela é a sua única chave para o reino, se é que essa chave existe. Mas, se você não passar de um mentiroso, eu os apoiarei até o fim. E espero que eles sobrevivam, não importa o que aconteça. Sem ofensas — ele acrescentou.

Ri baixinho.

— Não ofendeu. Obrigado pela sinceridade.

Coleman respirou fundo.

— E então? Vamos ficar de joelhos?

Balancei a cabeça.

— Não. Vocês vão nadar.

Eles olharam para o mar bravo às suas costas.

— Estou cansado de derramar sangue sem necessidade. Vocês vão nadar. Se afundarem, o problema é de vocês. Se de alguma maneira sobreviverem e voltarem para casa, bom... aquela terra já será minha quando chegarem, então não recomendaria a sua permanência.

Eles pausaram por um minuto, atônitos.

— Bom, comecem. Tenho trabalho pela frente.

Victos e Coleman começaram a entrar na água. Eu sabia que não era totalmente impossível alguém passar horas boiando com as mãos atadas... mas podia ser uma tortura.

— Palmer — sussurrei. — Estenda as mãos.

Ele fez o que mandei, e eu cortei a corda o bastante para que, com um pouco de esforço, ele logo pudesse se libertar e ajudar os outros.

— Um presente de um homem que está dizendo a verdade para o outro.

Ele acenou com a cabeça e seguiu os outros na água.

Fiquei ali um tempo, observando-os desaparecer atrás de umas rochas a sudeste da praia.

Guardei a espada e fui me juntar ao grupo. Procurei meus companheiros da noite passada, confiante de que tudo o que eu suspeitava era verdade. Não seria o encontro fácil que Kawan imaginava. O rei deles tinha, no mínimo, a intenção de eliminar Kawan, quando não todos nós. E o castelo deles estaria livre para que o tomássemos. Acenei com a cabeça para Inigo, sinalizando que sabia algo mais, e ele retribuiu o gesto. Isso era tudo que podíamos fazer no momento.

Kawan me surpreendeu no meio do caminho cheio de expectativas.

— E então?

Nem precisei mentir.

— Os corpos deles estão no mar.

Annika

Estava descalça, e a noite seguia coberta de uma neblina espessa. Embora eu não conseguisse enxergar ninguém, sabia por instinto que não me encontrava sozinha. A lua estava quase cheia, espalhando sua luz pelas gotículas de água no ar. Procurei e, perto de onde estava, a sombra se levantou, cintilando vagamente contra o céu escuro.

Caminhei até ele, que me esperava.

— Onde estamos? — perguntei.

— Em casa — ele respondeu.

Examinei a noite de novo. Ainda não enxergava nada além da neblina, mas senti que dizia a verdade. Por isso, quando ele tomou minha mão, não recuei. Nem quando ele passou o polegar sobre meus dedos, ou quando pressionou os lábios frios nas costas da minha mão, ou quando deslizou o anel pelo meu dedo.

— O que é isso? — perguntei.

— Agora é meu — ele disse. — Assim como você.

Fiquei sem fôlego, com a mão no peito.

— Alteza! A senhora está bem? — Noemi perguntou vindo correndo até mim.

— Estou — respondi, embora não pudesse dizer com certeza. — Acho que o estresse está me fazendo ter pesadelos.

— A senhora teve outro?

Fiz que sim.

— Você podia pedir para entregarem meu café da manhã aqui? Acho que ainda não estou pronta para ver outras pessoas.

— Eu mesma vou buscar — Noemi se ofereceu. Para ela, era uma oportunidade de ver Escalus, mesmo que de longe, e eu não tinha a menor intenção de impedi-la. — E eu posso devolver este livro à biblioteca. Não sabia se a senhorita tinha terminado.

Virei para ver a que ela se referia. O livro, com capa de couro verde, jazia sobre a mesma mesa de canto redonda onde o havia deixado.

— Na verdade, você poderia trazê-lo aqui?

— Claro, alteza. Vou buscar algo para a senhorita comer.

Ela deixou o livro na minha cama, e dava para notar que suas mãos estavam longe de ter a firmeza de sempre.

— E, Noemi, se meu irmão estiver lá, poderia ver como ele está? Sei que deve estar ansioso. Diga a ele que pode vir aqui a hora que quiser se precisar de mim.

Notei o peito de Noemi subir e descer rápido de emoção por ter um motivo para conversar com Escalus.

— Claro, alteza — ela saiu às pressas, e eu peguei o livro.

Eu não sabia por que estava ansiosa por abri-lo. O nome de Lennox não estaria ali. Respirei fundo e abri, pulando a parte que trazia outros depoimentos, que pareciam banais perto do que eu buscava. Havia um processo de divórcio, outro sobre os limites de uma propriedade. Por fim, me deparei com os registros do julgamento de Jago. Não registraram seu sobrenome, mas vi na transcrição que ele tinha afirmado "nós não temos sobrenome". Lembro que me disseram que ele havia agido sozinho, mas está bastante claro na frase que ele tinha usado um *nós*. Alguém deveria ter atentado para isso. Na lista de participantes estavam os nomes dos membros do júri: alguns nobres influentes e minha mãe. Fazia tanto tempo que não via o nome dela escrito que foi como uma adaga no coração.

Jago não disse quantos anos tinha, contou que morava sozinho na terra de ninguém e se recusou a dar qualquer informação além disso. Não mencionou uma esposa; não mencionou um filho.

Isso não fez sentido para mim. Os dois existiam.

Pulei algumas linhas, frustrada que as anotações fossem tão curtas.

Jago é um homem robusto de cabelo escuro e desgrenhado e olhos escuros, quase pretos. Porta-se com desenvoltura no tribunal, aceitando o desenrolar dos acontecimentos. Não olha para os lados, apenas para a testemunha principal, à espera de que fale.

— *Jago, o solitário, o senhor é acusado de tentativa de homicídio contra sua majestade o rei Theron. Como o senhor se declara?*
— *Culpado.*
— *E o faz de livre e espontânea vontade?*
— *Sim.*
— *Qual foi o motivo do seu ato criminoso?*
— *Justiça. Este reino não é de vocês. Sinto muito por ter falhado.*

Mas com que tom ele tinha dito isso? Pesado? Desafiador? Estava em pleno juízo ou não?

E por que ninguém tinha dito nada a respeito de sua afirmação? Ele lhes deu um motivo, que depois nunca mais foi mencionado.

— *Muito bem. Por sua própria admissão, o senhor é culpado desse crime, e esta corte é da mesma opinião. O senhor será enforcado, arrastado e esquartejado. Partes do seu corpo serão exibidas para todo o reino.*

Após o veredito, houve grande ruído de vozes no tribunal. Sua majestade a rainha fala à sua majestade o rei, que ergue a mão e se levanta.

— *Como o que estava em questão era a minha vida, gostaria de opinar. Posso não ser o mais benevolente dos reis, mas não sou um monstro. Se o criminoso tivesse sido bem-sucedido, a punição seria adequada. Porém, como sobrevivi, proponho que a sentença seja ajustada para decapitação. Mas não quero que nenhuma parte do seu corpo permaneça em nosso solo.*

O júri delibera depressa.
— *A sentença será executada amanhã ao nascer do sol.*
O juiz bate o martelo.

Olhei para a página que trazia tanto o nome da minha mãe quanto o do pai de Lennox. Aquele momento os conectou, e fez o mesmo entre Lennox e mim. Ninguém seria capaz de imaginar que aquilo levaria à perda de uma rainha, esposa e mãe.

Eu gostaria de ter um meio de saber se o que Lennox dizia era verdade. Se Jago chegou aqui determinado a matar meu pai, devia acreditar por completo na sua causa. Ele abandonou a família por ela. Morreu por ela. Mas não havia nada na nossa história que falasse de um sétimo clã, em especial um com direito à coroa. *Meus* antepassados foram postos no poder, *meus* antepassados repeliram os invasores que quase nos dividiram. Eu sabia isso desde sempre.

E agora estávamos prestes a fazer as pazes com um povo que queria tirar tudo de nós.

Eu não podia deixar Lennox tirar a minha família, o meu castelo e o meu país. Ele tinha me sequestrado. Tinha assassinado minha mãe, ao passo que o pai dele havia sido devidamente julgado.

Mas ele também tinha me oferecido uma saída.

Chacoalhei a cabeça para afastar esse pensamento. Lennox devia acabar como o pai, porque eu queria que meu pai voltasse para casa, que meu irmão voltasse para a casa.

Faria o que fosse necessário para isso acontecer.

Noemi voltou em silêncio, equilibrando a bandeja de comida na mão.

— O príncipe pretende vir vê-la hoje. Ele parecia um pouco fora de si.

— É compreensível — falei, começando a mexer na comida sem saber ao certo quanto conseguiria comer. — Noemi, preciso da sua ajuda.

— Com certeza, alteza. Em que lhe posso ser útil?

— Preciso que faça algo que talvez vá contra os desejos do meu pai. Talvez até dos desejos do meu irmão. E preciso que guarde segredo.

Lennox

PELA PRIMEIRA VEZ, EU AVALIARA MAL O INTERESSE que Kawan tinha em mim. Eu tinha certeza de que ele quase não prestaria atenção em mim, pois estaria ocupado demais com o ataque, seus esquemas para roubar mais navios e seus planos capengas para o que eventualmente viesse a seguir.

Porém, em vez disso, ele tinha me encarregado de fazer todos cruzarem a floresta — e agora eu não conseguia escapar. Enquanto eu guiava as tropas, tentando encontrar a melhor trilha para os cavalos, as carroças e as longas fileiras de pessoas, me perguntava se teria outra chance.

Eu era capaz de jurar que ele sabia dos meus planos. À medida que o dia avançava, ele não parava de me passar funções, me fazia atravessar a multidão para dar recados, me mantinha o tempo todo ocupado. Troquei olhares de decepção com Blythe, Inigo e o resto da equipe da minha Comissão; todos compreendemos que deveríamos abortar a missão. Os olhos de Kawan estavam estranhamente voltados para mim hoje.

O sol se movia tão devagar quanto nós, e paramos para passar a noite numa planície extensa que teoricamente estava às margens de Stratfel.

Griffin começou a acender a fogueira, e Rami, sorrindo, lhe entregava gravetos. Era estranho. Quando ele recebeu ordens de pegar na espada, os dois tinham chorado tanto que acabei deixando Griffin ficar para trás. Amanhã cedo, era provável que estivéssemos prestes a enfrentar um perigo muito maior, mas os dois pareciam calmos e satisfeitos.

Acho que porque estavam juntos dessa vez.

Sentei-me na relva. Inigo se sentou ao meu lado, e Blythe e

André logo fizeram o mesmo. Pouco depois, Griffin e Rami se juntaram a nós.

— Sinto muito por não ter dado certo — eu disse. — A esta altura, não sei se há como continuarmos com o plano.

Inigo balançou a cabeça.

— Nós fomos os últimos a circular por estas terras e já enfrentamos os soldados deles. Acho que Kawan pensa que lhe damos alguma vantagem, mas não quer se rebaixar com um elogio. Se fizesse isso, teria de dividir a vitória com a gente.

Era uma análise tão óbvia e direta que fiquei irritado por não ter pensado nisso antes.

—Você tem razão — comentei, com um sorriso.

— Você sempre diz isso como se fosse algo surpreendente — ele rebateu.

Sorri, balançando a cabeça, e olhei para o céu maravilhoso, que parecia um veludo negro coberto de diamantes cintilantes.

— Sabe, você que me ensinou a me orientar pelas estrelas — André disse. Olhei para ele surpreso. Ele não era do tipo que puxava papo.

— A mim também — Blythe acrescentou.

— É — Griffin acrescentou. — Aposto que todos aqui só sabem fazer isso por sua causa.

Baixei a cabeça.

— Ah, não é tão difícil de entender. E provavelmente vocês foram alunos excepcionalmente bons.

— Excepcionalmente aterrorizados — André murmurou.

Todos gargalharam.

—Você nos disse que antigamente existiam imagens nas estrelas — Blythe disse. — O que isso significa?

Pensei em como explicar.

— Existem conjuntos de estrelas, as constelações, que são associados a histórias.

— Conte uma para nós — Sherwin insistiu.

Engoli em seco ao ver tantos pares de olhos cheios de expectativa esperando pelo que eu ia dizer.

— Hmm — fitei o céu, tentando pensar por onde começar. Julguei que o melhor seria iniciar pelo básico. — Bom, vocês todos conhecem a Estrela Polar que usamos para nos orientar.

— Sim — Inigo confirmou.

Desenhei no céu com o dedo.

— E conhecem as quatro estrelas que formam uma caixa logo atrás da Ursa Maior.

— Sim! — Blythe respondeu, entusiasmada.

— Bom, acho que esse caso é bem óbvio. A Ursa Maior é uma ursa grande.

— Uma linha torta e um quadrado? Como isso pode ser uma ursa? — André perguntou, cético.

Dei de ombros.

— Não inventei nada. Só estou passando a história adiante.

— E qual é a história? — Blythe perguntou.

— Bom, era uma vez um deus que se apaixonou por uma ninfa. Mas esse deus já era casado. Assim, quando a esposa dele descobriu o caso, transformou a ninfa numa ursa. E agora ela está presa lá em cima, girando no espaço.

Sherwin olhou para as estrelas sem acreditar.

— Cruel.

— Não sei — Blythe disse. — Acho que a esposa tinha razão.

— É — Rami concordou. — Eu também iria atrás da ninfa.

Balancei a cabeça.

— Acho que ela teria mais razão se castigasse o marido. A ninfa não sabia que ele era casado, mas *ele* com certeza sabia.

— Então os dois deveriam ser transformados em urso — Blythe disse. — Lennox, escolha outras estrelas para formar um urso.

Ri baixinho.

— Acho que não tenho autoridade para fazer isso. Além do mais, a maior parte das estrelas já tem nome.

— Mas nós não sabemos — Inigo disse. — Blythe tem razão. Vai. Crie outro urso.

Bufei num quase riso à procura de algo que pudesse considerar um urso.

— Certo. Ali — anunciei com o dedo apontado para o alto. — Não apenas o marido vira urso, como não pode ficar perto da ursa em sua prisão no céu.

André riu.

— Aprovado.

O bate-papo com os amigos me animou, mas o meu lado pessimista me dizia para não desfrutar o momento. Por que a verdade continuava a mesma: gostar de alguém tornava a perda muito pior.

Annika

Eu e Noemi passamos o dia no meu quarto, então só vi Escalus bem depois do jantar. Nós duas ficamos animadas ao ouvir sua batida na porta e, antes de Noemi correr para abrir, enfiamos embaixo da minha cama os livros que eu tinha pegado emprestado às pressas na biblioteca, pilhas de retalhos e vários apetrechos.

Ela se curvou, desviando o olhar como sempre fazia no começo.

— Alteza.

— Boa noite, Noemi — ele a olhou duas vezes. — Por acaso minha irmã a transformou na boneca dela? Seu cabelo está muito bonito desse jeito.

— Obrigada, senhor. Acho que ela está me usando para se distrair da tensão de amanhã — ela comentou com um sorriso.

Se nos últimos tempos eu não estivesse tão focada em mim mesma — na saudade da minha mãe, no ódio ao meu noivo, no desejo de ter mais apesar de já ter tanto —, eu teria percebido tudo bem antes. Eles conversavam com olhares, tinham diálogos inteiros a que eu só podia assistir, mas que eles ouviam.

Claro que ouviam. O amor não tem aparência. O amor tem um som.

— Está preparado? — perguntei, apertando as mãos. — Porque eu... estou uma pilha de nervos.

Ele me envolveu nos braços:

— Eu também. Mas, sinceramente, prefiro caminhar rumo ao desconhecido a perder você por um dia.

— Não seja dramático — minhas palavras saíram levemente abafadas por seu paletó.

— Foi a história da mamãe se repetindo, Annika. Quase não aguentei.

Senti Escalus suprimir um soluço e segurar as lágrimas por mim.

— E é assim que vou me sentir se alguma coisa acontecer com você — falei com firmeza. — Ela se foi, e o papai mal está presente. Se você não estiver comigo... — Respirei fundo, incapaz até de dizer. —Você precisa tomar cuidado, Escalus.

— Eu vou tomar — ele sussurrou. — Mas isso tudo não deve ser mais que uma cerimônia. Não há motivo para nenhum de nós se preocupar. Contudo — ele engoliu em seco e fixou os olhos no chão —, se eu estiver enganado e algo me acontecer, você deve fugir. E, se assumir o posto de herdeira, quero que lute por Kadier. Quero que se imponha, como você fez com o papai, com Nickolas, com Lennox. Mantenha este país inteiro.

— Isso não vai acontecer — insisti, prestes a chorar.

— Ouça — ele disse, recuando e pondo as mãos em meus ombros. —Você precisa saber de certas coisas. Sempre achei você capaz de liderar, e se...

Ouvimos outra batida na porta, e Noemi se apressou para abrir.

— Oh! Princesa, o duque está aqui.

Nickolas saiu de trás da porta para que o víssemos. Seus olhos carregavam a mesma preocupação dos de Escalus.

— Ah, parece que pensamos na mesma coisa — Nickolas começou. — Escalus, você me emprestaria um instante a garota mais linda de Kadier para eu lhe desejar boa noite?

Escalus parecia não saber o que fazer diante daquela criatura transformada. Eu mesma não sabia.

— Claro — meu irmão disse por fim, me soltando.

—Te amo — falei.

— E eu te amo. Quase mais do que tudo. — Ele provocou com uma piscadela. Um dia antes, eu não teria entendido o que ele queria dizer.

— Noemi, acho que gostaria de uns instantes a sós com o duque. Que tal acompanhar meu irmão num passeio pelo jardim? Para lembrá-lo de que ele precisa tomar cuidado.

Vi os olhos dela se acenderem como pequenos vaga-lumes de esperança.

— Como quiser, princesa.

Escalus estendeu o braço para que ela o tomasse, e os dois pareciam muito felizes de tocarem um no outro com autorização na frente dos outros.

—Você é muito generosa com as criadas — Nickolas comentou depois que os dois haviam saído, embora felizmente sem nenhum tom de julgamento na voz.

Dei de ombros.

— Ela tem um papel a desempenhar na vida, como eu. Nossos papéis não definem nosso valor, e por isso quero tratar Noemi, e todos, com bondade.

Ele concordou com a cabeça.

—Você já foi mais bondosa comigo do que eu merecia. Quando voltarmos da viagem, vou me esforçar para merecer essa bondade.

Engoli em seco, com raiva do que estava prestes a dizer.

— Nickolas, você deve ter percebido que meu pai tem andado fora de si nos últimos tempos.

Ele baixou a cabeça.

— Percebi.

— Se as más decisões dele se fizerem presentes amanhã, por favor, não se esqueça da promessa que me fez. Por favor, fique com Escalus.

Ele estendeu a mão, pedindo a minha. E eu dei.

— Faria qualquer coisa para ficar com você, Annika.

Ele começou a se aproximar, devagar, hesitante. Se tivesse feito isso em qualquer outro momento e de outro jeito, eu provavelmente lhe daria um tapa. Mas ali estávamos nós: contemplando um amanhã bastante incerto. Levantei o rosto, desejando um beijo. Quando os lábios dele tocaram os meus, fiquei à escuta.

Nickolas me beijou de forma intensa, como deveria ter feito na noite em que me deu o anel de noivado. Só agora pensei na possibilidade de ele não ter tido coragem naquele momento. E, embora o beijo tenha sido mais do que bem-vindo, o único som que ouvi foi o da minha chama vacilante.

Ele recuou com um sorriso discreto no rosto, e falou aos sussurros.

— Não tivemos o começo mais promissor. Mas teremos tempo de crescer juntos quando voltarmos. Eu... Eu não estou pronto para dizer as coisas que sei que os cavalheiros dizem quando estão prestes a fazer algo perigoso...

— E eu não estou pronta para ouvir — repliquei, com a voz baixa como a dele.

Ele fez que sim. O sorriso silencioso em seus lábios mostrava que tinha compreendido.

— Então direi apenas boa-noite.

Nickolas beijou minha mão, se curvou e saiu, me deixando sozinha com meus pensamentos emaranhados.

Com a porta fechada, voltei ao trabalho e peguei a pedra de amolar e a espada. Não me detive ao ouvir o ranger da porta, pois sabia que era Noemi. Ela ficou ao meu lado e pegou o vestido que estávamos ajustando para ela e os nossos cinturões, que tinham bolsas laterais.

—Você contou? — perguntei.

— Não, alteza. Não vou mentir: a tentação foi forte. Mas a senhora tem razão. Por ora, só espero que confie em mim para guardar o segredo.

Soltei um longo suspiro:

— Ah, Noemi, como confio.

Lennox

Acordei de novo ao som dos pássaros. Era uma maneira tão serena de começar o dia, mesmo um marcado pela incerteza. Enquanto ainda estava acordando, outros sons se juntaram ao dos pássaros: Blythe dobrando a barraca, André jogando água nas brasas, e Inigo gemendo de leve ao se alongar.

Esfreguei os olhos para afastar o sono e comecei a levantar acampamento.

— O que você vai fazer? — Inigo perguntou.

Virei para ele e notei que os olhares de Blythe e André também se fixavam em Inigo.

— Como assim?

Ele suspirou.

— Sei que ainda está pensando no plano. Então, você tem que fazer uma escolha agora. Ou o abandona de vez e se concentra no que temos pela frente hoje, seja lá o que for... ou conta tudo para Kawan. Você pode pedir para nós irmos antes para o castelo.

Sherwin, Griffin e Rami tinham acabado suas tarefas e acompanhavam a conversa com olhares silenciosos.

— Veja os nossos números. Ele podia abrir mão de alguns soldados — Inigo argumentou.

Refleti um instante sobre a proposta. Se minhas suspeitas estivessem corretas e o rei estivesse mentindo sobre o acordo, um ataque ao castelo só nos favoreceria. Se eu estivesse errado, e essa fosse mesmo uma tentativa de negociar a paz, eu não conhecia ninguém no exército que era a favor disso. Assim, mesmo uma investida fracassada não estragaria nada.

Soltei um suspiro:

— Já volto.

Atravessei um mar de pessoas em estágios diferentes de preparação para o dia e cheguei a Kawan. Ele me olhou e fez uma cara de tédio antes mesmo de eu me aproximar.

— Todos prontos na retaguarda? — ele perguntou.

— Ainda não. Mas tenho uma proposta a lhe fazer.

Ao lado dele, Aldrik amolava a espada sem nem se dar ao trabalho de me cumprimentar. Maston e Illio conferiam as carroças, mas não vi Slone ou minha mãe.

— Seja breve — Kawan disse, com a voz impaciente.

— Com a sua permissão, eu gostaria de partir com um pequeno grupo para tomar o castelo em Dahrain. A forma como os prisioneiros se portaram ontem me faz acreditar que o encontro será menos pacífico do que pensamos inicialmente. Estou certo de que as forças deles estarão concentradas na ilha e que o trono ficará desprotegido. O plano nos daria uma segunda vantagem, porque mesmo que eliminem alguns dos nossos soldados e escapem, eles não terão para onde fugir. Estaremos à espera deles.

Fiz o máximo para garantir que meu plano não soasse como algo que se opunha ao dele, mas que fosse um acréscimo à ideia original.

Ainda assim, Kawan não ficou nada impressionado.

— Você nunca está contente, não é?

— Senhor?

— Quando não está se exibindo com a espada, quer parecer esperto. Quando não é a esperteza, são as estrelas. E quando não é nada disso, você se sente na obrigação de desmanchar meus planos e fazê-los caber nos seus — ele disse, com os lábios se retorcendo de raiva. — Você tem certeza de que é melhor do que eu, não?

A palavra nunca saiu da minha boca, mas por um instante passou pela minha cabeça: *Sim*.

Errei ao deixar meus lábios se curvarem num sorriso cansado, ao levantar e soltar os braços num momento de pura incredulidade. Uma fração de segundo depois dessas reações, Kawan me agarrou pelo pescoço.

Seu hálito tinha cheiro de cadáver, e sua voz saiu baixa ao falar a dois centímetros do meu rosto.

— Todos aqui entram na linha. Por que não você? Quer me usurpar? — ele perguntou.

Se eu tiver uma boa oportunidade.

— Uma suspeita infundada não vai nos ajudar neste momento, senhor — respondi com calma. — Estamos prestes a enfrentar o inimigo.

Ele moveu o braço tão rápido que nem vi. Mas senti a pele perto do olho romper no lugar onde me acertou, e logo depois senti o calor do sangue escorrendo. Tropecei para trás, ainda de pé, mas tonto com o golpe.

— Se você não é inteligente o bastante para ter humildade na minha frente, eu vou arrancá-la de você — ele me disse. — Seja lá o que acha que vai tomar de mim, não vai conseguir.

Eu o encarei.

— Só quero o que o senhor prometeu. O senhor jurou conduzir nosso povo para uma vida que nunca deveria ter deixado de ser nossa. Estou lhe oferecendo ajuda para atingir esse objetivo — afirmei, erguendo a sobrancelha ferida. — Parece que não sou eu quem tem problemas de humildade.

Ele me derrubou com uma rasteira e gritou, atraindo a atenção de todos que estavam por perto.

—Você vai aprender qual é o seu lugar! E vai me obedecer, ou então pela primeira vez vai estar do outro lado da espada, na ponta!

— Nós dois sabemos que você não tem coragem — respondi, com o orgulho mais rápido do que a cabeça.

Ele deu um passo para trás e me chutou bem nas costelas, e eu me encolhi como um bebê, sentindo o cheiro da relva úmida em volta de mim.

Kawan se inclinou e apoiou as mãos nos joelhos antes de falar.

— Se você quiser viver o suficiente para ver Dahrain, sugiro que cale a boca.

Ele voltou a seus afazeres, e eu fiquei humilhado no chão.

Levantei-me devagar, mas os boatos eram mais rápidos do que eu. Vi as pessoas cochichando sobre o que tinha acontecido antes e depois de passar por elas. Quando atingi mais ou menos a metade do caminho, dois recrutas mais jovens se aproximaram correndo.

— Nós tínhamos uma pergunta. Nós... — o garoto, que não devia ter mais do que treze anos, notou meu rosto ensanguentado de um lado e perdeu a linha de raciocínio.

Dei-lhe um tempo, mas não estava com paciência para besteira.

— O que foi? — perguntei. Ou melhor, esbravejei.

Ambos deram dois passos atrás, mas o que estava calado cutucou o primeiro para que acabasse logo com aquilo.

— Bom... Somos os responsáveis por levar os cavalos de volta. O sol nasce ali — ele disse, indicando com o dedo. — Eu cravei um graveto na terra, e a sombra também diz que o leste é para lá — acrescentou. — E se virarmos de leve para o norte, chegamos ao castelo antes de anoitecer. É isso, certo?

Ele levantou os olhos para mim, com a esperança de estar certo se sobrepondo ao medo. Não consegui conter o leve sorriso que repuxou meus lábios.

— Bem antes de anoitecer. Muito bem.

O garoto suspirou aliviado.

— Obrigado, senhor.

— Usem o pouco de céu que conseguirem enxergar na floresta, ok? Não confiem em bússolas, não vai funcionar.

Eles assentiram. O calado deu um tapa nas costas do outro, e ambos saíram correndo, prontos para fazer sua parte. Observei os dois por um instante, orgulhoso. Eu tinha ensinado a eles alguma coisa. Eles não haviam esquecido, e isso ia ajudar um pouco todo mundo hoje. Já nem sentia mais a dor nas costelas.

Devagar, voltei para o grupo, e a situação do meu rosto contou a eles tudo de que precisavam saber. Rami se pôs a trabalhar e procurou alguma coisa que pudesse mergulhar na água para limpar a ferida.

— Questão encerrada — André disse.

Rami limpou o sangue com cuidado enquanto Blythe e Inigo assistiam, virando o rosto de tempos em tempos.

— Tudo o que podemos fazer hoje é estar atentos. E ter paciência.

Se Kawan me ouvisse dizer isso, bateria em mim de novo. Quem era eu para dar ordens? Mas não me importava. Se ele só pensava em se salvar, alguém tinha de salvar nosso povo.

Annika

Pela primeira vez na vida, era eu quem ajudava Noemi a se vestir. Não queria que ela cavalgasse ao meu lado com as vestimentas usuais, pois os soldados poderiam considerá-la dispensável. E eu era incapaz de deixá-la para trás. Todo mundo sabia como era ficar sentado esperando por notícias, como isso às vezes era pior do que saber a verdade. Eu não queria isso para ela.

Ela usava um vestido meu que fora ajustado por suas mãos habilidosas, muito parecido com o que eu estava usando. Se meu cabelo fosse mais escuro, ou o rosto dela fosse salpicado de sardas, talvez passássemos por irmãs.

Com a invenção perfeita de Noemi, escondi minha espada sob o vestido, mas os dois cinturões de couro com bolsos que ela tinha encontrado deviam ser usados por cima da roupa. Não levávamos muita coisa neles — biscoitos, caso precisássemos de algo para comer; uma pederneira, se as coisas seguissem até a noite; algumas moedas de ouro, caso fosse preciso subornar alguém para resolver um problema —, mas me acalmava saber que não estaríamos de mãos vazias.

Trancei o cabelo de Noemi como tínhamos experimentado no dia anterior. Já o meu cabelo tinha a parte da frente trançada para trás e o resto ia solto. Queria aparecer na reunião lembrando tanto a mulher que eles haviam assassinado como a garota que não tinham conseguido matar.

— Estou aceitável? — Noemi perguntou afinal, abrindo os braços. — Estou me sentindo um pouco ridícula.

Achei graça.

— Bom, o vestido caiu bem. E as cores também. Quando voltarmos, acho que deveríamos abolir o seu uniforme de vez.

O esboço de sorriso sumiu dos lábios dela.

— Como?

—Você não ia gostar?

— Não, não, eu ia gostar — ela respondeu rápido. — Mas as pessoas vão achar que sou sua dama de companhia, e não sua criada. Não seria apropriado.

— As pessoas usam demais essa palavra, não acha? "Annika, não é apropriado empunhar uma espada. Não é apropriado deixar o cabelo solto." Acho que já não dou a mínima para isso.

Noemi se aproximou e tomou minhas mãos.

— Mas uma parte da senhorita ainda se importa. A senhorita sabe que não seria apropriado ignorar completamente seu pai, por isso não o faz. Sabe que não seria apropriado abdicar do seu título, por isso segue em frente.

Franzi a testa.

— Esses casos têm mais a ver com amor do que com decoro. Por isso, você não irá mais usar uniforme quando voltarmos. Eu te amo.

— E eu amo a senhorita. Tanto que estou disposta a acompanhá-la nessa loucura. Aliás, melhor irmos.

Abri um sorriso.

—Vamos.

Partimos em direção ao estábulo para escolher os cavalos. Grayson estava atento nesta manhã e completou a tarefa com rapidez.

— Obrigada — eu disse, jogando-lhe uma das moedas da minha bolsa. — Conto que alguém mantenha este lugar de pé enquanto estivermos fora.

Ele sorriu para mim.

— O que a alteza desejar.

Noemi e eu montamos nos cavalos e lancei um último olhar para Grayson. Eu esperava estar errada. Esperava que fosse apenas uma reunião, embora mesmo isso me deixasse desconfortável. Só rezava para ter julgado Lennox mal, para que ele estivesse lá só para aceitar o acordo ou que nem tivesse saído daquele castelo úmido.

Chegamos aos portões e encontramos um grupo enorme à nossa espera. Noemi e eu nos entreolhamos, surpresas pela quantidade de oficiais do exército que meu pai tinha decidido levar.

— De jeito nenhum!

Virei a cabeça com tudo para ver Escalus se aproximando a trote.

— O quê?

Ele apontou para Noemi.

—Você vai entrar neste instante.

— Permita-me lembrar que ela trabalha para mim, não para você — reclamei.

— E permita-me lembrar que eu estou acima de você na hierarquia.

Eu me perguntei se alguém tinha reparado no choque que senti. Escalus nunca falou comigo de hierarquia, nem em particular, nem em público.

— Escalus, vou levar Noemi comigo — eu lhe disse, mantendo a voz baixa. — Se meu palpite estiver certo, Lennox virá para o castelo, e eu prefiro que ela esteja ao meu lado.

Escalus respirou fundo e olhou para Noemi. Mais uma vez, os dois conversaram em silêncio. Notei que ela suplicava com os olhos. A cada segundo a vontade dele cedia. Ele estava claramente desesperado para ficar perto dela, ainda que fosse perigoso.

— Quero vocês duas atrás de mim a cada passo, entenderam? Ninguém tem permissão para sair do meu campo de visão.

— Claro — respondi.

— Como quiser, alteza — Noemi respondeu, curvando a cabeça.

Fomos juntos até o pelotão na frente do grupo, onde meu pai falava com Nickolas. Ambos pareciam determinados, o que tomei como um sinal positivo. Meu pai olhou para mim e reparou em Noemi.

—Ah! Uma criada. Boa ideia, Annika — ele disse. Sua voz soava desgastada. — Agora, vocês duas tratem de ficar atrás de mim. Escalus, Nickolas, vocês também. Vou liderar a comitiva. Vamos para os navios. Quero garantir que cheguemos a tempo.

Marchamos pela estrada larga que levava ao porto, um lugar que eu não via fazia anos. Minha mãe e eu costumávamos viajar pelo país ou visitar reinos vizinhos. Eu ainda me lembro dessas viagens, da saudação calorosa dos nossos conterrâneos, da maçã presenteada por um desconhecido, das flores que eu apanhava e trazia para casa a fim de decorar nossos quartos. Agora, a sensação era de que outra pessoa tinha feito tudo isso; eu estava muito distante daquela garota.

Ao chegarmos ao porto, minha confusão foi imediata. Olhei para Escalus e vi que ele sentia o mesmo.

— Majestade — ele perguntou —, por que três navios?

— Ah — meu pai desconversou. — São os presentes. Ofertas para selar a paz. Nós vamos no navio do meio, aqui. — E, com essas palavras, ele subiu pela prancha com o cavalo.

Senti um frio na barriga. Dois navios inteiros de presentes? O que meu pai ia dar para eles? Por que estava fazendo tudo isso? Não fazia sentido.

Desmontamos após o embarque, e os cavalos foram conduzidos sãos e salvos para o porão do navio. Meu pai foi conversar com o capitão, e Nickolas estava a seu lado, prestando atenção em tudo. Ele queria muito agradar.

— Como você foi capaz de fazer isso? — Escalus perguntou, ficando ao meu lado. — Como foi capaz de meter Noemi nisso?

— Senti que não era seguro ela ficar.

Ele balançou a cabeça.

— Talvez eu não consiga proteger vocês duas. Ela pode se machucar, ou coisa pior.

— Ela não vai. Prometo que fujo se precisar, e ela vai estar comigo.

Escalus me lançou um olhar duro e, sem dizer nada, saiu batendo o pé.

— Escalus! — chamei.

Ele me olhou por cima do ombro.

— Você ainda está aqui?

Engoli em seco e esperei. Ele acenou com a cabeça, mas não disse nada.

E isso foi quase tão ruim quanto nada.

Eu esperava que o encontro com os dahrainianos fosse pacífico. Essa conversa tinha sido conflito suficiente para um dia.

Lennox

O reino de Stratfel se estendia pelo litoral, e boa parte da sua economia dependia da pesca. Desse modo, sua frota de pesqueiros era grande e havia muitos para roubar. Havia barcos pequenos o bastante para levar nosso povo para uma ilha e para devastar dezenas de famílias stratfelianas.

Saí de cena para não participar do roubo. Embarquei apenas quando mandaram, ciente de que não tinha escolha. Fiquei brincando com as cordas do navio, dando os poucos tipos de nó que conhecia. Nó de escota, nó corrediço, nó de encurtar. Esperava que isso desfizesse o nó do meu estômago. Não funcionou. Estávamos perto da praia e não queríamos testar os navios sem necessidade. Ao mesmo tempo, nossos olhos estavam no mar, e nos perguntávamos se eles estavam próximos.

— Nem sei o que estou procurando — Blythe admitiu. — Qualquer navio no horizonte?

— Basicamente — respondi.

Inigo e Blythe permaneceram ao meu lado, assim como Griffin e Rami.

— Não vejo nada — Inigo afirmou, desanimado. — Será que nos deram a data errada?

Balancei a cabeça.

— Não. Isso foi pensado para induzir pelo menos uma parte de nós a sair a céu aberto. Eles estão por aí.

Bem nesse momento, contornamos um trecho acidentado do litoral, e na nossa frente surgiram três fragatas enormes. Agora que eu via exatamente o que eles tinham à disposição, meu maior medo se confirmou: era um ataque total.

— Preparem as armas — gritei para a tripulação. — Os navios

deles são maiores, mas também mais lentos. Existe uma chance de não terem nos visto, mas logo verão. Quando isso acontecer, estejam preparados. Não sabemos quais são as defesas deles. Vamos precisar de todo o contingente, então protejam um ao outro.

— Sim, senhor! — todos responderam.

Inigo já estava ajustando as velas, usando o vento e o tamanho do barco a nosso favor. Blythe e Rami ficaram lado a lado, organizando as tochas apagadas em filas tanto a bombordo como a estibordo.

A capa do meu pai começou a tremular, e pensei se ainda havia algo a ser dito entre minha mãe e mim. E, o mais importante: será que o dia de hoje levaria embora nossa oportunidade de tentar?

Inigo fez um uso excelente do vento e nos fez ultrapassar vários dos nossos próprios navios. Fui para a frente da escuna para observar. Não demoraria muito para eles perceberem que estávamos na sua cola, e eu estava à espera desse momento, com os olhos fixos na popa dos navios. Olhei para os lados para ter certeza de que todos no meu campo de visão estavam prontos.

Quando me virei para a direita, vi minha mãe, segurando o mastro de uma pequena embarcação a três navios de distância. Ela me olhava com um ar quase de orgulho. Logo em seguida, ela apontou para a própria sobrancelha para se referir à minha. Dei de ombros e quase sorri. Que ela pense que caí ou que levei um golpe durante o treino. Agora não era hora de preocupá-la. Acenei para ela com a cabeça, e ela retribuiu o gesto. Voltei a me concentrar no que vinha pela frente.

Talvez um minuto depois, um vigia deles notou que estávamos ali. Consegui ouvir os gritos frenéticos por cima do som das ondas.

— Acendam as tochas — falei.

Estávamos tão perto. Tão perto. Meu coração disparou ao pensar naquele navio belo e gigantesco afundando no mar. Esse seria o primeiro passo para derrotar toda a marinha deles. A marinha, depois a monarquia, depois o castelo. Dahrain seria nossa em questão de dias.

Foi então que eles se viraram.

Mais rápido do que eu achei que fosse possível para um navio daquele tamanho, os três se alinharam a estibordo diante da nossa triste e pequena frota, criando uma enorme parede.

— Espalhem-se! — gritei ao ver que ninguém daria a ordem. — Joguem!

Estávamos perto o bastante para que algumas das nossas tochas chegassem ao convés. Várias bateram nas laterais dos navios deles e caíram no mar, sem dar tempo de incendiar a madeira. Era difícil dizer de longe se as tochas estavam fazendo algum dano.

A popa do navio mais próximo parecia soltar um fio cada vez maior de fumaça, o que me fez sorrir por uns instantes, até uma bala zunir perto do meu ombro.

— O que foi isso? — Blythe gritou, abaixando-se.

— Eles têm mosquetes! — berrei de volta. Claro que tinham.

Outra bala veio na nossa direção, acertou a lateral do barco e partiu a madeira.

— Fiquem abaixados! — ordenei.

Em seguida, ignorando minhas próprias palavras, levantei com um pulo para inspecionar os danos. Dois ou três dos nossos barcos já tinham quase virado por causa da fragata, e algumas pessoas que tinham caído no mar estavam à procura de um lugar para se segurar, implorando que alguém lhes jogasse uma corda. Em outro barco, uma pessoa gritava enquanto sangue jorrava de um buraco em seu braço.

Onde estava a minha mãe? Corri os olhos pela nossa frota e a encontrei no mesmo lugar, a alguns barcos de distância. Mesmo de longe eu conseguia vê-la lançando palavrões e tochas contra o navio enorme com o rosto cheio de lágrimas, derramando anos de dor.

Eu já sabia que ela era incrível. Mas isso era outra coisa, mais profunda do que uma simples vontade de sobreviver. Era quase animalesco.

Seguindo o exemplo dela, gritei para Blythe e Rami:

— Acendam as tochas. Eu as arremesso daqui.

Rami me entregou a primeira.

Lembrei do rosto do meu pai e arremessei uma.

Lembrei do meu quarto frio e arremessei outra.

Lembrei do sangue desnecessário na minha espada e joguei mais uma.

Lembrei de tudo que passei por causa deles, e lutei do único jeito que sabia.

Em meio a gritos e tiros de mosquete, ondas e súplicas, parei ao escutar uma voz chamando:

— Annika, volte!

Ela estava aqui.

Bandeira Branca — Coleman — tinha dito especificamente que a deixariam longe da guerra, então por que — *por que* — ela estava aqui?

Ali. Vi Annika na popa do navio à procura de algo. Estava vestida de branco.

Ela começou a observar os barcos e, por fim, nossos olhos se encontraram.

Ela parou de procurar.

Estaria buscando por mim?

Eu não sabia quanto tempo tínhamos ficado ali, olhando um para o outro, sem nos mover. Senti nas minhas entranhas que corríamos um risco desnecessário.

— Lennox! Lennox! Pegue a tocha! — Rami disse.

Voltei a mim.

— O quê?

Ela endireitou o corpo.

— Pegue a to...

De repente, Rami caiu de costas, e uma mancha de sangue cada vez maior começou a se espalhar pelo seu abdome. Tinha recebido dois tiros, e as balas estavam trabalhando rápido.

— Rami! — Griffin gritou, correndo para socorrê-la. Seus lábios tremiam. Tudo tremia.

Ela mal emitia sons, e vi quando seus olhos começaram a passar das nuvens para o barco, e daí para cada um que estava a sua volta... até encontrarem os de Griffin.

—Você — ela sussurrou enquanto Griffin segurava sua mão. — Você deixou tudo mais brilhante.

— Pare com isso! — ele mandou. — Podemos resolver isso quando estivermos em terra firme. Só mantenha a pressão.

Não adiantava muito. Inigo já estava pressionando a ferida, mas o sangue ainda jorrava.

Rami manteve os olhos em Griffin:

—Você fez... tudo... valer a pena.

— Por favor — ele disse. Não havia mais nada a pedir. — Por favor.

— Eu te amo — ela disse, com um esboço de sorriso no rosto.

Griffin acenou com a cabeça.

— Como não amaria?

Ela sorriu de verdade ao ouvir isso.

— Eu te amo. Nosso amor não vai acabar — ele prometeu.

— Não — ela sussurrou. — Não... vai.

Rami levantou a mão e acariciou a bochecha de Griffin com o dedo. Depois, a mão caiu no convés, sem vida. Griffin soltou um grito gutural, um som que estremeceu até as profundezas do meu ser. Blythe, sempre tão firme e calma, cobriu a boca e começou a chorar também. Inigo ficou ao lado dela. Quase tocou suas costas, mas se lembrou do sangue e parou, só observando a tristeza de Blythe.

Eu mal conhecia Rami, mas só conseguia pensar em como sua curta vida tinha sido desperdiçada, roubada. O fogo da ira no meu peito reacendeu, e me levantei, olhando de novo para a fragata.

Annika já não estava no convés. Em seu lugar estava o covarde da floresta, o noivo.

Precisávamos mudar de tática.

— Recuem! — ordenei. — Recuem!

Em seguida, virei para Inigo:

— Mude o curso para a ilha. Vamos enfrentá-los em terra.

Ele concordou com a cabeça e começou a agir, movendo as mãos sujas de sangue rapidamente.

— Ei!

Virei e vi o barco de Kawan ao meu lado.

— Quem é você para dar ordens? — ele questionou.

Eu o ignorei por um instante, à procura da minha mãe. Ela ainda estava lá, ilesa, ao que parecia, tirando os tormentos dos fantasmas em sua cabeça.

Olhei para Kawan.

— Um soldado habilidoso talvez leve vinte segundos para recarregar um mosquete. Numa guerra, esse tempo é maior por causa do medo. Ele passa então a levar trinta segundos, talvez até um minuto. E trinta segundos na ponta da minha espada ou da de Inigo, na ponta das flechas de Blythe e Griffin... É suficiente para derrubar um país. Leve-nos para terra firme para podermos ter esse tempo.

Kawan pensou por um instante e fez que sim com a cabeça.

Olhei para trás e vi Griffin beijar a testa de Rami. Ele tirou o cabelo do rosto dela e não a soltou enquanto mudávamos nossa rota.

Era impressionante ver como o amor limava as aparas das pessoas, deixava-as mais aguçadas em alguns pontos e suaves em outros. Foi a primeira vez que isso me deixou maravilhado. O amor era complicado.

Complicado, mas inesperadamente belo.

Annika

Não contei a ninguém o que vi. Não sabia se um dia seria capaz de falar sobre isso, nem mesmo com Escalus. Era completamente diferente ter medo de que as pessoas fossem morrer e ver isso acontecer de fato.

Estávamos em guerra.

Os navios não levavam presentes. Apenas toneladas de soldados. Não assinaríamos nenhum acordo na ilha; só lutaríamos num lugar que não prejudicaria o nosso reino. Não tivemos nem a coragem de ser honestos: nós apenas os encurralamos.

— Alteza?

Tomei um susto com o toque de Noemi.

— Sinto muito, alteza — ela disse ficando na minha frente.

Levei a mão ao coração para tentar acalmá-la.

— Hoje você pode me chamar de Annika, Noemi. O que houve?

— Estamos quase lá. Parece que sofremos pouquíssimo dano e quase não tivemos baixas. Com base no que viu, o rei diz que somos muito superiores numericamente. A derrota deles vai ser rápida e fácil.

Assenti com a cabeça. Era o que queríamos, certo? O que eu disse que queria? Se fosse preciso escolher entre eles e mim, tinha de ser eu. E, se não fosse eu, pelo menos Escalus. Escalus precisava sobreviver.

— Você suspeitava? — perguntei a Noemi. — Suspeitava que íamos atacá-los?

Ela balançou a cabeça. Seus olhos carregavam o mesmo horror que os meus.

— Vou subir agora. Quero estar lá fora, Noemi. Quero ficar ao lado de Escalus.

— O rei não vai gostar disso — ela disse baixinho.

— Paciência — falei, antes de me levantar e subir para o convés.

Havia certa paz ali agora: os homens circulavam, preparando mosquetes e munição. Eu estava com a espada na cintura, e não me preocupava em esconder o que queria fazer. No horizonte, a ilha ia ficando cada vez mais perto.

Notei que havia uma pequena baía perfeita para o desembarque de navios do tamanho dos nossos. Quase toda a ilha estava coberta por uma floresta, ainda que eu não conhecesse aquele tipo de vegetação e pudesse ver o cume das montanhas ao longe. A única ameaça eram as nuvens que vinham do noroeste, espessas e imponentes. Eu tinha imaginado aquele lugar como inóspito, mas as árvores eram tão verdes e o céu tão claro que se eu fosse obrigada a descrever a ilha numa palavra, seria "convidativa".

Os homens atracaram no velho cais, e eu montei no meu cavalo. Noemi estava prestes a fazer o mesmo, como eu a tinha instruído, quando Escalus chegou.

— Não! Você não desembarca em hipótese nenhuma. Uma coisa é você vir quando pensávamos que isso era uma pequena comitiva, mas agora há um exército inteiro lá fora, e você não vai sair deste navio. — Ele tomou as rédeas do cavalo de Noemi, engoliu em seco e falou: — Eu proíbo.

— Eu autorizo! — gritei.

— Annika, não me provoque hoje — Escalus avisou.

Soltei um suspiro.

— Se a coisa ficar muito intensa, ela volta para o navio.

Ele ainda estava zangado comigo, com raiva por eu a estar colocando em perigo. Mas, depois de um instante, a tensão em seus ombros se desfez.

— Certo. Mas nada muda. Vocês ficam atrás de mim, e só saem *quando* eu mandar. Entendido?

Ela fez que sim.

— Sem dúvida, alteza — sua voz saiu grave, revelando algo do entendimento entre os dois.

Eu sabia que ele estava preocupado com a segurança dela — eu também estava —, mas seria melhor que os dois estivessem no mesmo lugar, onde saberiam exatamente o que estava acontecendo um com o outro. Se eu havia aprendido algo com Lennox, era que saber a verdade trazia uma estranha forma de paz. Ao menos por isso eu podia lhe agradecer. E eu não tiraria essa sensação de paz do meu irmão ou de Noemi. Não num dia como hoje.

Pensei no que havia sobrado do exército de Lennox. Quantos tinham sobrevivido ao massacre? Já haviam desembarcado? Estavam vindo agora ao nosso encontro?

Teriam sido arrasados pela diferença numérica, a ponto de não poderem continuar?

Engoli em seco e olhei para Escalus, que montava em seu cavalo, e para o meu pai, que fazia o mesmo. Noemi estava tirando o cabelo do rosto. Mesmo Nickolas. O que eu faria se chegasse ao fim do dia sem algum deles?

Afastei essas ideias e segui com ele até a terra firme. Nossos soldados também desembarcavam, marchando pela vegetação espessa em fileiras organizadas. Meu cavalo estava muito longe de parecer tão confiante quanto era em casa, e o simples fato de ele sentir que algo não ia bem me incomodava.

Inspirei para me acalmar e nós avançamos em silêncio sob as copas daquelas árvores desconhecidas. Ao longe, a vasta floresta se abria numa clareira. O céu estava dividido: a luz do sol brilhava numa metade, enquanto nuvens de chuva pesadas e cinzentas se acumulavam na outra. Meu pai levantou a mão quando nos aproximamos dos limites da floresta, e puxei as rédeas do cavalo.

— Eu também os vejo — Escalus murmurou.

— O que significa que eles nos veem — Nickolas acrescentou.

— Não faz sentido nos escondermos, majestade. Se foi para isso que viemos, vamos esmagá-los logo e voltar para casa — Escalus disse.

Meu pai fez uma longa pausa. Olhou para o meu irmão, depois para mim e balançou a cabeça, como se só agora tivesse percebido no que tinha nos metido. Com um suspiro, olhou para o campo aberto, se preparando para o que viria pela frente, fosse o que fosse. E então marchamos.

Senti um frio imenso na barriga. Estávamos presos a uma batalha que não sabíamos que ia acontecer. Como isso poderia acabar bem?

Não consegui me conter. Assim que saímos da sombra das árvores, meus olhos procuraram Lennox. Quando enfim o encontrei — com o cabelo e a capa suspensos no ar pela brisa —, ele já me observava. Sua espada estava desembainhada, mas aqueles olhos azul-claros não eram nem de perto tão ameaçadores quanto eu achei que seriam.

Não eram os olhos que tinham me mandado me render e amarrado minhas mãos, mas aqueles que me deixaram fugir quando podiam ter me arrastado de volta para a prisão.

Eu não sabia como as batalhas começavam. No meu coração, eu tinha esperança de que meu pai — agora que tinha entendido o quanto aquilo era terrível — caminhasse até eles para conversar com calma, e que o líder deles fizesse o mesmo. Eu tinha esperança de que, depois das baixas que tinham sofrido, eles estivessem dispostos a negociar para salvar vidas. Tinha esperança de que pudéssemos de fato dar aquela ilha a eles como um gesto de paz depois de ter ceifado tantas vidas deles. E de que todos saíssem melhores disso.

Nada disso aconteceu.

Sem aviso, o vulto volumoso de Kawan se moveu, bem mais rápido do que eu achei que seria capaz. Um arco apareceu do nada, escondido sob camadas de pele e couro, mas a flecha voou nítida contra o céu cinzento, num trajeto reto que terminou no peito do meu irmão.

— Escalus! — Noemi gritou, já descendo do cavalo para ajudá-lo.

Ao meu redor, nossos soldados já atacavam sem esperar ordens. Ofegante e trêmula, assisti a meu irmão cair com tudo para frente, os olhos fixos na flecha.

— Não tire — ele avisou para Noemi. — Vai piorar a ferida.

Então ele ia morrer, simples assim?

Escalus ia morrer. Estávamos longe de casa, e ele estava com uma flecha no peito, perto do ombro, e não tínhamos como removê-la.

E, de repente, eu estava totalmente pronta para o campo de batalha.

Lennox ainda estava parado no lugar onde eu o tinha visto. Era como se soubesse. Seu povo podia avançar, e meus soldados podiam atacar, mas ele e eu não podíamos enfrentar mais ninguém.

Cravei as esporas no cavalo, e ele saltou para frente. Quando comecei a galopar, ouvi alguém gritar meu nome atrás de mim. Ignorei. Meus olhos estavam fixos em Lennox. Ele me observou por um tempo, como se quisesse ter certeza de que eu ia na sua direção. Em seguida, virou-se e saiu disparado. A distância e a velocidade lhe davam uma vantagem considerável. Mas isso não o salvaria hoje. Ele se embrenhou na floresta que cercava o campo de batalha, movendo-se com agilidade e saltando por riachos rasos. Desembainhei e ergui a espada.

Ele matou minha mãe. Ele me sequestrou. Seu exército talvez tenha acabado de assassinar meu irmão. Por isso, parecia mais do que justo que eu arrancasse a cabeça dele.

Quando me aproximei e preparei o golpe, Lennox se abaixou, sentindo quão perto eu estava. Ele virou e seguiu por um trecho diferente, me obrigando a parar o cavalo para fazer a curva e continuar em seu encalço. Lennox parou atrás de um grupo de árvores que estavam muito próximas umas das outras para que eu pudesse passar a cavalo. Dei a volta, à procura de uma brecha por onde pudesse passar e então encurralá-lo. Não tinha nenhuma.

Eu sabia o que ele estava fazendo. Se eu quisesse ter a oportunidade de lutar com ele, teria de descer do cavalo. Eu odiava ter de perder minha vantagem, mas era necessário.

Saltei do cavalo e encarei os olhos azuis e penetrantes do inimigo. Ele me observou por um instante antes de dar um passo em direção à luz.

De repente, todo o som do mundo sumiu. Não havia vento passando pelas árvores, pássaros ou a relva em movimento. Era como se toda a terra tivesse prendido a respiração diante do nosso último encontro.

— Alteza — ele disse, afinal, curvando-se. E então atacou.

Levantei a espada para me defender, pensando no que Rhett tinha me ensinado: se eu não conseguisse desviar o golpe, tinha de atacar.

Fiquei ao lado dele e girei a espada perigosamente perto de sua bochecha. Quando Lennox recuou e percebeu que seu rosto perfeito quase tinha sido arruinado, pareceu até estar impressionado. Isso não o deteve por muito tempo, e ele retornou com outro golpe de cima para baixo. Aparentemente seu plano não era apenas me cortar ao meio: queria primeiro me cansar, para depois me matar.

Era um jogo que dois poderiam jogar.

Dei um golpe por baixo para forçá-lo a revidar ou a se esquivar. Lennox era muito maior, e com certeza era mais cansativo para ele se mover assim do que para mim. Mais de uma vez, o encontro das nossas espadas produziu faíscas. Não tínhamos a mesma força, mas a disputa era equilibrada, o que fazia a luta durar mais do que eu gostaria. Suspeitava de que ele achava a mesma coisa.

Eu estava prestes a dar outro golpe quando o silêncio à nossa volta foi quebrado. Ouvi um som muito estranho, quase como um aplauso estrondoso. Vi nos olhos dele que também tinha ouvido. Num acordo silencioso, baixamos as armas para ver o que parecia ser nuvens cinzentas que avançavam com a mesma determinação que os nossos dois exércitos. O vento e a chuva se misturaram — um por cima do outro, como se lutassem para ver quem levaria a melhor — e se aproximavam em meio à escuridão crescente. Devia ser a tempestade que eu tinha visto ao longe, ainda no navio. As nuvens escuras agora tomavam o céu por inteiro.

No começo, fiquei atônita demais para fazer qualquer coisa. Era impressionante, misterioso e sublime. Foi então que vi o vento arrancar uma árvore com raiz e tudo. Aí comecei a correr.

Lennox logo surgiu ao meu lado e me ultrapassou por alguns metros, mas sem avançar mais do que isso.

Eu não ousava olhar para trás. Conseguia ouvir a chuva e o vento se aproximando, e isso era o suficiente para me fazer seguir em frente. Nunca tinha visto uma tempestade assim, não sabia como me proteger. Não podia me agarrar a uma árvore — elas estavam sendo arrancadas do chão —, mas também não parecia que me jogar no chão da floresta ajudaria.

Eu estava errada: não havia nada convidativo naquela ilha.

Então, ao longe, vi a minha salvação. Ao lado de uma daquelas montanhas rochosas estranhas, descendo por um abismo, havia uma abertura. Não sabia se era funda, mas era a minha única possibilidade de abrigo. O único problema era que Lennox claramente estava se dirigindo para o mesmo lugar. Ele lançou um olhar para trás, primeiro para mim e depois para a parede de vento que se aproximava. Com os olhos arregalados, ele se esforçou para correr ainda mais.

E eu fiz o mesmo. Infelizmente, minhas pernas não eram compridas como as dele, e meu vestido me limitava. Poucos segundos depois, tropecei numa raiz e caí de cara no chão. O impacto me fez gritar, com a certeza de ter luxado as costelas. Com esforço, consegui ficar de joelhos, desesperada para seguir em frente, quando de repente uma mão me segurou pelo braço:

— Vamos! — Lennox gritou, me levantando e me arrastando até a caverna. — Continue a correr — ele insistiu, soltando meu braço assim que voltei a me mexer, para que ambos pudéssemos segurar a espada numa mão e nos equilibrar com a outra.

Fiz o máximo para manter o ritmo e fiquei a apenas alguns passos atrás dele. Lennox se deteve diante da caverna, estendeu o braço e me puxou para dentro. Nós nos viramos para ver a muralha cinzenta que engolia tudo.

— O que é aquilo? — perguntei.

— Um furacão — ele disse, com um tom que mais parecia de confusão do que de confirmação. — Já passamos por alguns, mas nunca um tão forte e rápido. Vai passar bem em cima de nós. Temos de entrar.

    Viramos e inspecionamos a caverna. Pelo que eu conseguia ver, não era muito funda. Olhando da entrada, era possível ver que as paredes se abriam até formar uma espécie de triângulo com dois cantos arredondados. Parecia haver alguns riscos na parede, mas não dava para ter certeza. Tudo o que importava de verdade era que estávamos presos ali, e que não havia nenhum outro lugar para se esconder.

    O som da ventania quase rompia nossos tímpanos, o vento estava tão perto que eu sentia sua sucção. Segui com Lennox para um dos cantos, desejando que tivéssemos mais proteção. Levantei a espada o mais alto que podia e, por incrível que pareça, finquei no chão no mesmo momento que Lennox. Ele se ajoelhou e me puxou, e nós nos agarramos às espadas quando o vento invadiu a caverna.

    Era um som de pesadelo, alto e caótico, e os ventos eram tão fortes que me levantaram do chão por um ou dois segundos. Eu me segurei na espada, esperando que tivesse fincado a lâmina fundo o bastante para que aguentasse. Olhei para baixo e vi os joelhos de Lennox também se levantarem, e o segurei para baixá-lo. Quando suas pernas encostaram no chão, ele também me segurou. Enroscou uma perna em mim, e eu fiz o mesmo. Segurávamos no cabo das espadas e um no outro, apenas para sobreviver. Senti quando ele ajeitou a perna e me segurou com mais força. Com certeza apareceriam manchas roxas no ponto que batia no chão, e eu imaginava que os braços de Lennox ardiam tanto quanto os meus por causa do esforço. E então, como se lesse meus pensamentos, ele soltou um gemido entredentes, como se para dar um foco para a dor. Enterrei o rosto em seu peito e os dedos em sua roupa, me segurando, até que, com a mesma rapidez com que tinha começado, o vento passou a diminuir.

    Estávamos no chão, agarrados às espadas, enrolados um no outro, ofegantes como se tivéssemos atravessado a ilha correndo.

Permanecemos imóveis por alguns instantes, sem saber se o vento voltaria a acelerar. O uivo tinha diminuído, mas ainda era possível escutá-lo. Então surgiu um novo barulho, agora da chuva.

Soltamos o cabo das espadas e olhamos para a chuva torrencial lá fora. A entrada da caverna era inclinada para baixo, então a água não entrava, mas nem por isso eu estava com pressa. Depois de passar tanto tempo com os olhos fechados, minha vista se acostumara à escuridão, e consegui ver o desconforto no rosto de Lennox.

Pigarreei, tirei o braço dele, desenrosquei nossas pernas e me levantei rápido. Lennox ficou de pé primeiro e, com um pouco de esforço, conseguiu tirar a espada do chão. Se para ele tinha sido tão difícil, eu passaria vergonha. Precisei puxar três vezes para soltar a minha espada.

Lennox nem prestou atenção. Apenas caminhava e observava.

Ele respirou fundo e estampou um sorriso louco no rosto.

— Pronta para voltar a tratar da sua morte?

— Com certeza — respondi, sem nenhuma intenção de perder a vida. Ele levantou a espada e eu preparei a minha, e ambos acertamos a rocha.

Tentei me reposicionar, mas não adiantou. O teto não dava muito espaço e, para ser sincera, ia ser praticamente impossível se mover ali. A chance de ferir a nós mesmos e ao outro era a mesma.

Nós dois chegamos a essa conclusão infeliz ao mesmo tempo.

— E, então, como termina a história? — perguntei, sem ter a menor ideia. — Se não conseguimos lutar direito, só saímos correndo?

Ele apontou para a chuva torrencial lá fora.

— Consegue enxergar o caminho através de toda essa água?

Olhei a entrada da caverna e forcei a vista.

— Acho que vejo uma árvore. Talvez.

— Exatamente. Se corrermos, não vamos conseguir. Você pode tentar se quiser, mas não quero morrer desse jeito.

— Nem eu — repliquei.

— Então, receio que tenhamos que fazer uma trégua desconfortável, majestade.

Bufei. Ele tinha razão, claro, e eu odiava isso. Tudo o que conseguia fazer agora era sobreviver.

—Você fica desse lado da caverna, e eu deste — ordenei.

— De acordo — ele respondeu. Nós nos afastamos e, cada um no seu canto, nos sentamos e fitamos os olhos do inimigo do outro lado da caverna.

Lennox

O TEMPO NÃO IA MUDAR. Eu não sabia se tinham se passado horas ou se era apenas a minha sensação; em todo caso, a espera era uma tortura.

Não havia nem sol, nem estrelas para me guiar. Tentei contar os segundos apenas para registrar o tempo que tinha passado ali, mas só fiquei mais cansado. E eu não podia me arriscar a cair no sono.

Do outro lado da caverna, Annika apertava os joelhos contra o peito, claramente sentindo tanto frio quanto eu. O vento também tinha me gelado até os ossos, e a chuva não ajudava em nada. Mas pelo menos eu tinha minha capa de montaria e estava melhor do que ela.

Ela cutucava um buraco no vestido, aparentando pensar em algo com mais intensidade do que gostaria.

Eu também.

Por que tinha voltado para ajudá-la? Por que a tinha apertado contra mim quando a ventania entrou na caverna? Agora, horas depois, eu tentava encontrar uma justificativa. Eu sabia que ela era engenhosa. Não podia deixar a vida dela nas mãos de uma tempestade. Não, no fim das contas, se era para ela morrer, tinha de ser pelas minhas mãos. Não podia delegar isso a ninguém — nem nada — mais. Qualquer um concordaria que eu tivera de salvá-la.

Um calafrio percorreu o meu corpo, e enfim me levantei.

— Por favor, diga que você tem uma pederneira.

Annika levantou a cabeça no seu canto da caverna.

— O quê?

— A chuva não dá sinais de que vai diminuir, e parece que você está com mais frio do que eu. Por isso, se quer sobreviver, uma fogueira seria um bom primeiro passo. Você tem uma pederneira?

— Mesmo se tivesse, com o que você faria fogo?

Fiz uma cara de tédio. Não parecia promissor. Eu me abaixei e peguei do chão um generoso punhado de folhas e gravetos que o vento tinha soprado para dentro da caverna.

— Com isto?

Ela correu os olhos pelo chão e aparentemente notou pela primeira vez quanto material tínhamos ao alcance da mão. Com um suspiro, ela se levantou.

— Deixe sua espada no canto. Eu farei o mesmo.

Fui até o meu lado da caverna para deixar a espada com um sorriso malicioso.

— Eu poderia matar você com as minhas próprias mãos, se quisesse.

Ela mostrou as palmas abertas.

— Eu também. Não é essa a questão. Largue a espada.

Antes de me virar para Annika, tirei o sorriso do rosto. Eu tinha certeza de que ela estava blefando — suas mãos estavam mais adaptadas a bailes do que a brigas —, mas admirei a sua ousadia em mentir. Limpei a garganta, peguei mais um punhado de gravetos e comecei a montar uma fogueira. Ela passou a organizar uma pirâmide com os gravetos maiores, enquanto eu enfiava os menores no meio.

— Essa caverna parece ter sido feita por pessoas — comentei.

— Ou pelo menos foi modificada por gente. Não tem um formato natural. E a textura das paredes... É tão lisa.

Ela fez que sim.

— Não paro de olhar para as marcas na parede tentando entender o que significam.

— Bom, se um de nós é capaz de adivinhar, imagino que seja você. Esta ilha é de vocês, afinal — terminei a minha parte e olhei ao redor mais uma vez. — Legal que alguém tenha feito essa caverna, mas será que mataria ter ao menos deixado alguns suprimentos também?

Ela soltou um suspiro.

— Não vamos fazer piadas sobre morte hoje.

Eu provavelmente deveria ter segurado a língua, mas estava muito impaciente.

— Por que não? Seu pai zomba do meu povo e está decidido a massacrá-lo. O tema não devia deixá-la desconfortável.

— De verdade, você não tem a menor condição de fazer comentários sobre massacre — ela rebateu, cortante e sem nem mesmo me olhar, enquanto pegava algo no cinturão. — Não tem vergonha?

— Não — respondi rápido. — Perdi a minha depois de tanto apanhar ao longo dos anos.

Ao ouvir isso, ela olhou rápido para o lado, desconfortável. Sim, eu estava falando mais do que deveria. Ela era a última pessoa no planeta de quem eu queria receber alguma simpatia.

Annika parou de mexer no cinto, como se estive refletindo sobre algo. Por fim, cedeu, e com as mãos trêmulas de frio tirou duas pedrinhas do bolso. Foi preciso diversas batidas para as faíscas voarem longe o bastante e acertarem as folhas e os gravetos que estavam na base da fogueira. Ela juntou os lábios e começou a soprar de leve, para que o fogo acendesse.

No fim, não foi preciso muito esforço, e me incomodou o fato de ela ser tão régia que até as chamas a obedeciam.

Ela não teria a mesma sorte comigo.

Ela foi para trás, encostou na parte baixa da parede e estendeu as mãos para receber o calor. Eram minúsculas. Formidáveis, mas minúsculas.

Eu também queria me encostar na parede, mas de modo algum eu chegaria mais perto do meu alvo que o estritamente necessário. Por isso, me sentei de costas para a chuva e fiquei olhando Annika através da chama crescente da fogueira. Seus olhos ardiam contra os meus. Tanto ódio, tanto nojo. Tudo o que eu tinha feito para mantê-la viva não apagava o fato de eu ter matado sua mãe.

Eu me perguntei o que ela via em meus olhos, se encontrava tanto ódio quanto eu enxergava nos seus.

Ela balançou a cabeça.

— Por quê?

— Por que o quê?

Ela engoliu em seco.

— Não importa.

Eu sabia. Claro que sabia.

— Falei quando nos encontramos que eu tinha a informação que você queria. Teria lhe dado tudo se simplesmente tivesse cooperado.

— E depois me mataria.

Dei de ombros.

— Eu poderia matá-la. Ou depois. Em algum momento isso vai acontecer. Então você deveria ter aceitado minha oferta quando podia.

Vi os músculos do seu rosto se enrijecerem. Ela queria tanto saber, mas senti que não se permitiria a fraqueza de perguntar de novo.

— Se isso vale alguma coisa — comecei —, eu não sabia que era sua mãe. Não sabia que era mãe de ninguém. Recebi uma tarefa e precisava cumpri-la. Simples assim.

— Simples — ela repetiu, balançando a cabeça. — Você arruinou a minha vida. Não tem nada de simples nisso.

Encarei aquela garota egoísta e tola.

—Você se apega ao nosso reino sem pensar duas vezes. É simples para você, mas é nossa ruína. Não finja que é inocente nisso tudo.

— Eu não tomei nada de vocês!

— Ah, então, por favor, fale dos seus planos para devolvê-lo — disparei.

— Já conversamos sobre isso. Com base em que você diz que ele é seu, para começo de conversa?

— Sempre foi nosso! — meu grito ecoou na pequena caverna.

O silêncio que se seguiu foi maior do que o espaço permitia, e ficamos nesse vazio desconfortável pelo tempo que consegui me segurar.

— Não eram seis clãs; eram sete. Por um breve período, meus antepassados foram escolhidos para liderar os clãs unidos contra Kialand. Os chefes, por maioria de votos, nos deram a condição de *realeza*. Mas alguém da sua família decidiu que isso não era bom o bastante para eles. Não apenas mataram todos que puderam e tomaram o que era nosso, como nos apagaram da história para encobrir seus atos. E agora você come em pratos de porcelana enquanto nós vivemos nas sombras — falei com desprezo, olhando para aquele seu vestidinho cheio de bordados delicados. Quem usava uma roupa dessas numa batalha? — Não finja que suas mãos estão limpas — continuei. — No fim das contas, um de nós vai cair, e o outro vai se levantar.

— Bom, que sorte a sua eu ter uma pederneira e você ganhar mais um dia de vida, não é?

— E que sorte a sua eu ter te segurado para que também vivesse, não é?

Ela balançou a cabeça.

— Só fale comigo o que for estritamente necessário.

— Combinado.

Annika

Cantei o hino de Kadier dezessete vezes na cabeça. E, depois, o hino de outros países que conhecia. Então cantei todas as canções dançantes, todas as baladas e até as cantigas de taverna que eu tinha aprendido escondida do meu pai. As horas se estendiam cada vez mais, e a chuva contínua começou a me deixar com sono.

Para ficar acordada, comecei a me torturar com perguntas. Quanto tempo tinha passado desde a batalha? Escalus teria sobrevivido à flechada? Alguém o levara de volta ao navio? Meus olhos se encheram de lágrimas quando fiz a pergunta mais assustadora: Será que eu era filha única agora? A herdeira?

— Quando você era criança e seus pais lhe diziam para ir para a cama, mas você não queria, como fazia para lutar contra o sono? — Lennox especulou em voz alta.

— Ah, então estamos na mesma situação — eu disse com um sorriso cansado no rosto. — Bom saber.

—Vamos ter de dormir em algum momento. A tempestade não vai passar. — Ele olhou para trás para conferir de novo.

Ele tinha razão. A tempestade lá fora era um tipo de temporal que nunca tinha atingido Kadier. Com tanta chuva, eu apostava que os rios tinham transbordado e que as raízes das árvores estavam soltas.

— Eu nunca vi uma coisa assim. Está tão... violento.

Ele desdenhou.

— Você nunca conheceu violência na vida. Sorte sua. Eu não conheço quase nada além disso — ele disse, me encarando com o olhar aceso.

— Dá para notar, sem dúvida — respondi. — Você distribui violência como se fosse balinha.

— Não tenho culpa se a maioria das pessoas ao meu redor é uma formiga.

Eu o olhei com raiva.

— Brigar com você vai me ajudar a ficar acordada. Comece uma discussão que posso passar horas de pé.

—Você odeia discussões, não é?

— Desprezo!

— Não entendo por quê. Você parece ótima em confrontos.

Olhei para o lado.

— Eu raramente venço, e depois passo vários dias pensando no que podia ter dito de diferente. Perco o sono. Por isso, pode começar a brigar. Vai, me insulte.

— Pois bem, por onde começar? — ele refletiu. —Você não é nada perto do seu irmão. Que tal?

Olhei para ele e notei o sorriso de quem achava que tinha me pegado.

— Eu sei — reconheci.

Seus ombros caíram.

— Não é assim que uma discussão funciona. Não é para você concordar. Tem que me devolver o insulto. Diga que sou amaldiçoado ou coisa assim. Se eu desvendei alguns dos seus segredos, você dever ter descoberto alguns dos meus também.

— Talvez — menti, encarando-o através da chama. — E tenho certeza de que encontrarei palavras para você mais tarde. Mas você tem razão nesse ponto. Nunca serei Escalus. Eu sei, meu pai sabe, o reino sabe. Se ele tiver morrido... — Mal conseguia pensar nisso, quanto mais falar. — Eu até estava preparada para me casar com Nickolas, mas para isso...

Eu estava falando demais.

— Ah, sim. Aquele rascunho patético de homem que abandonou você na floresta.

— Esse mesmo — admiti com um suspiro.

Ele começou a rir.

—Você ainda vai se casar com ele depois disso tudo? Eu achava que alguém do seu nível de… dignidade não aceitaria uma coisa dessas.

— Ele expressou um arrependimento profundo pela atitude dele — falei, dando de ombros. — E tenho de confiar em suas palavras.

— Não, não tem — Lennox disse, enfático. — *Nunca* julgue um homem pelas palavras. Julgue-o pelos atos. Se ele abandonou você uma vez, vai fazer isso de novo. Um homem desses é egoísta dos pés à cabeça. Se você foi inteligente o bastante para escapar *duas* vezes de mim, não seja boba de se casar com alguém como ele.

Semicerrei os olhos.

— Não acho que você esteja em condições de fazer nenhum comentário sobre a minha vida particular. Em especial porque…
— Balancei a cabeça e virei o rosto. Senti meus lábios tremerem, mas me negava a lhe dar a satisfação de me fazer chorar. Parti para o ataque. — Se devo julgar um homem pelos atos, então é fácil rotular você, não? Assassino. Monstro. Covarde.

Ele não tentou negar as duas primeiras ofensas, mas depois, num tom tão baixo que quase não ouvi, disse:

— Não sou covarde.

Por um instante, senti um constrangimento estranho, como se tivesse quebrado uma regra não dita. Não conseguia nem olhar para o rosto dele.

— Diga — ele falou finalmente, com a voz mais uma vez cheia de pompa. — O que o querido Nickolas vai fazer quando souber que você passou a noite sozinha comigo?

Encontrei a coragem necessária para olhar Lennox nos olhos e vi seu sorriso, mais uma vez se divertindo às minhas custas. Retribuí com o mesmo sorrisinho falso.

— Ele não vai saber. Um de nós vai morrer antes de sairmos dessa caverna. Não pretendo que seja eu.

Sem se abalar com a minha declaração, Lennox continuou a me encarar, e o fogo refletido em seus olhos e em seu rosto deixava transparecer que me provocar era a maior diversão que ele tinha tido em muito tempo.

— Essa discussão foi o suficiente para mantê-la acordada? — ele perguntou.

— Sim, obrigada.

Lennox se levantou, esticou o corpo, olhou para o teto, para as inscrições na parede, para a chuva lá fora. Em seguida, balançando a cabeça, circulou um pouco até escorregar as costas na parede da caverna e se sentar a poucos metros de mim.

Olhei para ele com cautela.

— Só estou descansando. Pode relaxar — ele disse, para então soltar um suspiro longo e continuar: — Quer discutir um pouco mais?

Fiz que não com a cabeça.

— Acho que não conseguiria nem se tentasse. Estou exausta. E sabe de uma coisa? Não tenho a menor vontade de morrer esta noite. Não estou no clima.

Reparei que ele segurou um sorriso.

— Nem eu, para ser honesto.

— Então podemos estabelecer uma trégua de verdade? Quando a chuva parar, você pode me atacar para vingar o seu reino... o que quiser — falei, fazendo gestos graciosos no ar, como se tudo isso não significasse nada. — Mas, por favor, me deixe descansar.

Lennox me encarou com aqueles olhos azuis impressionantes. Eu odiava reconhecer, mas ele era bem bonito. O cabelo bagunçado pelo vento, os lábios rosados. Algo nele atraía meu olhar sem trégua.

— Você pode pensar o que quiser de mim, mas fui criado para ser um cavalheiro, e eu cumpro com a minha palavra. — Ele tirou a luva e estendeu a mão. — Eu te prometo que nenhum mal lhe acontecerá enquanto dorme.

O tom de voz era diferente. Era como se eu fosse ofendê-lo profundamente se não acreditasse. Eu não sabia ao certo o quanto podia confiar nele... mas não duvidei dessa promessa.

Com cautela, estendi a mão também. Ela foi praticamente engolida pela dele. Senti cada um dos calos que ele tinha acumulado ao longo da vida quando envolveu a minha mão inteira na sua.

— E você tem a minha palavra, de princesa e de dama.

Lennox

Quando acordei, a primeira coisa que notei foi uma dor incômoda nas costas. Ah, verdade! Eu tinha dormido encostado numa parede. Aliás, uma parede de pedra.

Então percebi a chuva. Seu som tinha sido até tranquilizante na hora de dormir, mas agora que eu estava desperto, não passava de um lembrete de que estava preso. O céu deu um jeito de ficar ainda mais escuro, então era noite. Eu não tinha passado tanto tempo ali. Depois, um pouco mais acordado, senti a pressão do pé de Annika contra a minha perna.

Em algum momento da noite, ela tinha se encolhido de lado para se proteger do frio. O fogo tinha baixado, mas continuava aceso. Ainda assim, já não oferecia muito calor. Observei sua respiração. No sono, seu rosto tinha a mesma expressão serena da mãe. Isso me assombrava. Ela soltou um suspiro minúsculo, numa ignorância tão feliz do mundo ao redor. Eu era capaz de reconhecer sua beleza. Annika era bonita como um pôr do sol: uma doçura tão pungente, do tipo que a alma só é capaz de vislumbrar uma vez por dia.

Mas ela não era toda doçura. Eu também era capaz de ver isso. Era também brava e determinada e triste de maneiras que me deixavam confuso. Eu demoraria muito tempo para entendê-la, e seria melhor para nós dois que eu nunca o fizesse.

Só levaria um segundo.

Eu poderia torcer seu pescoço tão rápido que ela nem sentiria. Seria a opção mais misericordiosa.

Mas eu tinha dado minha palavra de que não a machucaria durante o sono. E embora eu odiasse admitir, de todas as vidas que fui obrigado a tirar ao longo dos anos, a dela seria a que me doeria mais. Eu costumava conhecer as pessoas de quem tirava a vida.

Como se tivesse sentido a minha tolice de pensar em quebrar a promessa, ela despertou com tudo e olhou em volta com um olhar confuso, até se lembrar de onde estava. Sentou-se, jogou o cabelo para trás e esfregou os olhos.

— Já está pronto para morrer? — ela perguntou com a voz ainda de sono.

Lutei para segurar o sorriso e balancei a cabeça.

— Não muito.

— Nem eu.

Ela se levantou e olhou para a entrada da caverna. O teto era tão baixo que se erguesse os braços e ficasse na ponta dos pés, ela o alcançaria.

— Piorou. Essa chuva — ela disse em tom pesado — está mais densa do que seria possível.

Levantei-me para ver com os próprios olhos. Se forçasse a vista, conseguia enxergar um grupo de árvores próximas, mas muito mal. Não via nuvens, mato e, o mais importante, ninguém das nossas tropas ou das deles.

— Espero que os outros estejam bem — ela balbuciou.

Parecia que tinha lido meus pensamentos.

— Detesto dizer, princesa, mas se eles não encontraram abrigo, é possível que você e eu sejamos os únicos que restaram.

— Não diga isso — ela insistiu. — Nem pense nisso. Não tem pessoas do seu exército que você espera que ainda estejam vivas?

— Duas — eu disse sem pensar. — E você?

Ela olhou para o nada com um rosto triste.

— Duas. Não, três — ela se corrigiu, para depois suspirar. — Talvez três e meia.

Eu estaria mentindo se dissesse que não fiquei chocado com os números tão baixos da parte dela.

— Seu irmão é um deles. Isso eu sei — falei. — Eu o vi ser atingido, princesa. Talvez você já tenha perdido um dos escolhidos.

Ela engoliu em seco.

— Ele é mais forte do que você pensa. Não conheço seus amigos bem o bastante para saber quem são as suas duas pessoas, mas imagino que uma delas seja a sua namorada.

Baixei o olhar para ela e depois voltei a encarar a chuva.

— Não tenho namorada.

Ela riu baixinho.

— Com certeza tem.

Olhei para ela com o canto dos olhos e ela apontou para a própria bochecha.

— Tomei um tapa na cara só por insinuar que você estava sendo gentil comigo. A loira não gostou nada de ouvir isso.

Depois dessas palavras, ela caminhou como se não tivesse dito nada até o fogo quase morto e se inclinou para alimentá-lo.

— Então foi assim que o seu rosto ficou inchado — Blythe tinha mais ciúmes dela do que havia admitido. — Seu precioso noivo está incluído na sua conta?

— Pelo bem de Kadier... — ela respondeu, sem completar a frase, enquanto avivava o fogo. — Ele é "a meia pessoa". E quem é a segunda pessoa?

— Inigo — confessei.

— O da cicatriz?

Confirmei com a cabeça. Ela tinha captado muita coisa em pouco tempo.

— Bom, espero que o seu melhor amigo não esteja morto.

— Nunca disse que ele era meu melhor amigo.

— Se você quer que ele esteja vivo, é isso que ele é. E se você quer a loira viva, ela é sua namorada. Não pense que não notei que você não incluiu sua mãe.

Não tinha incluído, né? Olhei para minha capa. Não era o bastante para compensar anos de negligência. Também não incluí André e Sherwin... Acho que eu me fechava para as pessoas melhor do que imaginava.

— Não vou mudar minha lista.

Ela balançou a cabeça:

— Não consigo nem enumerar as coisas que faria se pudesse

passar apenas mais uma hora nos braços da minha mãe, e você nem quer a sua. Não entendo.

— Talvez você não devesse falar da minha mãe.

— O quê? De repente você se importa com a pessoa que queria morta trinta segundos atrás?

— Eu não disse que queria minha mãe morta! — insisti.

— Praticamente disse! Isso é jeito de falar de quem te trouxe ao mundo? Ainda que você a ache péssima ou...

— Não fale da minha mãe! — gritei, e o som ecoou pela caverna.

Por um instante, ela ficou em silêncio. Mas não continuou assim por muito tempo.

— Eu não disse nada que fosse pior do que as coisas que você fez. E, já que você tirou de mim a minha mãe, não seria justo se eu odiasse sua mãe com todas as minhas forças?

Fui para o outro lado da caverna, peguei a espada e a apontei para Annika tão rápido que ela não teve tempo de se preparar. Mesmo assim, a mesma calma que a mãe tinha tido no momento da morte estava estampada em seu rosto. Eu a odiei ainda mais por isso.

— Você atacaria uma mulher desarmada? — ela perguntou, balançando a cabeça. — É o covarde que sempre imaginei.

Joguei a espada no canto e a encarei, aproximando meu rosto do dela.

— Não sou covarde! Você não tem ideia do que fiz para remover até a menor gota de covardia do corpo, e você... — Foi então que recuei, com um sorriso. Provavelmente, parecia que eu tinha perdido a cabeça. Minha sensação foi essa. — Acabei de perceber uma coisa — retomei, com um olhar louco. — Posso lhe contar tudo. Porque você tem razão: um de nós vai morrer. Se for você, nunca terá a oportunidade de revelar meus segredos... Se for eu, não estarei aqui para me importar se você me ridicularizar depois. Então é isso, majestade. Quer saber de tudo? Aqui vai.

Senti que todos os nós apertados que eu usava para me segurar haviam se desfeito por completo. E agora Annika ia receber toda aquela ira.

— Meu nariz não tem esse formato por acaso — eu disse, com o dedo apontado para ele. — Perdi a conta de quantas vezes o quebrei. Minha mãe, a quem tentei repetidamente amar, esteve presente em várias delas e nunca interveio. Provavelmente quebrei mais ossos do que consigo contar. Levei chutes na barriga, facadas, cortes, e tantos tapas na cara que já não sinto nada quando essas coisas acontecem. Como isto — eu disse, apontando para o meu olho. — Foi um presente de Kawan hoje mesmo, de manhã. Ele é o único que ainda se arrisca. Porque as pessoas sempre vêm para cima quando pensam que você é o mais fraco. Mas sabe como fazer com que parem de te diminuir? Alguma ideia?

Annika balançou a cabeça, com uma justificada expressão de medo.

— Elas têm que te temer. — As palavras escorreram dos meus lábios. — Mate um punhado de gente. Mate mais. Quando aparecer a oportunidade de matar alguém importante, não hesite. Quando alguém desobedecer uma ordem. Quando alguém te olhar do jeito errado. Quando não estiver fazendo sol. Quando estiver. Mate. Então os outros vão pensar duas vezes antes de cruzar o seu caminho. Esse é o segredo da sobrevivência.

— Garantir que não reste ninguém para te matar? — ela perguntou.

Balancei a cabeça.

— Garantir que as pessoas saibam que você não liga para elas nem para nada. Sabe quando a minha vida deu uma guinada? Quando melhorou? Um lobo solitário do nosso exército estava decidido a vingar a morte do meu pai. Ele resolveu sequestrar uma mulher e levá-la para o nosso calabouço. Mas — continuei — ninguém queria sujar as mãos com o sangue dela. Eu tinha apanhado tanto àquela altura. Tanto. Por que não provar que eu não era o fracote que eles achavam que eu era? Eu não a conhecia, então não me importava mesmo. Eles estavam com medo de fazer o necessário, e foi isso que eu fiz.

Annika não vacilou nem desviou o olhar.

— Minha mãe.

Confirmei com a cabeça e passei a falar com mais calma, porém ainda com força.

— Tirei a vida dela para salvar a minha. Conversei com ela por, talvez, vinte minutos, tentei arrancar alguma coisa útil dela. Como não consegui, peguei a espada e cortei sua cabeça, com tanta rapidez e destreza que ela não sentiu nada. E eu fui *elogiado* por isso — informei a Annika, batendo no peito com orgulho. — Ainda vivo do prestígio que ganhei naquele dia. Por isso, tenho uma grande dívida de gratidão com a sua mãe. Ela deixou a minha vida um pouco mais fácil. E se tivesse de fazer a mesma coisa para me livrar do inferno em que estava preso, eu faria. Ela me tirou de lá, e sou grato.

Eu me afastei de Annika e larguei o corpo no chão, me recostando na parede. Olhei para a chuva lá fora. Eu não podia fugir. Queria, mas não podia.

Annika ficou do outro lado da fogueira, sem se mover, enquanto eu bufava e reclamava e ardia. Quando nossos olhares finalmente se encontraram, vi as lágrimas silenciosas que escorriam dos seus olhos.

— Então acho que também posso ser grata.

Annika

— Pare — ele disse com raiva. — Não quero que tenha pena de mim.

— Eu não tenho pena — eu disse, e as lágrimas começaram a descer ainda mais rápido. — Mas te entendo.

Lennox assumiu uma expressão incrédula.

— Como você é cap...

Levantei a mão e ele se calou.

— Prometa que um de nós vai morrer.

Ele abanou a mão, quase desdenhando da ideia.

— É inevitável.

—Você *promete*?

— Prometo.

Acenei com a cabeça e o vi arregalar os olhos quando levantei a saia do vestido. Tinha jurado a mim mesma que ninguém além do médico, de Noemi e de meu marido veriam essas cicatrizes, mas Lennox não acreditaria se não mostrasse. Ele percorreu com um olhar horrorizado a minha perna... até chegar à parte de trás da minha coxa, e então seu rosto se encheu de incredulidade.

— Mas o que é isso?

— Cicatrizes — falei, como quem constata um fato, para em seguida voltar a me sentar encostada na parede perto do fogo.

— Quem? Como?

Ajeitei o vestido sobre os joelhos e disse a mim mesma para não chorar de novo. Ainda não.

— Meu pai está... diferente, desde o desaparecimento da minha mãe. Às vezes, é o homem firme, mas carinhoso, que conheci na infância. Outras, é uma criatura completamente diferente. Tem acessos de raiva causados pelo medo. Há anos que me mantém trancada a sete chaves e planeja a minha vida... — suspirei. — Sei que ele quer meu bem. Mas quando me disse que eu me casaria com Nickolas, não concordei. Na verdade, eu rejeitei por completo. Foi a primeira vez na vida que bati o pé por alguma coisa, e por isso acho que ele não sabia como reagir. Para ser justa, de início ele não ficou zangado. Veio com vários argumentos. Tentou me subornar. Fez promessas. E eu rejeitei tudo. Não é que eu não soubesse que deveríamos acabar juntos. As pessoas falavam isso desde que eu era criança. Casar-me com Nickolas era vantajoso para todos, e por isso eu tinha de aceitar. Mas não consegui. Começamos a discutir e meu pai me empurrou. Caí em cima de uma mesa de vidro e...

Fiz uma pausa e engoli em seco antes de retomar.

— Ele pareceu se arrepender, mas nunca me pediu desculpas. Passei duas semanas dormindo de bruços para me curar, escondida no quarto. No dia que saí, todos os planos para o casamento estavam sendo feitos para mim. Fiquei noiva naquela mesma noite.

Desviei o olhar para secar as lágrimas.

— Sei que foi acidente, e sei que ele criou essas regras por ter medo de me perder. Eu tento me lembrar disso quando acho que não sou capaz de perdoá-lo. Às vezes, me sinto mais triste do que brava. Apesar de ele ainda estar aqui, é como se os dois tivessem partido.

Por fim arrisquei lançar um olhar para Lennox. Ele parecia me fitar com pena. Continuei.

— Quando o médico estava tirando os cacos de vidro do meu corpo, disse que nada daquilo teria acontecido se eu tivesse obedecido. — Precisei de uma pausa para balançar a cabeça. — Fiquei com tanta raiva daquele médico. Quis matá-lo ali mesmo... Não que eu fosse capaz de fazê-lo, mas *pensei*. Queria machucar alguém para tornar a minha dor um pouco mais suportável. Por isso, acho que não posso julgar você.

Sequei as lágrimas que tinham rolado por minhas bochechas e meus lábios antes de concluir:

—Você não sabe o medo que tenho da minha noite de núpcias.

Como vou explicar essas marcas? Sou uma princesa. Não posso...
— Balancei a cabeça. — Espero que você não se importe, mas se eu sair daqui com vida, pretendo dizer que você me torturou.

Havia uma dor inegável em seus olhos, e ele falou com um tom de decepção.

— Com certeza ninguém vai duvidar de você.

— Verdade.

Por um momento, só havia o ruído da chuva e o estalar da fogueira. Lennox se sentou em outra posição, ficando um pouco mais perto de mim do que estava antes.

— Olha, depois que eu te matar, terei muito tempo livre. Se você me der uma lista, posso garantir que esse médico morra também. E Nickolas, se você quiser. Eu mesmo não o suporto.

Comentei com desdém.

— Você nem o conhece.

— Não importa.

E, das profundezas da minha dor, eu ri. Não um riso bonito ou luminoso, não a risadinha contida e senhoril de uma princesa. Foi um momento de esperança em meio à impossibilidade.

— Para começar, o médico perdeu o posto, então não sei onde ele está agora. Em segundo lugar, Nickolas é... chato, mas não merece morrer. E, em terceiro, não quero que você mate ninguém, Lennox. Quero que seja capaz de perdoar. É o que a minha mãe teria feito.

Numa voz tão baixa que eu não fazia ideia se tinha ouvido mesmo, ele disse:

— Eu sei.

Não estava preparada para perguntar como.

— Mas existem coisas piores do que matar, Annika. Você com certeza sabe disso.

Dei de ombros.

— Mas a morte é tão definitiva. Todos os sonhos, todas as ambições, todos os planos... tudo se vai. Você e eu, tivemos nossa dignidade roubada... — Precisei parar de falar. Aquela dor tornava difícil respirar. — Pelo menos por um tempo. Mas tirar a nossa esperança de uma vida melhor... O que poderia ser pior?

Ele pegou um graveto para cutucar a fogueira.

— Nossa esperança já não acabou? Pense. Se ganhar essa guerra, você fica com o reino e se casa com um homem a quem despreza, enquanto eu volto para as sombras. Se eu ganhar, seu país acaba. Você não terá para onde ir, e eu terei de encontrar um jeito de seguir Kawan, ou vou precisar acrescentar mais um nome na longa lista de mortes que trago nas minhas costas. Que esperança existe para nós no fim dessa história?

— Você deve ser muito divertido em banquetes — comentei, com a voz carregada de irritação.

Ele riu.

— Não temos muitos banquetes.

— Então qual é o sentido disso? — exclamei. — Por que se dar ao trabalho de recuperar algo que você acha ser seu se não sabe como comemorar?

— Primeiro, sem dúvida isso é nosso. Segundo, tenho meu próprio jeito de comemorar as coisas, boas ou ruins.

Cruzei os braços.

— Ótimo. Diga-me. Como você comemora?

Ele flexionou os ombros e respondeu.

— Um dia mostro a você, se nós dois sobrevivermos.

— Não. Um de nós tem de morrer. Só por isso estamos falando a verdade, lembra? Então, é morte ou nada.

Ele sorriu.

— Certo. Morte ou nada.

Suspirei, frustrada. Lennox era humano demais para que eu o odiasse. Na verdade, a conversa que deveria ter sido incômoda, dolorosa até, foi tão reconfortante que eu esperava que a chuva durasse mais algumas horas.

— Parece que ainda não posso te matar. Quer me contar mais algum segredo?

— Na verdade, eu tenho uma pergunta.

Ele bufou, mas ainda sorria.

— Lá vamos nós.

— Fale da sua namorada.

Seu sorriso vacilou.

— Eu disse que ela não é minha namorada.

— Mesmo assim. Como ela é? Além de ser muito boa em deixar as pessoas com o rosto parecendo que vai explodir.

Ele não prestou a menor atenção à minha piada. De ombros caídos, olhou para a caverna, como se as palavras que buscava pudessem estar ali ao lado das inscrições indecifráveis.

— Blythe é inteligente. E determinada. E sou grato por ela gostar de mim. Talvez seja literalmente a única pessoa no mundo que gosta. Por isso, não há nada de errado com ela, para ser honesto... É só que ela...

— Só faísca e nada de fogo?

Ele me encarou com olhos arregalados.

— Sim, é isso. — Ele voltou a se escorar na parede como se um peso enorme tivesse saído dos seus ombros. — Nunca soube expressar.

— Fico feliz em ajudar. Mas você vai voltar para ela se ainda estiver viva?

Ele suspirou.

— Acho que sim.

Soltei um risinho. Eu meio que gostava daquela garota. Fiquei me perguntando como seria um mundo em que ela e eu pudéssemos ser amigas. Mas esse mundo não existia.

— E você? Fale sobre Nickolas.

Botei a língua para fora como se fosse uma criança, e ele riu.

— Estou convencida de que ele gosta de mim, pelo menos de algum modo — eu disse a contragosto. — Mas olho para ele e não sinto nada — acrescentei. Não sentia nada. Não ouvia nada. — Ele parece não perceber como é insensível. E é sério demais.

— Bom, também sou sério — Lennox comentou.

— Não é a mesma coisa. Nickolas é... Bom, se Blythe é só

faísca e nada de fogo, Nickolas é a água que apaga qualquer fagulha que você queira fazer.

— E como ele acompanha o seu ritmo, então? — ele perguntou. — Você é só fogo.

Só fogo. Hmm.

— Ele não acompanha. Ou fica na minha frente como uma muralha, tentando me prender, ou bem atrás, tentando me pegar. Nunca estivemos juntos mesmo... e isso me deixa arrasada.

Pronto. Falei.

— Bom, então receio que esteja decidido — Lennox disse num tom formal. — Ele passará para o topo da minha lista de mortes.

Olhei para ele com cara feia.

— Não. Nada de lista de mortes.

— Mas é só o que me resta — ele respondeu, claramente de brincadeira.

— Besteira. Você precisa de uma coisa muito mais relaxante na vida. Meu irmão faz bordado. Isso talvez te ajudasse.

Lennox começou a rir. Uma risada cautelosa, mas ainda assim uma risada.

— Bordado? Você está brincando!

— De jeito nenhum!

— Bordado! — ele riu.

Depois disso, Lennox ficou em silêncio e nos sentamos um ao lado do outro, observando a fogueira. Eu não conseguia deixar de reparar em como ele estava perto de mim. E, talvez por tolice, não conseguia ter medo.

Lennox

— Você acha que já é amanhã? — eu disse, balançando a cabeça.
— Enfim, você sabe o que quero dizer.
Annika sorriu.
— Acho que já é amanhã. No mínimo já passamos da meia-noite, não acha?
Suspirei, chateado.
— Então já é Matraleit.
— Matraleit?
— Um feriado. Do meu povo.
— Ah — Annika desviou o olhar, quase como se sentisse culpa.
— E o que vocês comemoram?
— O primeiro casamento — respondi, com um sorriso triste.
— A história é que nosso povo veio do primeiro homem e da primeira mulher que existiram sobre a terra. Eles surgiram em lugares diferentes e caminharam sozinhos pelo mundo. Quando se encontraram, não tiveram medo nem tremeram. Eles se apaixonaram e se casaram no topo de uma rocha tão perfeita e redonda que parecia um sol de pedra nascendo do chão. Todo o nosso povo descende deles.
— E como vocês comemoram?
Soltei um suspiro e pensei na pulseira de Blythe.
— Tudo gira em torno dos nós e dos laços que atam o amor e as famílias. Por isso as pessoas fazem pulseiras e entregam a quem amam. E essas pulseiras precisam ser trançadas à mão — eu disse, virando-me para Annika para enfatizar esse ponto. — Se for esculpida em madeira ou feita só com um nó, é sinal de má sorte. Quando você ganha uma pulseira não trançada de Matraleit, precisa largar na mesma hora!

Ela riu.

— Entendi. O que mais? — ela perguntou depois de juntar os joelhos e apoiar neles os braços, me olhando de fato com curiosidade.

Eu sorri para responder.

— Comemos comidas típicas. E organizamos uma dança — comecei. — Uma dança especial para os casais.

— É mesmo?

Confirmei com a cabeça, ainda sorrindo.

— Dizem que costumávamos ir até a rocha onde eles tinham se encontrado, e os casais dançavam em torno da pedra, lembrando o primeiro casal e olhando para o futuro.

— É muito bonito — ela disse, como se ansiasse por participar. Apenas a observei olhar a caverna. — Como é provável que eu te mate... — ela começou, contente.

Ri na hora do seu tom jovial.

— Continue, continue. Você vai me matar e...?

— Talvez você devesse comemorar pela última vez. Se eu prometer não mostrar a ninguém, você me ensina a dança?

Não era assim que tinha imaginado passar nosso tempo, mas não havia coisa melhor a fazer.

— Com certeza — me levantei e bati a terra das calças. Annika fez o mesmo do outro lado da fogueira. — Nós ficamos um de frente para o outro e nos curvamos.

— Se isso foi um truque para me fazer me curvar para você, eu te mato agora mesmo — ela avisou.

— Não, não — garanti com um sorriso. — É verdade. Depois você faz uma concha com a mão direita e cobre a orelha do parceiro.

Coloquei a mão na lateral da cabeça dela, e ela fez o mesmo na minha. Estávamos tão perto. Seria muito fácil acabar com a vida dela e me livrar disso. Eu só não estava pronto.

— Muito bem — comentei. — Agora dê três passos em círculo para a esquerda. Certo, agora troque de mão e volte para a direita.

— Estou fazendo certo? — ela perguntou com os olhos nos meus. Havia tanta confiança neles.

— Está. Agora, um passo para trás, para que o seu pulso encoste no meu. Isso. Agora dê mais voltas.

— Estou ficando tonta.

— Essa é a ideia. É para fazer um nó, unir, lembra? Agora, nessa posição, passe a outra mão de um jeito que os nossos braços fiquem enlaçados. Assim. Aí eu te giro para desfazer o nó.

Ensaiamos os passos algumas vezes, e fiquei surpreso ao notar que ela não tinha problema em me tocar. Não recuou com a minha proximidade nem fez nenhum comentário sobre as minhas mãos calejadas. Apenas me segurava enquanto eu a conduzia.

— Certo — instruí. — Dum, da, da, da, dum, vira, dum, da, da, da, dum, e pisa.

Vi como ela pegou o ritmo rápido e como sorria enquanto dançava, mesmo que eu estivesse acelerando o passo cada vez mais. Não era à toa que era tão rápida com a espada.

Continuamos por mais um tempo, até que ela errou um giro e caiu com tudo no meu pé.

— Ops! — exclamei, já me abaixando para ajudar.

— Desculpe! — ela respondeu, rindo.

E aquilo foi tão inocente, tão ridículo considerando a nossa situação, que eu também ri. Ri de uma maneira que não fazia havia anos, de doer a barriga e fechar os olhos. Ri porque ninguém nunca saberia. Ri porque, naquela caverna, me sentia livre.

Quando me levantei, secando as lágrimas do rosto, notei que Annika tinha um ar de quem havia visto estrelas cadentes.

— O que foi?

— Nada... Pensei ter ouvido alguma coisa. Não importa.

Fiz que sim. Seu rosto estava cheio de expectativa e esperança.

— Bom, tirando o final, você se saiu muito bem — elogiei.

Ela corou.

— Você é um bom professor — respondeu, se afastando para voltar à fogueira.

No silêncio, pensei muitas coisas. Alguém sabia. Alguém sabia o quão profunda era a minha dor, quão grande era a minha mágoa, o quão vasto era o meu arrependimento. E mesmo que boa parte disso estivesse atrelada a um momento que tinha destruído o mundo de Annika, ela parecia não me julgar. Pelo menos, não mais do que já tinha julgado.

Baixei os olhos para vê-la. Serena, passava um dedo no chão da caverna, como se tentasse descobrir um jeito de fazer arte a partir do nada. Não parecia nem um pouco nervosa por eu estar tão perto dela. E isso era outra coisa que me assustava: estar perto de alguém em silêncio e não me sentir totalmente constrangido.

Tínhamos estabelecido um silêncio confortável. De vez em quando alguém atiçava o fogo com um graveto. Eu não parava de me perguntar o que estaria se passando na cabeça dela. Por fim, ela suspirou e enfiou a mão na bolsinha que trazia em seu cinturão.

— Desisto — ela disse, e sacou algo que parecia ser um pedaço redondo de pão duro. Com muito cuidado, ela o puxou com os dedos até parti-lo ao meio. Em seguida, me ofereceu um pedaço.

— Comi um desses ainda em Kadier, então já aviso que é horrível. Bom apetite.

Rindo, olhei o biscoito e dei uma mordida.

— Argh! É seco demais — murmurei, com a boca cheia.

Ela riu:

— Eu sei. Acho que são feitos para durar bastante, mas não duvido que um punhado de terra seja mais saboroso. — Ela balançou a cabeça. — Eu me esforcei muito para estar pronta para qualquer coisa, mas não sabia que meu pai tinha planejado um ataque até estar no mar.

— Ele não te contou?

Annika apontou para o vestido branco todo sujo.

— Não.

Como aquele homem confiava pouco nela.

Limpei a garganta e comentei:

— Bom, do jeito que fui criado, a gente aprende a estar pronto para tudo. Por isso, não me surpreendi nem um pouco com os seus navios — menti.

Annika não desviou os olhos dos meus. Havia palavras naquele olhar, mas eu não sabia quais. Tentei adivinhar o que ela dizia, decifrar cada sílaba do seu silêncio. Mas algo ali estava fora do meu alcance, além do que eu podia entender.

— O quê? — perguntei, por fim.

Ela apenas balançou a cabeça.

Limpei a garganta.

— Quem te ensinou sobre as constelações? — ela perguntou, aparentemente desesperada para mudar de assunto, e em seguida enfiou o último pedaço de biscoito duro na boca e esfregou as mãos para limpá-las.

— Meu pai. Ele é responsável pelo pouco que sei de filosofia e religião. Minha mãe cuidou da caligrafia e da música — respondi, e em seguida dei de ombros. — Já não uso muito nada disso.

— Quando você parou?

Pensei um pouco antes de responder.

— Promete que um de nós vai morrer, certo?

— Sim! — ela respondeu, com um olhar bem mais malicioso do que eu esperava encontrar numa princesa.

— Certo — respondi, rindo baixinho.

Eu me virei para ficar de frente para ela, e ela fez o mesmo. Nossos joelhos estavam a milímetros de distância.

— Tudo parou quando Kawan nos encontrou.

Annika franziu levemente a testa.

— Encontrou vocês?

Acabei de comer o biscoito e respondi.

— Seu povo nunca ouviu falar de nós, certo?

Ela balançou a cabeça.

— Sempre escutei que existiam seis clãs, e que eles tinham se unido ao nosso e que nós havíamos liderado a guerra contra Kialand. Quando ganhamos, demos ao país um novo nome para unificar todos os povos. E, desde então, vivemos em prosperidade e paz.

— Fomos mesmo apagados — suspirei. — O povo dahrainiano passou gerações espalhado pelo mundo. Kawan começou a seguir boatos em busca de nomes para tentar unificar o máximo de descendentes possível. Eu não sabia, mas o sobrenome do meu pai era um dos poucos que eram famosos de verdade na nossa história. Kawan ficou muito feliz ao nos encontrar. Foi ele também quem descobriu o Castelo Vosino, que estava abandonado fazia muito tempo. Ainda me lembro do cheiro que encontramos ao chegar. Começamos a treinar e a planejar para um dia reconquistar o que era nosso. Uma vez, ao me colocar para dormir, meu pai disse que um dia eu iria dormir onde o nosso povo sempre tinha dormido — falei, para em seguida engolir em seco e olhar para o chão. — Mas, na verdade, eu nunca vi esse lugar.

Depois de uma pausa para sentir o peso dessa dor, limpei a garganta e continuei a história.

— Mais ou menos um ano depois, algumas pessoas começaram a chegar em busca de um lugar para se estabelecer. Após várias safras ruins, mais pessoas se arriscaram pelas terras de ninguém, apenas para descobrir que aquele território agora era nosso. Gente faminta, iletrada... de que ninguém parecia sentir falta. Nós os acolhemos. Alimentamos, vestimos, ensinamos. A maior parte do nosso exército é constituída por pessoas que foram rejeitadas por seus países.

Ela pensou um pouco nas minhas palavras e disse.

— Gosto da ideia de acolher quem sente que não tem um lar. Se seu objetivo não fosse se mudar para a minha casa, eu até admiraria isso.

Percebi que não tinha resposta para aquilo e mudei de assunto.

— E você? Quem te ensinou sobre as estrelas?

— Ah, eu mesma — ela respondeu, com um sorriso. — Passo muito tempo na biblioteca aprendendo sobre as coisas que tenho vontade de saber. Foi assim que aprendi o nome das estrelas. E o único motivo para eu saber usar uma pederneira. E foi assim que comecei a usar uma espada, mas Escalus descobriu e passou a me dar algumas aulas — ela então desviou o olhar, meio envergonhada. — Até que um dia eu o cortei sem querer. Aí meu pai descobriu e acabou com a história.

Abri um sorriso.

— Mas você não parou.

Ela balançou a cabeça, ainda rindo.

— Escalus treina comigo algumas vezes por semana, e guardo a espada escondida debaixo da cama, encaixada nuns suportes que eu mesma preguei no estrado.

Cada palavra dela era como esfregar os olhos depois de uma noite longa e observar o mundo entrar em foco.

—Você é a princesa mais bizarra que já vi.

Ela riu.

— E você conhece mais de uma princesa?

— Não — admiti. — Mas nunca ouvi falar de outra que desobedece ordens diretas, estuda o que quer e, depois, só por diversão, também sabe abrir cadeados sem chave.

— Ah, eu tenho de agradecer Rhett por essa habilidade.

Não consegui entender por quê, mas meu sorriso desapareceu.

— Quem é Rhett?

— É o bibliotecário. Mas eu o conheci quando ele ainda trabalhava como ajudante no estábulo. Minha mãe queria que eu tivesse diversos amigos, e talvez por isso eu considere Noemi mais como uma irmã do que como uma criada. Enfim, o fato é que Rhett me ensinou muita coisa. E me sinto responsável por ele.

Ela fez uma cara de quem tinha acabado de perceber uma coisa.

—Vocês são próximos?

Ela fez que sim.

— De certa forma. É como… você. Você está numa posição que afasta as pessoas porque elas pressupõem certas coisas. Mas, no meu caso, todo mundo quer se aproximar de mim, também porque supõem certas coisas. E Rhett não liga para nada disso.

Fazia sentido. Se todo mundo queria se aproximar dela por causa da coroa, ela obviamente gostaria de quem a quisesse apesar disso.

— Você acha que dá para beber essa água? — ela perguntou, apontando para a chuva.

— Em geral não tem problema beber água corrente.

— Ótimo — ela se levantou de um salto e foi até a entrada da caverna. Depois, olhou por cima do ombro e perguntou, como se ordenasse: — Você vem?

Ela era mesmo da realeza, não?

— Sim, alteza.

Ela fez uma concha com as mãos, e a força da chuva era tanta que a empurrava para baixo ao tentar coletar a água. Também estendi as mãos para pegar água, mas a chuva era tão pesada que nem eu aguentava.

— Aqui — eu disse, ao colocar minhas mãos sob as delas. Foi o bastante para dar firmeza para que elas se enchessem de água. Annika se deteve por um momento para observar nossas mãos juntas. As dela eram praticamente engolidas pelas minhas. Depois, ela as levou aos lábios e bebeu a água da maneira mais maravilhosa e menos nobre possível. Quando terminou, molhou as mãos mais uma vez para esfregá-las no rosto.

— Como estou? — perguntou.

Esperançosa. Desleixada. Ainda mais bonita do que a sua mãe.

— Mais ou menos igual.

Ela abriu um sorriso e deu de ombros. Quando terminou, colocou as mãos sob as minhas sem dizer uma palavra e as conduziu até a chuva, para que eu pudesse beber. Annika não era muito forte, mas nossas mãos juntas faziam mais do que separadas. Estranhei ser tocado de forma tão casual, mas pela primeira vez isso não me incomodou. Na verdade, foi bom.

Annika puxou nossas mãos para dentro da caverna e eu bebi, o que fez com que me sentisse muito melhor. Segui o exemplo dela e esfreguei a mão molhada no rosto.

Ela já não prestava mais atenção em mim; voltou para perto da fogueira e começou a aquecer as mãos. Ela deu alguns passos para frente e depois mais três para a esquerda, mantendo a mão no ar, como se estivesse tocando a bochecha de um parceiro. Eu fiquei apenas assistindo enquanto ela ensaiava a dança que eu tinha ensinado a ela, movendo-se na caverna como se fosse um salão de festas, com um sorriso discreto nos lábios.

    E eu pensei comigo mesmo que talvez não houvesse no mundo nada mais perigoso do que aquela garota.

Annika

Disse a mim mesma que o som que tinha ouvido era da chuva. Que algo tinha acertado a montanha, que uma árvore tinha caído ou qualquer outra coisa. Considerando nossa situação, faria todo sentido. Mas a cada vez que Lennox sorria, ou me tocava, ou mesmo quando me olhava de um jeito, eu escutava de novo.

O som de mil batidas do coração.

Ao eco desse som, eu podia ouvir tantas outras coisas com mais nitidez. Ouvia o meu amor por meu irmão, tão puro e esperançoso, e até o amor por meu pai, partido e lento, mas ainda presente. Ouvia meu amor por Noemi, com sua doçura penetrante e contínua. E meu amor por Rhett, suave, mas que continha também um quê de obrigação, o que me surpreendeu.

Porém, mais alto do que tudo isso, ouvi a certeza dolorosa de que enfim tinha encontrado o amor sobre o qual havia lido em centenas de livros, o peso esmagador e implacável do amor verdadeiro. E ele estava vinculado à única pessoa com quem eu nunca poderia vivê-lo.

Engoli em seco.

— Preciso contar uma coisa — comecei, voltando a brincar com o buraco no meu vestido. — Mas não sei se você vai querer ouvir.

Ele se inclinou para a frente para que eu visse seu rosto.

— A esta altura, acho que nós dois já não conseguimos mais guardar segredos. Além disso, ainda pretendo matá-la, então é melhor contar enquanto pode.

Ele abriu um sorriso hesitante, e eu fiz o mesmo. Olhei para aqueles olhos. Esse não era o rosto de um assassino.

— Depois da nossa conversa no calabouço, fiquei curiosa. Então, fui para a biblioteca e peguei os registros do julgamento do seu pai.

— O quê? — Ele me segurou e me virou para que eu pudesse encará-lo. — Existem registros?

Confirmei com a cabeça.

— Foi bem curto. Mas posso não falar nada se você não quiser ouvir.

— Não! Por favor, conte. O que diz lá? O que aconteceu?

Senti meu corpo tremer de medo com o resultado dessa revelação.

— As anotações indicam que ele ficou calmo durante o julgamento. Não revelou a idade nem que tinha uma família. Acho que estava tentando manter vocês em segredo para protegê-los.

Lennox olhou para o chão.

— Quer que eu pare?

Ele engoliu em seco.

— Não, eu quero ouvir.

— Ele também disse: "Nós não temos sobrenomes". Por isso o chamaram de Jago, o solitário.

Lennox começou a mexer na barra do meu vestido.

— É verdade. Paramos de usar sobrenomes para manter a unidade. Se uma pessoa chega ao acampamento e já existe alguém com o mesmo nome, ela passa a usar outro. Não existem dois nomes iguais em Vosino.

— Ah — eu não sabia o que dizer sobre isso. — Ele… ele se declarou culpado de tentar assassinar meu pai. O júri queria que fosse enforcado, arrastado e esquartejado.

A mão de Lennox apertou ainda mais a barra do meu vestido. Eu podia sentir que era pela angústia, que não me machucaria.

— A transcrição também diz que meu pai interveio para que fosse decapitado rápido.

Os lábios dele tremeram ao ouvir isso.

— Sinto muito… Isso é tudo que sei.

Lennox fez que sim e respirou fundo por uns instantes antes de falar.

— Kawan gosta de nos enviar em Comissões para testar a nossa lealdade à causa. Ir até o palácio foi a Comissão do meu pai. Não sei por que ele foi tão longe. Não era nada do feitio dele. Tenho muitas perguntas que não posso fazer a Kawan nem ao meu pai. Acho... Acho que nunca vou saber — ele disse, para depois engolir em seco e olhar de novo para mim.

— Seu pai mudou mesmo a sentença?

— Meu pai pronunciou as palavras, mas parece que a sugestão foi da minha mãe.

Os lábios de Lennox tremeram.

— Ele quase levou o marido dela, e mesmo assim...

Eu esperava dar paz a Lennox; era o único presente que poderia lhe dar. Em breve, a chuva pararia, nós sairíamos dali, e tudo voltaria ao caos. Antes que tudo acabasse, queria que ele tivesse isso.

— Menti para você — ele balbuciou.

— Como?

— Eu não faria tudo de novo. Se tivesse outra oportunidade, eu a soltaria. — Ele me olhou. — Sua mãe... ela olhou para mim e disse: "Você é só uma criança. Não devia ter de carregar o peso disso pelo resto da vida. Peça para outra pessoa vir". Eu... Eu esperava que ela implorasse pela própria vida, mas em vez disso ela implorou pela minha. Ela sabia o que ia acontecer, e dava para ver que estava triste. Ainda assim, no final, só pensou em me salvar.

Ele começou a respirar rápido, tomando ar de um jeito cortante e dolorido, mas prosseguiu:

— Eu nem sabia o nome dela, e ela se recusou a nos dar qualquer informação que pudesse tornar mais fácil fazer mal a vocês. Chorou e lamentou, mas não cedeu. Annika, você é tão parecida com ela.

Eu já tinha ouvido essas palavras mil vezes. Nunca acreditei tanto nelas como agora.

— Eu me aproximei... — nesse momento, ele precisou parar para secar as lágrimas do rosto vermelho —, fiz com que ficasse de joelhos, porque na época eu tinha a altura dela. Ela não lutou. Então, disse: "Oh, Escalus, oh, Annika". Foram suas últimas palavras. Pensei que estivesse rezando numa língua que eu não conhecia.

E foi então que comecei a chorar também. Aquilo era tudo que eu saberia, tudo que tinha restado para contar. Agora, eu simplesmente seria grata por ela ter me amado até o último suspiro.

— Quero que você saiba que foi rápido — Lennox acrescentou. — Ela não sentiu nada, e eu manejei seu corpo com cuidado. E quero que você saiba... — ele já gritava, se desfazendo em lágrimas — que eu sinto muito. Sinto muito, muito. Tenho de carregar esse peso para sempre, como ela falou. E mereço... Mas, mesmo assim, você precisa saber, ainda que ninguém mais possa, que eu me arrependo todos os dias. Eu não faria aquilo de novo, Annika. Mesmo que por conta disso eu tivesse que passar o resto da vida num inferno diferente, eu não faria. E preciso que você saiba disso. Eu sinto muito.

Ele enterrou o rosto nas mãos, e vi claramente como aquilo o tinha destruído. Ele tinha feito uma piada antes sobre viver amaldiçoado. Mas ele de fato vivia assim.

Então, ficou fácil: ver o melhor da minha mãe em mim e dar a Lennox o que ele mais precisava.

Toquei sua bochecha, esperando que ele fosse se afastar. Ele não o fez. Esperei, com minha mão ali, ele secar as lágrimas, aparentemente com vergonha delas, embora não precisasse ter. Ele tinha sido forçado a guardar aquilo dentro de si, sozinho, por anos.

— Lennox, Lennox, olhe para mim. Por favor.

Ele parou um instante para recuperar o fôlego. Por fim, levantou a cabeça, e seus olhos azuis brilhantes estavam contornados de vermelho. Imaginei que os meus estavam com a mesma aparência pesada.

— Eu te perdoo. Totalmente. De livre e espontânea vontade. Perdoo.

Ele ficou imóvel, olhando nos meus olhos por um longo tempo. Ah, eu estava enrolada da pior maneira possível, não estava?

— Menti outra vez — ele murmurou com um olhar amplo e claro. — Não vou te matar. Nem nunca quis, não importa o que seu povo fez ao meu. Não importa o que aconteceu com o meu pai. Estou cansado de matar, Annika.

Balancei a cabeça.

— Nossa. Você conseguiu. Acabaram os seus segredos.

Ele sorriu.

— É um preço justo a pagar. Mas não precisa se preocupar. Não vou contar a ninguém o que você disse.

— Obrigada — respondi, enfim baixando a mão.

Ele se sentou mais ereto e jogou o cabelo para trás.

— E você? Ainda vai me matar?

Olhei para aquele garoto, que contra a minha vontade tinha dado um jeito de ocupar por completo o meu coração, e suspirei.

— Ah, é que dá muito trabalho.

Ele sorriu e se virou para o fogo. Seu braço roçava o meu.

— Concordo. É só trabalho.

— Princesa não trabalha. Pelo menos não desse jeito.

Ouvi sua respiração desacelerar e por fim se estabilizar. Consegui até sentir seus ombros relaxarem aliviados ao lado dos meus. Contar todos aqueles segredos deve ter sido um pouco agridoce.

Olhei para a frente, mas sentia os olhos dele em mim. E me perguntei o que ele via ao me olhar.

Não importava. Assim como Lennox, eu tinha perguntas que jamais poderia fazer.

Lennox

Pela primeira vez em anos, senti meus pulmões expandirem até o máximo da capacidade. Senti os ombros mais leves. Até as cores da caverna tinham mudado. Eu era um novo homem.

Annika jogou o cabelo por cima do ombro e começou a mexer nas pontas do mesmo modo que eu fazia com a mecha que tinha escondida no meu quarto. Eu me perguntei se ela ficaria irritada ao saber que eu tinha guardado.

— Então, o que me diz? — ela perguntou, de repente. — Duas da manhã? Três?

Concordei.

— Acho que sim.

— Quanto tempo mais é possível isso durar?

— Sinceramente, não sei. Com a chuva e o vento, ainda não é seguro sair. Se alguém estiver lá fora, espero que tenha encontrado abrigo.

— Sob circunstâncias normais, eu diria que Escalus conseguiria dar um jeito. Ele é muito inteligente. Mas ferido como estava...

Engoli em seco, sem saber o que falar.

— Tenho certeza de que seu irmão está vivo. Se ele tiver metade da sua persistência, uma coisa tão trivial como uma flecha não vai acabar com ele.

— Espero que tenha razão. E espero que seus amigos estejam vivos.

Assenti com a cabeça.

— Também espero. — E acrescentei depois de um tempo: — Devo esperar que o querido Nickolas esteja bem? Você sofreria menos se ele não estiver?

Ela suspirou.

— Ele precisa estar vivo. Nosso casamento reforça a linhagem da família, consolida o poder e mantém a monarquia. Talvez eu não devesse ter confessado isso — ela disse com um suspiro e um sorriso. — Mas é verdade.

— Então você vai se casar com ele mesmo sem amor?

— Preciso — ela respondeu com um certo amargor na voz.

Foi então que percebi que estava prestes a querer algo que não poderia ter. Eu queria Annika.

Eu a queria para mim. Queria que me olhasse e, apesar de todas as coisas horríveis que eu tinha feito, queria que ela visse em mim alguém com quem gostaria de estar. Na mesma hora entendi meu vago desprezo por Nickolas. Ele não queria estar ao lado dela de cabeça erguida, não queria merecê-la. Mas eu sim.

— Posso perguntar uma coisa que pode ser totalmente indelicada? — arrisquei.

— Não sei. Como nós dois podemos sair daqui vivos, estou com medo de falar a verdade agora — ela respondeu, mas com um leve sorriso no rosto.

— Posso perguntar mesmo assim?

Ela assentiu com a cabeça.

— Você já se apaixonou?

Ela me lançou um olhar e depois virou o rosto, e notei com alegria as suas bochechas coradas.

— A maior parte do que sei sobre o amor aprendi nas páginas dos livros. Mas acho que pode ter acontecido uma vez — ela confessou.

Senti todas as minhas esperanças ruírem. "Pode ter acontecido uma vez" soou muito distante.

— Eu tinha dez anos — ela começou, com um sorriso crescente no rosto. — Minha mãe e eu estávamos numa viagem. Saímos um pouco do caminho e passamos por uma pequena casa no interior. Uma mulher batia o tapete no varal, e o marido estava na porta da casa limpando as mãos num pano. E o filho deles... estava sentado na escada lendo um livro. Nós nos aproximamos, e minha mãe pediu informações, mas eu não conseguia tirar os olhos do filho. Um pouco antes de sairmos, ele se levantou com um pulo, correu até uma cesta e nos ofereceu duas maçãs. Uma para mim e outra para a minha mãe. Ele entregou a minha e nossos dedos se tocaram. Ele disse: "Você é a garota mais bonita que já vi" — Annika contou, rindo consigo mesma ao lembrar.

Mas eu escutava um barulho alto nos meus ouvidos, as batidas do meu coração, uma após a outra.

— O pai dele disse: "Filho, você não pode dizer coisas assim para quem você não conhece". Mas eu olhei para ele e falei: "Como é...".

— "... verdade, ele pode dizer quantas vezes quiser" — completei.

Annika me encarou surpresa, com razão. Eu mesmo quase não acreditava.

— Lennox... Como...?

—Você sabe como.

Ela fixou os olhos marejados em mim, atônita.

— Você é o menino da maçã? Conto essa história sobre você desde esse dia.

— E você é a menina do cavalo. Guardo esse segredo comigo desde esse dia.

Com os olhos ainda brilhando de lágrimas, ela sorriu e balançou a cabeça.

— Então aquele era o seu pai — ela disse com doçura. — Não lembro muito do rosto dele, mas lembro do sorriso. Ficou marcado na minha memória.

— Isso quer dizer que eu também conheci a sua mãe. Não me lembro de nada sobre ela naquele dia. Acho que estava concentrado demais em você.

Eu tinha certeza de que estava corando. Só esperava que Annika não notasse.

— Foram apenas, não sei, alguns minutos? Mas nunca me esqueci do que você me fez sentir naquele dia.

Balancei a cabeça.

— Eu devia ter percebido que você era da realeza. Quem mais responderia daquele jeito?

Ela riu.

— Eu sei, eu sei. Espero ter ganhado um pouco de humildade ao longo dos anos.

— Ganhou — eu confirmei. — Sem dúvida ainda tem todo o ar real — disse, para depois balbuciar uma confissão: — E toda a beleza.

Ela apertou os lábios, como se não quisesse sorrir. Eu estava perdendo a batalha.

Queria dizer a ela que aquilo significava algo. Que se a única vez em que ela havia se apaixonado tinha sido por mim, ela devia me dar uma chance agora. Queria implorar a ela.

Foi então que o chão começou a tremer.

Annika

— O que é isso? — perguntei, assustada.
Lennox ficou uns segundos com as mãos espalmadas no chão da caverna:
— Terremoto — ele disse. — Levante-se.
Corri com ele até a entrada da caverna e soltei um gemido quando o chão se inclinou sob meus pés.
Lennox me pegou e me levantou, e em seguida disse, com um olhar alucinado:
— Se isso continuar por muito tempo, a montanha pode se romper. Podemos ficar presos aqui. Precisamos correr.
— Correr para onde?
Ele apontou para fora:
— Lembra-se daquele grupo de árvores? Vamos ficar ao lado da mais próxima e rezar para ela não cair. Segure minha mão e não solte. Ouviu, Annika?
Fiz que sim, o olhar fixo na árvore.
— É possível — balbuciei.
Lennox me conduziu, e quando chegamos ele me colocou entre seu corpo e o tronco. Olhei para trás e só consegui ver a caverna por causa do vago brilho da nossa fogueira.
Os olhos dele seguiam rápido de um lado para outro, viam todo o nosso entorno, olhavam para cima. O chão ainda se movia, e eu separei os pés, usando uma mão para me agarrar à árvore e a outra para segurar Lennox. Mantive os olhos fixos no nosso abrigo, na esperança de que pudéssemos voltar para ele. Não íamos sobreviver ali.
— Lennox! — gritei, apontando para a caverna quando uma torrente de pedras rolou montanha abaixo e tapou a maior parte

da entrada. Eu ainda enxergava o brilho da fogueira, mas não sabia dizer se era verdade ou se era só esperança minha.

Lennox me puxou para a esquerda com uma mão firme. Senti outro tremor e uma das árvores próximas caiu a poucos centímetros de onde estávamos. Olhei espantada para o ponto onde havia tombado, percebendo que eu teria quebrado uma perna ou coisa pior se ele não tivesse me puxado. Quantas vezes Lennox já tinha me salvado? O olhar dele continuava à procura de perigos, enquanto eu prestava atenção para ver se a caverna ainda estava aberta.

O chão tremeu com um pouco mais de violência. Lennox perdeu o equilíbrio e caiu em cima de mim. Aproveitei para segurá-lo com firmeza. Queria que soubesse que ele tinha a mim, assim como eu tinha a ele.

Essa chacoalhada parece ter sido o *grand finale* de um espetáculo totalmente perturbador, e a terra parou de se mover sob meus pés.

Lennox me manteve em seus braços, e eu o mantive nos meus, ambos imóveis por um pouco mais de tempo. Eu havia perdido o fôlego de medo e alívio. Era o fim, e de alguma forma nós ainda estávamos vivos.

Ele baixou os olhos para encontrar os meus, enquanto gotas de água escorriam de seu cabelo bagunçado num fluxo contínuo. Ele apertou o peito contra o meu, e senti que seu coração batia loucamente. Ele engoliu em seco e olhou para trás.

— Está lá — falei, apontando a caverna. — Acho que podemos entrar de novo.

—Você consegue enxergar melhor do que eu — ele disse. — Pode nos guiar.

Tomei a mão dele e nos levei de volta à caverna. O chão estava coberto por galhos de árvores, que precisávamos saltar, e pedras, de que precisávamos nos esquivar. A chuva tinha deixado o chão mole demais. Fomos avançando com dificuldade até ficar de novo em segurança.

A entrada da caverna tinha sido reduzida a uma fração do que era antes, e nós tivemos de entrar de lado, nos espremendo. Procuramos por rachaduras na pedra e outros sinais de que nosso porto seguro pudesse desmoronar. Eu não era uma especialista, mas o abrigo me parecia intacto.

Lennox me impediu de ir mais para o fundo.

— Tire as roupas molhadas aqui, pois não podemos encharcar o chão. Precisamos de um lugar seco para dormir ou ficaremos doentes, além de com fome.

Ele começou a tirar as botas, e pequenas poças de água se formaram embaixo delas. Pensei que tiraria a seguir as meias pretas, mas ele puxou a camisa por cima da cabeça e a tirou. Num movimento rápido, ele a estendeu da melhor maneira possível sobre uma pedra que bloqueava a entrada. Fiquei horrorizada ao ver o mapa de cicatrizes desenhado em seu corpo.

— Não é hora de ficar tímida — ele comentou ao ver que eu não me mexia. — Além disso, não vai ser a primeira vez que te verei só de combinação — sua voz tinha um tom de brincadeira, mas eu era incapaz de rir.

Bufando, ele se aproximou e começou a desfazer os laços que prendiam a parte da frente do meu vestido.

— Isso chama estado de choque — ele disse baixinho. — Acontece quando você tem uma experiência assustadora, e sua mente não sabe o que fazer. Você está bem. Vamos descansar e você vai se sentir melhor.

Balancei a cabeça, incapaz de fazer muito mais.

— Não é isso — sussurrei. As mãos dele não paravam de trabalhar: desfaziam os laços com cuidado para não me tocar além do necessário.

— Então o que é? — ele perguntou. Não estava irritado nem incomodado. Só curioso.

Apontei para o peito dele, e ele baixou os olhos para ver.

— Ah — ele retirou as mãos, assumindo de repente uma expressão constrangida. — Já me acostumei. Imagino que possa ser... chocante para os outros — ele falou, para em seguida dar um passo para trás. — Desamarre o resto da sua roupa.

Eu obedeci e soltei o vestido.

— As botas — ele ordenou, e eu levantei uma perna de cada vez para que ele pudesse puxá-las, segurando com uma mão minha panturrilha. — Sua combinação está praticamente seca, assim como suas meias, então pode ficar com elas.

Tirei o vestido só com um movimento de ombros e o estendi sobre uma das pedras grandes, como ele tinha feito.

— Precisamos de uma fogueira maior que dure o resto da noite. E precisamos nos sentar perto um do outro. Você pode ficar com a minha capa. Venha — ele insistiu, me pegando pelo braço. — Você está completamente em choque agora. Sente-se.

Ele me colocou diante do fogo e me cobriu com sua capa, enquanto eu permanecia imóvel e atônita.

Se as pessoas ficavam em estado de choque ao ter a cabeça e o coração invadidos por muitas coisas ao mesmo tempo, então sem dúvida era o meu caso. Eu amava Lennox. Tinha certeza agora. Eu o olhava em transe enquanto ele circulava rápido pela caverna à procura de combustível para a fogueira. Quando a chama já parecia firme, ele juntou ao nosso lado mais alguns gravetos e algumas folhas para jogarmos nela e se sentou, embora não tão perto como antes.

— Se você quiser, posso vestir a camisa de novo. Não quero te deixar desconfortável.

— Não é isso — falei, reunindo forças para encará-lo. — É que... — Levantei a mão e apontei para uma marca diagonal comprida em seu peito. — Eu que fiz a maior cicatriz.

Ele a observou.

— Como você acha que me sinto? — perguntou, atraindo meu olhar de volta para o seu rosto. Então passou com delicadeza o dedo sobre a cicatriz no meu braço esquerdo, que ele mesmo tinha deixado quando respondeu aos meus ataques.

Suspirei.

— Isso não me incomoda. Por mais assustadora que tenha sido na época, me faz lembrar que tive ao menos uma aventura na vida.

— E a minha não me incomoda nem um pouco — ele confessou, olhando para a marca. — É tudo o que me liga a você.

Mil batidas do coração.

O que... o que ele queria dizer com isso?

— Bom — ele acrescentou, tímido —, não é a única coisa que eu tenho. Eu... er... guardo a mecha que cortei do seu cabelo. Às vezes, quando estou mal, enrosco o dedo nela. Assim.

Ele tomou uma ponta do meu cabelo ainda encharcado e mostrou como enlaçava os dedos na mecha.

Dez mil batidas do coração.

— Eu guardei sua capa — confessei com um sussurro. Ele levantou a cabeça, surpreso. — Uso de cobertor à noite. Cheira a mar, como você.

— Seu cabelo cheira a água de rosas — ele disse com suavidade. Observei aqueles olhos azuis como o céu limpo descerem até meus lábios e depois subirem de novo, num pedido sem palavras. Ele se aproximou mais: — Você tem medo de mim?

Balancei a cabeça, e os narizes se tocaram.

— Não.

— Nunca beijei ninguém — ele sussurrou. — Tenho um pouco de medo de você.

— Que sorte a nossa você ser muito corajoso.

Os lábios dele tocaram os meus.

E o som foi ensurdecedor.

Ele colocou a mão na minha nuca, me segurando com cuidado, e eu apoiei a mão sobre seu peito, sem dúvida tocando a cicatriz que eu mesma tinha deixado ali. A pele dele estava fria, como a minha, mas eu podia sentir o calor do beijo.

Quando nos afastamos, olhei dentro de seus olhos e vi uma pessoa nova.

E, pela primeira vez desde que entramos na caverna, senti medo de verdade.

Uma coisa era eu amá-lo em silêncio — ir para casa me sentindo vazia, com nada além da dor da ausência. Outra, completamente distinta, era obrigá-lo a fazer o mesmo. E eu tinha pavor do que seria quando essa hora chegasse.

Lennox

A TERRA TINHA SE REAJUSTADO, centralizada em um novo eixo. Annika era o coração do meu mundo. Aparentemente, sempre tinha sido.

Sem hesitar, ela se sentou entre minhas pernas e puxou a capa para cobrir nós dois.

Aninhada em mim, ela afastou o cabelo para não me molhar, e eu a envolvi em meus braços. Era tão fácil. Agora eu entendia por que as pessoas se arriscavam a dar o controle do coração a alguém. Annika podia fazer o que quisesse. Podia jogar meu coração no meio da tempestade, e eu agradeceria. Eu era dela. Eu era de Annika.

E não havia nada a fazer a respeito.

Ela ficou ali, com a cabeça encaixada sob meu queixo. Parecia ouvir as batidas do meu coração. E eu me peguei acariciando seu braço com o polegar sem perceber.

— Lennox?

— Sim?

— Sei que você disse que não usa mais seu sobrenome. Mas você lembra qual era?

Abri um sorriso. Num instante iluminado, eu me vi empolgado de verdade por ela pensar no meu sobrenome.

— Ossacrite.

— Lennox Ossacrite. Você tem nome do meio?

Ela me olhou cheia de expectativa, e odiei ter de desapontá-la:

— Não. E você?

— Vários. Vou poupá-lo dessa.

Ri baixinho, sem deixar de tocá-la. Será que alguma vez estive tão em paz?

— Se... — Ela hesitou um pouco, incapaz de olhar nos meus olhos. — Se só eu estiver sentindo isso, pode me dizer — ela pediu. "Isso" poderia significar dezenas de coisas, mas eu sabia que no caso só podia ser uma. — Sou mais forte do que pareço.

— Já sei o quanto você é forte. E sei que está tentando me oferecer uma rota de fuga. Mas não precisa, Annika. Não é só você — eu garanti, puxando-a mais para perto. — Parece... destino.

— É isso que me assusta. Nos livros, o destino raras vezes é gentil — ela disse, e eu a senti respirar fundo. — Diga que existe um caminho, me dê esperança.

— É você quem escapa de algemas e calabouços. Talvez você devesse dar esperança para mim.

Ela riu e levantou os olhos.

— Você vai mesmo deixar todo o trabalho para mim, não é? Tudo bem.

Então, me agarrou pelo pescoço e me beijou. E ela fez isso como se já tivesse feito o mesmo mil vezes antes, como se soubesse que eu pertencia a ela e a mais ninguém. E eu aceitei, feliz. Aceitei minha própria ruína.

Eu a beijei uma e outra vez, tombando sobre ela em meio às risadas, me enroscando em seus braços. Se o chão estava frio, eu não sentia. Ficamos o mais perto possível um do outro, nos cobrindo com a capa.

— O que é isso? — Annika perguntou ao notar o bordado na parte de dentro da gola. Era um emblema circular com um ramo de flores no centro. Eu não reconhecia o formato das folhas, e por isso supus que eram apenas decorativas.

— Eu também me pergunto o que é. Essa capa era do meu pai, e eu a recebi faz pouco tempo. Talvez ele também bordasse.

Eu fiquei radiante por minhas palavras a terem feito sorrir. Havia descoberto um novo jogo, uma competição comigo mesmo. Quantas vezes conseguiria fazer Annika sorrir em um minuto? Em uma hora? Conseguiria estabelecer um recorde? E depois batê-lo?

Eu jogaria esse jogo feliz pelo resto da vida.

Permanecemos ali abraçados por um longo tempo, sem falar nada. Ela acariciava minha barba rala com o dedo, e eu mexia numa mecha longa do seu cabelo. Eu estava começando a sentir calor, e olhei por cima do ombro de Annika para ter certeza de que a chuva não estava parando.

Não sabia o que aconteceria quando parasse.

— Tenho outra pergunta — eu disse. — Pode me falar sobre Dahrain? Ou Kadier. Como você preferir chamar. Conte-me como é lá.

Ela abriu um sorriso triste.

— É lindo. Ao redor do palácio, o jardim é quase todo constituído por gramados bem cortados e árvores plantadas de modo a formar alamedas. Mas, no resto do país, temos planícies onduladas, com muitas fazendas. Neva no inverno, mas nunca peguei um inverno muito rigoroso. Parece que o mundo foi mergulhado em vidro, sabe. E, quando a primavera chega, as colinas ficam enfeitadas por flores coloridas para anunciar o renascimento da terra. Temos muito espaço, e se eu não fosse obrigada a viver no palácio, provavelmente moraria no interior.

Ela pausou por uns instantes antes de retomar.

— Não sei o que suas histórias e lendas dizem, mas se são coisas boas, provavelmente são verdadeiras.

Senti as lágrimas brotarem. Queria ver com meus próprios olhos. Queria respirar aquele ar.

Annika levou a mão ao meu rosto, tentando de algum modo me consolar.

— Eu sinto muito — ela disse. — Não sei como resolver isso.

— Não sei se existe uma solução fácil — falei.

— Existe. Existe alguma coisa óbvia, mas não estamos enxergando.

— Você é sempre tão otimista?

Ela sorriu para mim.

— Em geral, sim.

— Gostei. Uma mudança maravilhosa para mim.

— Então você acha que estamos condenados? — ela perguntou em tom de brincadeira.

— Isso é óbvio — respondi, tentando não sorrir, mas sem conseguir. — Vamos ver o meu histórico, que tal? Eu parti só para buscar algo em minha terra natal e voltei com você. Tentei interrogá-la, e você fugiu. Saí para uma batalha e acabei encurralado. Jurei te matar e, bom, dá para ver como estou me saindo bem.

Ela começou a rir, e desejei poder dormir e acordar com aquele som.

— Se isso te consola, acho que você está falhando na direção certa.

Fiz que sim com a cabeça, acariciando a ponta do seu queixo.

— Talvez você tenha razão.

Os olhos dela estavam cada vez mais pesados. Tinha sido uma noite longa e impossível. Tínhamos começado com uma luta e acabamos nos braços um do outro.

— Pode descansar — eu disse. — Você está segura.

— Eu sei — ela sussurrou. — Só não quero perder nada.

Aproximei o rosto e a beijei bem embaixo da orelha.

— Mas, se dormir — falei com palavras sussurradas —, talvez sonhe com a solução. Você é muito inteligente.

— Sou mesmo — ela murmurou.

Eu ri e olhei de novo para ela, que seguia os contornos do meu corpo com as mãos. Pescoço, cicatriz, queixo. Segurei uma mecha de cabelo que não parava de cair sobre a testa dela e a enlacei nos dedos várias vezes. Ela adormeceu primeiro, e eu a observei, encontrando conforto em sua respiração lenta e firme.

— Está acordada? — cochichei.

Nada.

— Ótimo. Porque sou corajoso, mas tenho meus limites — falei baixinho, para em seguida aproximar os lábios do seu ouvido. — Eu te amo. Apesar de tudo que aconteceu, e não importa o que for acontecer daqui para frente. Sou irremediavelmente seu.

Pronto. Era isso. Eu já não tinha mais segredos.

Annika

Acordei com a sensação clara de estar recebendo beijos no ombro. Eu tinha me virado durante a noite e agora estava de frente para a fogueira, já quase apagada. Lennox me abraçava. Senti seu calor nas minhas costas e na minha cintura, envolta por seus braços. Tentei me lembrar da última vez que tinha dormido tão bem. Também tentei me lembrar da última vez em que me senti tão feliz.

Lennox parou de me beijar e enterrou o rosto nos meus cabelos, bem atrás da minha orelha.

— Já vai parar? — perguntei.

— Terminei a exploração do seu ombro. Agora estou fascinado por esse ponto atrás da sua orelha, então vou dedicar minha atenção a ele. E ainda tem seus pulsos. São os próximos da lista.

Comecei a rir.

— Já que está aí, por favor, fique à vontade para sussurrar coisas bobas e doces no meu ouvido.

Senti seus lábios se moverem levemente para frente, e sua respiração deixava minha pele arrepiada.

— Tenho café da manhã.

Endireitei o corpo na mesma hora e me virei para ele, observando Lennox se deitar de lado com a cabeça apoiada na mão. Parecia tão à vontade, tão sincero. E, céus, como era bonito.

— Por favor, diga que trouxe uma daquelas coisas de cereal que jogou para mim na floresta. Por favor!

Ele se pôs de pé e foi até onde estava sua camisa. Eu não tinha notado a hora em que tirou o cinturão, mas estava lá também. Lennox enfiou a mão num dos bolsos e ali, embaladas com papel e barbante, estavam aquelas mesmas barras.

Corri para perto dele.

— Eu sonho com isso desde aquele dia.

Ele sorriu.

— São as minhas favoritas.

Ele tinha duas, e me ofereceu ambas.

— Não. Você precisa comer também.

Dei uma mordida. Não estava crocante como da outra vez, provavelmente por causa da chuva. Mas ainda era uma delícia, sem dúvida.

— É melaço? — perguntei.

— Mel.

— Mel... faz sentido. Pensei em pedir para a cozinheira tentar recriar a receita, mas não sabia nem mesmo por onde começar.

— Eu te mostro — ele disse. — Mas só se você me mostrar como fazer aquela postura com a espada que permite se defender com um giro. Ou sou alto demais para isso?

— Não, não é! — insisti. — Deixe eu aproveitar a barrinha e depois te mostro.

Ele circulou pela caverna com a barra na boca, e seus lábios estavam curvados num sorrisinho perfeito. Tocou sua camisa em alguns pontos. Depois fez o mesmo com meu vestido.

Ele começou a se vestir enquanto falava e comia.

— Seu vestido ainda está molhado na parte de baixo, mas não muito. Quer que o leve até aí?

Balancei a cabeça.

— Ainda não. Primeiro as espadas.

Ele sorriu.

— Já que insiste, alteza.

Lambi os dedos para aproveitar ao máximo a comida. A não ser que algo caísse em nosso colo, era tudo o que tínhamos. Molhei os dedos com a chuva para lavá-los e percebi que dava para enxergar mais coisas lá fora do que na noite anterior. Eu conseguia ver todo o grupo de árvores para onde tínhamos corrido quando o terremoto começou. Era possível distinguir até mesmo árvores e rochas mais distantes.

A tempestade ainda não tinha passado, mas estava perdendo força. Ignorei e fui procurar minha espada.

— Não sei se conseguiremos erguer as espadas, mas vou tentar demonstrar.

Ele parou para observar, com os braços cruzados e um sorriso malicioso no rosto.

— Se esse era o seu plano desde o começo, merece meus aplausos. Funcionou muito bem.

— HAHA, idiota. Vá pegar a sua espada.

Ele tirou as costas da pedra, sem deixar de sorrir. Até sua maneira de andar era bonita.

— Certo. Você fica assim — mostrei. — Concentre o peso na parte da frente da sola do pé e depois faça força para cá. Deixe a espada seguir a inércia do seu corpo.

Eu fiz bem devagar, porque o espaço era realmente muito pequeno para o movimento.

Lennox tentou, mas claramente não seria possível naquela caverna.

— Acho que entendi a mecânica — ele disse, encostando a espada contra a pedra perto da entrada. — Vou treinar com Inigo quando voltar.

Ele ficou paralisado assim que disse isso. Era como se um feitiço tivesse se quebrado. Nós dois teríamos de fazer planos para o que aconteceria depois.

Também encostei a espada na parede e fui pegar meu vestido. Coloquei-o nas costas como se fosse um casaco e olhei para o chão.

— Onde está a fita?

Lennox me ajudou a procurar e a encontrou atrás da pedra onde estava o meu vestido. Ele me deu a fita com um ar triste. Comecei o processo de amarrar, e ele se posicionou alguns metros atrás de mim, com o olhar fixo no chão à minha frente.

— Sou grato a Vosino, mas não quero voltar para Kawan — disse. — Estou quase preferindo ficar sozinho e construir uma casa nos limites das terras de ninguém, num lugar em que eu pudesse esquecer totalmente dele, e ele, de mim.

— Ele esqueceria de você?

Lennox balançou a cabeça.

— Não enquanto viver.

Apertei bem a fita e enfiei as pontas na gola do vestido.

— E se... e se você voltasse comigo?

Ele abriu um sorriso.

— O seu perdão tem um significado que não consigo nem expressar. Mas sou um criminoso em Kadier. Se for para lá, serei julgado. E, como a sua mãe já não está aqui para ser misericordiosa, nós dois sabemos o que vai acontecer comigo.

Estremeci, incapaz de suportar a ideia.

— E se não falássemos o seu nome? Ou disséssemos que você desertou?

— Se eu estiver bem-arrumado, é possível que o querido Nickolas não me reconheça, mas é arriscado. E, mesmo que ele não me reconhecesse, como eu poderia fazer isso? Morar no seu palácio confortável enquanto o resto do meu povo vive escondido? Viver sob o reinado do seu pai quando eu deveria ser livre ali? — ele balançou a cabeça. — Annika, acredite em mim quando digo que quero estar onde você estiver mais do que tudo. Mas não sou covarde. Não posso abandonar meu povo.

Baixei a cabeça.

— Você tem razão. Não posso pedir isso de você.

— Além disso — ele continuou, se aproximando. Senti meu corpo relaxar quando ele passou o braço pela minha cintura —, sou eu quem tenta manter Kawan na linha. Se não voltar, a próxima ação dele vai ser atroz.

Encostei a cabeça em seu peito. Ele não podia prometer que não haveria outro ataque; ninguém podia. Eu me sentia agradecida porque ele ao menos tentaria.

— E se... e se você voltasse *comigo*? — ele propôs.

Levantei os olhos para ele, desejando mais do que tudo poder dizer sim.

— Não sei quem morreu ou sobreviveu. Se meu irmão faleceu, sou a primeira na linha de sucessão ao trono. Se aconteceu o mesmo com meu pai, sou a rainha — ele me encarou por um momento, com a expressão de quem não tinha pensado nisso. — Se eu não voltar, o reino cai nas mãos de Nickolas. E, acredite em mim, ninguém quer isso.

Ele engoliu em seco.

—Você vai se casar com Nickolas, não vai?

Fiz que sim com a cabeça.

— Em Kadier, é a minha única escolha — respondi, antes de olhar para o chão e sentir um ciúme louco. —Você também tem alguém à sua espera.

— Não é a mesma coisa — ele replicou na mesma hora.

As lágrimas estavam prestes a cair, mas então notei algo na camisa de Lennox.

—Você tem cachorro?

Ele baixou os olhos e viu os fios de pelo cinza no ombro.

— Não. Tenho uma raposa. O nome dela é Agulha.

— Agulha? Amei. Como você conseguiu domesticar uma raposa?

— Bom, ela não é bem um animal de estimação — ele insistiu. — É proibido, já que eles consomem recursos do gado. Mas eu a encontrei ainda filhote, com a pata machucada, e cuidei dela. Agulha é muito inteligente. Deixo a janela aberta para ela entrar e sair quando quiser — ele explicou, para em seguida balançar a cabeça. — As raposas-cinzentas são noturnas. Não sei nem dizer quantas noites ela entrou no meu quarto só para correr, derrubar coisas e depois sair de novo pela janela.

Eu ri.

— Deve ter sido difícil se separar dela sem poder dar explicações.

— É difícil se separar de alguém mesmo quando podemos explicar.

Sem uma palavra, travamos uma vida inteira de conversa naquele instante. Eu continuava a ouvir uma batida do coração após outra, e me perguntava se ele conseguia ouvir cada fibra do meu corpo gritar que o amava.

E eu queria falar. Queria que essas palavras o envolvessem como sua capa fazia comigo. Mas parte de mim tinha medo de, se deixasse essas palavras escaparem, causar um dano que nunca cicatrizaria.

Eu sabia que ele sentia algo... mas eu não queria encurralá-lo com o meu sentimento. E logo, como se a ilha estivesse me dizendo para simplesmente deixar isso de lado, ouvi a chuva parar.

O som da caverna mudou por completo. Conseguia agora ouvir a respiração dele, estava tudo tão silencioso.

Ficamos ali por um tempo, à distância de um sussurro, apenas à espera do outro. Por fim, Lennox olhou para a abertura na rocha e para a imagem do mundo lá fora, que voltava a entrar em foco.

— Eu seria covarde se sugerisse ficar aqui? — perguntou.

Balancei a cabeça com um sorriso triste.

— Covarde, não. Mas também não seria realista.

Ele fez que sim.

— Se temos de partir, é melhor fazer por vontade própria do que esperar que alguém nos encontre, não?

— Acho que sim — respondi. — Não quero que um soldado me encontre com você. Não sei se seria capaz de detê-lo.

Seus lábios tremiam como se estivesse prestes a chorar. Antes que isso acontecesse, me aproximei e lhe dei um beijo. Depois, joguei os braços em volta do seu pescoço e o puxei para mim. Se seu riso fazia surgir em mim mil batidas do coração ao mesmo tempo, aquele beijo era como mil despedidas.

Recuei com as lágrimas ardendo nos olhos. Tinha de me forçar a ir agora, ou não conseguiria nunca mais. Dei uns passos para trás e comecei a bater a terra do vestido para ter algo para fazer.

— Espere — ele disse. Lennox tirou uma faca pequena do cinturão. Com cuidado, levou-a até o cordão da sua capa e cortou um pedaço, fazendo a franja do nó balançar com os movimentos da lâmina.

— O que você está fazendo? — protestei. — É do seu pai!

Ele tomou minha mão sem dizer uma palavra e amarrou o cordão no meu pulso. Não só isso, ele o trançou como uma pulseira.

— Espero que você ainda durma com a minha capa de vez em quando, mas isso é muito mais fácil de carregar.

Estiquei o braço, maravilhada com o tecido preto sobre a minha pele. Eu tinha diversas joias no palácio, mas nunca tinha amado tanto uma pulseira. Sorri para Lennox.

— Minha vez — falei, para em seguida arrancar a fita na bainha do meu vestido com os dentes. Olhei para ele e o vi engolir em seco.

— Não precisa... — ele parou de falar quando arregacei sua manga para revelar o pulso coberto de terra. Prendi a pulseira com o máximo de voltas que a fita permitia, grata por ele me deixar fazer aquilo, por ter me contado sobre aquela bela tradição.

Ele expirou devagar enquanto admirava a fita.

— A propósito, você estava com essa faca o tempo todo?

Ele baixou os olhos para o objeto minúsculo em sua mão, e pareceu confuso com a pergunta.

— Sim. Desculpe — ele acrescentou, balançando a cabeça. — Devia ter te emprestado.

— Não — eu disse. — Guardamos as espadas porque não conseguiríamos usá-las aqui, mas você podia ter me atacado desde o começo. E não o fez.

Ele sorriu para mim e deu de ombros.

— Eu sou seu desde o instante em que fez a cicatriz no meu peito. O que mais posso dizer?

— Foi nesse momento? — perguntei, chocada.

Ele confirmou.

—Você é louco — eu disse.

—Você é perfeita — ele respondeu.

Estava prestes a perder a vontade de deixá-lo.

—Tenho de ir — ele disse, como se lesse minha mente. — Se não for, logo...

— Eu sei — falei. Levantei a mão, e o nó do cordão balançou como um talismã. — Obrigada.

Ele mostrou a fita mal trançada no seu pulso.

— *Eu* que agradeço.

Caminhei para pegar minha espada e olhei para o fundo da caverna. As pegadas deixadas pela nossa dança, os vestígios da pequena fogueira, as inscrições incompreensíveis na parede. Queria lembrar de tudo pelo resto da vida.

Lennox olhou pela abertura e examinou a área.

— Se você for para o norte, vai chegar ao lugar onde os navios atracaram — ele disse, e eu fiz que sim com a cabeça, esperando que alguém estivesse à minha espera. — Annika...

— Sim.

Ele respirou fundo, fazendo um esforço para me olhar nos olhos.

— Acredito que vá haver outra batalha. Se isso acontecer, me promete uma coisa?

— Claro.

— A dança que eu te ensinei. Queria que você ensinasse a outras pessoas. Queria que algo do meu povo continuasse, caso a gente não sobreviva. Você promete?

Respirei, trêmula.

— Prometo. E se essa batalha acontecer e nós perdermos, imploro que deixe o meu povo, em especial os plebeus, em paz. Também quero que meu povo viva.

— Dou a minha palavra. E... não se esqueça disto — ele acrescentou com o dedo apontado para o interior da caverna. — Não deixe o tempo convencê-la de que isso não aconteceu.

— E você também não.

Lennox me olhou bem fundo nos olhos pela última vez e se inclinou para me beijar. Sua mão enroscou no meu cabelo por uns instantes, e ele apoiou a testa na minha. Depois de um suspiro trêmulo e um último olhar, ele começou a caminhar para o sul. Eu o observei por um momento, apertando a pulseira no meu pulso com a outra mão, e me virei para o norte, tentando não chorar.

Lennox

Eu tinha regras. E as tinha incorporado até virarem minha segunda natureza.

Nunca desvie o olhar. Nunca fuja. Nunca dê desculpas.

Era assim que eu sobrevivia.

Mas desviar o olhar de Annika? Fugir de Annika? Isso parecia mais morrer do que viver.

Parei quando já estava longe o bastante para saber que a boca da caverna estaria escondida pela encosta da colina. Conseguia ver a montanha, irregular e ameaçadora. Se forçasse a vista, podia enxergar até o lugar de onde tinham vindo as pedras que quase bloquearam a entrada da caverna. Eu levava em meu peito uma sensação estranha e vazia. O que fazia sentido, pois meu coração estava feliz por estar enlaçado ao cabelo de Annika Vedette.

Estendi o braço e olhei para as tranças de fita. Eu adorei a pulseira.

Adorei, mas não podia usar. Os outros veriam. Saberiam que tinha estado com alguém, e se deduzissem que era ela, esperariam que estivesse morta. Eu teria de dar mais explicações do que podia. Parei um instante e olhei ao redor, para garantir que não estava sendo seguido. Embaixo de uma árvore, desatei devagar a pulseira, embora me doesse desfazer qualquer coisa que Annika tinha feito. Estava muito, muito suja com a terra da caverna. Eu a enfiei no cinturão e sacudi a mão, sentindo que estava despido sem ela.

Pronto. Era isso. Eu havia me livrado das provas de que toda a minha vida tinha mudado.

Meu palpite era que o exército partiria para o sul, na direção de onde tínhamos atracado os barcos roubados.

As poucas aberturas de sol que conseguia ver por trás das nuvens me diziam que eu estava indo na direção certa. Continuei andando, e consegui sair em campo aberto um pouco antes de chegar à inclinação da praia.

Lá estavam eles.

Os sobreviventes — mais do que eu tinha previsto — estavam todos lá à procura de barcos que pudessem ser recuperados e revirando os destroços para encontrar peças úteis. Sempre engenhosos, sempre obstinados. Eu me enchi de orgulho. Ainda estávamos aqui.

— Lennox! — alguém gritou. Não alguém. Blythe.

E, para minha surpresa, quando ela disse o meu nome, o exército inteiro deu vivas. Vi Blythe correr na minha direção, com os olhos brilhando e um sorriso estampado no rosto.

— Eu sabia — ela disse ao se aproximar. — Sabia que você ia conseguir.

— Claro — eu disse, e lhe dei um beijo na bochecha.

Ela ficou tão ansiosa, tão feliz por enfim ganhar um beijo, que me abraçou para tentar fazer o momento durar. E eu? Eu esperava conseguir fazer o que Annika tinha falado: seguir em frente com alguém que gostava de mim e guardar as lembranças do nosso período juntos na caverna numa caixa para nunca esquecer.

Demorou cerca de quatro segundos para eu me dar conta de que isso nunca aconteceria.

Vi minha mãe correr no meio do grupo esparso com lágrimas nos olhos. Pela primeira vez em anos, ela se jogou nos meus braços e tocou meu rosto.

— Nunca me preocupo — ela disse. — Você é tão forte e esperto. Sei que consegue escapar de qualquer coisa. Mas desta vez achei que a tempestade podia levar a melhor.

— Ela tentou.

Minha mãe abriu um sorriso triste.

— Às vezes, dói ver o quanto você se parece com seu pai... mas te ver ressurgir dos mortos... — ela balançou a cabeça, incapaz de dizer mais alguma coisa.

— Como você sobreviveu sozinho na chuva? — Blythe perguntou.

A garota que estou destinado a amar me ajudou a fazer uma fogueira, me alimentou e me abraçou. Curou meu coração, que havia muito estava morto. Eu devo a ela dez vezes a minha vida.

— Eu me abriguei numa caverna. Onde vocês ficaram?

Blythe balançou a cabeça.

— Conseguimos construir uma cobertura improvisada. No fim, ela já estava começando a ruir, então foi bom a chuva ter parado quando parou.

Virei para minha mãe.

— E você?

— Fiquei escondida com mais três pessoas entre umas árvores que tinham galhos densos.

— Inigo fez a mesma coisa — Blythe acrescentou.

— Inigo conseguiu! Ah, graças aos céus.

Blythe riu.

— Não deixe que ele te ouça falar assim ou vai dizer que você ficou mole.

Dei de ombros.

— Talvez tenha ficado. Venham. Vamos encontrar um barco.

Caminhamos juntos pela praia, mas quando Kawan apareceu, minha mãe se afastou de mim. Tentei não me deixar abalar por isso.

— Você está vivo — ele disse, para me cumprimentar. Seu tom de voz trazia certo ar de decepção.

— Sim. Qual é o plano?

— Estamos esperando...

— Lennox! — Inigo disse, correndo pela praia na nossa direção.

Estendi uma mão para cumprimentá-lo e passei a outra por suas costas, e ele fez o mesmo comigo. Com um sorriso, ele se virou para Kawan:

— Há mais barcos atrás das rochas. Parece que a maioria ainda pode navegar. Estamos melhor do que pensamos.

— Ótimo. Comece a mobilizar os soldados — Kawan disse, acenando com a mão e já se retirando.

— Ouvi gritos de viva uns minutos atrás — Inigo disse. — Eram para você.

Confirmei com a cabeça,

— Não sabia que tinha gente que gostava de mim.

— Bem mais do que isso, meu amigo — Inigo disse, para em seguida olhar para trás e garantir que estávamos longe o bastante. — Quando Kawan apareceu no alto daquela colina, *ninguém* ficou feliz.

Mudei minha expressão na hora.

—Você está brincando.

— Não — Blythe confirmou. — Não é que não se importassem com ele. As pessoas estavam com raiva. *Eu* estou com raiva. Ele quase nos matou a todos. Ninguém está feliz por ele ter sobrevivido ao próprio plano idiota.

— Bom, isso não é da minha conta — falei. — Ainda não, pelo menos.

— Avise quando for — Inigo disse.

Olhei para Blythe, que fez que sim com a cabeça.

— Aviso.

Annika

Caminhei lentamente pelas colinas, seguindo para o norte, com a mão na pulseira que Lennox tinha me dado. Eu o observara até que alcançasse o topo da colina, grata por ele não ter olhado para trás. Eu seria capaz de repensar minha decisão.

Ele tinha dito que eu era forte, mas eu não teria conseguido sem ele. Lennox não havia apenas tomado conta de mim; tinha ouvido meus piores segredos e sem qualquer julgamento. Eu lhe devia mais do que a vida.

Afastei os pensamentos e levantei os olhos, me deparando com uma bandeira verde-clara que tremulava ao longe. Acenei para eles e comecei a correr e a gritar. De repente, fiquei muito decepcionada ao me dar conta de que não conseguiria explicar a pulseira. Tirei-a do pulso rapidamente e a enfiei dentro do vestido. Por enquanto, eu precisava deixar ocultos Lennox e meu amor por ele. O menino da maçã passaria a ser o meu segredo mais bem guardado. Depois de alguns minutos, dois soldados vieram correndo ao meu encontro.

— Alteza — um deles saudou —, o duque está extremamente preocupado com a senhora.

Nickolas estava vivo.

— Estou bem, não precisam se preocupar comigo — disse, e depois olhei para trás. — Faz quanto tempo que o navio com meu irmão partiu para Kadier?

Os dois se entreolharam.

— Não conseguimos partir, alteza. As ondas estavam muito grandes. Um dos navios afundou.

Fiquei paralisada. Respirei fundo para me preparar e fiz a pergunta.

— Meu irmão está vivo?
— Sim.
Quase explodi em lágrimas de alívio.
— E meu pai?
— Está vivo, mas instável. Está... um pouco incoerente.
Fiz que sim com a cabeça.
— Levem-me a Escalus imediatamente.
Os dois foram na frente, abrindo caminho por onde o restante das tropas estava reunido. Passei correndo pela prancha de embarque e segui os dois soldados até os aposentos do capitão. Já na frente da porta, Nickolas andava em círculos.
Com a mão na boca e o olhar fixo nas tábuas do assoalho do convés, aparentava estar com o peso do país nas costas. Imaginei que ele achava que era isso mesmo.
— Nickolas?
Ele levantou a cabeça com tudo e arregalou os olhos. Deu um suspiro entrecortado e correu até mim.
—Você está viva! Annika! — ele disse, para então dar um passo para trás com o rosto maravilhado. — Pensei que tinha te perdido.
E, então, cumprindo com a minha obrigação, fiquei na ponta dos pés para lhe dar um beijo. Foi curto, mas o bastante para que os soldados vissem e Nickolas entendesse qual era o seu lugar no meu futuro.
— E meu irmão?
— Por aqui — ele disse, colocando a mão nas minhas costas e me levando até os aposentos do capitão. Ele então baixou a voz e acrescentou: — O rei está no andar de baixo. Ele está...
— Eu sei.
— O príncipe está no comando. Tentei fazê-lo zarpar, mas ele se recusou a partir antes de você voltar.
Balancei a cabeça e me aproximei. Noemi estava agachada ao lado do meu irmão, secando o suor da testa dele com um pano com a leveza de um sussurro.
Soltei um suspiro arrastado só de vê-lo vivo e bem. Noemi

cobriu a boca e precisou desviar o rosto por um instante para se recompor.

Mas nem ela, nem eu conseguimos sorrir.

Escalus abriu um pouco os olhos.

— Minhas preces... foram... atendidas — disse, com esforço.

— Quando te levarmos para casa as minhas também serão.

— Como? — ele balbuciou. Eu sabia qual era o resto da pergunta: Como eu tinha sobrevivido?

Tinha um garoto, e ele me protegeu da chuva e do frio. Ele me contou a verdade e me trouxe paz.

— Eu vi o furacão chegando e encontrei uma caverna na lateral de uma montanha. Era profunda o bastante para eu esperar tudo passar.

— Então isso é um furacão — Noemi comentou. — Como a senhora sabia?

Engoli em seco antes de responder.

— Já tinha lido sobre eles.

Ela fez que sim com a cabeça. Era fácil acreditar naquilo.

— Bom, vamos agradecer por você estar segura — Nickolas disse, colocando a mão no meu ombro.

— Onde você ficou? — perguntei a ele.

— No começo, caminhei em direção aos navios, mas percebi que não conseguiria chegar. Então, me abriguei debaixo de algumas árvores. Só agora minha roupa secou.

— E você acha que é um milagre eu estar viva? — comentei, balançando a cabeça. — Podemos zarpar agora? — supliquei. — Escalus precisa de um médico de verdade.

— Sim — Escalus disse. — Noemi. Nickolas. — Ele dirigiu um olhar cansado aos soldados à porta. — Jattson. Mamun. — Os dois o saudaram. — Vocês quatro... são testemunhas. Nomeio Annika regente. Meu pai... precisa se curar. Sigam... as ordens dela.

Suas palavras me paralisaram. Regente? Era quase o mesmo que me nomear rainha. Eu não estava nem um pouco preparada para esse papel.

— Escalus? Tem certeza? — perguntei.

Ele fez que sim.

— Preciso de tempo. Estou... aqui para você — ele me garantiu. — Tempo.

Eu olhei, certa de que ele fazia o possível para me deixar confiante. Fiz o mesmo por ele.

— Muito bem. Aceito — disse, para em seguida me inclinar e cochichar: — Estou aqui para você.

E, por algum motivo, essas palavras soaram mais importantes do que "eu te amo".

— Alteza — Nickolas disse baixinho, chamando minha atenção. — Respire fundo. Depois, vá até o capitão e lhe dê ordens para partirmos. Vou junto como testemunha da sua regência. Tudo acabará bem, mas precisamos ir embora.

Assenti com a cabeça.

— Sim.

Saí dos aposentos e encontrei o capitão esperando perto da porta.

— Capitão, estou no comando a partir de agora. Devemos partir imediatamente para que meu pai e meu irmão possam se recuperar. Devemos garantir a segurança de Kadier.

Os olhos do capitão se arregalaram, mas ele me saudou rapidamente.

— Sim, alteza.

Logo depois, passou a distribuir ordens, e os homens vieram da praia e de todos os pontos do convés para colocar as cordas e as velas no lugar. A velocidade deles me impressionou, mas eu só ficaria tranquila quando Escalus estivesse a salvo.

— Você se saiu bem — Nickolas disse baixinho ao meu lado.

— Obrigada. Espero não decepcionar vocês.

Ele balançou a cabeça.

— É possível que ninguém venha a ser tão amada quanto você na história de Kadier. Você não erra.

— Veremos.

Quando enfim estávamos em alto-mar, observei o horizonte à procura de casa. O que vi, porém, foram silhuetas apagadas ao longe.

— São eles? — perguntei.

— São — Nickolas respondeu. — Se não precisássemos levar Escalus para um lugar seguro, diria para avançarmos e persegui-los agora que estão fracos. Mas agora não posso sugerir isso de boa-fé.

— Nem eu. Escalus e meu pai são prioridade. O resto... pensamos nisso amanhã.

— Claro. — Ele se curvou para mim e se afastou, chamando o capitão para lhe fazer uma pergunta.

Observei o grupo de barquinhos ao longe. Os livros sempre falavam da dor de se separar da pessoa amada.

Não faziam jus ao sentimento.

"Lancinante" era uma palavra suave demais, assim como "esmagadora".

Apertei a mão contra o peito, e senti minha pulseira solta ali, a franja do cordão fazendo cócegas na minha pele.

Tranquei Lennox na parte mais silenciosa do meu coração e tentei juntar forças para ficar satisfeita com o que viesse pela frente.

PARTE III

Como vinha fazendo havia vários dias, Annika trabalhou até bem depois do pôr do sol. Então, só agora, tarde da noite, é que ela foi capaz de revisar a última petição que tinha caído em seu colo: a solicitação dos nobres para que ela se casasse quase que imediatamente.

Annika não fazia ideia de quando um exército poderia vir em sua direção, e não tinha muita coisa guardada na manga para fazer seu povo se sentir seguro. Um casamento, uma promessa de continuação da linhagem... isso ela poderia oferecer a eles. Ela se levantou, se afastando das listas intermináveis de coisas pelas quais se tornara de repente responsável, e caminhou até a janela. Começou a vasculhar o céu à procura de Órion.

Ali estava ele, flutuando em cima dela, o guardião dos céus. Quando Annika tirou o cordão negro do bolso e o amarrou no pulso, teve a sensação de também estar sendo protegida.

Num quarto bem menos confortável, Lennox se curvou, quase em oração. Ele se ajoelhou com um pedaço de fita nas mãos, olhando através da janela em cima da cama à procura de Cassiopeia. Quando a encontrou, só conseguiu pensar em Annika.

Mas enquanto observava as estrelas, cintilantes como a esperança ao longe, lembrou-se de que nunca mais poderia ver Annika, que nunca mais estaria ao lado dela. Porque, um dia, sua intenção era reconquistar tudo o que era seu. Sentiu uma pontada de dor por saber que tomar de volta aquela terra poderia significar a morte de Annika.

No próprio silêncio, no próprio isolamento, cada um se perguntava o que o outro estaria fazendo naquele exato momento. Na mente de Annika, Lennox estava afiando a espada. Na mente de

Lennox, Annika dava ordens. Ambos sorriram consigo mesmos, por mais errados que estivessem.

Pois como poderiam saber que faziam a mesmíssima coisa: se apegavam às partes minúsculas que tinham do outro e desejavam desesperadamente que esse outro estivesse ao seu lado?

Lennox

O CLIMA PELO CASTELO ERA, como esperado, de desânimo. Nunca tinha considerado nosso exército grande ou mesmo forte, mas agora via que tínhamos estado diante de algo grandioso.

Que desmoronou.

A curta batalha tinha sido desastrosa. Perdemos muita gente no mar. Até eu tinha voltado com a sensação de desgaste.

Fui até o refeitório, que tinha sido parcialmente convertido em enfermaria. Inigo me encontrou na porta.

— Kawan apareceu aqui hoje? — perguntei.

— Não. Ainda não quer mostrar a cara.

Balancei a cabeça, tentando controlar a raiva. O mínimo que ele poderia fazer era cuidar de quem ele tinha conduzido para o desastre.

— Há quanto tempo você está de pé? — perguntei.

— A noite inteira — ele respondeu, esfregando os olhos. — Era para ter ido dormir faz tempo, mas a febre de Enea piorou.

Ele parecia tão desolado quanto eu.

— Ela sobreviveu?

Ele fez que sim, mas suspirou.

— Quantos você acha que perdemos? Não consigo nem contar.

Claro que não conseguia. Como sempre, não havia registro de nada.

— Ouça. O importante é salvarmos as vidas que conseguirmos. Por onde eu começo?

Inigo apontou para o fundo do salão.

— Ali estão os piores casos. Brallian perdeu a mão, e a infecção é tão grave que é provável que ela não chegue ao fim do dia. Algumas pessoas ali estão tão fracas que parecem apenas ter simplesmente perdido a vontade de viver.

Inigo passou a mão no rosto e completou.

— A maior parte dos outros deve sobreviver.

Fiz que sim com a cabeça.

—Vá dormir um pouco.

Inigo pôs a mão no meu ombro, forçando os dedos como se estivesse se agarrando à sua última esperança.

— Por favor — cochichou. — Por favor, diga que tem um plano para nos tirar dessa.

Engoli em seco, me sentindo impotente.

— Não tenho — confessei. — Ainda não. Mas terei. Não vou deixar isso continuar para sempre.

Apertei o ombro dele e fui até o fundo do refeitório. Ao me aproximar do grupo que tinha os piores casos, me deparei com Blythe. Com rapidez e eficiência, ela secava a testa de um dos pacientes enquanto o olhava nos olhos. Era estranho vê-la daquele jeito, triste e séria. Ela endireitou o corpo e esfregou o pescoço dolorido, e seu cabelo se espalhou pelos ombros.

Blythe era bonita e corajosa. Compassiva e persistente. Fiel, esperançosa, mais forte do que a maioria dos homens que eu conhecia. Era, em todos os sentidos, perfeita para mim.

E desejei de todo o coração conseguir encontrar em mim um amor por ela.

Ela me flagrou olhando e me deu um sorriso curto e triste enquanto eu me aproximava.

—Você chegou agora? — ela perguntou.

— Sim. Você é minha comandante hoje. Diga aonde devo ir.

Ela tomou minha mão.

— Por aqui.

O cheiro era um pouco diferente nesse canto do refeitório, uma combinação que me lembrava metal e carne estragada. Não vacilei. Eu simplesmente tinha de aguentar, como os outros aguentavam.

— Griffin quer fazer uma cerimônia para Rami — Blythe disse baixinho. — Se você conseguir descer até a praia ao pôr do sol, acho que ele vai gostar de te ver por lá.

— Pensei que ele estaria com raiva de mim. Ela morreu tentando me ajudar a me concentrar.

Blythe balançou a cabeça.

— Ele sabe de quem é a culpa.

— Se ele me quer lá, eu estarei.

— Agora, você poderia falar com Aldrik? Ele não está bem e andou perguntando por você — ela disse, apontando para o canto mais distante... e perigoso.

Olhei sem acreditar para a direção que ela tinha apontado e distingui os tufos de cabelo castanho encaracolado de Aldrik sobre um rosto muito pálido.

Caminhei com cuidado para não acordá-lo, caso estivesse dormindo. Ele respirava com dificuldade, como Blythe tinha avisado, e assistir ao seu esforço me deixava nervoso. Os olhos dele se agitaram e os lábios se retorceram num sorriso desanimado.

— Aí está você — ele conseguiu dizer.

Tentei retribuir o sorriso, mas não sei se pareci sincero.

— Ouvi dizer que você estava me procurando. Se finalmente vai me desafiar para uma luta com espadas, receio dizer que estou ocupado hoje — brinquei.

Seu olho abria tão pouco ao piscar que a minha impressão era de que o movimento custava ao corpo de Aldrik uma força que ele quase não tinha. Ainda assim, ele conseguiu abrir um sorriso.

— Também estou ocupado.

Fiz que sim com a cabeça.

— Então como quer passar o dia?

Ele respirava com dificuldade.

— Passei cada dia da minha vida aqui tentando ser você.

Balancei a cabeça.

— Quando você melhorar, vai ter de mirar mais alto. Você pode ser muito melhor do que eu.

O tom de sua pele estava tão diferente que precisei me esforçar para não ficar encarando por muito tempo.

— Lennox — ele disse, em tom sério. — Preciso lhe dizer uma

coisa. Kawan... precisa de você. Ninguém consegue abalá-lo. — Ele então inclinou a cabeça um pouco para o lado. — Exceto você.

Fiquei imóvel, sem saber o que dizer.

— Quando você partiu na sua Comissão, ele passou o tempo todo tenso, se perguntando o que você traria. Quando você voltou com a princesa, ele perdeu o controle. Kawan sabe do que você é capaz.

Aldrik interrompeu a fala lenta para tossir algumas vezes. Sua coloração piorava a cada segundo.

— É por isso que ele não vem me ver. Nem depois de tudo que fiz por ele. Se você estivesse aqui, ele apareceria, pelo menos para ver se era verdade que tinha morrido — ele acrescentou, balançando a cabeça, fraco. — Eu devia ter te alertado antes — ele disse, sem ar. — Deveria ter dito que o povo te seguiria. Você tem o necessário para ser líder, seja o que for. Por que acha que Kawan te odeia tanto? — ele virou a cabeça para tossir e soltar um som angustiado, como se a ação lhe causasse uma dor penetrante.

Ignorei suas palavras e me concentrei nele.

— Não vamos falar disso. O que posso fazer para ajudar?

Ele balançou a cabeça.

— Já não sinto as pernas. E tenho a sensação de ter vidro nos pulmões. Cada parte do meu corpo está ou dormente e morta, ou dói. Eu... não tenho muito tempo.

— Não diga isso. Seja lá qual for esse ferimento, ele pode sarar...

Aldrik fez eu me calar balançando de novo a cabeça com muito esforço.

— Eu sei. Estou dizendo... Eu sei...

Engoli em seco.

— Lennox, você já tem a força que julga não ter. Você aguentou, sobreviveu. Não adie mais. Antes que todo mundo morra, faça *alguma coisa*.

Fiquei sem palavras.

— Prometa.

Fiz que sim com a cabeça.

Ele se recostou na cama, com os olhos no teto. Depois de dizer o que precisava, ficou mais calmo.

— Não tenho nenhum parente aqui. Você poderia ficar um tempo? — ele perguntou.

—Você... — precisei desviar o olhar. —Você quer que eu fique até o fim.

Seus lábios tremeram. E ele fez que sim com a cabeça.

Coloquei minha mão sobre a dele. Ele estava fraco demais para retribuir o gesto.

Lutei contra a vontade de voltar a erguer minhas barreiras de costume, de me retirar para minha segurança. Era raro alguém precisar tanto assim de mim. Então, me permiti sentir tudo. O medo, a paz, o apego, a dor. Senti tudo com Aldrik para que ele não precisasse sentir sozinho.

No final, fiquei feliz de ter feito isso. Uma hora depois, a cor da pele de Aldrik foi de um branco pálido para um azul-claro, e sua mão ficou sem nenhum traço de calor. Cobri sua cabeça com o cobertor e saí do refeitório... e então chorei feito criança.

Annika

O QUE TODOS PENSAVAM: eu tinha sobrevivido à noite de chuva na ilha usando apenas a minha inteligência e a minha habilidade.

O que todos sabiam: Escalus tinha se ferido gravemente no campo de batalha. Depois de falar rápido comigo no navio, a febre levou a melhor e ele estava incapacitado fazia dias.

O que ninguém sabia: meu pai também tinha se ferido na ilha. Sua febre piorou muito mais rápido, fazendo-o falar sempre a mesma coisa depois que o levaram para o navio, até que ele entrasse em coma ainda antes de chegarmos em casa.

Uma coisa era o príncipe estar ferido ou doente; outra completamente diferente era o rei estar debilitado. Por isso, a gravidade da sua condição foi mantida em segredo, e todos esperávamos que ele se recuperasse ou, pelo menos, que Escalus despertasse logo.

Quando meu irmão me nomeou regente, pensei que a ordem estaria em vigor por um ou dois dias. Mas nenhum dos dois tinha acordado. E se isso nunca acontecesse? Era uma honra ajudar — um privilégio conduzir o nosso povo, ainda que por um momento —, mas eu não tinha sido formada para isso, como Escalus.

O que eu ia fazer?

Existia apenas uma pessoa no mundo para quem eu queria fazer essa pergunta, a única que eu tinha certeza de que ia me responder com a verdade absoluta. E o faria segurando minha mão, me dando força para continuar, por mais doloroso que fosse o caminho à frente.

Mas eu nunca mais poderia lhe pedir ajuda ou *qualquer coisa* de novo. Era mais um peso nos meus ombros, mais uma coisa que não me deixava erguer a cabeça.

Cobri o nariz com um lenço quando o médico fez uma incisão na ferida para drenar os fluidos. Embora aquilo deva ter doído muito, meu pai não se moveu.

— Sinto muito, alteza. Não vemos nenhuma melhora — um segundo médico disse. — A situação se resume à vontade do rei de lutar.

Fiz que sim com a cabeça e forcei um sorriso.

— Então, não temos o que temer. O rei nunca fugiu de uma batalha.

O médico retribuiu meu sorriso, fez uma breve reverência e se afastou.

Torci o lenço e caminhei para a lateral da cama do meu pai, inclinando-me ao seu ouvido.

— Consegue me ouvir? É Annika — ele não se mexeu. — Pai, você precisa acordar. Tenho tantas coisas para dizer, para pedir. Por favor, volte.

Como uma criança, sacudi seus ombros à espera de uma reação. Estava prestes a chorar de tão perdida que me sentia.

Engoli o choro e endireitei o corpo, esperando parecer aos médicos e à equipe que estava calma. Eu poderia estar desmoronando por dentro, mas ninguém poderia saber.

— Já viram meu irmão hoje? — perguntei ao médico-chefe.

— Sim, alteza. Sua condição também não mudou, mas está muito mais estável do que a do rei.

— Sei que os médicos têm se revezado, mas quero alguém de plantão aqui o tempo todo. Quero ser avisada assim que meu pai acordar, não importa a hora.

— Sim, alteza, mas se o rei não sobreviver, o protocolo...

— É traição mencionar a morte do rei, doutor — recordei com firmeza. — Você não vai falar mais nada sobre esse assunto. E vai me procurar quando ele acordar.

— Sim, alteza — ele repetiu sério, curvando-se respeitosamente.

Era estranho sentir que qualquer pedido meu era lei. Mas o que me preocupava de verdade era que muito em breve podia chegar o momento em que minhas palavras *seriam* mesmo lei. O que eu faria se algo importante acontecesse e eu não tivesse ideia de como lidar com a situação?

— Vou me retirar para ver meu irmão. Muito obrigada, doutor.

Saí depressa, com a esperança de que, por algum motivo, eu conseguiria vê-lo acordando se chegasse rápido. Ao virar no corredor do quarto de Escalus, vi Nickolas saindo. Ele fez uma pausa e colocou todo o peso do corpo numa das pernas. Parecia um pouco desgastado pela preocupação.

— Alguma mudança? — perguntei, parando na frente dele.

— Nenhuma — ele respondeu balançando a cabeça. — A criada diz que ele murmurou algo uma ou duas vezes, mas nada inteligível. E se ele tivesse falado, ela com certeza saberia, pois só saiu do quarto por breves momentos.

Coloquei a mão em seu ombro, sentindo que não estava dizendo tudo o que pensava.

— Ótimo. Noemi é fiel e confiável, e acho que seria um conforto para Escalus ver um rosto conhecido.

— Mas quem está cuidando das suas necessidades? Você está sem uma criada para você durante esses dias. É inapropriado. Você é praticamente rainha.

Nickolas não tinha como saber o quanto a palavra "rainha" era repulsiva agora. Só de pensar nela era como desejar a morte dos meus poucos familiares que me restavam. "Regente" era aceitável. "Regente" significava que eles acordariam.

— Não precisa se preocupar — falei. — Pedi que várias criadas viessem ajudar, e como você vê, ainda estou inteira. Agora, quero entrar para ver meu irmão com meus próprios olhos. Se você puder, por favor, vá até a cozinha aprovar os cardápios da semana.

Ele fez uma breve reverência para mim, mas o que essas cerimônias significavam agora?

— Alteza, aceitarei com alegria qualquer trabalho que queira me passar.

Ele seguiu seu caminho e eu abri em silêncio a porta do quarto de Escalus. Como previsto, Noemi estava lá, ao lado da cama. Ela não foi rápida o bastante para me impedir de ver o movimento que fez ao afastar sua mão da dele.

Quando se virou e viu que era eu, levantou-se de um salto e fez uma reverência.

— Alteza.

— Nada disso — falei, já atravessando o quarto para abraçá-la. — Já comeu? Dormiu?

Ela soltou um longo suspiro.

— Sim. Mas... quero poder informar assim que ele acordar. Tenho tanto medo de alguém me obrigar a sair. — Ela lançou um olhar para Escalus por cima do ombro, como se ele fosse despertar ao ouvi-la falar assim.

— Olhe para mim — eu disse. — Se você falar que está aqui por ordens minhas, ninguém pode contestar. Use meu nome à vontade. Jogue-o na cara de quem quiser. Ninguém aqui protegeria Escalus como você.

Ela suspirou, trêmula.

— Só queria que ele abrisse os olhos. Aguento qualquer coisa que vier depois... Quer dizer, pelo bem de Kadier, claro. Só espero que ele acorde logo.

— Ele acordará — eu disse, mais para me convencer do que para convencer Noemi. — Escalus disse que ainda estava ao meu lado. Não me deixaria na mão.

Lennox

Minhas mãos ficaram cheias de bolhas depois de cavar a cova de Aldrik. Sabia que estava um pouco rasa, mas foi o melhor que consegui fazer sozinho. Kawan certamente não viria enterrar seu soldado mais próximo, e eu não ia tirar ninguém de trabalhos que agora eram tão necessários. Além disso, tive tempo para pensar.

Passei muito tempo olhando para os túmulos que mais visitava: o do meu pai e o da mãe de Annika. Eu tinha deixado para ela um ramo que pegara na ilha no dia em que voltamos, mas ainda não tinha parado para conversar. Havia tanto a dizer que não sabia por onde começar. Por isso, não tinha falado nem pedido nada ainda.

Nunca tinha me sentido mais sozinho.

Rami não teria um túmulo. Seu corpo se perdeu quando o furacão virou os barcos e, de certo modo, era até melhor assim. Mal conseguimos transportar os vivos de volta para Vosino. Mas eu sabia que Griffin estava sofrendo. Sentíamos que a história não tinha tido um encerramento, e para ele era cem vezes pior.

Quando comecei a descer pela encosta pedregosa que levava ao mar, vi apenas Griffin à espera na praia. Em silêncio, ele recolhia madeira para o evento, emaranhando ramos para fazer uma coroa. Ao seu lado havia uma pequena pilha de lenha e o que pareciam ser as roupas de Rami. Ele já tinha começado a montar a fogueira e parecia estar concentrado na tarefa.

— Eu não sabia se você conseguiria vir — ele disse ao me ver, com uma leveza surpreendente na voz. — Sei que tem andado ocupado.

— Tenho, mas queria estar aqui ao seu lado. — Dei uns chutes leves no chão antes de acrescentar. — Eu queria pedir desculpas.

Pelo que aconteceu no barco. Eu teria feito alguma coisa, se pudesse.

— Você não podia ter feito nada — ele disse, gesticulando. — Além disso, se não fosse você, talvez ela nunca tivesse falado comigo.

Franzi a testa e me aproximei.

— O quê?

Ele abriu um sorriso sincero.

— Eu estava sentado no refeitório ouvindo um grupo de garotas conversar na mesa de trás. E uma voz especialmente melódica começou a reclamar de um soldado alto de cabelo preto, dizendo que era muito malvado — Griffin riu. — Ela disse que você jogou um galho em alguém e o deixou com um corte no supercílio. Com a sua reputação, ela temia que tudo poderia piorar. Percebi na hora de quem ela estava falando, então me intrometi e disse que você era péssimo e que ela não devia perder nem mais dois segundos pensando em você — ele confessou, levantando os olhos para mim. — Rami sorriu, e algo em mim simplesmente...

Ele se perdeu tentando encontrar as palavras.

— É. Eu sei.

Ele aquiesceu.

— Por isso, enfim, obrigado por ser um grande ogro irracional. Foi graças a isso que pude amar alguém.

Eu o vi passar por toda uma gama de emoções desde a perda de Rami. Desespero, raiva, e até mesmo um humor ácido. Vê-lo quase em paz era estranho. Estranho, mas bem-vindo.

Eu me virei ao ouvir passos e vi Blythe, Inigo, Sherwin e André vindo na nossa direção acompanhados de mais algumas pessoas, que deviam ter sido próximas a Rami. Juntos, formamos um semicírculo ao redor do lugar em que Griffin estava construindo seu memorial flutuante.

— Obrigado a todos por virem — ele disse. — Pensei que seria bom se compartilhássemos algumas lembranças de Rami. Todos a conhecemos de um jeito diferente, e eu adoraria ouvir o que vocês têm a dizer. E depois podemos lançar o memorial ao mar.

Blythe levantou a mão.

— Posso falar primeiro?

Griffin consentiu com a cabeça, e Blythe abriu um sorriso.

— O que eu amava em Rami era a sua bondade. Parece impossível com o nosso modo de vida, mas Rami ainda tinha muita bondade dentro dela. O modo como viveu me inspira a fazer o mesmo. Obrigada, Rami.

— Ela era sempre muito generosa — uma das garotas falou. — Rami e eu chegamos aqui ao mesmo tempo, e, embora ficássemos agradecidas pelas refeições quentes, ainda sentíamos fome. Ela então decidiu ir sozinha molhar os pés na água para apanhar alguns siris — a garota disse, rindo sozinha. — Eram tão pequenos! Ainda que tivesse comido todos, Rami não ficaria satisfeita. Mas ela os levou para o quarto que eu dividia com outras cinco garotas, nos ajudou a fazer uma fogueira e os assou ali mesmo, para compartilhar com a gente.

Ela fez uma pausa e balançou a cabeça antes de continuar.

— Até hoje, acho que foi a melhor refeição da minha vida. Apesar de insossa e parca, tinha sido feita por mãos amorosas e consumida em boa companhia. Eu devo isso a Rami.

A cada história, a cada lembrança, era como se eu visse a vida de Rami pelo prisma de uma dezena de janelas diferentes. Cada uma tinha conhecido de uma forma distinta, mas o seu coração bondoso estava presente em cada episódio.

Antes que me desse conta, todos já tinham falado, exceto Griffin e eu, e foi então que percebi que teria de falar algo sobre uma garota que mal conhecia. Quando todos os olhos recaíram sobre mim, entrei em pânico. E tudo o que podia dizer era a verdade.

Limpei a garganta e olhei para o chão.

— A verdade é que quase não conhecia Rami. Mas eu sei que, no meio da batalha, quando me perdi por um instante, ela me trouxe de volta à realidade. Ela me encorajou a lutar e a seguir em frente.

Os ruídos que tinham começado um pouco antes já estavam mais densos, e alguns se transformavam em soluços.

— Se eu só soubesse isso dela, já bastaria para lamentar sua morte. Como muitos de vocês disseram, ela era corajosa. Com certeza mais do que eu. Mas agora, por causa de vocês, sei muito mais. E sinto muito não ter podido conhecê-la melhor.

Olhei nos olhos de Griffin, que estavam cheios de lágrimas. Mas algo no seu rosto revelava gratidão. Ele conteve alguns soluços e fitou o mar.

— Rami — ele disse com esforço, respirando fundo —, eu queria dizer tantas coisas, e sinto muito porque nunca terei a oportunidade. Mas por enquanto quero me despedir com a única coisa que eu espero que você sempre tenha sabido: você é o meu grande amor.

Depois, ele ficou em silêncio por um instante. Com cuidado, colocou o uniforme de Rami sobre a coroa, tirou uma madeira em chamas e conduziu tudo pelo mar, até ficar com a água na altura da cintura. Ele acendeu a estrutura de madeira e a empurrou contra as ondas.

Devagar, Griffin voltou à praia e ficou ao nosso lado para assistir às chamas flutuando, cada vez mais distantes.

Ele olhou para mim e a pergunta silenciosa em seu olhar era a mesma que todos faziam desde a nossa volta: "Lennox, o que você vai fazer quanto a isso?".

Por anos, tudo o que eu queria era o meu reino. Minha liberdade. Não queria viver controlado por Kawan ou à mercê da minha mãe. Não queria que ninguém gostasse de mim, nem queria gostar de alguém.

Mas depois senti o gostinho de como era conseguir ter coragem o bastante para baixar a ponte levadiça que liga nosso coração ao dos outros. O medo veio acompanhado de uma paz incomparável, permitindo encontrar mais espaço nos pulmões para o ar, ver novas cores. Uma vida sem isso quase não valia a pena.

Tinha passado a vida odiando os kadierianos.

Mas agora eu tinha visto o quanto amava meu povo. E por ele valia a pena mover montanhas.

— Todos concordamos que deve ter uma forma melhor de recuperar o nosso território do que aquela para a qual fomos treinados — comecei.

— Sim — Inigo disse de imediato.

— O problema é que não sei ao certo qual é. E Kawan é um problema. Se soubesse o quanto duvidamos dele, mataria todos nós.

Dei um tempo para que eles refletissem sobre aquelas palavras, para que pensassem sobre a possibilidade de perder a chance de ver Dahrain.

— Mas — retomei —, se nossa vida já está em jogo, eu prefiro me arriscar a desafiá-lo a investir numa luta sem sentido contra Kadier. E se vocês pensam como eu... então, quando eu tiver um plano, liderarei vocês.

Annika

Pelo bem do meu povo, apareci para jantar com um sorriso no rosto.

Embora os detalhes da saúde dos meus familiares não fossem públicos, era claro que alguns nobres já suspeitavam que a situação era grave. No mínimo, grave o bastante para que eu fosse nomeada regente. Minha esperança era ser capaz de estabilizar as coisas antes que alguém descobrisse o que tinha acontecido. Assim, sentada na cadeira do meu pai e olhando para as pessoas na minha frente, falei em voz alta aquilo que sabia que era necessário:

— Nickolas — comecei, e ele se virou rapidamente para mim com os olhos atentos, pronto para resolver o que quer que eu mencionasse —, acho que é hora de começarmos a planejar nosso casamento.

Ele me encarou confuso, mas não desapontado.

— Agora? Com... com tudo o que está acontecendo?

— É exatamente por isso que precisamos planejar. Na verdade, acho que devemos fazer um estardalhaço. Contar a todo mundo que estou desenhando meu vestido e que você vai trazer o ouro para as alianças de Nalk. Fale sobre isso sempre que puder. Assim, quando meu pai e meu irmão estiverem melhor, teremos algo para comemorar. E se... — engasguei com a palavra. "Se" era uma palavra de tirar o fôlego. — Bem, aconteça o que acontecer, levaremos a linhagem adiante e confortaremos nosso povo.

Ele fez que sim.

— Sei que nada disso aconteceu como você esperava. Também não é bem como eu tinha planejado. Mas concordo. Vamos marcar a data?

— Vamos falar sobre o casamento como se fosse ocorrer logo. Podemos escolher a data nos próximos dias, assim que tivermos uma ideia melhor do que vai acontecer com a minha família.

Ele assentiu com a cabeça.

— Entendi. Ainda quer morar longe do palácio?

Observei as pessoas à minha frente, comendo e rindo, sem saber o quão terrível era a nossa situação: uma família real em colapso, de um lado, e uma possível invasão, de outro. E quem vivia no interior tinha ainda menos acesso à informação e menos relações com o centro onde tudo acontecia. Meu relacionamento com Nickolas precisava de tempo para evoluir, mas teria de esperar até os dois estarem a salvo.

— Não. Quero que seja aqui.

Isso trouxe um sorriso ao seu rosto.

— Muito bem. Vou mesmo mandar trazer ouro de Nalk. E você não devia ficar sobrecarregada com os preparativos do casamento. Passe-os para a sua criada.

— Ela está bem ocupada no momento, mas não se preocupe. Vou delegar.

Nickolas deu mais uma garfada na comida antes de voltar a falar.

— Eu não me importo de ficar com Escalus. Ele é quase meu irmão agora. Se alguém deveria ficar ao lado dele no seu lugar, sou eu.

Tomei sua mão e, com um falso tom bem-humorado na voz, falei:

— Como sua regente, ordeno que não se preocupe mais com isso. Juro que estou em boas mãos e que Escalus está sendo bem cuidado. Aliás, você terá tantos outros afazeres que não terá mesmo tempo para ficar à cabeceira dele.

Ele me fitou com um olhar mais suave. Em seguida, levou minha mão aos lábios e a beijou. Ouvi uma dúzia de "nhóoos" quando isso aconteceu, e esse som confirmou minha decisão. Eu tinha de me casar com alguém. Como não podia ser com o homem que eu amava, Nickolas teria de servir.

— Se é uma ordem, cumpro feliz a sua vontade.

Eu não estava dormindo profundamente o bastante para sonhar. Bem que gostaria. Sabia que esse era o único jeito de ver Lennox. Na atual situação, meu sono era leve e entrecortado, e eu só conseguia vê-lo na minha mente através de lembranças.

Esfreguei os olhos e desisti por ora. Coloquei as pantufas, o roupão e saí pelo palácio.

Talvez eu devesse me sentir mais desconfortável com o silêncio ou desejar a presença de mais criados e guardas pelos corredores. A verdade, porém, é que me acalmava estar isolada. Prendi a pulseira no pulso enquanto caminhava para ver o quadro da minha mãe e suspirei ao ficar diante dele.

— Fui nomeada regente, mãe, e governo Kadier sozinha. — Abri bem os braços. — Gostaria que você pudesse ver. Finalmente tenho a sensação de estar fazendo alguma coisa. Escalus sempre disse que me casar com Nickolas era um ato nobre da minha parte. E sei que é assim que vou acabar servindo Kadier no final...

Senti o soluço subir pela garganta, mas o forcei a descer. Não havia tempo para lágrimas, não agora.

— Gostaria de poder te contar tudo — confessei. — Mas sinto que se eu puxar esse fio, tudo vai se desfazer, como uma tapeçaria. Pelo bem de todos, eu não posso esmorecer.

Olhei para minha mãe por um longo tempo, desfrutando do silêncio, desfrutando dela.

— Lembra de quando saíamos juntas para cavalgar? Lembra do menino da maçã?

Eu abri um sorriso antes de continuar.

— Aposto que lembra. Você se lembrava de tudo.

Ela me olhava do alto, com olhos que sempre transmitiam sabedoria e paciência. Eu sabia que ela também tinha seus defeitos, que não era perfeita. Mas sempre procurava ser a melhor versão de si mesma, e era essa versão que ela me oferecia. E eu quis tanto pegar o melhor de mim e lhe entregar aos montes.

— Não se preocupe — eu disse. — O que é a morte para você e para mim? Sua lembrança ainda respira. Eu a mantenho viva.

Lennox

Eu estava na frente da porta da minha mãe, com medo de bater. Havia grandes chances de ela escolher Kawan em vez de mim — era o que vinha fazendo todos os dias desde a morte de meu pai —, mas eu precisava saber a quem ela era fiel de verdade.

Depois de respirar fundo cem vezes, bati. Eu a ouvi andar depressa até a porta. Não sei se eu havia enganado a mim mesmo a ponto de acreditar que seus olhos tinham brilhado ao me ver. Mas, de todo modo, eu já não vinha enxergando as coisas com clareza. Levei um tempo para perceber que seu cabelo estava despenteado e que o vestido estava amarrotado.

— Lennox — ela balbuciou.

— Posso entrar um minutinho?

Ela fez que sim e escancarou a porta, meio atrapalhada. A cama estava desfeita, mas de resto o quarto estava bem-arrumado. Praticamente do mesmo jeito de quando entrei escondido para roubar um vestido para Blythe, embora a presença dela, por algum motivo, desse um ar menos oco ao ambiente.

— Quer falar sobre algum assunto especial? — ela perguntou.

Por que você o deixou me bater tantas vezes? Por que não vamos apenas embora? Você se esqueceria dele por mim? Me seguiria?

Você me amou?

— Você está feliz? — perguntei afinal.

Ela me encarou.

— O que você quer dizer?

— É só que... antes de chegarmos aqui, quando éramos você, o papai e eu... éramos felizes, certo?

Ela olhou para baixo e sorriu, e sua mente parecia recordar uma memória atrás da outra.

— Sim. Éramos quase felizes demais.

Comecei a mexer os dedos, a cutucar um canto da unha.

— Então... e agora? Você está feliz? Foi tudo por causa dele? Perdemos esse sentimento quando o papai morreu?

Ela desviou o olhar por um instante, e seus olhos se encheram de lágrimas.

— Talvez. Mas não sei ao certo se poderíamos ter nos saído melhor.

— Por quê? — perguntei, falando mais comigo mesmo do que com ela.

— A verdade é que as pessoas passam pelo luto em ritmos diferentes. Quando alguém o supera rápido demais, os outros se magoam. E se alguém demora demais, acaba causando mágoas também. Às vezes me pergunto se você *ainda* está de luto. E eu... eu tive de ser rápida.

Engoli o soluço. Não queria chorar.

— Então você seguiu em frente e me deixou para trás?

— Lennox — ela disse, tão baixo que quase não ouvi. Encarei-a nos olhos. — Lennox, *você* me deixou.

Abri a boca para responder, mas ela tinha razão. Ela estava infeliz, e eu também. Arranjei um quarto só para mim e não olhei para trás.

Eu tinha abandonado minha mãe. Parado, com os olhos no chão, continuei a escutá-la.

— Sempre tive esperança de que você voltasse. Eu sinto que... — As palavras entalaram em sua garganta, e notei que ela ia chorar um segundo antes de isso acontecer. Mas com as lágrimas vieram as verdades. — Tentei juntar o possível das migalhas que a vida tinha me deixado. Se eu não podia ter seu pai, Kawan estava num distante segundo lugar, mas pelo menos era *alguém* que me queria. Você não queria. Era mais fácil não sentir nada do que tudo... Pelo menos, foi o que disse a mim mesma. Eu não tinha percebido a tolice disso até pensar que tinha perdido você na ilha.

Ela parecia exausta, a confissão havia exigido tudo dela. Estava tão cansada quanto eu de viver assim.

Fiquei atônito.

— Achei... esse tempo todo. Achei que você não me suportava — arrisquei, olhando para ela, ainda com medo de ter razão.

Com lágrimas nos olhos, ela negou com a cabeça.

— Eu falei sério. Sinto tanto a falta dele que olhar para você às vezes dói, vocês são tão parecidos. Mas odiar você? Nunca.

Permanecemos um instante em silêncio. Havia conversas demais naquela única palavra, e precisei de um tempo para assimilar. Percebendo isso, ela pousou os olhos cansados, mas pacientes, em mim. Engoli o choro. Ela fez que sim com a cabeça.

— Preciso da sua ajuda — admiti. — E você não pode contar para Kawan. Ele me mata se souber.

— Eu sei.

Endireitei o corpo.

— Sabe?

— Quero nosso reino de volta. E sei que a única maneira de conquistar isso é te apoiando. Faz muito tempo que as pessoas temem mais você do que ele, e agora respeitam mais você do que ele. Não me surpreende termos chegado a esse ponto. Você é mesmo filho do seu pai.

Ela fez uma pausa.

— Você disse que ele me mantinha por perto para manter você ainda mais perto — ela retomou. — É verdade. Mas continuei perto também para manter você ainda mais perto. Ele está diferente desde o dia em que corri até você na ilha, e acho que qualquer relacionamento entre mim e Kawan agora se reduz ao roteiro de sempre. E, para salvar as aparências, preciso continuar a fazer isso. Enquanto você não tiver um plano, vou continuar nos braços dele. Entende?

Queria acreditar em tudo o que ela me dizia. Mas como poderia deixar uma única conversa — ainda que tivesse tocado as profundezas de toda a minha dor — apagar anos de desprezo?

— Entendo — eu disse, com firmeza, mas sem prometer nada.

— Ótimo. Tome cuidado com o que diz e para quem diz. Para onde vai agora?

— Para o refeitório.

Ela aquiesceu.

—Vá para o salão principal por volta do meio-dia. Kawan está fazendo planos, e acho que você deveria conhecê-los.

— Mais planos? — perguntei, incrédulo.

— Se controle — ela me lembrou, com calma. — Cuidado com as palavras. Só fique quieto e ouça.

Suspirei.

— Muito bem, estarei lá.

Virei para sair, ruminando tudo que ela tinha dito.

— Lennox?

Olhei para ela e notei que havia preocupação em seu olhar.

— Sim?

— Se algo acontecer, se você tiver que reunir quem puder e se arriscar, vá. Não espere por mim. Não olhe para trás. Vá. Em nome de qualquer futuro que possamos ter, por favor, vá.

Esse pedido me fez achar que ela desconfiava que eu poderia ser expulso ou que as coisas aqui ficariam insuportáveis. Mas depois pensei que ela era mãe. E as mães tendiam a simplesmente *saber*.

Fiz que sim com a cabeça.

— Se chegar a esse ponto, eu irei. E se eu precisar fazer isso, assim que as coisas se assentarem, volto para buscá-la. Prometo.

Annika

Sentei-me na cadeira e analisei a escrivaninha à minha frente. Acordos, tratados, solicitações, petições. Não parava de desejar que Escalus acordasse para que me visse lidando com essas tarefas; ficaria muito orgulhoso.

Assinei a última coisa e depois me esparramei na cadeira. Finalmente, não tinha mais ninguém ali. Nem nobres, nem médicos, nem guardas.

Sorrindo sozinha, decidi que era hora de fazer uma pausa. Segurei a saia do vestido e saí correndo do gabinete para ir à escadaria dos fundos e descer até minha parte favorita do jardim, longe dos respingos das fontes e dos canteiros floridos. As paredes altas de arbustos me isolavam do mundo, o caminho de paralelepípedos formava um círculo sem fim por onde podia caminhar. Era revigorante passar um momento sem precisar pensar muito.

Claro, sem os afazeres de governo diante de mim, a cabeça foi direto para Lennox.

Que nós dois tenhamos saído vivos daquela caverna talvez tenha sido a única graça reservada pelo universo a duas pessoas cujo destino estava dolorosamente escrito nas estrelas.

Eu me perguntava se Lennox ainda pensava em mim. E, se pensava, seria de novo como inimiga? Será que pensava em como havia se sentido quando nos beijamos? Eu revia os momentos o tempo todo na cabeça. Sentia suas mãos no meu cabelo, sua respiração no meu pescoço, seu nome em meu coração.

E quando esses momentos vinham, sentia vontade de simplesmente fugir. Talvez ele e eu pudéssemos viver em outro lugar, num local que ninguém quisesse. Talvez pudéssemos construir algo nosso.

Mas eu não podia fazer uma coisa dessas. Kadier não podia acabar. Não se dependesse de mim. Eu tinha sobrevivido à perda da minha mãe. Tinha sobrevivido à transformação do meu pai em uma versão mais sombria. Tinha aceitado me casar com um homem que eu quase não suportava. Eu havia entregado tudo isso ao trono de Kadier, e não ia deixar ninguém — nem mesmo Lennox Ossacrite — acabar com isso tudo.

Ainda assim, o simples ato de pensar em seu nome alterava minha pulsação.

O amor de Lennox era um emaranhado. Era perigoso, porém doce; era aberto, porém complexo. Era mais do que o amor para o qual os livros tinham me preparado. E eu queria esse amor, com todo o meu ser.

Olhei o meu oásis e percebi como aquele lugar era estranho. Os nossos jardins costumavam ser organizados de um modo muito mais intencional, haviam sido projetados quase como labirintos. Mas essa parte era apenas um caminho em volta de uma pedra. Tão simples, tão...

Gelei.

— O que é você? — perguntei, olhando para a pedra.

Observando melhor agora, a suavidade da rocha não parecia natural. Um calafrio percorreu meu corpo e saí correndo em busca do jardineiro. Ziguezagueei pelas trilhas de pedra e pelos corredores gramados, enquanto as pessoas faziam reverências.

— Por favor! — gritei enfim ao encontrar um jardineiro, que se curvou em profundo respeito. — Senhor, preciso da sua ajuda. Por favor, chame pelo menos mais dois homens e traga algumas pás. Traga uma para mim também.

Só havia um lugar por onde começar agora, mas eu sentia que já tinha exaurido meus recursos. Se havia uma verdade a ser descoberta, eu estava determinada a encontrá-la.

— Annika?

Eu me virei ao ouvir meu nome sendo chamado em tom de incredulidade. Nickolas, claro, que estava do outro lado.

— Precisa de algo? — perguntei, ainda caminhando na direção da biblioteca.

— Mas o que aconteceu com o seu vestido? Você andou rolando na terra? Está imunda. Eu disse que você precisava de uma criada só para você de novo. O que as pessoas vão dizer? Não é adequado para...

Interrompi sua fala ao erguer um dedo.

— Nickolas, agradeço tudo o que você tem feito por mim, mas você *precisa* parar de tentar me encaixar nessa imagem de esposa que pintou na cabeça, seja lá qual for. Ou você me aceita como sou ou arranja outra pessoa — fiz uma pausa para respirar e tirar o cabelo do rosto. Sem dúvidas ele já tinha pensado nisso também. — Eu sou a princesa. Sou a *regente*. Se eu sair por aí de combinação, isso passa a ser apropriado, e ninguém pode dizer o contrário. Se você quer ajudar, então o faça.

Observei Nickolas piscar e respirar enquanto ponderava minhas palavras e chegava à conclusão de que, por enquanto, eu tinha razão.

— Perdão, alteza — ele engoliu em seco e ajeitou o colete. — Tem algumas pessoas à sua espera, e por isso eu percorri o palácio todo para encontrá-la. Depois de tudo o que aconteceu, eu não podia descartar a possibilidade de você ter sido raptada outra vez, e essa ideia provavelmente me impediu de raciocinar.

Não deixei de notar o que ele estava fazendo, trazendo aquela história de volta, mas, como ele talvez tivesse mesmo ficado preocupado, decidi não provocar.

— Sinto muito por deixá-lo preocupado, mas estou com uma questão urgente aqui. Por favor, diga a quem me espera que peço desculpas pelo inconveniente e que amanhã estarei disponível.

Avancei até a biblioteca e abri as portas com tudo.

— Alteza — Rhett me cumprimentou. — É um prazer... Você está bem? O que aconteceu com o seu vestido?

— Eu estava cavando — expliquei rápido, já me dirigindo para a seção de história.

— Ah — ele respondeu com uma risada. Sem julgar ou me censurar, mas com uma risada. — E o que encontrou?

— Metade de uma esfera. Uma rocha tão redonda que parecia um sol nascendo do chão — eu disse, e um calafrio percorreu meus braços quando me lembrei das palavras de Lennox. Parei diante de uma grande parede de livros. — Rhett, preciso dos registros mais antigos sobre a formação do nosso país. Preciso saber *tudo* sobre como chegamos aqui.

Rhett fez cara de quem tinha uma dúzia de perguntas. Mas, em vez de questionar, indicou uma das pontas do corredor de estantes:

— Comece por aqui.

Lennox

Apareci na porta de Kawan mais ou menos na mesma hora em que seus três principais soldados estavam chegando. Todos me cumprimentaram com um aceno e eu entrei calado atrás deles.

— Ouvi dizer que você enterrou Aldrik — Illio cochichou.

Confirmei com a cabeça.

Ele olhou para a parede de pedra por um segundo antes de se virar para mim.

— Fico feliz por ele não ter ficado completamente sozinho.

A amargura em sua voz mostrava que Kawan estava perdendo apoiadores mais depressa do que eu era capaz de recebê-los. A única coisa que poderia salvá-lo seria um plano brilhante e infalível. Até onde eu sabia, ele tinha um na manga. Por isso, fiquei calado, como minha mãe tinha orientado, e me mantive em fila com os outros.

— Por que ele está aqui? — Kawan perguntou, e mesmo sem olhar eu sabia que se referia a mim.

Levantei os olhos para ver minha mãe encostada no braço dele; parecia tão confortável que era difícil acreditar que ela tinha chamado aquele covarde de "distante segundo lugar" ainda naquela manhã.

— Ele é o único que interagiu com a princesa deles, além de ter conversado também com os soldados que desertaram. Se alguém pode dar alguma ideia, é ele — ela disse de forma preguiçosa.

— Não preciso de ideias — Kawan rebateu com um sorriso malicioso no rosto. — Já tenho tudo de que preciso.

Um frio desceu pela minha espinha e me paralisou no chão. Naquele momento, por causa de seu estado de completa calma, tive certeza de que Kawan tinha destrancado os portões do reino.

— O que o senhor quer dizer? — Illio perguntou.

Com o sorriso ainda estampado no rosto, Kawan respondeu:

— Recebemos dois novos recrutas esta manhã, ambos de Kialand.

Ele queria enrolar, nos deixar esperando.

Por fim, Slone o encorajou a continuar.

— Imagino que tenham trazido notícias.

Kawan fez que sim com a cabeça.

— O príncipe de Kadier está morto.

Uma parte do meu coração se despedaçou. Annika estava lá sozinha, sem o irmão.

— Tem certeza? — minha mãe perguntou, surpresa.

— Sim. E é possível que o rei também esteja morto — Kawan acrescentou, com uma alegria quase infantil.

— O quê? — perguntei chocado.

— Já faz quase uma semana que ninguém o vê, e os boatos estão se espalhando. A garota foi nomeada regente, ou seja, ela está substituindo o pai e o irmão. Dizem que o príncipe está morto, fato que a coroa está escondendo, e parece que o suposto rei deles logo vai ter o mesmo destino. Então, entre nós e o nosso reino só existe... uma garotinha.

Não. Não, não, não.

— Eu não a subestimaria — alertei.

— Só porque ela escapou de você não quer dizer que consegue fugir de um exército — Kawan insistiu, assumindo um humor mais sombrio. Porém, logo em seguida voltou à leveza de antes: — Ainda assim, não precisamos de exército. Só precisamos esperar.

Os soldados no salão se entreolharam.

Enquanto eles pensavam numa coisa, eu pensava em outra. Percebi que tinha me apegado à esperança de vê-la de novo. Não em batalhas ou negociações de rendição, mas... tinha pensado que poderia abraçá-la outra vez, beijá-la. Pensava que poderia descansar a cabeça em seu peito e só ficar ali.

Ela entrava e saía da minha cabeça tantas vezes por dia que eu já tinha parado de contar. Ofuscava todos os meus outros anseios, mesmo os que eu sabia que precisava levar a cabo. Eu tinha meu caminho, e ela, o dela.

Balancei a cabeça e voltei para o presente.

— Senhor — arrisquei —, como pode ter tanta certeza disso?

— Porque enquanto você estava preso na lateral da montanha, eu acampei sob algumas árvores... numa espécie de trégua forçada.

Os olhos de todos se fixaram nele. Queria dizer que aquilo era impossível, mas eu sabia por experiência própria que não era assim.

— Com quem? — minha mãe perguntou.

— Com alguém que quer o fim da família real tanto quanto a gente. E ele vai cuidar de tudo — Kawan deu uma resposta tão vaga que era perturbador.

— Cuidar como? — eu precisava que as coisas ficassem claras, perfeitamente claras.

Kawan abriu um sorriso sombrio e satisfeito.

— Ela deve estar morta até a próxima semana — ele respondeu com calma. — E, quando isso acontecer, nosso pequeno informante será... removido. Em duas semanas, estaremos morando no palácio.

Annika

— Obrigada — eu disse para a criada cujo nome não sabia quando ela colocou a comida ao meu lado na mesa.

— De nada, majestade — ela respondeu.

— Não! — eu disse, tão alto que ela deu um pulo. Seus olhos de gazela estavam arregalados e temerosos. Apertei os lábios, irritada comigo mesma. — Sinto muito. Não queria gritar. É só que eu ainda sou "alteza". Meu pai e meu irmão estarão de volta em breve. Estou apenas... quebrando um galho para os dois.

Ela inclinou a cabeça.

— Sinto muito, alteza — disse, para em seguida se curvar e se retirar depressa.

— Sinto... — ela foi embora antes de eu poder dizer "muito".

Dei um suspiro e retomei a leitura dos livros à minha frente. Já tinha vasculhado sete livros de história à procura de alguma menção ao povo dahrainiano. Não havia nada.

Mas a rocha no jardim... era *exatamente* igual à que Lennox tinha descrito na caverna. Perfeitamente redonda, perfeitamente lisa. Estava praticamente enterrada no jardim, mas estava ali. Ele tinha dito que seu povo ia lá para dançar. E se esse detalhe era verdadeiro, se ele sabia da rocha sem nunca ter posto os pés aqui, então devia haver mais. Eu sentia isso dentro de mim.

A porta se abriu sem que tivessem batido, e Nickolas entrou com uma bandeja.

— Ah! Eu ia tentar fazer uma oferta de paz, mas vejo que alguém já lhe trouxe comida — ele disse, indicando os pratos sobre a mesa com a cabeça.

Tinham se passado algumas horas desde o incidente no corredor, e eu ainda não sabia o que dizer a respeito. Será que eu precisava me desculpar? Se sim, pelo quê? Enquanto isso, continuei com a conversa na esperança de que tudo passasse.

— É, não sei quem falou para trazer... — interrompi ao notar que Nickolas garfava os queijos do seu prato com um ar aborrecido.

— Posso perguntar uma coisa? — recomecei a conversa.

Ele me olhou nos olhos.

— Claro.

— Já ouviu falar de um sétimo clã?

Ele franziu a testa.

— É... é isso que você quer saber?

— Sim.

Ele soltou um suspiro.

— Annika. Nosso país corre o risco de perder a maior parte da família real; você e eu estamos teoricamente planejando nosso casamento; lá fora à nossa espera está um exército que quer destruir tudo o que construímos. E você quer uma aula de história? — Ele olhou para a parede do outro lado do gabinete por um segundo. — Não entendo onde você está com a cabeça agora.

Sua atitude demonstrava tanta exasperação que meu instinto de colocá-lo em seu lugar de novo vacilou.

— Nickolas, assumi um cargo para o qual não fui treinada num momento em que *sabemos* que há inimigos no horizonte. Estou preocupada com meu irmão e com meu pai. Não consigo dormir. Se pareço distraída, é porque isso é muita coisa. É uma sensação — levei a mão ao coração ao repensar naquilo tudo — esmagadora e maravilhosa e cansativa e incrível. Estou fazendo o melhor que posso.

Ele se aproximou para se ajoelhar na minha frente.

— Então me deixe ajudar. Annika, eu sou capaz. Vá descansar. Eu recebo os pedidos. Posso ler, classificar e resumir tudo para você hoje à noite. Respire.

Soltei um suspiro. Parecia que passar qualquer uma das minhas responsabilidades para ele era trapacear... mas se ele ia apenas ler relatórios e me passar as informações pertinentes, qual seria o problema?

— Certo. Mas o que vou fazer agora é devolver esses livros à biblioteca.

Ele abriu um sorriso e assentiu com a cabeça. Sem ter mais nada para falar, juntei os livros e parti para a biblioteca.

— Annika — Rhett perguntou quando cruzei a porta. — Já de volta?

— Sim — falei, já colocando os livros sobre a mesa na entrada. — Eu ia tentar conferir de novo, mas não adianta. Não consigo descobrir nada.

Ele soltou um suspiro.

— Já pensou que a ausência daquilo que você busca já é uma resposta?

Balancei a cabeça.

— Acho que tem mais coisa.

Ele se aproximou e me segurou pelos ombros.

— Certo. Então me diga exatamente o que está procurando. Se estiver nesta biblioteca, eu acho.

Respondi, bufando.

— Estou procurando qualquer menção a um sétimo clã, os dahrainianos. Não encontro nenhuma referência a eles... E eu tinha certeza de que estava perto de descobrir alguma coisa.

Massageei a testa na tentativa de me livrar do cansaço. Quando olhei para Rhett, vi que ele estava sorrindo.

— Annika, mas é claro que você não consegue encontrar nada. Está procurando no lugar errado.

— Como assim?

— Esse povo... você os chamou de dahrainianos?

Confirmei com a cabeça.

— Eles não aparecem nos livros de história. Todas as histórias sobre o sétimo clã perdido estão na parte de mitologia — Rhett informou apontando para uma seção bem no meio da biblioteca, que era aberta para que fosse possível ver quem estava lá e onde os livros estavam acorrentados às prateleiras.

Mitologia.

Antes que eu fosse capaz de processar o que isso poderia dizer, as portas se escancararam.

Nickolas apareceu, sem fôlego depois de ter descido correndo até onde eu estava.

— Annika — ele começou ofegante. — Não viria perturbar se não fosse urgente, mas há alguém aqui que você gostaria de encontrar.

Odiava reconhecer que meu coração tinha saltado, que cada reserva de esperança no meu corpo tinha acordado. Ele estaria aqui? Tinha vindo atrás de mim?

— Quem?

— Um soldado que o rei mandou para o acampamento dos dahrainianos como emissário para anunciar o encontro na ilha. Ele foi mantido preso no castelo e interrogado, e depois o deixaram no mar para nadar até aqui. É o único dos três enviados que voltou vivo.

Fiz que sim com a cabeça.

— Leve-me até ele imediatamente.

Lennox

Descobri que era capaz de me comunicar com Inigo e Blythe com um olhar. Quando passei por eles enquanto treinavam com um grupo de soldados do lado de fora, bastou isso para atrair sua atenção. Continuei a caminhar até um dos cantos da arena, sem olhar para trás para saber se eles estavam me seguindo.

Parei diante de uma rocha para tentar organizar meus pensamentos. Podia não estar trêmulo por fora, mas por dentro sentia um calafrio, como se tudo estivesse gelado e instável. Virei para trás e vi os dois à espera.

— O príncipe deles morreu — contei-lhes.

Blythe tapou a boca com um olhar de alegria.

— Gostaria de poder contar à Rami. Gostaria que ela pudesse saber...

Eu não podia dizer ao certo por que aquilo não era uma boa notícia para mim, por que parte do meu coração tinha ficado pesada quando descobri.

— Há relatos de que o rei também está morto — acrescentei depressa, não querendo que ela visse, ou ainda questionasse, meu desconforto com a notícia sobre Escalus. — Se não está, está quase. A princesa foi nomeada regente. Não sei se isso significa que o rei ainda está vivo ou se estão ganhando tempo para prepará-la antes de anunciar sua morte. Em todo caso, tudo indica que ela está sozinha no palácio.

Os olhos de Inigo se fixaram na relva, mas notei sua testa franzida e seu olhar traçando linhas no chão enquanto ele tentava concluir um raciocínio.

— Você está dizendo que só precisamos nos livrar dela? É fácil — Blythe disse. — *Eu* poderia fazer isso.

— Não! — falei rápido antes de me controlar. — Aparentemente, enquanto estávamos na ilha, Kawan se abrigou da tempestade com alguém de Kadier. Seja lá quem for, essa pessoa vai se livrar da princesa.

Houve um momento de silêncio. E logo Blythe começou a rir.

— Isso... Isso é exatamente o que queríamos, certo? — comentou.

Ela olhava para Inigo e para mim à espera de que um de nós confirmasse seus palpites.

— Não podemos ter certeza. Ainda não, pelo menos. Precisamos saber se conseguimos descobrir mais sobre o que está acontecendo. Se ela... — engoli em seco. — Se ela ainda está viva, e se a pessoa com quem Kawan conversou é confiável. Não há como ter certeza por enquanto.

Notei Blythe desanimar um pouco.

— Claro. Você tem razão — ela suspirou olhando o velho castelo. Hoje ele parecia ainda mais cinzento que o normal. — Só enxerguei um brilho de esperança e me empolguei. Faço o que você achar melhor, Lennox. Todos faremos.

Olhei para ela comovido pela sinceridade em sua voz.

— Obrigado, Blythe.

— É sério — ela insistiu. — Os recrutas, em especial os mais jovens... estão perguntando de você. Sinto que temos uma chance real agora.

Abri um sorriso fraco, mas lhe ofereci mesmo assim.

— Blythe — Inigo disse afinal —, você nos daria um momento? Preciso fazer uma pergunta sobre um assunto pessoal a Lennox.

O rosto dela ficou tão surpreso quanto o meu, mas ela fez que sim com a cabeça e se retirou.

Inigo esperou que ela estivesse longe o bastante para não ouvir.

— O que você vai fazer? — perguntou por fim.

— Com o quê?

— O que você vai fazer com a sua namorada? — ele questionou com firmeza.

Olhei confuso para a silhueta de Blythe sumindo à distância e apontei para ela.

— Nada? Ela parece bem...

Inigo baixou minha mão com um tapa.

— Blythe é louca por você e não consegue enxergar a verdade bem diante do nariz dela. Eu consigo. — Ele me encarou com olhos que não eram nem acusadores, nem zangados. — O que você vai fazer com a sua namorada?

Engoli em seco e senti minha pulsação acelerar.

— Não sei do que você está falando.

—Você pode guardar segredos de todo mundo, Lennox, mas de mim não. Estamos prestes a invadir um país com você no comando. Preciso saber se você vai ser capaz de remover o último obstáculo entre nós e tudo o que sempre falamos e desejamos — suas palavras podiam ter sido acusações frias, mas não foram. Ele as pronunciou com paciência e preocupação, a tal ponto que isso as deixou ainda mais assustadoras para mim. — Se pudéssemos correr para lá agora, você iria atrás do trono ou dela?

Lágrimas começaram a arder nos meus olhos.

— Como você sabe?

— Se um cego pudesse voltar a enxergar, imagino que ficaria com a mesma cara que você fez da primeira vez que a viu na floresta. Uma garota seminua escapa do nosso castelo e sai correndo pelo continente, e você volta para casa sem ela *e* sem sua capa. Estamos no meio da nossa primeira batalha propriamente dita, e você procura de forma ostensiva um rosto conhecido num lugar onde não deveria haver nenhum. Quando retornamos da ilha, você olhou num pedaço de fita no seu bolso umas seis vezes pelo que contei. E agora você mal conseguiu pronunciar uma frase sobre a morte dela sem desafinar. Preciso saber qual é o plano. Porque tanto você como eu estamos cansados de travar uma guerra sem vencedores.

Eu me permiti tomar um bom fôlego para segurar as lágrimas.

— Inigo... o que eu faço? Tirei a vida da mãe dela com as próprias mãos, e ela me perdoou. *Perdoou!* Ela me contou seus segredos mais sombrios. Ela confia em mim.

Ele fez uma careta de confusão.

— Aquela garota tem segredos sombrios?

Soltei um suspiro.

— Gostaria de não saber. Dói só de lembrar.

— Você disse que ela confia em você, mas ela te ama?

Respirei fundo, pensando nos dedos dela em meus cabelos, na imagem dela com minha capa nos ombros, nos beijos que ela me dava com tanta generosidade.

— Amando ou não, seria um desperdício entregar meu coração a qualquer outra pessoa.

Ele inclinou a cabeça.

— Lennox, jurei lealdade a você há muito tempo. Estou esperando você ficar pronto para nos liderar. Há anos que tenho certeza de que você é capaz. Então, dê a ordem. Diga-me o que quer, e farei tudo ao meu alcance para que aconteça.

Desviei o olhar, incapaz de suportar a fé que ele depositava em mim. Isso me enchia de uma esperança e de um orgulho indescritíveis, mas essas coisas sempre viriam acompanhadas de uma pontada de medo.

— Precisamos recuperar nosso lar, Inigo. E preciso que Annika viva. Se ela morrer, eu morro. Não posso *tê-la*. Entendo isso. Mas ela tem de viver.

Inigo cruzou os braços de novo, voltando a ser soldado.

— Entendi — ele olhou para o chão e depois para mim de novo. — E Blythe?

Engoli em seco.

— Eu... eu...

— Porque se ela está disponível, você precisa falar. — E sem mais palavras, ele saiu marchando. Eu estava atônito com o quanto Inigo vinha sacrificando por mim durante todo esse tempo.

Annika

— Ah, por favor, não se curve — insisti ao entrar na sala. O homem que estava diante de mim parecia pior que o nosso exército ao voltar da ilha. Roupas rasgadas, marcas vermelhas de corda nos pulsos. Os lábios rachados, mas cicatrizando, e hematomas em todos os trechos de pele visíveis.

Só quando ele levantou a cabeça eu o reconheci. Ao cair em cima da mesa de vidro, meu pai ficou atônito demais para me ajudar apesar do sangue que brotava pelo meu vestido rasgado. Um dos guardas tomou a frente e me carregou de volta aos meus aposentos. Foi humilhante… mas fiquei grata pela ajuda.

Ele me ajudou.

— Alteza, perdoe o meu estado. Quis vê-la primeiro.

— Ainda não cuidaram de você? — Não pude deixar de pensar que ele precisava de comida e descanso. Nickolas balançou a cabeça. — Você deve estar faminto — eu disse, olhando-o exasperada.

Ele olhava para mim e para o guarda, que claramente não queria perder nada.

— Claro — ele disse, afinal. — Voltarei o mais rápido possível.

Ele saiu depressa e eu e o soldado ficamos a sós.

— Antes de mais nada, preciso pedir desculpas — ele começou com um sentido de urgência. — Tentamos impedir que levassem todo o exército deles, mas foi em vão. Eles não deram indicações de que planejavam sabotar o encontro até a manhã daquele dia. Fracassei na missão de protegê-la. É imperdoável — ele disse, olhando para o chão, envergonhado.

— Não diga mais nada. Eu não sabia que o rei pretendia usar nosso exército para encurralá-los. O episódio inteiro foi um desastre. Apenas me conte o que conseguir.

Ele fez que sim e levantou os olhos para mim.

— Fomos instruídos a convidá-los para encontrar o rei na ilha, que seria um campo neutro para as negociações de paz. O rei lhes ofereceria bens e um tratado na esperança de uma cooperação futura. Isso foi tudo o que nos disseram.

Ele balançou a cabeça e continuou.

— Deixamos que nos capturassem. Eles nos interrogaram, principalmente sobre as proteções do castelo. Queriam informações sobre os fortes, embora um dos soldados tenha perguntado muito sobre a nossa história. Coleman contou ao líder deles apenas o suficiente para fazê-los entrar nos barcos. Quando esse líder, Kawan, percebeu que estava sendo manipulado, ordenou a nossa execução. O mesmo soldado de antes, Lennox, nos conduziu até a praia e fez mais algumas perguntas sobre o país e a senhorita.

Ele engoliu em seco ao recordar. Enquanto isso, meus ouvidos se animaram ao escutar o nome de Lennox.

— Nossas mãos estavam amarradas... Ele podia só ter nos cortado ao meio com a espada. Mas em vez disso nos disse para entrarmos na água e nos deu a chance de nadar até em casa. Ele até cortou minhas cordas o suficiente para que eu fosse capaz de arrebentá-las e ajudar os outros.

O soldado desviou o rosto; seus lábios tremiam enquanto ele juntava forças para terminar a história.

— Chegamos a nos soltar, mas a corrente do mar era muito forte e não conseguimos voltar para a praia. Quando finalmente conseguimos vencer a ressaca das ondas, estávamos exaustos... Só queríamos sair da água, e comecei a nos guiar para o primeiro pedaço de praia que avistamos. O lugar era muito rochoso, e acabamos batendo várias vezes contra as pedras, e... acho que foi nesse ponto que perdemos Coleman. Não sei ao certo.

Levei a mão à boca. Estava tão comovida com a debilidade dele que sentia que estava prestes a chorar a qualquer momento.

— Quando por fim consegui subir em uma rocha, puxei Victos para fora. Nós dois desmaiamos de exaustão nas imediações de uma floresta. Quando acordei, ele estava suando e se debatendo durante o sono. Arrisquei ir mais longe para encontrar comida e água, mas era impossível. Dei-lhe o pouco do que consegui coletar, mas foi insuficiente. Também tentei mantê-lo protegido do sol, mas não tinha como controlar sua febre. Ele morreu enquanto eu dormia.

O soldado precisou fazer uma nova pausa. Eu conhecia esse tipo de tortura. Mesmo com todos os médicos e remédios à disposição, eu não era capaz de curar meu irmão ou meu pai, e a sensação de impotência era devastadora.

— Algumas pessoas foram gentis e me deixaram viajar na parte de trás de suas carroças, mas os ferimentos me deixaram mais lento do que eu gostaria. Ouvi dizer que ocorreram batalhas, mas que houve uma tempestade.

Soltei um suspiro.

— Houve uma breve batalha no mar. Eles tentaram incendiar nossos navios, mas nossos mosquetes os forçaram a manter distância. Os dois exércitos foram para a ilha, e assim que ficaram um diante do outro, alguém do lado deles atirou uma flecha bem no peito de Escalus. Depois, foi um caos. Mas um furacão atingiu a ilha, e fomos obrigados a nos esconder. Meu irmão e meu pai têm sorte de estarem vivos.

Foi então que Nickolas voltou com uma bandeja com comida e bebida nas mãos. Às pressas, ele colocou a refeição na mesa, diante do soldado.

— Sinto muito. Só agora me dei conta de que não sei seu nome — falei.

Ele esfregou os olhos.

— Palmer, alteza.

— Por favor, coma alguma coisa — incentivei apontando para a comida, e ele pegou, meio desanimado, um pedaço de pão.

— Então a senhora é a regente agora, alteza?

— Sou — confirmei. — Fui apontada por meu irmão antes de sairmos da ilha. Desde então, tanto ele quanto meu pai estão inconscientes, mas estou confiante de que ambos vão se recuperar.

Notei que os olhos de Nickolas saltavam do soldado para mim, questionando se eu não estava falando demais.

— Suas feridas são muito graves? — perguntei. — Gostaria que ficasse num dos nossos quartos de hóspede por enquanto e que fosse atendido por um médico. E depois, gostaria de pedir um favor imenso.

Ao ouvir isso, ele levantou a cabeça.

— Meus ferimentos são leves. Em que posso lhe servir, alteza?

— Preciso que alguém leve uma mensagem para Lennox. Um gesto entre líderes.

— Então seria para o outro sujeito — Nickolas esclareceu. — Kawan, não é?

Balancei a cabeça.

— Não. Estive entre eles. Kawan pode estar no comando, mas não é o líder deles.

Palmer assentiu com a cabeça levemente.

— O que vou entregar... seria semelhante a uma oferta de paz?

Pensei um pouco antes de responder.

— Algo do tipo.

— Annika, tem certeza de que é prudente? — Nickolas interrompeu. — Seu pai e seu irmão estão no leito de morte. Essa gente matou sua mãe e não tenho dúvidas de que estão contando os minutos para chegar até você. Como podemos garantir a sua segurança se você envia sinais de boa vontade depois de tantas agressões?

Era uma pergunta justa. Não importava o que acontecesse, era provável que acabássemos em guerra.

Mas eu era filha de uma pacificadora.

Tinha lutado muito para ter o direito de empunhar a espada e aprender a usá-la. E sabia muito bem que abandoná-la seria outra batalha.

— Vamos agir com cautela, mas gostaria de fazer esforços para acabar com isso sem que mais sangue seja derramado. Com certeza você entende.

Seu olhar ia de Palmer para mim.

— Annika, não sei se consigo concordar — ele disse em voz baixa.

Aproximei-me dele, tentando manter essa parte da conversa privada.

— Se você vai se tornar meu consorte, precisa saber disso de cor: o povo vem em primeiro lugar. Nós, em segundo. Por isso, preciso colocar as necessidades do povo na frente das minhas, mesmo que arrisque minha vida. E preciso que você me apoie nisso.

Ele engoliu em seco e olhou para o chão.

— Faça o que quiser.

— Obrigada.

Eu me afastei e me virei para Palmer.

— Leve o tempo que precisar. E se não se sentir à vontade de voltar ao território deles, diga. Não posso prometer um retorno seguro, e depois do que você passou, não guardaria o menor ressentimento se recusasse.

— Se eu conseguir comer e descansar esta noite, parto contente amanhã cedo — ele respondeu de imediato.

— Já? — perguntei. — Tem certeza?

Ele confirmou.

— Gostaria de ter a chance de encará-lo nos olhos de novo.

Eu também não desejava outra coisa.

Lennox

Perambulei pelas terras do castelo por um tempo, ruminando o pedido de Inigo para que abrisse mão de Blythe. Quanto mais repassava minhas lembranças, mais sentido tudo fazia. Inigo a defendia e elogiava, enquanto se mantinha às margens do nosso relacionamento nascente. Mesmo quando se sentia magoado, Inigo fez seu melhor para apoiar Blythe sem se intrometer entre ela e a única coisa com que ela parecia se importar; que no caso era eu.

Mas agora eu sabia. Ele a amava. E eu não podia mais segurá-la.

Continuei andando, tomando o caminho de volta para o castelo. Era raro ver Kawan do lado de fora, e ainda mais encontrá-lo sozinho. Mas a silhueta que se ergueu no mato alto mais à frente era inconfundível. Talvez por estar pensando no altruísmo de Inigo ou em como me sacrificar um pouco mais, não sei, mas por alguma razão fui até ele.

Kawan limpava a lâmina de uma faca curta, e percebi que tinha caçado. Talvez não fosse a melhor hora para conversar, mas todos os momentos pareciam ruins. Assim, continuei. Mesmo de longe, notei sua cara fechada.

— Não estou no clima — ele avisou, para em seguida tornar a olhar para algo na relva.

— Nem eu. Ainda assim, acho que precisamos conversar — parei a uns metros de distância para não permitir que me desse um soco fácil caso perdesse a cabeça. — Não sei o que em mim o ofende, mas pelo senhor, pelo nosso povo, eu faço o meu melhor desde o dia em que minha família chegou aqui. O senhor pode não gostar do meu jeito, mas sempre cumpri todas as tarefas que me passou.

— Você tenta me sabotar desde o começo — ele replicou.

— Não, senhor — respondi com sinceridade. — Acreditei,

como meu pai, que o senhor iria nos conduzir de volta ao nosso reino, que tomaria a coroa e acertaria tudo. Cometi muitos erros, mas ainda tenho essa esperança.

Ele bufou e agitou os braços, gesticulando para o nada.

— E eu terei o meu reino. Espere uma ou duas semanas até a morte da princesa deles, e então entraremos naquele território, mataremos todos os senhores de terra, que são descendentes dos traidores que tomaram nosso lugar, e corrigiremos tudo.

— Não há uma saída melhor? — perguntei.

Seu olhar gélido foi tudo de que precisei para saber que ele não aguentava mais a minha voz.

— Deixe-me ser bem claro. Se você disser mais alguma coisa contra mim, meus planos ou meus métodos, vou arrancar a sua língua. Adoraria ver como vão te seguir se você não conseguir dar ordens.

— Não estou falando mal do senhor. Estou suplicando ajuda. Perdemos tantos homens na ilha, e, caso tenhamos recebido informações falsas sobre a família real em Kadier, poderíamos acabar caindo em outra...

Kawan sacou de novo a faca e a apontou para o meu rosto, muito perto do meu olho. Temi que se eu respirasse de alguma forma errada poderia acabar sem voz e sem visão. Ainda assim, não vacilei. Permaneci imóvel e calado, à espera.

— Uma. Palavra. A mais — ele ameaçou.

Ficamos assim por bastante tempo. E me perguntei por que ele não ia em frente e me matava. Havia tido inúmeras chances ao longo dos anos. Minha mãe não teria outro lugar para ir. Por que ele me queria sob seu controle, e não sob uma lápide?

Ele afastou a faca e a embainhou antes de se inclinar para pegar o que tinha na relva. Assisti horrorizado enquanto ele erguia um animal cinzento do chão.

Não. *Não.*

— A propósito — ele começou —, não temos animais de estimação aqui. — Ele sacudiu minha raposinha-cinzenta no alto e eu

tive de afastar de mim o impulso de partir para cima dele. — Obrigado pelo jantar.

Ele deu as costas e saiu satisfeito, sabendo que eu não o seguiria.

De fato, virei para a direção contrária e corri. Consegui até chegar perto do portão oeste, antes de me abaixar e vomitar.

— Ah, Agulha — gemi ainda abaixado. Não era só a morte dela que me deixava em pedaços. Era o fato de ele encher o estômago com ela.

Eu me inclinei de novo para vomitar ainda mais.

Bem quando parecia que ele não seria mais capaz de tomar coisas de mim, ele descobria novas maneiras de me destruir. Se aquilo não fosse tão cruel, seria impressionante.

Mas a partir de agora eu lavava minhas mãos em relação a Kawan.

Tinha tentado segui-lo, obedecê-lo, tinha tentado argumentar com ele.

No entanto, era chegada a hora de arruiná-lo sem pensar duas vezes. Ainda não sabia como isso ia acontecer. Mas ser responsável pela sua morte já não era mais um fardo.

Annika

Entrei no quarto do meu irmão e encontrei o médico checando seu pulso. Noemi tinha nas mãos linha e agulha, mas não se mexia; perfeitamente imóvel, ela observava cada movimento do médico.

Ele se inclinou e abriu uma das pálpebras de Escalus. O que estava buscando? Eu não sabia. Depois, colocou a mão na testa do meu irmão, endireitou o corpo e veio até mim.

— Majestade — ele saudou.

— Alteza — corrigi. Por que tanta gente me chamava assim? Parecia até que tinham sido instruídos a fazer isso, e se eu tivesse alguma ideia de onde isso estava vindo, acabaria com o problema pela raiz na mesma hora.

— Ah, sim, claro. Seu irmão dá sinais de melhora. Seu pulso está um pouco mais forte do que ontem, e a temperatura, apesar de ainda ser alta, parece estar diminuindo.

Olhei para Escalus, ainda pálido, ainda imóvel.

— Podemos... podemos fazer mais alguma coisa?

O médico inclinou a cabeça.

— Receio que não. Vou para o quarto do rei agora. Pelos relatórios, parece que sua condição não mudou muito, mas mandarei avisar imediatamente se algo se alterar, para bem ou para mal.

— Obrigada.

Eu queria soar agradecida, mas também precisava de mais. Mais ação, mais respostas. Como era possível eu ter todo o poder do nosso reino e, ao mesmo tempo, me sentir tão impotente?

Eu me aproximei de Noemi devagar por cima de seu ombro para espiar o que ela costurava.

— Essa camisa é dele?

Ela fez que sim.

— Já consertei duas golas, e esta manga está com um furo. Alguns paletós também precisam de alguns retoques nos bordados decorativos e são os próximos da minha lista. Quando o príncipe acordar, seu guarda-roupa estará pronto para ele. Tudo o que ele precisa fazer — ela disse, com os lábios levemente trêmulos — é voltar.

Dava para sentir a tensão que emanava dela, o desespero que sufocava a esperança. Eu estava cansada. Passava o dia todo ocupada e quase todas as noites sem dormir. Só isso poderia explicar por que eu falaria uma tolice tão grande.

— Tenha fé, Noemi. Se Escalus não voltar por mim, com certeza o fará por você.

Ela parou de costurar na mesma hora. Nós duas percebemos o que eu tinha dito, e nos entreolhamos atônitas. Noemi se levantou.

— Há quanto... Há quanto tempo a senhorita sabe? — ela perguntou com um sussurro.

Eu não podia responder nada além da verdade.

— Desde um pouco antes de partirmos para a Ilha. Foi parte do motivo para eu insistir em levá-la conosco. Não queria fazê-la esperar.

Ela fez que sim com a cabeça.

— E então?

— E então o quê?

Olhei para seu rosto doce e preocupado, e percebi que ela estava prestes a desabar.

— A senhorita me odeia?

Me aproximei dela e tomei suas mãos.

— Minha querida Noemi, por que eu odiaria você?

Ela suspirou e deu de ombros.

— Por esconder uma coisa dessas da senhorita. Eu me sentia culpada por não lhe contar. Mas Escalus insistiu. Me perdoe.

Toquei suas bochechas.

— Perdoo. Fico triste por não ter sabido antes, mas compreendo o motivo. Eu acabaria dizendo a coisa errada para a pessoa errada, e você seria despedida. E nem ele, nem eu conseguiríamos viver sem você.

Depois dessas palavras, baixei a cabeça e suspirei.

— Nickolas vive dizendo para tirar você de perto de Escalus, mas sei como o consolaria acordar e ver seu rosto. A verdade é que sou um desastre sem você. E não pelos motivos que você está pensando, como cuidar das minhas necessidades cotidianas ou me ajudar a me vestir. Na verdade, é importante para mim saber que você estará ao meu lado se me sentir confusa ou com medo. Sinto falta de alguém para conversar.

Ela inclinou a cabeça para o lado.

— Eu a abandonei no momento que a senhorita mais precisava de mim. Ah, alteza. É tão difícil mesmo?

Senti meus olhos marejarem.

— O trabalho é muito compensador, na verdade. Mas saber que cada erro terá meu nome me deixa aterrorizada. Odeio não ter ninguém para me colocar de novo no caminho certo se eu me desviar.

— Nem mesmo o duque? — ela arriscou, embora a voz revelasse que ela mesma não gostava da ideia.

— Noemi... há algo de errado com Nickolas — cochichei. — Ele já se ofereceu para ajudar várias vezes, embora seu jeito de fazer isso seja muito estranho. Mas não sei dizer se não são apenas ilusões do meu cérebro cansado. Ele não parece entender o sacrifício do cargo...

Ela fez que sim.

— Lembre-se de que ele não tem direitos sobre o seu trabalho ou o seu poder. E sei que a senhora gosta de servir, mas tire um tempo para si. Se não cuidar da regente que é, ela não conseguirá cuidar de ninguém.

Era um raciocínio tão óbvio que eu não pude acreditar que não tinha sido capaz de pensar nisso antes.

—Viu? É por isso que preciso de você por perto. É muito mais inteligente do que eu.

Ela achou graça.

— Fico feliz que pense assim — ela disse com um sorriso que logo se desfez. — Mas preciso perguntar mais uma coisa.

— Qualquer coisa.

Ela levou as mãos ao pescoço, nervosa.

—A senhorita disse que não me odiava por ter guardado segredo. Mas... se Escalus e eu conseguirmos de algum jeito ficar juntos, a senhorita odiaria... — ela desviou o olhar, incapaz de pronunciar as palavras. Mas eu já tinha entendido como a frase acabaria na hora que ela começou.

— Se eu a odiaria se você se tornasse rainha?

Ela apertou os lábios e fez que sim com cabeça.

Eu já havia provado o gosto de ser uma líder. E gostado. Mas quando meu pai e Escalus — ou, tomara, os dois — acordassem, estaria tudo nas mãos deles. Que mal faria ter outra pessoa à minha frente na linha de sucessão?

— Quem seria capaz de odiar a rainha Noemi?

Seus lábios tremeram.

— Sério?

—Você sempre esteve comigo, na alegria e na tristeza. E ficarei feliz de fazer o mesmo por você.

Ficamos as duas ali por um momento, com as mãos e a vida entrelaçadas.

— Mas, primeiro, o mais importante — retomei. — Precisamos fazer esse rapaz acordar. Por isso, você cuida dele e eu me preocupo com o resto.

Dei-lhe um beijo na bochecha e me virei para sair.

— Avise-me quando algo mudar. Passarei o dia no meu gabinete — eu disse.

Ela me olhou como que dizendo "não acabei de dizer para você fazer o oposto disso?", mas logo sorriu ao se dar conta de que eu não ouviria esse conselho mesmo. Se aquilo não era coisa de irmãs, não imagino o que seria.

Quando dobrei a esquina do corredor, me permiti desacelerar

o passo. Levei a mão ao coração e tentei massagear o peito até a dor passar. Queria que Noemi alcançasse toda a felicidade do mundo. Queria que tivesse uma vida que não estivesse presa à servidão como a minha. Mas me magoava saber que ela seria capaz de governar de um jeito que eu nunca poderia.

Pronto.

Eu não era perfeita.

E, agora que tinha me permitido esse pensamento, eu o expulsei da cabeça. Nunca mais pensaria nisso de novo. Se eu quisesse que ela e Escalus tivessem alguma chance, não poderia vacilar no que dizia respeito a ela. Se algum dia os dois conseguissem o que queriam, o povo questionaria o fato de uma criada ter chegado ao posto de rainha. Por isso, eu precisaria ser um exemplo de apoio. O que significava que eu deveria ser melhor do que estava sendo, melhor do que eu era agora.

Lennox

Patrulhar costumava ser um suplício. Agora — longe do castelo, da morte, das discussões e da exploração — dava uma sensação de liberdade. Quantas vezes eu não tinha tentado imaginar minha vida numa terra nova, com tudo o que eu queria enfim à mão? Agora percebia que se levasse toda a manipulação de Vosino comigo para um novo palácio, ele se transformaria numa nova prisão.

— No que está pensando? — Blythe perguntou.

Inigo vinha uns passos atrás dela, seguido por Griffin. Todos fitávamos o horizonte.

— No futuro — respondi com sinceridade.

Ela abriu um sorriso alegre.

— Não vejo a hora de o futuro chegar.

Lancei um olhar para Inigo atrás de mim e estiquei o queixo; era um jeito de pedir, sem palavras, que ele desse um pouco de espaço para Blythe e para mim. Ele assentiu com a cabeça e desacelerou o passo, mantendo Griffin a seu lado.

Como eu ia explicar a Blythe que ela não tinha feito nada de errado? Como a convenceria de que cortar nossos laços agora era diferente da minha tentativa anterior? Como podia deixar claro que esse era o único modo de expressar o meu amor?

Quando ficamos longe o bastante dos outros, olhei para ela. Seus olhos estavam o tempo todo em mim, e dessa vez não era diferente.

— Preciso falar uma coisa — comecei, sério.

Ela sustentou um sorriso, mas notei que estava mais frágil.

— Certo.

— Primeiro, queria agradecer. Você sempre viu o que eu tinha de melhor. Nunca entendi o porquê — reconheci. — Ainda não entendo. Mas isso tem um significado maior do que consigo expressar.

Vi em seu olhar que ela sabia o que eu estava fazendo: eu estava preparando o terreno antes de partir seu coração.

— Há muita coisa boa em você, Lennox — ela disse baixinho.

Dei de ombros.

— Talvez. O mais importante, porém, é que quero que saiba que eu também vejo o que você tem de bom. Por muito tempo, só enxergava uma soldada, mas... você é muito mais do que isso.

Ela engoliu em seco.

— Não enrole — ela murmurou, desviando o olhar. — Apenas fale.

Eu estava tão, tão cansado de magoar os outros.

— Blythe... Você e eu...

Ela balançou a cabeça.

— Ouça. Para liderar alguém, não basta pensar em como começar as coisas; precisa saber como terminar também. E precisa fazer isso de um jeito bom — ela me lançou um olhar frio, a primeira vez que o fazia desde que nos conhecemos melhor. — Esta é última vez que termino uma coisa para você — ela acrescentou, dando-me as costas.

O clima entre nós ficou tão gelado que quase voltei atrás. E talvez tivesse tentado se algo muito maior não tivesse acontecido.

— Lennox? — Griffin chamou baixinho.

— Sim? — respondi, no mesmo tom. No mesmo instante, Blythe se abaixou, e eu fiz o mesmo.

— À sua esquerda — ela cochichou.

Virei a cabeça devagar, e encontrei um homem de máscara montado sobre um cavalo e com uma bandeira branca levantada. Enquanto isso, Griffin e Inigo já tinham se juntado a nós para observar a aproximação do cavaleiro solitário.

— Isso não é por acaso — Inigo disse. — Ele está procurando a gente.

— Então vamos deixá-lo nos encontrar — falei, já saindo de trás das árvores para a planície, enquanto os outros ficaram no mesmo lugar. Ele me viu quase na mesma hora e desacelerou ainda mais o trote do cavalo. Assim que se aproximou, chamou de onde estava:

— Lennox.

Torci para que ele não tivesse notado em meu rosto a surpresa com o fato de ele saber meu nome.

— Sim.

— Tenho um presente para você, uma oferta de paz. Diretamente de sua alteza real, a princesa Annika Vedette.

O título completo dela soou como poesia.

Eu ficaria agradecido com qualquer coisa que viesse dela. Mas não havia como aquele cavaleiro ter um presente melhor do que aquele que tinha acabado de me dar: a confirmação de que Annika estava viva.

Estendi a mão.

— Então entregue o embrulho e vá embora.

Algo em seu olhar indicava que ele sorria por trás da máscara. E eu tive a sensação de já ter visto aqueles olhos antes.

— Não posso entregar antes de que me confirme algo.

— E o que seria? — questionei, bufando.

— Ela disse que eu não poderia dar-lhe o pacote se você não conseguisse articular exatamente o que são "coisas bobas e doces".

Sorri sozinho, por ela ter sido capaz de flertar comigo mesmo estando em outro país.

— Tenho café da manhã — respondi em voz baixa.

Ele riu e desmontou. Mancando levemente de uma perna, desatou uma pequena bolsa de lona do cinturão e a entregou a mim.

Olhei bem em seus olhos por um instante e balancei a cabeça ao reconhecê-lo.

— Palmer. Então você voltou vivo para casa. Você é muito corajoso por voltar aqui.

— Faço o que minha princesa pede — ele replicou.

Peguei a mala e desviei o olhar.

— Suponho que ela esteja bem.

Eu não podia perguntar diretamente como ela estava depois da morte do irmão, mas precisava saber *alguma coisa*.

— Está bem, na medida do possível. Tenta governar o país, planejar um casamento e cuidar do irmão e do pai sempre que consegue... Com certeza está exausta, mas jamais o admitiria.

Cada palavra da frase foi como um soco no meu estômago.

Primeiro, ela estava mesmo no poder. Eu tinha certeza de que era capaz, mas fiquei contente mesmo assim.

Segundo, seu irmão não estava morto. Talvez estivesse doente — perto da morte até —, mas vivo. Assim como o rei.

E terceiro... o casamento. Eu sabia que ela tinha a obrigação de se casar com o querido Nickolas, mas isso deveria acontecer mais para frente. E se Annika já estivesse casada quando nossos caminhos se cruzassem? Qual seria a sensação?

— Não admitiria — comentei. — Ela não parece ser do tipo que reconhece derrotas.

Puxei os cordões para abrir a bolsa e encontrei dentro um pote de vidro com uma tampa perfeitamente encaixada. Parecia o tipo de recipiente que uma nobre usaria para guardar perfume ou maquiagem, algo delicado que servisse para embelezar, não para uma viagem longa. Era difícil distinguir direito o que havia lá dentro por causa da distorção causada pelos chanfros do vidro, mas eu abri o recipiente e encontrei uma pequena tira de papel. Nela, estava escrita apenas uma palavra:

Dahrain.

Olhei embaixo do papel e vi uma terra rica e escura.

Ela tinha me mandado um pedaço do meu lar.

Não consegui evitar um breve pranto entrecortado, embora tenha sido vergonhoso deixar passar uma coisa dessas na frente do inimigo e dos meus companheiros. Levei o pote ao nariz e respirei fundo. Ah, o cheiro era bom: plantas, árvores... esperança. Tudo isso podia crescer numa terra dessas.

Senti o olhar de Palmer sobre mim enquanto eu encarava o pote cheio de terra.

— Preciso saber de uma coisa: você pretende causar algum mal à minha princesa?

— O quê? — perguntei, esfregando os olhos com as costas da mão o mais rápido que consegui.

— Quero saber se pretende matá-la. Se tiver uma chance mínima, acabo com você agora mesmo. Falhei com ela uma vez. Não vai acontecer de novo.

Dei um risinho irônico:

— E por algum motivo pensei que você fosse estar do meu lado.

Ele examinou o horizonte e notei o instante em que enxergou os outros atrás das árvores, à espera. Não pareceu surpreso por encontrá-los ali.

— De certo modo, estou. Se existir algum jeito de resolver a disputa de forma pacífica, eu te apoiaria. Mas se você planeja ferir a princesa, o príncipe ou o rei... então é meu inimigo.

— Não posso aceitar mais mortes. Nunca faria mal a ela nem desejo que alguém o faça. E é por isso mesmo que vou lhe contar isto: uma pessoa do castelo quer acabar com a vida da princesa.

Palmer arregalou os olhos.

— Quem?

— Alguém que estava na ilha. É tudo que sei. Kawan pensa que o rei e o príncipe estão mortos; vou deixar que continue pensando assim. Mas ele está convencido de que a única coisa que se interpõe entre nós e a coroa é a princesa.

Ele encarou o chão e seus olhos iam de um lado para o outro enquanto procurava possíveis nomes.

— Quase o exército inteiro esteve naquela ilha — ele disse devagar. — Qualquer soldado poderia ter sido encurralado por Kawan.

— Não sei como funciona a sua corte. Alguém no palácio poderia sentir rancor da princesa?

Os olhos de Palmer revelaram que ele não acreditava nisso.

— Não conheço ninguém no reino que não a idolatre. Ela é só bondade.

— Portanto, quando parece ser ninguém... poderia ser qualquer um, certo? — perguntei.

Tomado de horror, Palmer confirmou com a cabeça.

—Você precisa voltar imediatamente — avisei. — Precisa proteger a princesa. Depois de tudo, ela vai confiar mais em você do que em qualquer outro guarda, certo? Ela vai mantê-lo por perto, não?

— Veremos. Mas acho que nós dois devemos ser honestos — ele me encarou de um jeito que me forçava a encarar seus olhos. — A esta altura, existe alguém capaz de protegê-la melhor do que você?

Engoli em seco.

— Não. Mas também é possível que não exista ninguém capaz de colocá-la mais em risco do que eu.

— Não importa. Você devia vir comigo.

Olhei para as árvores, para Blythe e para os outros que me aguardavam ansiosos. O que aconteceria com eles se eu partisse agora? Depois de toda a espera, depois de depositarem suas esperanças em mim, como eu seria capaz de abandoná-los?

— Não posso.

Embora não conseguisse ver seu rosto por inteiro, senti o tamanho da sua decepção.

— Então oremos para que ela continue viva — ele se virou e montou no cavalo. — Tem algo para enviar para a princesa? Uma lembrança? Uma palavra?

Uma lembrança. O que Annika não teria de mim se pedisse? Ela tinha a minha capa; tinha uma pulseira feita do meu cordão; tinha cada canto do meu coração. Se eu pudesse lhe dar algo grandioso, o faria, mas nada era meu.

Era tudo dela.

Enfiei a mão no bolso no cinturão e tirei as barras de cereais de que ela gostava tanto.

— Entregue isto a ela, e por favor peça que continue ensaiando os passos.

Ele balançou a cabeça.

— Mais códigos. Muito bem. Cuide-se.

—Você também.

E com isso ele se foi, lançando-me mais um olhar por cima do ombro antes de começar a galopar.

— Vai deixá-lo partir? — Blythe perguntou incrédula, já correndo na minha direção, com os outros logo atrás.

Aquiesci.

— Ele entregou a mensagem, e eu precisava que ele levasse outra.

Observando-o partir, Blythe perguntou.

— Quem tinha uma mensagem? O rei e o príncipe não estão mortos?

Mais uma vez, dei um jeito de responder sem mentir.

— Foi a princesa.

— Ah — ela soltou, com um ar irritado. — E?

Suspirei, apertei contra o peito o embrulho com o pote de terra.

— Acho... Acho que ela quer paz.

Blythe caçoou.

— Logo mais, ela não vai estar viva para propor a paz. Podemos tomar o território. Que burra — ela acrescentou, cruzando os braços e assistindo a Palmer sumir pela relva.

—Você está bem? — Inigo perguntou.

Meu olhar estava longe, mas fiz que sim.

— Só estou com muita coisa na cabeça.

No entanto, não era muita coisa. Era só uma pessoa. E eu não conseguia acreditar que tinha acabado de recusar a chance de estar ao lado dela.

Annika

Eu tinha caído no sono com o rosto colado nas páginas e a mente em parafuso preocupada com a reação de Lennox ao meu presente. Será que pareceria que eu tenho algo que ele não tem, em vez de ser uma amostra daquilo que ele sempre quis ver? Chacoalhei a cabeça para me recompor. Eu me sentia tão perdida.

Quando me endireitei na cadeira, senti dor nas costas por ter passado tanto tempo debruçada sobre a mesa. Olhei em volta com a vista ainda embaçada buscando o que tinha me acordado e encontrei o sorriso encantado de Rhett luzindo sobre mim.

— Boa tarde, alteza. Sinto acordá-la, mas acaba de chegar um soldado que disse ter sido enviado numa missão pela senhora. — O tom de sua voz transformava a afirmação numa pergunta, como se ele não acreditasse no recém-chegado.

— Céus — eu disse, me endireitando de novo e ajeitando o cabelo com as mãos. — Por favor, diga que não tem tinta no meu rosto.

Rhett riu.

— Você parece uma mulher que trabalha muito pelo povo. Nunca esteve tão bonita.

— Obrigada, Rhett — disse, balançando a cabeça. — Você é um amigo tão leal.

Ele baixou os olhos com um ar satisfeito, mas também vi dor quando ele voltou a me encarar.

— Annika, espero que você saiba que sempre, *sempre* estarei ao seu lado.

Fiz que sim com a cabeça.

— Eu sei.

— Se passei dos limites no dia em que pedi para fugir comigo... Bom, talvez você nunca vá entender como é se apaixonar por alguém completamente fora do seu alcance. — Engoli em seco quando ele disse isso. — Mas é um sentimento que faz você falar e fazer as coisas mais desesperadas e vergonhosas. Entendo que você vai se casar com o duque. Sei que, mesmo nos meus devaneios mais loucos, é improvável que a gente termine juntos. Mas espero que nunca use meu coração contra mim. Vou amá-la e servi-la, e serei absolutamente dedicado a você até o dia em que morrer.

A sinceridade das palavras de Rhett era um conforto. Eu não podia ser o que ele queria, mas ele era um amigo melhor do que eu merecia.

— Como eu poderia usar tanta generosidade contra você? — respondi com um sorriso. Ele retribuiu e logo em seguida assumiu uma postura mais formal.

— O soldado está na recepção. Devo trazê-lo aqui?

Olhei para a mesa bagunçada e cheia dos livros que eu tinha apanhado, todos ainda acorrentados às estantes.

— Não, não. Leve-me até ele.

Segui Rhett até a entrada da biblioteca e vi Palmer apoiado numa das mesas. Ele se endireitou ao me ver e se curvou. Notei que, apesar do que tinha dito, ele ainda sentia dores.

— Sinto atrapalhar seu trabalho, alteza, mas acho que a senhora gostaria de saber... — Os olhos dele cravaram em Rhett, mostrando que ele estava hesitante em dar a notícia na frente dos outros.

— Pode prosseguir. Rhett é meu amigo.

Seus olhos desconfiados pousaram de novo sobre Rhett, mas, para não desobedecer a uma ordem minha, Palmer continuou.

— O líder deles acredita que o rei e o príncipe estão mortos. E temos motivos para acreditar que alguém dentro do palácio é um risco para a senhorita.

Rhett ajeitou o corpo.

— Quem?

— Não sabemos. Por enquanto, a senhora deve ser mantida sob vigilância contínua. Posso pedir para ser nomeado seu guarda pessoal? Gostaria de indicar outros soldados da minha confiança para nos alternarmos, mas preciso estar ao seu lado.

— Claro — respondi.

Palmer se virou para Rhett.

— Mantenha a princesa segura até eu voltar.

— Não vou tirar os olhos dela — Rhett prometeu.

Palmer fez que sim com a cabeça e se preparou para sair, mas logo se deteve:

— Ah — acrescentou, voltando para perto de mim com um sorrisinho no rosto. — Ele falou o código sem hesitar. Ficou comovido com o seu presente e mandou isto em retribuição. — Palmer enfiou a mão na bolsa e tirou um pequeno embrulho retangular de papel amarrado com um barbante. Senti o cheiro de canela assim que o presente entrou em contato com o ar, e meu coração acelerou de emoção por tocar algo que tinha passado pelas mãos de Lennox. — Ele também disse para a senhora ensaiar os passos — Palmer completou.

Sorri. Tudo o que conseguia pensar é que ele estava me alimentando de novo.

— Obrigada. Sua jornada foi perigosa, e sei que você chegou aos seus limites físicos por mim. Não vou me esquecer disso.

Palmer se curvou e saiu para cuidar de suas tarefas.

Rhett ficou me observando, cada vez mais confuso, apertar o embrulho contra o peito. Pigarreei e desfiz o sorriso antes de voltar à mesa onde tinha estado momentos antes.

Voltei a me sentar e passei para o próximo livro na esperança de estar chegando perto de algo.

Rhett pegou a barra sobre a mesa e respirou fundo para sentir o cheiro.

— O líder deles enviou comida para você?

— Algo assim.

— Você não pode comer isso de jeito nenhum — ele disse irritado. — O guarda acabou de dizer que alguém quer matá-la.

— Ele disse que alguém *aqui* quer me matar. — Ao pronunciar as palavras, percebi que não havia muito consolo nisso. Mudei de assunto. — Tenho certeza de que isto é seguro. Mas não importa, não estou com fome agora. Estou em busca de uma resposta.

Rhett ficou ao meu lado cada vez mais mal-humorado. Todas as palavras dele de amor e dedicação pareciam muito distantes agora que seus olhos estavam fixos em mim e no presente sobre a mesa. Ignorando-o, comecei a olhar com atenção mais um livro acorrentado às estantes.

Até aquele momento, a mitologia parecia tão útil quanto a história. Na verdade, não: era até menos útil. Precisei devolver metade dos livros à estante por estarem numa língua morta que eu não sabia ler. Ainda assim, só me restava continuar tentando. De todo modo eu precisava da verdade.

Rhett por fim interrompeu meus pensamentos.

— O que você procura exatamente sobre o sétimo clã?

— Nem sei ao certo. Vou saber quando encontrar.

— Hmm — foi tudo o que ele disse.

Ele começou a andar em círculos, e desejei que parasse porque aquilo me deixava nervosa. Mas continuei a ler mesmo assim.

Guardei um livro e peguei outro, grata por dessa vez ao menos conseguir entendê-lo. Senti um frio na barriga quando, depois de algumas páginas, a palavra "Matraleit" pulou do texto. Corri os olhos rapidamente pela página e li o conto do primeiro homem e da primeira mulher se casando sobre uma rocha semelhante a uma cúpula.

Era isso. A mesma história, só que mais completa.

Sem fôlego, continuei a ler. Havia outras histórias e outros feriados. O livro era tão rico, tão completo. Não consegui encontrar a palavra "Dahrain", mas isso fazia sentido caso fosse um livro que eles haviam escrito sobre si mesmos. Por que precisariam chamarem a si próprios pelo nome?

Na parte final do livro, encontrei algo que gelou meu corpo inteiro. Levei um tempo para compreender completamente por quê.

Era uma espécie de árvore genealógica. No canto superior da página, claro como o dia, estava um símbolo. Reconheci na mesma hora: era o que estava bordado na gola da capa que Lennox usava na caverna.

Passei os dedos sobre ele tantas vezes, analisando-o. O do livro era o mesmo, só que em tinta.

E sob o símbolo estavam duas palavras: *Au Sucrit*.

Se o povo de Lennox tinha se dispersado, se sua história inteira era oral, não precisaria de muito para *Au Sucrit* virar *Ossacrite*.

Mas a linhagem da página tinha sido rompida; aparentemente, tinha se perdido história mais ou menos na época da fundação de Kadier. Isso parecia conveniente demais: um entrar e outro sair de cena exatamente ao mesmo tempo.

De fato, brinquei com as palavras "Kadier" e "Dahrain" na cabeça e elas quase se misturavam: *Kah-Dier-Rain*. Por exemplo, se alguém quisesse, poderia apagar a existência de uma sobrepondo a outra. Poderia inventar uma pessoa que seria homenageada com o novo nome, mas que nunca apareceu em lugar nenhum além daquela página da história. Seria uma mentira fácil.

O símbolo, o nome, o momento: era coincidência demais.

Aqui, acorrentada nas estantes da minha biblioteca, estava a resposta.

Mas a questão era ainda mais profunda, mais do que Lennox poderia saber ou imaginar. Se ele soubesse uma pontinha da verdade, teria jogado isso na minha cara no nosso primeiro encontro, teria se gabado sem parar.

Porque ao lado de cada nome masculino da árvore dos *Au Sucrit* aparecia uma única palavra em tinta nítida e inconfundível.

Chefe.

Eu tinha mesmo encontrado um par perfeito, não?

— Alteza?

Rhett e eu nos viramos e vimos um guarda à espera.

— Sim?

— Sou o soldado Kirk. Fui enviado pelo soldado Palmer. Se a senhora precisa cuidar de outras questões, pode sair da biblioteca agora. Vou segui-la aonde quer que a senhorita vá.

Senti o olhar de Rhett sobre mim, tentando decifrar minha expressão. Para o azar dele, nem eu sabia o que estava sentindo. Era muita coisa para processar, e por isso achei bom quando me ofereceram uma saída.

— Obrigada, soldado. Acho que devemos descer para o almoço. Ser vistos. — Minha voz soou mecânica até para mim, mas foi o que consegui fazer.

Peguei a barra de cereais na mesa, a coloquei no bolso do vestido e me perguntei se o abismo que sentia por dentro, se o desejo de abraçar aquele livro com toda a força para que ninguém mais o lesse, significava que eu não merecia receber nada de Lennox.

Lennox

— Estou com medo — sussurrei.

Mais uma vez, a mãe de Annika permaneceu calada.

— Ela está em perigo. Eu não paro de dizer a mim mesmo para não me preocupar — continuei, para em seguida balançar a cabeça, quase rindo. — Tenho uma cicatriz no peito que me diz que ela aguenta qualquer briga. Mas comigo... comigo ela ao menos sabia que devia se proteger. O que ela vai fazer se o inimigo for um rosto amigo?

Fiquei num impasse por um momento. Não parava de pensar em alguém levantando a mão contra Annika. Se alguém ousasse arrancar nem que fosse um fio de cabelo dela, eu já acharia isso justificativa suficiente para fazer o que quer que fosse com essa pessoa em resposta.

— Não sei o que fazer. Essa gente, a minha gente, passou a me apoiar de repente. E acho que sou capaz de *fazer* isso. Sou capaz de nos levar de volta para o nosso lar... Talvez até consiga fazer isso de forma pacífica. Mas não sei como garantir a segurança de Annika. E se algo acontecer a ela...

E então imaginei a cena. Vi tudo na minha cabeça, tão claro como se estivesse vendo com meus próprios olhos. Annika no chão, pálida e sem se mover. Annika com os pulsos machucados e sangue no pescoço. Annika sem o sorriso, a esperteza e o carinho de sempre. No fim, não havia Annika. Só os ossos deixados para trás.

A dor foi tão grande que caí de joelhos. Com essa imagem na minha mente, mal conseguia respirar. Balancei a cabeça e enterrei os dedos no chão, tentando me lembrar do que era real. Eu estava em Vosino, no túmulo da rainha Evelina. Não era real. Não tinha acontecido.

Ainda.

Palmer tinha razão. Ninguém seria capaz de garantir a segurança de Annika tão bem quanto eu. À sua maneira, ela também me protegia. Quando estávamos juntos, era como se estivéssemos sob uma redoma de vidro inquebrável. A ilha não tinha tentado nos destruir? Nós não tínhamos sobrevivido a tudo naquela caverna?

Ninguém — *ninguém* — mais teria conseguido tornar uma experiência amarga como aquela em algo doce.

—Você estaria orgulhosa dela — sussurrei. — Ela cresceu e se tornou uma pessoa bonita, provavelmente mais bonita do que você se lembra. E quando ela sorri, tudo ao redor perde as cores e os contornos. Ela é compassiva, determinada, inteligente e talvez até mais misericordiosa do que você.

Sorri comigo mesmo ao dizer isso.

— Sabe o que ela me contou? — continuei. — Contou sobre o único garoto que amou na vida. Passou por ele uma vez, enquanto cavalgava com você. O menino disse que ela era linda, e ela disse que ele podia dizer isso quantas vezes quisesse. Ela chegou a lhe dizer o que sentiu por ele? Você ficaria magoada de saber que era eu?

Ali, de joelhos, senti um nó desatar no meu estômago. Foi como quando Annika me abraçou na caverna. Uma chuva de calor e calma me abraçando por todos os lados. Eu me senti... livre.

— Ou talvez você não ficasse magoada — ponderei, pensando no que conhecia daquela mulher. — Talvez sentisse algum alívio por ver que o garoto para quem você sorriu na estrada aquele dia reencontrou o caminho dele. Porque você nunca teve raiva de mim. Nunca me desejou o mal nem me amaldiçoou. Você me perdoou. *Ela* me perdoou.

Baixei os olhos e engoli em seco.

— Talvez ela me ame também. Mas ela não sabe de uma coisa — confessei com um sorriso. — Ainda que me ame, seu amor não chega à metade do que eu sinto por ela. Por ela, estou disposto a partir o mundo em dois.

E, ao dizer essas palavras em voz alta, tive certeza de que eram verdadeiras. Queria me odiar por isso, por estar disposto a abrir mão de tudo, de uma vida de luta e trabalho, para correr atrás de algo que eu sabia que não poderia ter. Quando eu fugisse de tudo que tinha aqui, quando me atirasse nos braços de Annika, sem dúvida eu acabaria morto.

Mas antes eu do que ela.

—Vou protegê-la — jurei. — Não posso trazer você de volta. Mas posso mantê-la viva. Nunca vou conseguir pedir desculpas o bastante para você. Mas posso dar a ela amor suficiente. Talvez seja a última coisa que eu faça... mas farei. Eu a amo. Adeus.

Fiquei em pé e desviei o olhar do túmulo dela para o do meu pai.

— Todos dizem que você foi um dos melhores homens que já existiu. Por isso, também serei um homem honrado. Sinto muito ter falhado com você até aqui. Espero que consiga me perdoar. E espero que saiba que tenho orgulho de ser seu filho.

Baixei a cabeça, honrando sua memória pela última vez.

Logo passei a pensar nos meus planos, mas a verdade é que eu não tinha tempo para pensar. Ouvi um graveto estalar. Como não podia ser Agulha, olhei para trás no mesmo instante para ver quem tinha me achado.

Blythe cravou os olhos acusadores em mim. Lá estava ela, com lábios trêmulos, com mágoa e raiva tingindo seu rosto.

— Há quanto tempo está aí? — perguntei.

— Tempo suficiente — ela respondeu, amarga. — Então é por isso que não sou boa o bastante para você? Por que você só tem olhos para *ela*?

—Você nunca não foi boa o bastante, Blythe. Você ainda é mais do que...

Ela me cortou e se aproximou.

— Sabe há quanto tempo penso em você? — Ela engoliu em seco e desviou o rosto por um instante. — Praticamente desde que cheguei a Vosino. Via como você trabalhava duro e fazia tanta coisa. Via como se sacrificava calado pelos outros, embora nunca fosse admitir isso. Mas você era distante, sempre ficava de canto, e eu não tinha coragem. E então... finalmente tivemos um motivo para conversar quando você recebeu sua Comissão. Pensei que era o começo de tudo. Agora você me diz que foi assim que te perdi?

Suspirei, me sentindo pior a cada segundo, mas sabendo que a verdade era a única maneira de ir em frente.

— Blythe, não havia nada a perder. Até recentemente eu nem sabia que era capaz de sentir algo que não fosse... fúria.

Ela trocou a expressão de mágoa por outra, de quem se sente traída.

— Você disse que ela era a encarnação de tudo que você odiava.

— Ela era... e depois não era mais.

— Eu nunca saí do seu lado! — ela se irritou. — Sempre acreditei em você, sempre te apoiei. Vi o que você tinha de pior e não hesitei. E agora, quando estamos prestes a conseguir *tudo* aquilo pelo que você lutou, você vai nos abandonar por uma garota que vai destruir a sua vida?

Balancei a cabeça e firmei a voz.

— Esse é o ponto, Blythe. Se eu ficar, Kawan vai me manter como seu cachorrinho. E se eu matá-lo e tentar liderar nosso povo, terei de lutar a vida inteira para me manter no poder. E eu não consigo. Essa parte de mim morreu. Quero viver. Uma vida, mesmo que curta, mesmo que dolorosa. Quero viver livre.

Ela me encarou, ainda com raiva e sem acreditar.

— Você é um traidor, Lennox. Pior que um ladrão, que um covarde. Você é um traidor do seu povo. — Ela se preparou para sair, enojada. — Como eu tenho... — Ela balançou a cabeça. — Como eu *tinha* muito respeito por você, vou deixar que tenha uma vantagem. Seis horas. E depois, Kawan vai saber. Sua mãe, Inigo, todos. Vão saber que você nos jogou fora por nada. E quando nós chegarmos — ela me olhou no fundo dos olhos —, você será considerado inimigo. E permita-me lembrar uma última vez: eu não falho.

Ela passou por mim, e eu gelei até os ossos. Em um segundo, Blythe me mostrou que era tão incrível quanto eu achava que era.

E como eu sabia do que era capaz, corri para o meu quarto, sem poder desperdiçar nem um segundo.

Analisei tudo o que tinha. O que valia a pena levar? Peguei as penas de escrever e as joguei na bolsa, assim como a capa do meu pai. Pendurei a espada na cintura, peguei meu odre de água vazio, desejando ter tempo para enchê-lo. A bolsa no meu cinturão estava cheia e presa na lateral do corpo. Tirei a pulseira de fita do bolso e a enrolei no braço: não fazia sentido escondê-la agora. Fora isso, todo o restante não passaria de uma lembrança.

Não podia arriscar ser visto no corredor; não tinha como saber com quem eu iria cruzar. Por isso, joguei a bolsa por cima do ombro e escapei da mesma maneira que Annika tinha feito: pela janela.

Annika

O SOLDADO MAMUN ERA CONFIÁVEL, mas era um incômodo tê-lo sempre atrás de mim. Ele não sabia ficar parado, e passava o tempo todo fungando ou esfregando os pés no chão. Eu lembrei que, embora ele não fosse o soldado mais respeitável, tinha sido escolhido a dedo por Palmer por algum motivo. Por isso, eu precisava acreditar que ele tinha habilidades que os outros não tinham.

Ainda que eu nem precisasse de guarda, já que nenhum intruso teria chance de passar por Nickolas.

Enquanto eu estava sentada à mesa revisando documentos, meu noivo circulava como um urubu, olhando para todas as direções. Pelo menos seus passos eram firmes, rítmicos e, portanto, quase fáceis de ignorar. No entanto, mesmo se estivesse em um silêncio completo, eu mentiria se dissesse que meus pensamentos não estavam a quilômetros de distância.

Senti um frio na barriga, preocupada que as coisas estivessem ficando ainda piores. Não parava de pensar em tudo que tinha visto no livro.

A rocha.

O símbolo.

O sobrenome.

Tudo fazia sentido. E o fato de alguém ter achado que deveria esconder essa história deixava tudo mais convincente. Eu sentia a dor de estar dividida, com o dever e o desejo guerreando em meu peito. Como eu me sentiria ao entregar meu reino a outra pessoa? Como me sentiria se entregasse o livro a Lennox?

Queria ver seu rosto quando ele descobrisse.

Na verdade, eu queria ver seu rosto.

Queria mirar aqueles olhos azuis estonteantes. Queria sentir seus lábios na orelha. Queria enroscar os dedos em seu cabelo. Eu o queria por inteiro. Com tanta força que até doía.

— Por que você está sorrindo?

— O quê?

Levantei a cabeça e dei com os olhos curiosos de Nickolas sobre mim.

—Você está sorrindo.

— Ah, bem — eu disse, desviando o rosto para esconder as bochechas coradas. — Eu estava... pensando na minha mãe — menti, rezando para que ela não se importasse de ser usada como desculpa. — Você pode achar besteira, mas às vezes converso com um dos seus retratos. O maior, que está na outra ala do palácio. Mesmo não estando aqui, ela tem sido minha guia.

Nickolas retribuiu meu sorriso, comovido por minhas palavras.

— Como eu poderia achar isso besteira? Não me surpreende nem um pouco que você queira falar com ela de alguma forma. — Ele olhou para o chão e cruzou os braços. — Quer que eu peça para trazerem o quadro para este corredor? Apenas por um tempo, se você preferir. Talvez todos fiquem mais à vontade ao sentirem a presença dela aqui.

Inclinei a cabeça.

— Nickolas, bem pensado. Sim. Você pediria, por favor?

Ele se aproximou com um sorriso largo no rosto e me deu um beijo na testa.

— Não estou sempre pedindo alguma coisa que eu possa fazer? Vou providenciar isso o mais rápido possível — ele disse, para em seguida se inclinar no meu ouvido e acrescentar num sussurro: — No entanto, eu gostaria de esperar Palmer chegar. A agitação desse rapaz não inspira confiança.

Pela primeira vez, parecíamos pensar da mesma maneira.

Mas não importava o que eu achava de Mamun. Porque ele provou seu valor no segundo em que a porta se abriu. Partiu para a ação: desembainhou a espada e colocou a lâmina na garganta do visitante antes que eu pudesse piscar.

Mas quem chegava era apenas um dos médicos, que caiu para trás cobrindo a cabeça e gritando:

— Espere! Espere! Tenho notícias para a princesa!

Pulei da cadeira.

— Ah, doutor! Sinto muito — disse, já correndo para lhe estender a mão.

— Alteza — ele disse, ofegante, olhando para mim. — Seu irmão acordou.

Saí correndo, erguendo a saia para ir mais depressa. Conseguia ouvir Nickolas vindo de um lado e Mamun, do outro. Disparamos pelos corredores em direção ao quarto de Escalus e demos com sua porta escancarada.

Precisei piscar para segurar as lágrimas, mas ele estava lá, apoiado em travesseiros, com a aparência pálida e fraca, mas bem desperto.

— Ah! — gritei ao entrar no quarto e cair de joelhos ao lado da cama, esticando o braço para segurar sua mão. Chorei por vários minutos, e todos tiveram o bom senso de não me interromper.

Quando finalmente consegui respirar de novo, fiquei ali, com os olhos no meu precioso irmão. Ele abriu um sorriso para mim:

— Estou com você.

Ele tinha me ouvido. Em meio a sonhos e preces e preocupações, tinha ouvido minha pergunta. E agora a respondia.

— Tive tanto medo — confessei. — Não estava pronta para a sua partida.

Seu sorriso fraco ficou um pouquinho mais jocoso.

— Seria preciso mais do que isso.

Era a cara de Escalus fazer piadas em momentos assim.

— Já te contaram sobre o papai? — perguntei baixinho.

Ele fez que sim.

— E é por isso que preciso ter uma conversa com você. Por favor, peça para os outros saírem.

— Claro.

Os médicos em volta com certeza tinham ouvido, assim como Nickolas e Noemi, mas ninguém deu um passo em direção à porta.

— O príncipe pediu para todos saírem — eu disse, olhando para um dos chefes da equipe médica para que ele desse o exemplo.

Sempre com ideias muito rápidas, Noemi partiu para a ação.

—Venham, cavalheiros. Enquanto esperam no corredor, buscarei um chá para vocês.

Ela abriu os braços e os conduziu com paciência para fora do quarto, e eu pude voltar minha atenção a Escalus de novo.

—Você ainda sente dores? Há algo que eu possa fazer?

O sorriso cansado ainda estava em seu rosto quando ele balançou a cabeça e apertou minha mão. Eu nem tinha me dado conta de que ainda segurava a mão dele.

— Annika, os médicos me falaram sobre a condição do papai. Acho que temos de nos preparar. Espero que ele ainda tenha um pouco de teimosia para superar a doença, mas muito em breve podemos virar órfãos.

A palavra: "órfã". Eu imaginava que só crianças podiam receber esse título, mas mesmo aos quarenta ou cinquenta anos, seria possível não sentir a dor de perder os pais?

Escalus respirou fundo.

— Temos pouco tempo com as pessoas amadas; não podemos desperdiçá-lo. E isso me traz ao ponto crucial daquilo que quero te contar.

Eu me ajeitei para olhar melhor para ele, para dar a entender que ele tinha toda a minha atenção.

—Vou me casar com Noemi — ele simplesmente disse. Seus lábios se curvaram num sorriso ao pronunciar essas palavras, e Escalus pareceu tão sereno e satisfeito por finalmente dizê-las em voz alta. — Não me importo com a aprovação do papai, dos nobres ou com a sua. Sempre a amei e não vou desperdiçar minha vida com outra pessoa ao meu lado. Não me importa se o reino inteiro vai ruir ao nosso redor. Vou me casar com Noemi assim que tiver forças para me levantar.

Havia uma beleza no brilho desafiador em seus olhos. E senti inveja dele de novo. Qual seria a sensação de não se importar?

Eu ainda me importava.

Ainda me importava com a possibilidade de a monarquia se dissolver e virar nada. Eu me preocupava porque o nosso reino poderia ser destruído e nós não teríamos onde ficar. Porque todos poderíamos morrer durante esse processo. E porque talvez a única forma de ver Lennox de novo seria na ponta da sua espada.

Escalus tinha se libertado de tudo isso e, ao fazê-lo, atirava todas as correntes sobre mim. Eu não podia negar que eram pesadas, mas também não podia dizer que não as carregaria com prazer pelo bem dele.

Soltei a mão do meu irmão e comecei a esfregar meus dedos, nervosa.

— Você se apaixonou por uma plebeia. Já li livros suficientes para saber que é isso que move um conto de fadas.

— Não está com raiva de mim?

Abri um sorriso.

— Ela me fez a mesma pergunta.

— Espere... *Noemi* fez essa mesma pergunta?

Confirmei.

— Sim. Vi vocês dois no corredor da outra ala um pouco antes de partirmos para a ilha. Tenho feito o possível para mantê-la ao seu lado — falei com um sorriso. — Por isso, não. Não estou brava com você nem te odeio. Estou triste, talvez. Decepcionada por você não ter me contado.

Ele inclinou a cabeça para o lado.

— E qual o problema? Você não guarda segredos de mim?

— Um — afirmei com sinceridade, embora em tom de brincadeira. — E por coincidência é do mesmo tipo que o seu: também amo alguém que não posso ter.

— Em primeiro lugar, eu não amo alguém que não posso ter — ele rebateu, ainda bastante esperto apesar de estar fraco e de cama. — Eu *vou* ficar com Noemi. Não importa como, vou me casar com ela. Segundo, espero que você não ache que ama Rhett — acrescentou. — Ele nem te ama. Ele está... encantado, um pouco demais na minha opinião, porque você é a única garota com quem ele conversou na vida. E também porque você é charmosa. Mas ele não se conhece o bastante para amar. Por isso, não caia nessa.

Soltei um suspiro. Acho que não era um choque que Escalus fosse capaz de ver o que Rhett sentia por mim. Ele era muito mais observador. Além disso, eu não poderia dizer a ele que na verdade eu amava Lennox... então, talvez eu não pudesse culpá-lo por ter guardado segredo.

— Muito bem — eu disse ao me levantar, mantendo os olhos baixos para que ele não conseguisse lê-los. — Agora que você está acordado, devolvo os poderes de regência?

— Não — ele disse. — Estou cansado demais, e os médicos disseram que você está se saindo bem.

Levantei a cabeça.

— Disseram?

Escalus fez que sim.

— Bravo, Annika. Eu sabia que você levava jeito para isso.

Sorri comigo mesma, contente pelo elogio.

— Espero que o papai melhore logo e nós possamos esquecer tudo isso — eu disse, fazendo uma reverência. — A propósito, peça para Noemi sair para fazer alguma tarefa agora, para as pessoas não suspeitarem cedo demais. Ela não saiu do seu lado desde que voltamos.

Ele sorriu.

— Vou pedir. Obrigado por ordenar que ela ficasse.

Dei de ombros.

— Era o mínimo que eu podia fazer. E obrigada.

— Pelo quê? — ele me perguntou com os olhos cheios de sono e confusão.

— Por estar comigo.

Ele fez que sim, e vi a exaustão tomar conta do seu corpo de novo depois desse movimento simples.

— Volto mais tarde. Durma.

Esperei que ele respondesse, mas parecia que já tinha caído no sono. Saí em silêncio, mais revigorada do que conseguia descrever por meu irmão estar se recuperando, ainda que devagar.

No corredor, os médicos andavam de um lado para o outro, ansiosos para voltarem a cuidar de Escalus. Acenei com a cabeça para Noemi, e ela suspirou, compreendendo que tudo estava bem, na medida do possível.

Passei por eles sentindo tantas coisas. Estava feliz por ter mais algum tempo como regente, cansada de me preocupar tanto... e com inveja. Escalus e Noemi se amavam muito.

E eu...

— Está tudo bem? — Nickolas perguntou quando me aproximei do corredor.

Respondi com um suspiro.

— Não faço ideia.

E então, sem aviso, ele me envolveu com delicadeza em seus braços.

Foi um choque, com certeza. Nickolas sempre tinha sido só ordem, protocolo, linhas retas. Minha posição na hierarquia ditava tudo, e embora ele possa ter forçado a linha que eu tinha traçado entre nós incontáveis vezes, ele nunca a tinha cruzado por completo.

A não ser agora.

E foi da melhor maneira possível. Por isso, não disse nada e me deixei ser abraçada por ele.

Lennox

Cavalguei sem parar. Quando o sol se pôs e eu perdi a luz, me orientei pelas estrelas, seguindo para o leste e levemente para o sul. Eu encontraria água quando chegasse a Kadier. Encontraria descanso quando chegasse a Annika. Qualquer coisa além disso era supérflua.

Eu avançava com pouco mais na cabeça além da preocupação de que alguém pudesse estar me seguindo agora. Imaginei que teria ao menos um dia. Kawan não conseguiria mobilizar tanta gente à noite, não com os soldados ainda se recuperando da batalha e desanimados. Quem eu temia era Blythe: ela podia estar sendo motivada por um desejo de vingança e, se fosse o caso, era possível que eu também já tivesse perdido Inigo para ela.

Passei pela planície onde o exército tinha acampado um dia antes de roubar os barcos de Stratfel, e pelo lugar onde tinha visto Annika pela primeira vez e lutado com ela. Desacelerei o cavalo quando vi o palácio cintilar ao longe.

Era isso. Eu estava em Kadier. Eu estava em *Dahrain*.

Depois de todos esses anos, depois de toda a luta, o que eu precisava fazer era continuar a cavalgar.

Parei por um momento para olhar em volta, me perguntando se notaria algo, algum pedaço do passado perdido impregnado nos meus ossos. Não senti nada.

O ar era diferente, menos salgado do que em Vosino. Era quase doce. E as árvores davam flores que eu não conhecia. As casas por onde passei eram arrumadas, mesmo que pequenas. E embora tudo fosse bonito, nada me era familiar.

A única coisa que me dizia que eu estava em casa era o calor dentro de mim, algo que me falava que eu estava exatamente onde deveria.

Ainda que fosse uma sensação confortável, eu não sabia como entrar no palácio. Desci do cavalo e o conduzi pelas ruas até ver os portões. Os muros eram de pedra, e os portões eram fortes, cobertos de ouro. Estavam escancarados, mas havia guardas dos dois lados, e duvidei que pudesse simplesmente entrar. Soltei um suspiro e fiquei ali tentando pensar num plano. Claro, eu sempre podia tentar invadir. Se encontrasse um trecho sem guardas em algum dos lados seria possível pular o muro. Ou, se eu desse a volta, talvez encontrasse um ponto fraco, que não estava sendo bem guardado.

Mas nenhuma dessas opções resolvia o verdadeiro problema: eu não sabia como encontrar Annika depois de entrar.

— Está perdido?

Tomei um susto. Olhei para baixo e vi na minha frente um garoto de uns doze anos. Seus olhos eram grandes, confiantes, e ele mexia o corpo para distribuir o peso do saco pesado que levava no ombro. Era jovem demais para entender o que era ter inimigos. Lamentei que talvez meus colegas em breve arruinassem essa inocência.

— De certo modo — respondi. — Tenho um amigo no palácio, mas não tenho um convite, então não sei como entrar.

— Ah, qual é o nome dele? Eu trabalho no estábulo — ele me disse. — Talvez eu o conheça também.

Quase disse ao menino curioso que não precisava dele para nada... quando tive uma ideia.

— Então, o nome dele é Palmer. Soldado Palmer — fiz um inventário mental rápido do que trazia comigo e puxei a faca do cinturão. — É a única coisa que tenho de algum valor. É sua se você trouxer Palmer até mim. Consegue?

Ele franziu a testa, pensativo.

— O que ficou desaparecido, né? Que voltou todo machucado?

Confirmei com a cabeça.

— Sim, ouvi falar que ele viveu uma grande aventura. Acho que consegue trazê-lo aqui?

O garoto olhou em volta e apontou.

— Espere debaixo daquela árvore.

Num segundo ele passou correndo pelos portões sem ser notado pelos guardas. Levei meu cavalo até a árvore e esperei, com os olhos fixos nas maçãs que cresciam nos galhos acima de mim. Então aqui era assim? As árvores e os alimentos cresciam sem que ninguém precisasse cultivar? Balancei a cabeça. Apanhei uma maçã para meu cavalo e guardei outra na bolsa para mais tarde.

Depois de uns minutos, comecei a ficar impaciente. E se ele não encontrasse Palmer? Eu deveria tentar invadir? Quanto tempo era melhor esperar antes de tentar?

Um senhor de idade passou por mim com a esposa. Ela ia de bengala e ele segurava sua outra mão. Ambos caminhavam devagar, vindos não se sabia de onde e sem pressa para chegar ao seu destino. Pareciam se sentir seguros ali, contentes. Com todos os erros dos kadierianos, eu precisava reconhecer que cuidavam bem da gente comum.

Assim que os dois atravessaram os portões, tomei um susto ao ver Palmer sair. Quando seus olhos encontraram os meus, ele sorriu.

— Fico feliz que você tenha mudado de ideia — foi a sua saudação. — Temo que a monarquia esteja afundando sob meus pés, e precisamos de toda a ajuda possível.

— Estou aqui por Annika. Isso é tudo.

Ele fez que sim.

— É o bastante.

— Espero que sim. Preciso avisar que minha partida talvez tenha acelerado uma invasão inevitável.

Palmer fez que sim.

— Bom, como você diz, é inevitável. Pelo menos sabemos de antemão e temos você. — Ele tomou meu cavalo pelas rédeas e o conduziu pelos portões do palácio. Fiquei de olhos baixos e de boca fechada. Não fazia ideia de quem tinha estado na ilha, e me perguntei se alguém além de Annika me reconheceria. Provavelmente o querido Nickolas, caso nossos caminhos se cruzassem.

Palmer me levou pela lateral do palácio, e percebi que íamos direto para o estábulo. Annika tinha comentado que treinava ali, e achei graça do pouco espaço que ela teve para se tornar tão competente com uma espada.

— Eu disse que conseguiria encontrar o soldado.

Eu me virei e dei com o garoto já de volta ao trabalho, limpando uma baia.

— Disse mesmo. E, como prometi, a sua recompensa. — Entreguei minha faca a ele, um pouco triste de me desfazer dela. — Use-a bem.

— Grayson, por favor, cuide deste cavalo — Palmer pediu. — Se alguém perguntar, recebi um convidado da minha cidade natal. E só.

Grayson sorriu e fez uma breve saudação.

— Sim, senhor.

Palmer começou a me levar na direção do castelo, rindo:

— É um bom menino. Anos atrás, a rainha chegou a ajudar o último rapaz do estábulo a conseguir uma função na biblioteca. Rhett. Mudou a vida dele. Arrisco dizer que a princesa vai tentar fazer o mesmo por Grayson em algum momento.

Ah. Rhett. Outro nome conhecido. Palmer, Rhett, querido Nickolas e Escalus. Esses eram os homens da vida de Annika. Eu tinha de admitir que não me importava com metade deles.

— Onde Annika está agora? — não consegui conter a pergunta. — Protegida, imagino?

Palmer fez que sim.

— Você ganhou minha confiança, Lennox. Por isso, não me decepcione. Tudo está desmoronando agora. Se afundar, confio que você irá manter a princesa a salvo.

— É fácil — eu disse. — Farei isso mesmo que minha vida corra perigo. Ou a sua. Ou, na verdade, a de qualquer outra pessoa.

Ele me olhou nos olhos, creio que querendo saber se eu estava mentindo. Não encontrou nada.

— Fique de cabeça baixa e me siga.

Acompanhei Palmer pelos corredores e pelas escadas dos fundos do palácio. De tempos em tempos, eu me permitia espiar uma obra de arte ou um móvel, mas exceto isso, obedeci. Ele parou no fim de um corredor com o braço levantado, e eu esperei.

— Vamos — ele andou depressa, abriu uma porta e me puxou para dentro o mais rápido possível. — Você espera aqui. Ninguém além da princesa ou de mim ousaria abrir esta porta sem bater. Se você ouvir alguém entrando, esconda-se.

— Entendido.

Palmer saiu do cômodo tão rápido quanto tinha entrado, e eu olhei em volta para ver exatamente onde estava.

Oh.

As digitais dela estavam por toda parte. No bordado ainda não terminado perto da janela, nos livros empilhados ao lado da cama, nos cinco vestidos jogados no encosto do sofá, nas cores e nas texturas e nos aromas de tudo.

Pelas roupas espalhadas, concluí que ninguém a estava servindo e, embora o quarto não estivesse muito frio, decidi acender a lareira para ela mesmo assim. Logo que a lenha começou a arder, dei um passo para trás e circulei pelo recinto. Parte de mim teoricamente deveria ter inveja do luxo em que ela foi criada. Mas era mais fácil ficar feliz pela garota que eu amava desde a infância ter crescido com conforto. Deixei minha bolsa ao pé da cama e toquei o tecido vaporoso que pendia do dossel.

Minhas mãos estavam sujas demais para este lugar.

— Vou ficar aqui fora até o amanhecer.

Eu me virei ao ouvir as palavras de Palmer do outro lado da porta.

— Até lá, a senhorita precisará me dizer quais são seus planos.

— Planos para quê?

Meu coração começou a dançar ao som da voz de Annika. Peguei minha bolsa na mesma hora.

— A senhora verá — Palmer respondeu.

Ele abriu a porta apenas o bastante para ela entrar, garantindo que ninguém pudesse me ver. Com uma expressão linda e confusa, Annika olhou primeiro para suas mãos, depois para o fogo... e logo para mim.

Ela ficou paralisada, e mesmo do outro lado do quarto, consegui enxergar as lágrimas.

Joguei-lhe uma maçã e ela a apanhou com facilidade.

— Você não vai parar de me surpreender? — ela perguntou.

— Espero que não.

— Tenho tanto a contar — ela cochichou.

Balancei a cabeça.

— A não ser que seja para dizer que me ama mil vezes, isso pode esperar.

E então ela largou a maçã, atravessou o quarto correndo e se jogou sobre mim, e ambos caímos na cama.

Annika

— Mas como você entrou aqui? — perguntei enquanto Lennox passava uma mão preguiçosa pelo cabelo com um sorriso no rosto.
— Fugi. Talvez tenha apressado os possíveis planos de ataque vindo aqui por conta própria, mas não pude evitar — ele disse, para em seguida se virar para mim, com o rosto a centímetros do meu. — Não consigo *viver* sem você.
— Então não viva sem mim — sussurrei.
Ele estendeu o braço, enfiou a mão no meu cabelo e me puxou para um beijo.
Era como se não tivesse se passado nem um segundo entre nosso tempo aninhados naquela caverna escura e esses abraços em meio aos lençóis de cetim da minha cama. Não existiam segredos, nem preocupações, nem desculpas a pedir. Não existia nada além da sensação completa e perfeita de nos conhecermos.
Eu me mexi para ficar com metade do corpo sobre ele, com os cabelos caindo em seu rosto. Depois de um tempo, ele parou de me beijar apenas para erguer a mão e acariciar com seus dedos calejados minha bochecha, minha testa, meu queixo. Ele me tocava como se achasse que eu poderia quebrar, como se esse momento pudesse acabar cedo demais.
— Não acredito que você está aqui de verdade. Desejei isso centenas de vezes.
Ele engoliu em seco.
— Eu também — havia uma ponta de tristeza em seu olhar, mas durou pouco e logo seu sorriso voltou. — Ouvi dizer que você é regente.
Apoiei a cabeça na mão.
— Os boatos são verdadeiros.

Ele riu baixinho.

— Devo dizer que ser líder lhe caiu bem. Você está radiante. — Ele enroscou o dedo numa mecha do meu cabelo. Esse parecia ser um dos seus gestos favoritos. — Minha Annika, praticamente rainha. Por acaso devo levantar e me curvar?

Eu sabia que era uma provocação carinhosa, uma brincadeira, mas mesmo assim suas palavras me fizeram voltar à realidade.

Eu tinha de contar a ele minhas descobertas, não? Porque, por mais profundo que fosse meu amor pelo reino e apesar de tudo que eu estava disposta a sacrificar pela minha família, eu não podia me apegar a algo que sabia que não era meu.

Eu só precisava... desta noite.

Balancei a cabeça.

— Ainda que esse fosse o gesto adequado, acha que eu deixaria você sair dos meus braços agora?

Ele sorriu com o ar de quem estava totalmente à vontade. No entanto, devia estar com medo. Tinha deixado tudo que conhecia, estava em território hostil e podia ser pego a qualquer momento. Como se lesse meus pensamentos, Lennox falou em tom sério:

— Penso que a esta altura Palmer lhe contou o que está acontecendo.

— Apenas que corro perigo e que parece que alguém no palácio está conspirando com Kawan.

Lennox confirmou.

— Estou determinado a descobrir quem está por trás disso.

Passei os dedos por seu rosto mais uma vez. Ele era muito, muito lindo.

— Venha cá — eu disse, me levantando e o conduzindo até a bacia no canto do quarto. Derramei água sobre suas mãos cansadas e as lavei. Umedeci a toalha ao lado da bacia e limpei de seu rosto todos os vestígios da longa cavalgada noturna pela floresta. Senti seu olhar sobre mim enquanto estava concentrada na tarefa. Eu conseguiria me acostumar com aquilo, com estar tão próxima dele. Horas, dias, vidas. Nunca seria o bastante.

— Estamos em outra situação complicada — eu disse.
— Como assim?

Não podia olhá-lo nos olhos, mas tinha certeza de que ele via meu sorriso.

— Como regente, acho que não posso perdê-lo de vista, já que você é uma ameaça à segurança do meu reino.

Ele apertou os lábios, pensativo.

—Verdade. Sou muito perigoso. É provavelmente melhor você me manter sob vigilância constante em pessoa.

— É meu dever, na verdade. Não tenho como escapar.

— Quanta dedicação. É admirável.

Dei um passo para trás e finalmente o olhei. Seus olhos eram mesmo perigosos. Lennox soltou a capa e a jogou com o casaco no encosto da cadeira. Circulou pelo quarto apagando as velas e eu subi na cama, incapaz de desviar o olhar. Ele parecia bastante à vontade no meu quarto, e eu ficaria muito satisfeita se ele nunca mais saísse daqui.

Eu me ajeitei na cama. Percebi que não me sentia assim tão segura desde que havíamos saído da caverna. Ouvi Lennox botar mais lenha na lareira, avivar as brasas e colocar a grade para proteger o fogo. E minhas pálpebras pesadas estremeceram quando ele se aninhou atrás de mim. Senti seu coração pulsar contra minhas costas e me senti protegida com seu braço em torno da minha cintura. Seu nariz roçava minha nuca, respirando longa e profundamente.

— Lennox? — sussurrei.
— Sim?
— Prometa-me que estará aqui quando eu acordar. Não desapareça.

Ele me beijou atrás da orelha:

— Eu te conheci ainda criança. Te encontrei quando fugiu. Te segurei nos braços durante um furacão. Nada pode me separar de você.

Ele falou com tanta certeza que eu acreditei. E então, enfim, dormi de verdade.

Lennox

Enfim dormi de verdade. Ao som das batidas do coração de Annika, era fácil. Ela tinha se virado na cama durante a noite, e eu agora contemplava o rosto mais angelical da história. Sua bochecha estava apoiada em meu braço: seu corpo estava quente e, mais importante, vivo, o que me permitiu descansar como eu não fazia desde que dormimos juntos na caverna.

Para ser honesto, ela também tinha uma cama maravilhosa, que com toda certeza eu pretendia manter quando eu...

Quando o quê? Eu ia mesmo tentar tomar o seu reino?

Ainda dormindo, ela soltou uma respiração longa. Eu lembrava que ela já tinha feito isso na caverna. Eu gostava de como seu cabelo ficava embaraçado em pequenos cachos de ouro fosco. Olhar para Annika me fazia pensar que tinha desperdiçado meu talento com espadas. Eu deveria ter aprendido a manejar um pincel. Assim, saberia registrar esse rosto numa tela para mostrá-lo ao mundo, que não fazia ideia do que estava perdendo.

Sua testa se franziu de leve e ela se aconchegou um pouco mais em mim, encostando os joelhos na minha barriga e apoiando a cabeça sobre meu peito, mantendo as mãos unidas entre nós. Como uma pessoa tão pequena podia ter tamanha presença?

Ela respirou fundo e percebi que estava acordando. Sorri, feliz por conhecer esse detalhe dela, e me perguntei quantos outros pequenos hábitos eu não aprenderia ao longo da vida.

— Você está aqui — ela disse ainda com sono.

— Eu disse que estaria. Fiz muitas coisas horríveis, Annika, mas nunca menti para você.

Ela levantou os olhos para mim, o rosto doce e sonolento, satisfeito.

— Verdade.

— Não sei quando você precisa começar o dia, mas com certeza eu não ia acordá-la.

Ela se sentou na cama, com o cabelo bagunçado e o vestido amarrotado.

— Como meu dia nunca acaba, ele também nunca começa.

— Ah — eu disse, passando o braço por sua cintura. — Então pode ficar aqui.

Eu a puxei de leve e ela voltou a se deitar entre risinhos. Se ela tivesse rido um pouco mais alto, talvez não escutássemos a agitação do outro lado da porta.

— Senhor, sinto muito, mas a princesa ainda não acordou. — A voz de Palmer soou clara com um sino, e Annika e eu nos endireitamos na cama no mesmo instante.

— Vou ver minha noiva agora — alguém respondeu. E como eu já estava nos braços dela, só pude concluir que o querido Nickolas estava lá fora.

— Debaixo da cama — Annika cochichou aflita.

Saltei do colchão e rolei para debaixo da cama. Não conseguia enxergar muita coisa por causa do monte de pano na minha frente, mas esperava que isso também evitasse que eu fosse visto. Não havia nenhuma sujeira ali embaixo. Mesmo os cantos estavam limpos. E, quando olhei para cima, vi dois suportes presos ao estrado e, aninhada neles, a espada de Annika. Achei engraçado e quase ri alto. Annika agora escondia todos os seus segredos no mesmo lugar.

Vi o vestido de Annika ser atirado no chão e a bainha do robe ser levantada.

— Ah! — ela disse de repente, e um segundo depois minha bolsa, meu casaco e minha capa foram jogados na minha cara. Agarrei tudo e puxei para debaixo da cama. Um segundo depois, minha espada escorregou pelo chão. Eu a peguei e a tirei da bainha, caso fosse necessário usá-la.

— Por favor, senhor. A princesa tem forçado demais os próprios limites, sobretudo nos últimos dias. O senhor é a pessoa que mais deveria se preocupar com o bem-estar dela — Palmer insistiu.

Gostava mais dele a cada minuto que passava.

— Como ousa? Você faz ideia...

— Pode deixá-lo entrar, soldado Palmer — Annika avisou, encerrando a discussão.

Ouvi a porta se abrir e sons de sapatos.

— Perdão, alteza. Não queria acordá-la — Palmer disse.

— Não foi nada — ela respondeu. A frieza em sua voz soou estranha, muito diferente da garota que eu conhecia. Mas não era a primeira vez que a via assim: ela tinha falado desse jeito quando a levei para o Vosino.

— Quando a senhora terminar sua audiência com o duque, tenho um pacote para lhe dar. Recebi ordens de entregar em particular.

— Obrigada. Cuidarei disso em breve.

Um único par de pés circulou pelo quarto. Endireitei a cabeça, fechei os olhos e comecei a respirar em silêncio para me acalmar. Se eu fosse descoberto, precisava estar pronto para atacar.

O querido Nickolas bufou.

— Tem uma maçã no chão.

Senti a raiva no silêncio de Annika. Depois de um tempo dolorosamente longo, ela deu um longo suspiro.

— Agradeço a atenção, Nickolas, mas prefiro não ser acordada com gritos na minha porta.

— Os gritos foram culpa daquele guarda insolente — ele respondeu com calma. — Não tinha intenção de fazer isso antes de ele barrar minha entrada.

Ouvi pés descalços caminhando até a bacia.

— O soldado Palmer está tentando me proteger. Não podemos tratá-lo mal.

— Mas proteger do quê? — Nickolas perguntou. — Ele não me deu nenhuma explicação sobre o que deveríamos estar buscando. Como posso protegê-la se eu não souber? Por que você está envolta em tantos segredos nos últimos tempos? Ameaças desconhecidas. Pacotes estranhos. Há algo mais que eu desconheça?

Ela deixou escapar uma risadinha, que logo tentou disfarçar com uma tosse. Mordi os lábios para não rir também.

Ah, Nickolas, como você é idiota.

— Odeio decepcioná-lo — ela começou —, mas sempre haverá coisas que você não poderá saber. Isso é apenas parte da minha vida.

Bravo, minha garota.

Houve outro silêncio carregado.

— Então eu devo esconder de você o que sei? É assim que um esposo e uma esposa se comportam? — Nickolas perguntou em tom ainda comedido.

Então eu devo te matar? É só falar assim mais uma vez...

— Peço, por favor, que controle essa raiva descabida. Suas palavras soam como ameaças, e eu devo lembrá-lo de que você é meu súdito. Por mais problemas que tenha com a natureza do meu trabalho, minha posição merece respeito.

— Eu... Por que você não para de brigar comigo, Annika?

Fechei os olhos ao ouvir a acusação. Ele é quem estava causando conflito aqui.

— Vim lhe contar uma coisa urgente — ele continuou. — E você me humilha por vir aqui, me mantém a distância e depois me menospreza? Que homem aguenta um tratamento desses?

Primeiro, você está distorcendo toda a situação. Segundo, se eu pudesse, ficaria de joelhos para Annika Vedette todas as manhãs.

— Esse homem não existe — ele insistiu, respondendo à própria pergunta patética. — Com tudo o que está acontecendo, com o golpe duro que a monarquia sofreu, o que vai acontecer se eu for embora, Annika?

Por mim? Eu organizaria um festival. Só não tenho dinheiro para isso.

— Nickolas, você não é bem-vindo nos meus aposentos, nem os pessoais, nem os de trabalho. Não venha até mim de novo sem ser convidado.

— O quê!?

Isso!

— Você sabe o caminho da saída — ela ordenou. — E sobre a sua pergunta: o que acontece se eu não me casar com você? Eu me caso com outra pessoa. Alguém que me ame, que me queira.

Alguém convenientemente escondido embaixo da cama.

Ouvi a frieza na voz dele ao responder:

— Ninguém seria capaz de querer você mais do que eu.

Ouvi Annika soltar um suspiro e a porta se fechar atrás de Nickolas.

Coloquei a cabeça para fora.

— Ele é incrivelmente manipulador.

— É? — ela perguntou, ainda com os olhos na porta. — Às vezes me pergunto se eu não me deixo levar pelas minhas emoções. Afinal, nós dois fomos jogados nessa situação.

— Não. Você foi perfeita. — Ela ainda não estava olhando para mim. — Quer que eu o mate?

— Não — ela suspirou, cruzando os braços.

— Bom, posso matá-lo mesmo assim? — perguntei, bufando.

— Não — ela insistiu, e por fim se virou para mim.

Sorri para mostrar que *quase* não tinha a intenção de machucar ninguém, e a tensão ao redor dela se desfez. Minha Annika estava de volta.

— Você está bem brincalhão hoje — ela comentou.

— Passei a noite nos braços da mulher que amo. Como ficar infeliz?

Minhas palavras a deixaram radiante, e ela balançou a cabeça. Ouvimos outra batida na porta, e eu rapidamente voltei a me enfiar debaixo da cama.

— Entre.

— Sou apenas eu — Palmer anunciou, e logo coloquei a cabeça para fora, aliviado. — Alteza, sinto muito. Tentei falar alto para lhe dar tempo. Trouxe isso para Lennox — ele disse, jogando um pacote no chão perto da cama. — Tentei prever qual seria o seu plano, alteza. Se estiver errado, posso levar de volta.

Eu me arrastei até o embrulho e o abri. Dentro havia roupas idênticas às que Palmer usava.

—Você previu bem. Claro, cabe a Lennox decidir.

Ela sabia que eu teria algumas ressalvas, mas era a melhor forma de estar ao lado dela. Só Annika, Palmer e Nickolas conheciam meu rosto. Os dois primeiros eram aliados, e o terceiro tinha acabado de ser banido, de modo que eu seria o mais anônimo possível. Além disso, a esta altura Blythe já tinha avisado Kawan e todos nós corríamos perigo. Eu precisava estar ao lado de Annika a todo custo.

— O que me diz? — Palmer perguntou. —Vai vestir?

Levantei os olhos para ele.

— Com muito gosto.

Annika

Por que a presença de Lennox atrás de mim fazia com que me sentisse tão poderosa? Eu notava que estava caminhando mais ereta, com passos mais firmes. Quase desejei que alguém me contrariasse hoje para ver o que aconteceria. Dei uma olhada para trás, derretendo-me um pouco ao ver como aquele garoto ficava bem de uniforme.

Talvez eu também estivesse encantada demais por poder andar ao lado dele em plena luz do dia. Era algo tão inimaginável que eu nunca sequer tinha sonhado com isso. Mas lá estávamos nós. Era real. Estava acontecendo. Comigo.

Virei no corredor que dava no quarto do meu irmão e o encontrei sentado de novo, o que era animador, e com mais cor no rosto. Logo ele voltaria a ser o que era.

— O que você tem aí? — ele perguntou ao notar o cesto na minha mão.

Levantei-o toda orgulhosa:

— Bordado. Pensei que talvez você estivesse a ponto de chorar de tédio por não ter nada para fazer na cama, então trouxe isto aqui.

Mostrei um bastidor já com o tecido bem preso e um punhado de linhas nas cores favoritas dele.

— Noemi, você me faria a gentileza de passar o fio na agulha? — ele pediu. — Estas mãos ainda não estão prontas para essa tarefa.

— Claro, alteza.

Ela se inclinou para pegar os apetrechos sobre a cama e nossos olhares se cruzaram. Ela parecia mais feliz hoje, mais calma. Eu me perguntei se não seria pelos dias tão públicos passados ao lado da pessoa amada, porque sentia que isso estava fazendo maravilhas por mim.

— Temos muito que conversar — Escalus disse enquanto observava as mãos de Noemi trabalharem.

— De fato — comentei.

— Primeiro, você...

Olhei para Escalus e segui seu olhar até Lennox, que ainda estava atrás de mim.

— Poderia nos dar um pouco de privacidade, soldado? — Escalus perguntou.

— Recebi ordens diretas do soldado Palmer para ficar ao lado da princesa — Lennox respondeu confiante.

— Não se preocupe — Escalus disse com um sorriso. — Por mais fraco que esteja, eu a protegeria mais rápido do que você.

Lennox encarou o meu irmão, o encarou de verdade, e assentiu.

— Então vejo que temos o mesmo objetivo — respondeu, para em seguida curvar a cabeça e dar vários passos para trás, até a parede do outro lado do quarto.

— Gostei dele — Escalus cochichou. — Não liga para formalidades.

— Acho que é novo — falei. — Qual é a sua primeira pergunta? — eu quis saber, já com a linha na agulha, prestes a começar a trabalhar.

— Você teve notícias do papai esta manhã?

Balancei a cabeça.

— Não, mas pretendo ir ao quarto dele depois de sair daqui. Depois de acordar, vim direto te ver.

— Isso explica o seu cabelo — Escalus provocou.

Levei a mão à cabeça.

— O que tem meu cabelo? Eu me penteei!

Noemi riu.

— Deixe-a em paz. A senhora está linda, princesa. Seu pobre irmão não sabe nada sobre os penteados das damas.

— Besteira — ele protestou, olhando para Noemi. — Gostei bastante do seu cabelo hoje.

Ela sorriu ao ouvir essas palavras e olhou para o lado.

— Aqui.

Escalus pegou o bastidor e começou a bordar... bem devagar.

— Você já escolheu uma data para o seu casamento? — ele perguntou de repente.

Engoli em seco. Não queria falar sobre os detalhes do casamento com Lennox tão perto.

— Não exatamente. Eu nem... — balancei a cabeça. — Só estava esperando você e o papai. Não sabia se as coisas acabariam bem e nós comemoraríamos, ou se terminariam mal e então tudo seria adiado. Todos os envolvidos sabem que a data pode mudar de uma hora para outra.

Escalus fez que sim com a cabeça e disparou.

— Então posso lhe pedir um favor?

Reagi com uma brincadeira.

— Você é o herdeiro do trono, Escalus. Eu que devo pedir favores a você.

— Posso pedir mesmo assim?

Coloquei o bordado de lado.

— Peça.

— Você cancelaria seus planos para eu me casar primeiro?

Eu o encarei, processando o pedido.

— Eu disse que queria me casar assim que tivesse forças para ficar de pé. Estava falando sério.

Por causa da nossa sintonia, eu percebi com clareza o momento em que um pequeno suspiro escapou da boca de Lennox.

— Para mim parece que você quer tentar fazer isso antes de o papai acordar para que ele não possa desfazer.

Escalus me encarou por um momento e depois se virou para Noemi.

— Ela é inteligente demais.

— Sempre foi — Noemi comentou.

— Não sei — Escalus replicou. — Uma vez ela quase cortou metade do meu braço fora.

— Foi um arranhão! — protestei. — E um acidente!

Ele riu um pouco, o que provocou uma tosse, e Noemi e eu ficamos tensas no mesmo instante. Vi que ele levou a mão ao peito e respirou algumas vezes de cabeça baixa.

— Estou bem — ele garantiu.

Mas as gotículas de suor em suas têmporas me diziam que não estava tão bem quanto afirmava. Talvez estivesse mais forte do que ontem, mas bem longe de estar bem.

— Eis o ponto, Annika: se eu esperar e algo acontecer com o papai, os nobres vão tomar a frente e fazer comigo o que fizeram com você. Noemi e eu vamos ser obrigados a nos separar... — ele engoliu em seco depois de dizer isso. — Sempre admirei a sua disposição de se sacrificar por Kadier. De verdade, fico impressionado. Mas talvez eu seja egoísta demais, porque não vou sacrificar nada. Não vou me casar com uma estranha pelo bem de Kadier, do nosso pai ou mesmo do seu.

Eu só consegui pensar no seguinte: *Até onde eu sei, nenhum de nós vai se casar pelo bem de Kadier. O país talvez nem exista daqui a algumas semanas... ou mesmo dias, talvez.*

Mas parte de mim ainda tinha esperança.

— Compreendo inteiramente — eu disse, largando de novo o bastidor do bordado. — Noemi, por metade da minha vida você foi minha irmã de coração. Pode passar a ser no papel também — disse a ela com um sorriso, na esperança de que ela percebesse que eu falava sério.

Noemi e Escalus trocaram um olhar feliz e logo desviaram o rosto.

— Mas, Escalus, quem disse que você precisa ficar de pé? Quem disse que vocês precisam de uma festa grandiosa? Deem-me até amanhã e vou providenciar o casamento de vocês.

Ambos me encararam:

— Como...?

— Só precisamos de um padre disposto a fazer isso, e eu vou conseguir um nem que tenha de buscar em Calaad. Por isso, descansem hoje, pois amanhã vocês vão se casar.

Escalus ainda estava pálido demais para o meu gosto, e por isso as lágrimas em seus olhos pareciam mais tristes do que doces. Mas ele tocou minha mão e a apertou com toda a força que tinha:

— Obrigado — sussurrou.

— Vou deixar vocês a sós. Tenho muito a fazer — um casamento para planejar, outro para adiar, um país para governar... era trabalho para mais de um dia.

— Certo — Escalus disse.

Eu levantei e entreguei o bastidor para Noemi.

— Acabei nem começando, e tenho certeza de que você também gostaria de algo para passar o tempo.

— Obrigada.

Fiz uma reverência para meu irmão e dei meia-volta. Não precisei olhar para saber que Lennox vinha logo atrás de mim. Reconhecia seus passos, sua respiração. Ele me seguiu pelo corredor até que me detive numa porta vigiada por dois guardas, um de cada lado. Ambos se curvaram e um deles levou a mão à maçaneta para abrir.

Entrei no quarto do meu pai, e meus passos ecoaram pelo ambiente. O clima ali era diferente, mais sóbrio.

Olhei para trás, mas os olhos de Lennox estavam no meu pai. Ele engoliu em seco, aterrorizado com o que via, e eu não podia culpá-lo.

Cumprimentei os médicos com um aceno de cabeça, fui para o outro lado do quarto e me sentei na beirada da cama. Todos foram generosos o bastante para me dar espaço ao me verem me inclinar para sussurrar em seu ouvido.

— Não sei se você consegue me ouvir — disse —, mas acho que o tempo para perdoá-lo pode estar acabando. Eu queria que você soubesse que não guardo nenhuma mágoa. Entendo agora o que o amor pode fazer com a gente. E também o que o luto pode fazer. Porque o luto não passa de um amor que não tem quem o receba.

Fiz uma pausa para respirar fundo, antes de continuar:

—Vê esse garoto atrás de mim? Eu o amo. Amo tanto que faria coisas perigosas por ele. E se eu o perdesse... seria capaz de fazer coisas mais perigosas ainda. Por isso, não estou com raiva por você nos ter puxado mais para perto. Nem por ter tentado direcionar cada passo da minha vida. Você tem meu perdão por tudo o que aconteceu entre nós.

Fiz outra pausa, sabendo o que viria depois.

— E tenho certeza de que terei seu perdão pelo que eu venha a fazer, seja o que for.

Lennox

Embora eu não tivesse visto problema em escutar por alto a conversa de Annika com o irmão, fazer o mesmo com ela e o pai me parecia inadequado. Fiquei afastado para deixá-la falar o que precisava. Não tinha coragem de dizer a ela que, depois de todas as mortes que testemunhei desde a ilha, era capaz de reconhecer a verdade de longe.

Aquele homem não ia acordar.

Mas eu não queria roubar a esperança de Annika. Em vez disso, concentrei-me pela milionésima vez em tentar identificar o informante de Kawan. Tanta gente esteve naquela ilha, e qualquer pessoa podia ter estado com Kawan.

Eu odiava reconhecer, mas todos os meus pensamentos apontavam para Nickolas. O tom de voz que usava com Annika soava condescendente, e ele sem dúvida manipulava as conversas para que qualquer discussão parecesse culpa dela, não dele. Talvez não fosse uma base muito sólida, mas por onde mais eu poderia começar? Se Nickolas esteve na ilha e revelou sua relação com Annika a Kawan, não havia ninguém mais próximo...

Mas também era preciso levar em conta o probleminha que era eu odiá-lo, o que *talvez* enviesasse minha opinião sobre ele.

Vi Annika se inclinar para beijar a testa do pai, sem hesitar diante do tom esverdeado de sua pele. Olhei bem para ele e notei sua preocupante respiração curta.

Ali estava o homem que tinha ordenado a morte do meu pai e enviado seu corpo decapitado pela floresta sem se preocupar com onde iria parar.

Mas ali também estava o homem que fez Annika, que criou uma filha que era ao mesmo tempo corajosa e doce, incansável e compassiva. No fim das contas, fui incapaz de odiá-lo como achei que deveria.

E assim, embora ele não fosse capaz de ver, fiz uma reverência a ele.

Annika se levantou e virou para sair. Notei seus olhos cheios de lágrimas. Segui-a até o lado de fora do quarto e estava ao seu lado quando ela parou de caminhar.

— Ele não vai sair dessa, não é? — perguntou.

Soltei um suspiro.

— Por enquanto, só nos resta esperar para ver. E você precisa continuar a conduzir o país. É o que ele gostaria que fizesse.

Annika levantou a cabeça e me encarou nos olhos. Sua tristeza tinha tantas camadas. Parecia mais profunda que a provável morte do pai, que o peso do reino em suas costas. Ao vê-la assim, senti por dentro a vontade de pegá-la no colo e sair correndo. Queria que nós dois saíssemos em direção a qualquer lugar onde eu pudesse levar uma vida pacata com ela.

Se conseguimos sobreviver à caverna, iríamos prosperar no interior do país.

Por fim, ela inclinou a cabeça e disse:

— Siga-me.

Eu me mantive dois passos atrás de Annika ao longo do trajeto cheio de curvas por dentro do palácio. Passamos por um grande corredor e depois outro, e ainda outro; alguns davam para amplos salões cobertos de ouro. Havia pinturas, móveis exuberantes e estátuas por toda parte. A criadagem passava de um lado para o outro, em todos os cantos havia guardas e, em meio a tudo isso, circulavam nobres, com suas perucas brancas e casacas de seda.

Eu desprezaria essa gente se não fosse o fato de eles aparentemente adorarem Annika. Cada dama da corte se curvava para a princesa, e muitas perguntavam sobre a sua saúde. Comecei a pensar se elas faziam ideia do que estava acontecendo com o rei naquele instante, porque ninguém mencionava nada.

Parte de mim questionava: "Como eles a amam tanto?".

Mas uma parte muito maior fazia outra pergunta: "Como não a amariam?".

À medida que avançávamos, o ruído das conversas diminuía. Por fim, paramos diante de duas portas altas, e Annika se virou para mim e gesticulou na direção da sala atrás dela:

— Esta é a nossa biblioteca, onde me escondi durante quase toda a vida.

Abri um sorriso, pensando na minha princesa e em todos os seus lugares secretos.

— Posso lhe mostrar uma coisa?

Fiz que sim, e ela abriu as portas. Por maiores que fossem minhas expectativas, aquele lugar as superava. As estantes eram muito altas, e algumas tinham até escadas que deslizavam, e o número brutal de livros ali me deixava atônito. Eu ainda sabia escrever, ainda sabia ler... mas fazia muito tempo que não sentia o prazer que era me perder entre páginas.

— Já de volta? Você não tem que cuidar do reino?

Eu me virei à procura da voz que cumprimentava Annika de maneira informal demais para o meu gosto. Deparei com um garoto de cachos e sorriso brilhantes sentado atrás de uma mesa grande.

— O reino pode esperar uns minutos. Preciso procurar uma coisa. Como você vê, estou com um dos guardas, vou ficar bem sozinha.

— Tem certeza? — ele perguntou, aparentemente ofendido pela rapidez com que ela o tinha dispensado. — Pelo que o soldado Palmer falou, parece que quanto mais gente estiver ao seu redor, melhor.

Annika abriu um sorriso sereno e diplomático que devia ter ensaiado milhares de vezes.

— Esse guarda é bastante competente. E eu estou com um pouco de pressa. Como você disse, preciso cuidar do reino. Vão ser apenas uns instantes.

Ela não esperou a resposta dele, mas foi logo na direção daquilo que procurava. Não me dei ao trabalho de olhar para o garoto ao passar; eu me recusava a participar de qualquer jogo que ele estivesse querendo começar.

Chegamos a uma estante a que estavam acorrentados dezenas de livros. Annika puxou um deles da prateleira e começou a passar as páginas rapidamente.

— Quem era aquele?

— Rhett — ela respondeu.

— É quase tão ruim quanto Nickolas.

Ela sorriu — dessa vez de verdade — e se virou para mim falando em sussurros bastante convidativos.

— Não podemos ser muito duros com Rhett. Foi graças aos ensinamentos dele que escapei das garras de um homem muito perigoso.

— Ah, é?

Ela fez que sim.

— E sou muito grata. Se não tivesse escapado naquele dia, nunca poderia ter dado àquele homem muito perigoso o presente extraordinário que estou prestes a dar agora.

Inclinei a cabeça para o lado, cético.

— E qual é?

Ela me entregou o livro aberto.

— Ele olhar a própria árvore genealógica.

Olhei boquiaberto para a grande página diante de mim, tentando entender o que via. No topo, estava o mesmo símbolo bordado na capa do meu pai, que agora eu entendia ser um brasão. Abaixo dele, aparecia um nome que estranhamente parecia com o meu.

Antes de entender o que estava acontecendo, já piscava os olhos para conter as lágrimas.

— Annika... Annika, o que é isto?

— É um livro de mitologia — ela disse, com um tom de quem pedia desculpas. Ela passou a mão na corrente de bronze que prendia o livro à estante. — Sabe, eu já tinha visto bibliotecas com correntes antes. Num mosteiro em Nalk, e no palácio de Kialand também. Servem para guardar os livros mais valiosos, para que ninguém os leve embora. Mas começo a me perguntar se estes livros foram mantidos aqui, num lugar visível, para que o bibliotecário pudesse ver exatamente quem os lê, enquanto a corrente evita que alguém os leve para mostrar a outras pessoas.

Eu mal conseguia processar o que ela dizia, ainda me recuperando do brasão e do nome.

Ela soltou um suspiro e retomou:

— É curioso que, com tudo o que temos aqui, alguém neste castelo tenha um dia decidido que os livros de *mitologia* deveriam estar presos por correntes. A única coisa é que tudo neste livro me parece ser fatos habilmente escondidos. Nomes, datas, brasões. Mas este aqui — ela disse com o dedo apontado para o topo da página — é o mais impressionante de todos.

— Também acho. Com certeza é o meu nome — murmurei.

— Não, Lennox. Olhe bem.

Ela colocou o dedo delicado sob uma palavra ao lado do sobrenome que eu havia abandonado.

Chefe.

De repente tudo ao meu redor ficou embaçado e tive dificuldade de engolir.

— Faz sentido Kawan ter ficado feliz por encontrar seu pai — ela disse em voz baixa. — E também ele ter preferido evitar que vocês descobrissem mais sobre a própria história. Talvez ele seja a única pessoa que sabe quem você é de verdade. E provavelmente esse é o motivo de ele te manter por perto. Não cairia bem para ele se alguém mais descobrisse a verdade, se descobrisse que ele tentou deliberadamente te machucar. Você é, afinal, o soberano dele.

Tudo começou a girar, e eu vacilei. Tombei em cima da estante e precisei me segurar para manter o equilíbrio. Respirei fundo algumas vezes. A cabeça parou de rodar, mas não os pensamentos.

— Soberano?

Ela fez que sim.

— Acho que seus ancestrais foram coroados pelos outros seis clãs. Acho que os outros chefes abriram mão dos seus títulos para o chefe de vocês se tornar rei. Bom — ela corrigiu —, a maioria, pelo menos.

— Mas o que isso quer dizer? — perguntei, ainda tentando conciliar na minha cabeça a possibilidade de ter sangue real nas veias com o fato de ter passado a maior parte da vida dormindo em cobertores esfarrapados.

— Quer dizer que se alguém podia desafiar meu pai pela coroa, essa pessoa era seu pai. Que se alguém pode tomar meu lugar, essa pessoa é você.

Eu me afastei um pouco para vê-la melhor. Minha vista ainda estava embaçada, mas ela não tinha lágrimas nos olhos, mesmo depois de me dizer que seu reino deveria ser meu.

— Você deixou tudo para vir aqui me defender. E, por isso, um exército pode estar a caminho em breve. Se isso acontecer, quero que saiba a verdade. Quando chegar o momento de escolher, não vou julgá-lo pelo caminho que decidir seguir.

Senti um nó se formar na minha garganta.

— Eu escolho...

Mas antes de eu concluir, ela colocou a mão delicadamente sobre minha boca. Aquela mão era capaz de bordar e empunhar uma espada e gesticular durante uma dança e prender meu cabelo. E era capaz de me fazer parar.

— Não diga nada. Porque se disser agora que me escolhe e no fim não conseguir, vou sentir uma dor pior do que a morte. Mas se não disser nada e escolher sua coroa e seu reino, poderei viver, ou morrer, em paz. Porque daí você não me prometeu nada.

Assenti, incapaz de pensar em algo para dizer.

— Podemos levar o livro? — perguntei. — Queria ver mais. Não acredito que temos um livro inteiro sobre isso.

Ela sorriu, olhou atrás de mim e acenou. Eu me virei e vi Rhett se aproximar. Será que ele tinha passado todo esse tempo nos observando?

— Rhett, meu pai provavelmente está no leito de morte, e meu irmão manifestou seu profundo desejo de que eu continuasse como

regente por tempo indeterminado. Não há ninguém no palácio...
— ela se atrapalhou com as palavras por um segundo. — Não há ninguém na minha *família* que tenha um cargo mais elevado que o meu. Quero levar este livro para o quarto para estudá-lo melhor. Por favor, solte-o da corrente.

O olhar de Rhett ia de Annika para mim.

— Não posso. Tenho de esperar o rei.

— Rhett. Eu sou regente.

Ele engoliu em seco.

— Não... não posso.

Notei a irritação dela, mas logo uma ideia luziu em seus olhos, tão rápido que quase perdi.

Depois de respirar fundo, ela fez que sim com a cabeça devagar, caminhou até Rhett e estendeu a mão para ele. Sua expressão encantadora — a mesma que fez ao entrar na biblioteca, que usou para me enganar no calabouço — ficava mais presente em seu rosto à medida que se aproximava do garoto.

— Perdão — ela disse baixinho. — Estou exausta. Sei que está cuidando de Kadier, e agradeço de verdade, Rhett.

Ele relaxou os ombros, aliviado. Não gostava de vê-la de mau humor. Na minha opinião, ele não sabia o que estava perdendo.

— Obrigado, Annika. Volte para me ver sempre que quiser.

Ela inclinou a cabeça de leve mais uma vez e, com isso, nos retiramos.

Annika

Eu sabia que não seria pega, mas andei depressa mesmo assim. As pernas de Lennox eram maiores do que as minhas, então ele não sofreu para me acompanhar.

— Não deixe isso te incomodar — ele disse. —Você tem outras coisas em que se concentrar. Sei que fez o possível para conseguir o livro e agradeço.

Eu me coloquei diante dele com um sorriso malicioso.

—Você ainda me subestima, Lennox Au Sucrit?

Ele tinha uma expressão ao mesmo tempo de admiração e confusão. Continuei:

— Eu contei que Rhett me ensinou a abrir cadeados. Na verdade, isso se tornou um dos meus passatempos prediletos. Mas os cadeados daqueles livros são pesados, e eu ia precisar de mais que um grampo de cabelo para abrir. Então, ou eu reviro o palácio à procura da ferramenta certa... ou posso simplesmente praticar outra habilidade que Rhett me ensinou...

Levantei a mão para mostrar a chave pendurada no meu dedo.

— Bater carteiras — concluí.

Ele fixou os olhos na chave, perplexo.

— Como? *Quando*?

— Quando segurei a mão dele — expliquei, rindo. — Eu só precisava me aproximar o suficiente.

Lennox parecia estar bastante impressionado. Eu não sabia o que faria quando ele escolhesse a coroa em vez de mim.

—Você é mesmo uma mulher espetacular.

Inclinei a cabeça de lado.

—Ah.Você é bom em me elogiar desde a infância. E está ficando cada vez melhor.

Ele soltou um risinho, e eu me virei para pegar o caminho dos aposentos que vinha usando para trabalhar.

— Fique com isso — eu disse, já lhe entregando a chave. — Se formos lá tarde da noite, conseguiremos entrar e sair sem ninguém perceber. Ninguém vai à biblioteca tanto quanto eu. Assim, Rhett não vai dar pelo sumiço da chave. Se, por algum motivo, eu não puder, talvez você consiga ir até lá com Palmer. Vou me sentir muito melhor se você não for sozinho.

Ele pareceu intrigado com a minha preocupação.

— Já que você insiste.

Ele seguia meus passos como uma sombra, silencioso e constante, mas eu tinha certeza de que seus pensamentos estavam agitados como chamas num incêndio.

Disse a mim mesma que se tratava de corrigir um erro. E se Lennox e seu exército invadissem o palácio e tomassem o reino, minha vida seria mais fácil, não? Para começo de conversa, eu não iria ser obrigada a me casar com Nickolas. E havia um monte de protocolos, um monte de expectativas. Nem sempre suportei tudo isso com elegância, então talvez fosse bom em certo sentido...

A verdade, porém, é que eu só conseguia pensar que o lar onde sempre vivi e o reino a que sempre servi iriam se perder sob minha responsabilidade e por minha causa. E, o mais doloroso: eu sem dúvida perderia Lennox no processo.

Enquanto caminhávamos pelo corredor, vi Nickolas sair do meu gabinete apressado. Ele me lançou um único olhar e continuou a caminhar. Nem parou para pedir ou exigir desculpas pelo fiasco daquela manhã.

— Alto!

Parei no mesmo instante e me virei na direção da voz de Lennox. Para minha surpresa, Nickolas tinha feito o mesmo.

— O senhor não vai saudar sua soberana? — ele perguntou, lançando um olhar fulminante para Nickolas.

Nickolas assumiu um ar de desdém, olhando para Lennox e para mim.

— Como você ousa falar comigo sem minha permissão?

— O decoro determina que o senhor no mínimo incline a cabeça para a princesa. Em vez disso, passa como se ela fosse da plebe. Se a trata assim, como age com quem não tem nenhum título de nobreza?

A pergunta de Lennox acertou fundo em mim. Seu julgamento do caráter de Nickolas era exatamente o que eu não tinha conseguido traduzir em palavras.

Se ele era capaz de me desrespeitar com tanta facilidade quando eu era praticamente rainha, como trataria aqueles de quem deveríamos cuidar?

Ele nunca levaria as necessidades deles em conta. Eu agora via isso claro como o sol. Nickolas sempre foi uma linha reta com uma flecha na ponta. E sua atenção sempre estava voltada para si mesmo.

— Soldado Au Sucrit, não há necessidade de incomodar este cavalheiro — eu disse, um pouco zonza por ter descoberto algo que deveria ser óbvio.

Mas Nickolas não se abalou.

— Visto que você não tem título de nobreza, não preciso lhe responder. E você mesmo deveria ter certo nível de decoro antes de ousar me dizer o que fazer. Além disso, foi ela quem me abandonou — Nickolas se afastou, caçoando de Lennox. — *Au Sucrit*. Que nome é esse? — e, com isso, foi embora, balançando a cabeça.

Nickolas era mesmo tudo o que eu tinha negado desde o início.

Assim que sumiu na distância, levei a mão ao braço de Lennox.

— Você não precisava ter feito isso. Ele não me incomoda.

— Mas me incomoda — Lennox rebateu. — Ainda que não fosse seu noivo, o que me faz odiá-lo de um jeito que nem sei expressar, eu não ia querer um homem desses perto de mim. Gostaria muito que me deixasse matá-lo.

Balancei a cabeça:

— Você precisa de um novo passatempo.

Lennox

As provocações de Annika sempre me ganhavam, e eu entrei no seu gabinete sem conseguir conter o sorriso. Havia várias mesas com mapas e livros, e a que ela parecia usar mais transbordava de papéis e tinteiros. Ela andava mesmo ocupada.

— Tenho uma pergunta, agora que você está aqui — ela começou, com ar hesitante.

— Pode me perguntar o que quiser. Sempre.

Ela respirou fundo e voltou a olhar para seu mapa.

— Você me disse uma vez que as pessoas vão ao encontro de vocês, e que, quando isso acontece, vocês as acolhem. É isso mesmo?

Confirmei:

— É um acordo inquebrável. Uma vez dentro, não há como sair. Do contrário, aqueles contra quem queremos lutar podem descobrir onde estamos — expliquei, fazendo uma cara de tédio, e ela sorriu. — Não me surpreende que as pessoas não saibam onde nos encontrar, ou que mais gente não nos ache. Aceitamos pessoas que ninguém nota ou de quem ninguém sente falta. A esta altura, nem sei quantas pessoas do nosso exército são dahrainianas de verdade.

Ela balançou a cabeça.

— Não consigo decidir se isso é triste ou bonito.

— Nem eu. Mas nós os acolhemos, contamos nossa história até que ela vire a deles também. Eu não saberia traçar uma linha entre quem tem sangue de Dahrain e quem não tem. No fim, existe um senso de unidade, de orgulho. Talvez isso...

Precisei tomar um fôlego para afastar a dor das palavras do querido Nickolas.

— Talvez o quê? — Annika perguntou baixinho, me olhando com aqueles olhos doces que venciam todas as minhas defesas.

Abri um sorriso fraco.

— Faz séculos que não uso meu sobrenome. Você é a única pessoa que o conhece. Foi doloroso, depois de todo esse tempo, ver Nickolas caçoar dele — admiti.

Ela desviou o rosto, de volta para a sua papelada.

— Não dê ouvidos ao Nickolas. Eu absolutamente adoro o som do seu nome. Se pudesse, tomaria para mim.

Meus olhos saltaram, arregalados. Tomar para si? Ela... Será...?

Senti um frio na barriga e estive a poucos segundos de me ajoelhar e suplicar que ela nem pensasse em se casar com aquele esboço patético de homem, a despeito do que acontecesse.

— Mas de volta à minha pergunta — ela começou, com muito mais dificuldade de olhar para mim.

— Pode perguntar.

— Naquela primeira noite no calabouço, Blythe me disse que o castelo em que vocês moram não foi construído por vocês. Era um lugar abandonado que Kawan usou para abrigar seu exército.

Confirmei.

— É isso mesmo.

— Vocês e todos que precisavam de um lugar para ir?

— Sim.

Ela engoliu em seco antes de continuar.

— Sei que é diferente, porque o castelo estava vazio... mas e se os descendentes de quem construiu o castelo voltassem e o pedissem de volta... Vocês sairiam?

Meu sangue gelou. Meu primeiro instinto foi dizer que não. Nunca. Vosino era um completo desastre, mas era o *nosso* desastre. E apesar de não ser muita coisa, nós fizemos cada melhoria ali. Eu era incapaz de reconhecer em voz alta o quanto estava relutante até em pensar sobre isso.

Por sorte, não precisei.

— Alteza — um homem com diversas barras douradas bordadas no uniforme entrou no gabinete. — Pediram-me que viesse vê-la com urgência.

— Sim, obrigada por vir. Precisamos preparar as tropas, general Golding. Sei que já estamos nos preparando para uma invasão, mas ouvi de uma fonte confiável que o exército dahrainiano pretende avançar muito antes do esperado.

Eu me afastei, pois já tinha dito a Annika tudo o que sabia. Assim que o fluxo de preparativos começou, foram horas seguidas sem intervalos. E durante todo o tempo, ela ainda ouviu solicitações estúpidas com paciência, propôs soluções para os problemas que podiam ser rapidamente resolvidos, e recebeu pedidos dos mais diversos comitês. Um exército estava a caminho, e mesmo assim ela dava importância vital a cada pedido.

Eu tinha de reconhecer que tudo aquilo era muito... chato. Minha vida era toda feita de treinamentos e planos. Sempre fiquei à espera de que algo acontecesse, pronto para a menor mudança ao meu redor. E aquilo tudo parecia ser apenas burocracia.

Tive de me perguntar: reinar era assim?

Com o sol já bem baixo no céu, Annika se espreguiçou, inclinando um pouco o corpo. Dava para ver como o estresse daquilo tudo pesava sobre ela.

Palmer entrou, como se tivesse aproveitado a deixa.

— Perdi alguma coisa? — ele perguntou, mantendo a voz baixa.

Descobri que sou o dono do chão em que você está pisando.

— Não — fiz uma pausa. — Bom, uma coisa.

— O quê?

— Você sabia que a criada de Annika, Noemi, mantinha um relacionamento com o príncipe?

Ele me olhou boquiaberto.

— Não é assim... Como...?

— Eu estava com Annika durante a visita ao irmão, e ele falou disso abertamente. Vai tentar se casar antes de o pai acordar e proibir. Mas me pergunto se quem tem pressa é o príncipe ou Noemi.

Palmer soltou um suspiro, arrasado.

— Bem, não há risco de isso acontecer.

Senti um calafrio, certo de que isso só podia significar uma coisa, mas mesmo assim precisava ouvir de Palmer.

Ele olhou para Annika e para mim antes de se inclinar e cochichar no meu ouvido.

— O rei morreu. Faz apenas uma ou duas horas. O processo para garantir que o soberano está morto mesmo é muito longo, isso sem falar nos papéis. Se ela estivesse ao lado dele, as coisas seriam diferentes, mas como isso não aconteceu, ela terá de esperar.

— Era lá que você estava?

Ele fez que sim com a cabeça.

Engoli em seco.

— Ela estava cuidando dos preparativos para a batalha. Estava trabalhando enquanto o pai morria.

Palmer baixou a cabeça.

— Talvez esse tempo seja bom para ela. Mas preciso contar agora... infelizmente.

Eu me virei e olhei o seu rosto: o queixo tenso, com uma dobra de preocupação nas sobrancelhas. Precisei de anos para me abrir para Inigo. Agora, eu parecia capaz de fazer uma amizade em horas.

— Então pode deixar que eu conto. Não me importo de fazer isso.

Dei um tapa no ombro de Palmer e fui me ajoelhar ao lado de Annika, que franzia a testa enquanto lia algum documento.

— Annika? — cochichei.

— Hmm?

— Annika, meu amor — ao ouvir isso, ela me olhou nos olhos. — Sinto muito, mas tenho notícias difíceis para te dar.

Ela me encarou por um instante e engoliu em seco. Firmou o corpo e respirou fundo, como se já soubesse.

— Estou pronta — ela disse.

Olhei nos seus olhos límpidos, cheios de confiança em mim. E parti seu coração.

— Sinto muito, Annika. Seu pai faleceu.

Seus lábios tremeram um pouco, e ela forçou o queixo algumas vezes.

— Meu irmão já... — ela interrompeu suas palavras, tomou fôlego para tentar se recompor. — O rei já sabe?

Lancei um olhar para Palmer, que conseguia nos ouvir.

— Não tenho certeza.

Ela respirou mais algumas vezes, segurando as lágrimas, e começou a ajeitar o vestido.

— Então preciso contar a ele.

Depois de respirar fundo mais uma vez, ela se levantou e juntou as mãos na frente do corpo. Em seguida, deu alguns passos e parou para me sussurrar:

— Não me deixe. Ainda não — ela implorou.

— Não vou.

Queria dizer "Não vou *nunca*". Mas ela tinha me pedido para não fazer esse tipo de promessa, e eu não ia desobedecê-la agora.

Ela foi em frente e acenou com a cabeça para Palmer ao passar por ele, aparentando perfeita calma. Nós dois a seguimos alguns passos atrás, prontos para o que viesse.

Um segundo depois, outro soldado veio correndo pelo corredor, desacelerando ao ver Annika e Palmer.

— Mamun? — Palmer perguntou. — O que foi?

Ele respirava rápido e seu olhar saltava entre nós, mostrando que ele estava com dificuldade para colocar as palavras para fora:

— Soldado Mamun? — Annika chamou com delicadeza. Mesmo nessa situação ela demonstrava uma paciência inimaginável com as pessoas ao seu redor.

— Diga logo, seja lá o que for — Palmer ordenou. — Não pode haver segredos neste grupo.

Ele olhou para Annika e fez uma reverência profunda.

— O rei está morto — disse.

— Sim, já me disseram. Eu estava indo...

— E o príncipe desapareceu — Mamun concluiu.

Annika

Meus joelhos fraquejaram, mas Lennox estava ao meu lado. Passou os braços por baixo dos meus cotovelos e me levantou num instante.

— O quê? — perguntei com a voz fraca.

— Ele sumiu — Mamun repetiu.

Não acreditei. Não era possível que ele tivesse sumido. Não agora. Levantei a saia do vestido e disparei na frente dos guardas. As portas do quarto de Escalus estavam abertas e desprotegidas. Entrei correndo. As gavetas estavam reviradas e claramente todas as coisas de valor tinham sido levadas.

Tentei afastar a surpresa para pensar. Onde ele estaria? Por que fugiria? O que tinha acontecido ali?

Escalus foi sequestrado? Talvez.

Mas Noemi também não estava. Se ele tinha decidido levar seus pertences por vontade própria, provavelmente pretendia passar um bom tempo longe. E se tinha ido embora, com bens fáceis de vender e com Noemi...

Fui para o meu quarto. Se ele tinha sido sequestrado, não haveria pistas ali. Mas se tinha partido por conta própria, ele teria dado um jeito de me contar. Eu o conhecia. Sabia como iria agir.

Escancarei a porta do quarto, com Lennox, Palmer e Mamun logo atrás. Observei cada superfície à procura de uma carta. Nada na porta, nada na lareira... mas ali, no travesseiro sobre a cama desfeita, havia um bilhete dobrado. Em cima dele, para mantê-lo no lugar, o anel com o selo real.

Segurei o anel com uma mão e peguei a carta com a outra, tentando acalmar a mente o bastante para ler e compreender.

Annika,

Perdão. Por favor, por favor, encontre forças para me perdoar.

Sei que tínhamos um plano, mas a morte do papai complica as coisas. Se ele vivesse o suficiente para saber de Noemi, a história seria diferente. Mas agora que se foi, e como sou o herdeiro do trono, você sabe que os nobres vão me obrigar a me casar por interesse, ainda mais com a quase guerra que acabamos de lutar na ilha.

E eu não farei isso.

Não posso. Annika, espero que um dia você saiba como é encontrar a pessoa que preenche o vazio do seu coração, que te motiva a ser tudo que sempre quis mas não sabia se conseguiria. Esse tipo de amor te levará a fazer coisas inimagináveis. Como isso.

Fui embora para me casar com Noemi. No exato momento em que escrevo isto, ela me pede para pensar melhor, mas sei o que vai acontecer se eu ficar. Rezo para que você me perdoe por te abandonar agora. Em poucos anos, quando meu casamento estiver firme e eu tiver um herdeiro, retornarei feliz, pronto para tirar o fardo da coroa dos seus ombros. Se é que você me aceitará nesse momento. Sinceramente, o que te disse na noite do seu noivado era verdade: sempre achei que você seria uma líder melhor do que eu. Está se saindo uma ótima regente, e eu não poderia estar mais orgulhoso da minha irmã talentosa, inteligente e corajosa. Como rei de Kadier, eu cedo o título a você.

Vida longa à rainha Annika de Kadier, a monarca mais bela e bondosa que nosso reino já viu.

Imploro, mais uma vez, pelo meu bem e pelo de Noemi, que você nos conceda seu perdão. Eu te amo, Annika, e um dia voltarei para casa.

Escalus

No final da carta, minha mão tremia tanto que eu mal conseguia ler o nome do meu irmão. Estava chocada demais para falar. Eu compreendia bastante bem o que era amar alguém a ponto de sentir vontade de fazer coisas que outros considerariam loucura... Mesmo assim, não conseguia acreditar que meu irmão tinha ido embora.

Minha mãe se foi.
Meu pai se foi.
Meu irmão se foi.
Eu era rainha.
E só conseguia pensar em: *Você disse que estaria comigo.*
Olhei para Lennox, que estava ao meu lado, cujos olhos mostravam medo e cautela. Entreguei-lhe a carta, ainda incapaz de falar. Ele leu muito mais rápido do que eu e a bateu contra o peito de Palmer, caindo de joelhos logo em seguida.

— Vida longa à rainha Annika! — aclamou, tão alto que qualquer pessoa que estivesse por perto também teria ouvido.

Assim que ele disse isso, Palmer e Mamun fizeram o mesmo, botando um joelho no chão. Dois guardas que passavam pela porta durante a patrulha viram a cena e se ajoelharam também. Senti o peso total e enorme da coroa recair sobre mim.

Era assustador. Mas no mesmo instante percebi o quanto sentiria falta desse título quando Lennox o tomasse para si.

Coloquei o anel com o selo real no polegar, o único dedo em que cabia, e segurei a saia.

— Por favor, mantenham guardas na porta do quarto do meu pai. Ninguém deve tocar em seu corpo. E, por favor, discrição quanto à partida de Escalus. Prepararei uma declaração assim que a poeira baixar — me permiti um breve olhar para Lennox, mas não consegui sustentar por muito tempo. — Soldado Au Sucrit, por favor, venha comigo. Soldados, espero agora, mais do que nunca, que mantenham os olhos no horizonte. Por ora, tenho um assunto urgente para tratar na biblioteca.

Saí de cabeça erguida. Teria menos tempo como rainha do que Escalus tinha tido como rei, mas usaria o título muito bem.

— Annika — Lennox disse em voz baixa. — Annika, vamos à biblioteca amanhã.

Não respondi.

— Annika, você não comeu. Você passou por um trauma grande. Precisa descansar.

Continuei a caminhar.

Nesse momento, de repente, o chão se inclinou para o lado, e eu caí contra a parede. Os braços de Lennox surgiram para me botar de novo de pé. Com delicadeza, ele segurou minha bochecha com a mão e me fez fitar seus olhos.

— Annika, por favor. Você não precisa fazer isso esta noite — ele disse, engolindo em seco. — Não precisamos fazer isso nunca.

Abri um sorriso frágil.

— Não está feliz, Lennox? Esta noite você terá uma vida inteira de trabalho recompensada. E tão fácil! Você terá a coroa de volta sem derramar uma única gota de sangue.

Seus lábios tremeram.

— Nunca quis a coroa. Só queria viver na terra dos meus antepassados. Não queria mais precisar me esconder. Aceito isso. Aceito estar aqui. Com você. Não temos de fazer nada, Annika.

Levantei a mão exausta para acariciar o rosto dele.

— Aceitaria. Mas não vai. Porque no seu coração, Lennox, você não é apenas um cavalheiro. É um rei. E se ficasse aqui, desfrutando o reino enquanto o povo que deveria liderar sofre naquele castelo no fim do mundo, você ia acabar se odiando. Da mesma forma como eu me odiaria se ficasse com você depois de meu povo ser forçado a abandonar esta terra.

Ele cravou os olhos nos meus, encarando a verdade que nos recusávamos a reconhecer.

— Você e eu, Lennox. Não podemos ter as duas coisas ao mesmo tempo. A verdade é que não podemos ter nenhuma. Porque se fugirmos, deixaremos meu povo e o seu no caos completo. Quem sabe quantos não morreriam por causa da nossa covardia? Acha que o nosso amor sobreviveria a isso? — balancei a cabeça. — Um de nós deve reinar. E o outro, ir embora.

Ele continha os soluços, seus olhos iam de um lado para o outro, sem encontrar respostas.

— Não consigo... — ele começou.

— Eu sei.

Endireitei o corpo e segui em frente. Lennox, sem encontrar nenhum modo de me refutar, me seguiu calado. Pensei nos momentos na caverna, antes de compreendermos um ao outro. Mesmo aquele silêncio era melhor do que o de agora.

Abri as portas, surpresa por encontrar Rhett na entrada. Ele estava debruçado sobre a mesa, de cabeça baixa, como se estivesse magoado.

Mas então ele me encarou. Seus olhos não tinham tristeza, mas raiva.

— Cadê a chave? — ele perguntou.

— Mude esse tom de voz — Lennox ordenou.

Rhett o encarou com um grau de desprezo que meu deu calafrios.

— Cadê a chave? — ele perguntou de novo, em tom ameaçador. — Você é a única que poderia ter pegado.

— Sim, eu peguei a chave. E tenho todo o direito — falei, mostrando minha mão com o anel real. — Sou a rainha.

O anel o deixou boquiaberto, mas antes que pudesse fazer qualquer pergunta, fiz um gesto com a mão para calá-lo. Estendi a outra mão para Lennox, que tirou a chave de seu casaco.

— Sinto muito, Rhett. Preciso daquele livro. Por isso, com licença.

Rhett se afastou da mesa e apontou para Lennox.

— Não sei quem é ele, ou como você o conhece, ou o que ele quer com esses livros. Mas ele não pode ficar com eles. Não pode ficar com eles nem com *você*.

— Rhett!

— Eu disse, Annika, disse há muito tempo. Você sempre foi minha. Ninguém a ama mais do que eu.

Ele avançou na nossa direção com ódio no olhar. Eu só tinha achado que ele poderia ser perigoso uma vez, e esse momento voltou à minha mente com perfeita clareza. Ele tinha dito, sem hesitação nem ironia, que qualquer homem que ficasse entre ele e mim seria seu inimigo. Via agora que estava falando muito sério.

E vi que havia uma diferença entre o que eu estava disposta a fazer por amor e o que Rhett faria. Mas, pensando bem, poderia um sentimento tão vingativo ser chamado de amor?

No instante em que Rhett estava prestes a se lançar sobre Lennox, o som de um grito ecoou na biblioteca.

Palmer apareceu, jogando uma espada para Lennox e, surpreendentemente, uma para mim. Não se deu ao trabalho de olhar para Rhett.

Em vez disso, encarou a Lennox e a mim:

—Venha depressa, majestade. Estamos sob ataque.

Lennox

Desembainhei a espada, deixando Rhett sozinho com a sua, e subi a escada correndo atrás de Palmer.

— Eles conseguiram passar pelos muros?

— Sim. Há guardas a caminho. Precisamos evacuar as pessoas.

— De acordo. Depois da batalha no mar, eles não vão ter misericórdia.

Palmer concordou com a cabeça e acrescentou.

— Avise os outros.

— O que eu faço?

Parei de repente e virei para trás. Annika tinha nos acompanhado, mesmo de vestido e salto alto.

— Sua função é permanecer viva. Há algum bom lugar para se esconder? Algum lugar que só você conhece? — perguntei.

Seus olhos logo se encheram de raiva, a ponto de eu precisar dar um passo para trás.

—Você acha que vou me esconder? Agora? *Meu* povo está prestes a morrer. *Seu* povo está prestes a morrer. Não vou salvar a minha vida e arriscar a deles.

A maneira como ela tinha juntado os dois, o povo dela e o meu, me deu coragem para partir para a batalha. E como ela estava disposta a se sacrificar do modo mais definitivo possível mostrava que Escalus estava mais certo do que nunca ao deixar a coroa com ela.

— Então fique ao meu lado — eu disse. — Não saia de perto, nem por um segundo.

Ela fez que sim, abaixando para tirar os sapatos. Em seguida, usou a espada para cortar a saia do vestido, abrindo uma fenda que lhe permitia correr mais rápido.

Palmer respirou fundo.

— Vou para o andar de baixo. Vocês dois fiquem no segundo andar. Com sorte, ninguém chegará até lá, mas se preparem para o caso de isso acontecer.

Sem mais uma palavra, ele partiu, dando ordens. Na sua ausência, era até fácil acreditar que não estava acontecendo nada. Estava tudo tão silencioso.

Eu me virei para Annika.

— Sinto muito por ter causado isso a você.

— Sinto muito por você ter precisado fazer isso.

Eu me esforcei para segurar as lágrimas.

— Quero que você saiba que minha escolha é você. Acima do país, acima da coroa. Quero você. Desejei Dahrain quase a vida inteira, mas você é a única que amei. Se algo acontecer, quero que saiba disso.

Ela me encarou, seus olhos percorreram meu rosto como na noite no calabouço: como se ela tivesse total intenção de nunca mais me ver.

— E minha escolha é você — ela disse, para em seguida gesticular para tudo ao redor. — E assim você pode saber quão longe meu amor por você chegou, Lennox: sempre perdi tudo que amei de verdade.

A angústia em sua voz me deixou abalado. Eu tinha decorado a lista das pessoas que ela amava, e me senti honrado de aparecer nela, sem me importar com o que pudesse acontecer comigo no final.

Diminuí o espaço entre nós e enrosquei a mão em seu cabelo, pressionando seus lábios contra os meus. Se morresse, ao menos iria para o túmulo como o amado de Annika Vedette.

Ela soltou a espada no chão para poder me envolver em seus braços, e eu fiz o mesmo com a minha, deixando-a cair ao lado da dela. Apertei-a contra mim, satisfeito com o modo como ela se encaixava perfeitamente nos meus braços. Guardei no coração seu cheiro, seu calor, seu gosto. Não importava o que ia acontecer: ninguém poderia roubar essas lembranças de mim.

Ouvi um tumulto ao longe. Nos separamos, trocando ainda um

último olhar. Pegamos as espadas, e vi o primeiro sinal de perigo em um soldado kadieriano que protegia uma escadaria ao longe. Testando sua capacidade estava Blythe, que respondia aos movimentos dele sem hesitar. Percebi que era Mamun quem recebia os golpes dela.

Logo atrás estavam Palmer e Griffin, e Inigo enfrentava alguém que eu não conhecia. Parecia que todos os meus conhecidos se juntaram ali num grupo desafortunado.

— Lennox — Annika perguntou baixinho. — Contra quem lutamos?

Examinei a cena mais uma vez.

— Contra ninguém, se pudermos evitar, mas contra todos se necessário.

Vi o momento em que Blythe desviou os olhos de Mamun e me notou. E vi ainda seus olhos passarem para Annika. A intensidade do sentimento de traição dela era inconfundível. E percebi que, enquanto eu achava estar olhando para uma amiga, ela só via inimigos.

Mamun golpeou e abriu um corte no braço de Blythe, mas ela avançou como se não sentisse nada em minha direção, com um olhar fulminante que dizia que ela estava pronta para fazer alguém sofrer tanto quanto ela tinha sofrido.

No segundo que levei para superar o choque e assumir uma posição de luta, Annika saltou com a espada na mão, bloqueando o golpe de Blythe num movimento que só poderia ser considerado gracioso.

— Senhorita, largue a espada — Annika suplicou.

— Saia da frente! — Blythe esbravejou.

Sem muita paciência para discursos, Blythe já avançava de novo, e eu me vi colado ao chão, incapaz de tirar os olhos da luta entre as duas. Annika era toda forma, e Blythe era toda ódio, e quando ambas colidiram, fiquei hipnotizado.

Só olhei para o lado quando Inigo se aproximou. A pessoa com quem ele estava lutando jazia inerte no chão, e agora seus olhos estavam em mim, indagando por que eu tinha ido embora.

—Você era meu amigo — ele disse.

— E ainda sou. Talvez mais do que nunca.

—Você nos abandonou.

—Vim salvar a mulher que amo e, no processo, descobri como salvar você também. Como salvar a todos nós.

Por uma fração de segundo, vi a esperança em seu rosto, a vontade de acreditar. Mas perdi a chance de explicar quando um guarda kadieriano correu para cima de Inigo.

— Preciso encontrar Kawan — gritei.

— Por quê? O que ele vai fazer? — Inigo gritou de volta, sem parar de golpear.

— Se não o impedirmos, vai matar todos nós. Juro que podemos acabar com isso sem mais derramamento de sangue — garanti.

— Parem! — Annika gritou com um desespero tão absoluto que não apenas eu, mas quase todos os presentes obedecemos.

Blythe estava no chão. Um guarda tinha cortado suas costas com a espada e aberto uma ferida comprida que a tombou. Na mesma hora, Annika rasgou um pedaço imenso do vestido e o pressionou contra as costas de Blythe para estancar o sangramento.

— Não — Inigo sussurrou. — Se alguém deveria sobreviver, era ela.

Olhei para ele e notei como seus ombros estavam caídos e sua mão tinha afrouxado a espada. Nunca o tinha visto assim, e me assustei mais do que com o ataque.

Os dedos de Annika estavam na garganta de Blythe.

— Ela ainda tem pulso. Precisamos de um médico — Annika disse, olhando para os lados, à espera de que alguém fizesse algo. No mundo dela, era isso que acontecia quando falava.

Eu teria imaginado que sem dúvida a cena da grande e poderosa rainha de Kadier de joelhos tentando salvar uma inimiga pararia o ataque.

Mas não parou.

Griffin podia ter aceitado a perda de Rami, mas claramente não faria o mesmo com aqueles que tinham tirado sua vida. Numa rigidez precipitada, avançou correndo com a espada erguida. Pela posição, a lâmina cortaria a cabeça de Annika.

Foi como se minha espada tivesse se movido por vontade própria. Saltei para frente e a cravei no peito de Griffin.

Ele não chegou a emitir nenhum som. Apenas soltou um suspiro e caiu de joelhos.

Eu comecei a chorar. *Eu* fiz um som que nem sabia descrever.

— Griffin — balbuciei, me abaixando ao lado dele. — Griffin, eu sinto muito. Eu não... Eu...

Ele levantou o braço e segurou minha mão, manchando-a de sangue. Seu corpo tremia com violência. Depois de respirar com dificuldade, ele falou:

— Estava muito difícil... seguir... sem... ela mesmo.

Fiz que sim, e lancei um breve olhar para Annika, notando as lágrimas em seus olhos antes de voltar para Griffin. Ele tinha sido a luz naquele castelo.

— É o mesmo que sinto.

Houve um lampejo em seus olhos, e ele compreendeu.

— Então... está... perdoa...

Toda a tensão em sua mão se desfez. Meu amigo tinha partido.

Recuei, enojado comigo mesmo. Não queria que mais ninguém morresse, e acabei tirando a vida dele com as próprias mãos.

— Onde está Kawan? — quis saber, com uma voz mais grave do que imaginava ser capaz.

Inigo, Palmer, Mamun e o soldado sem nome permaneceram calados. Annika ainda estava curvada sobre Blythe.

Ninguém sabia a resposta, mas não importava. Outra leva de soldados subiu pela escadaria em intensa batalha, com espadas golpeando para todos os lados. Dessa vez, havia ainda o perigo dos ocasionais tiros de mosquete. Fomos obrigados a nos levantar e a ficar alertas. Com cuidado, tirei a espada do corpo de Griffin e me posicionei diante de Annika.

— Diminuam a velocidade do avanço deles, mas os poupem se puderem — ordenei, não sabia com que autoridade. Inigo estava à minha direita e Palmer, à esquerda. Mamun e o outro soldado passaram para a frente, golpeando com precisão, acertando coxas, braços, mãos.

— E então? Somos aliados agora? — Inigo perguntou.

— Tenho provas — eu disse, e ele me olhou de canto de olho.

— Provas da verdadeira história do nosso país. Annika encontrou.

Inigo a encarou, e ela retribuiu o olhar e confirmou com a cabeça.

Precisei parar de falar, tentando não pensar no que tinha acabado de fazer e esperando ser cuidadoso o bastante para não fazer aquilo de novo. Agucei cada sentido do corpo e me concentrei no presente, a fim de dar aos meus movimentos toda a precisão possível. Annika estava ao meu lado, fazendo como nós, com movimentos tão precisos que aqueles que a enfrentavam pareciam lutar contra uma sombra.

— O que você está fazendo!? — alguém berrou com a voz cheia de perplexidade e ódio.

O querido Nickolas apareceu, vindo de outra escadaria. Não me surpreendeu nem um pouco vê-lo se esgueirar para evitar o centro do conflito.

— Estou salvando o máximo de pessoas que conseguir — ela respondeu, num tom de voz que dava a entender que aquilo era óbvio.

— Céus — ele disse, mais uma vez ousando contrariá-la.

— Vá embora! — ela gritou, empurrando-o para o lado para poder se defender de outro golpe de uma espada dahrainiana. Por pouco não conseguiu.

— Você devia estar escondida! — ele insistiu, puxando-a.

Dessa vez, sua estupidez foi longe demais. Ele deixou o braço de Annika numa posição que impedia que ela se defendesse, e a ponta afiada feito navalha de uma espada a perfurou no peito.

— Ai! — ela gritou, dobrando o corpo e levando a mão à ferida.

Cravei meu olhar no dele. Eu estava disposto a tirar mais uma vida esta noite. Ele pareceu ter noção suficiente para compreender o que tinha feito e tratou de carregá-la para outro lugar.

Ela soltou um grito quando Nickolas a levantou nos braços, e fiquei preocupado com o corte ter sido mais fundo do que parecia.

Ofegante, ela apontou para mim e gritou o mais alto que podia, para que todos — tanto de Kadier como de Dahrain — soubessem:

— Ele é o seu rei! Ele é o nosso rei! Salvem o rei!

Annika

Não era a maior dor que tinha sentido na vida, mas isso não queria dizer que fosse pouca. Não parei de pressionar a ferida esperando impedir meu corpo de literalmente se desfazer.

A espada tinha conseguido acertar a haste do meu espartilho, partindo-a e a mim num só golpe. Nickolas não quis saber de se apressar, de correr o mais rápido que podia até o meu quarto comigo nos braços. O sangue gotejava quente, e a ferida ardia mais a cada respiração. Fechei os olhos por um instante na tentativa de manter a calma.

A porta estava aberta; sem dúvida tinha sido deixada assim por Palmer e Mamun quando saíram ao ouvir a agitação no andar de baixo. Assim, Nickolas conseguiu entrar rápido e fechar a porta.

E trancá-la.

Ele se apoiou nela com o braço por um momento, recuperando o fôlego. E a primeira coisa que escolheu me dizer foi:

— Não consigo acreditar no que você fez.

— Fiz o que devia fazer — respondi, apertando a mão contra a ferida. — Preciso de algo para estancar o sangue. Deve haver alguns lenços naquela gaveta.

Ele balançou a cabeça.

— "Salvem o rei"? Que diabos isso quer dizer?

— Aquele homem tem direito ao trono. É tudo o que posso contar no momento.

— O *guarda*? — ele perguntou, incrédulo. Percebi que não tinha revelado o nome verdadeiro de Lennox nem sua identidade. E não tinha a menor intenção de fazer isso agora.

— Sei que parece loucura. Meu pai... — Levei a mão ao cabelo para jogá-lo para trás, me esquecendo de que estava coberto de sangue até ser tarde demais.

— Seu pai está morto — ele disse, sem piedade.
— Eu sei.
— E logo seu irmão também estará.

Senti minha espinha gelar de alto a baixo ao encarar Nickolas, notando algo estranhamente familiar em seus olhos.

O que era? Algo mais forte que determinação. Algo mais profundo que amor. Era intenso, visceral e, o mais preocupante: era assustador. Era a mesma coisa que havia nos olhos de Rhett quando ele nos atacou na biblioteca.

Existia um nome para aquele olhar: obsessão.

Por fim, compreendi.

Nickolas jamais se contentaria comigo. Nunca ficaria satisfeito de ser chamado de príncipe. Ele queria a coroa, e nada menos do que isso.

Sua postura mudou de repente. O habitual jeito rígido que demonstrava quando estava perto de mim se desfez, e ele foi preguiçosamente para o outro lado do quarto para se ajoelhar na minha frente.

Em seguida, enfiou a mão na parte de trás da minha cabeça e me agarrou pelo cabelo, que ele detestava que ficasse solto. Naquela hora, desejei que estivesse preso, para que ele tivesse menos o que segurar.

—Você quase escapou de mim uma vez, mas agora não — ele sorriu para mim, encantado. Depois, colocou a mão no bolso e tirou dois anéis de ouro. Eram alianças de casamento. — Se quer viver, coloque.

Eu não pertencia a ele. Nunca tinha pertencido. Mas nesse momento não tinha forças para lutar. E eu precisava viver o suficiente para voltar para Lennox, para apoiá-lo quando recebesse a coroa. Por isso, peguei o anel e o coloquei no dedo.

— Andamos falando de forma tão pública sobre casamento que não vai ser difícil convencer o resto do palácio que já havíamos casado em segredo. O que é meu é seu; o que é seu é meu — ele disse com um sorriso maligno.

— Isso não vai acabar como você pensa — avisei, sem querer mostrar que estava um pouco zonza.

— Sempre tão difícil — ele disse. — Difícil e distante. Isso vai mudar. Você e eu? Precisamos um do outro. Preciso de um herdeiro para firmar nossa linhagem. E você? Você precisa viver. — Havia algo maníaco em seus olhos, mas me obriguei a ficar calma. Eu ia conseguir sair dessa... Só precisava de tempo. — No entanto, seu irmão está entre mim e a coroa, por isso agora pretendo cuidar desse pequeno incômodo. E que álibi perfeito — ele disse, abrindo os braços.

Me senti um pouco melhor por aparentemente ele não saber que Escalus não estava no palácio. Ao menos o meu irmão seria poupado.

— Estou tentando pegar seu irmão desde que descemos do navio. Eu sabia que seu pai não ficaria muito tempo entre nós, mas Escalus? É mais jovem, mais determinado. Mas você *tinha* de manter sua criada ao lado dele, não é?

Nickolas se levantou, puxou meu cabelo mais uma vez e me deixou no chão.

— Aposto que ela fugiu para se esconder de todo esse caos, e um desses animais já deve ter matado seu irmão. Mas, só para garantir, vou sair para terminar o serviço. Comporte-se — ele ordenou. — A não ser que queira acabar como ele, vai aprender a me escutar.

Balancei a cabeça, escondendo os meus segredos e tentando adivinhar os dele.

— Kawan sabe que está trabalhando com uma cobra?

— Kawan? — ele perguntou.

Desviei o olhar, sem o menor interesse em participar do jogo dele.

— Você vai fracassar. Com ou sem ele.

— Não preciso de ninguém. Nem do líder deles, nem de você. Passei a vida toda me preparando sozinho para este momento. — Ele baixou os olhos para mim e me segurou pelo queixo. — E se você quiser continuar viva, a primeira lição é aprender a ficar de boca fechada.

Ele saiu do quarto e trancou a porta.

Senti pena dele por achar que seria tão fácil me manter ali. Fui até o armário e usei minha tesoura de costura para cortar o vestido e o espartilho. Dobrei uma toalha de rosto e a pressionei sobre a ferida, desejando ter algo melhor para tratá-la. Vesti de qualquer jeito outro espartilho, aproveitando a pressão para manter a toalha no lugar, entrei em outro vestido e rezei para que isso bastasse para me manter de pé. Eu era uma pilha de sangue e cansaço, mas tinha trabalho a fazer.

Fui até a porta e espiei pelo buraco da fechadura. Nickolas não teve sequer a inteligência de pedir para um guarda me vigiar. Eu já tinha aberto aquela porta sem a chave antes, tantas vezes que conseguia fazer isso em menos de um minuto. Corri até o outro lado do quarto e enfiei a mão embaixo da cama. Peguei a espada, pendurei na cintura e voltei para perto da porta, tirando um grampo do cabelo no caminho.

Tudo doía. Costelas, cabeça, coração. O dia tinha me deixado delirante, e minhas mãos não estavam firmes como eu gostaria. Costumava pensar em Rhett em momentos assim, nas suas mãos firmes sobre as minhas, me conduzindo, mostrando onde pressionar. Agora, imaginava Lennox. A primeira coisa que tinha visto esta manhã tinha sido seu cabelo bagunçado, seu sorriso divertido, sua testa franzida ao pensar.

É possível, ele me disse.

— É possível — disse a mim mesma.

Fechei os olhos, concentrei-me de novo para sentir as travas. E, em questão de segundos, todas cederam.

O corredor estava vazio, e eu precisava tomar uma decisão perigosa. Como eu poderia ajudar? Como salvaria a todos?

No fim, só enxerguei um jeito. Segurei o cabo da espada e corri.

Lennox

— Para onde ele a teria levado? — perguntei a Palmer enquanto corríamos.

— Meu primeiro palpite seria para o quarto dela. Mas eles podem estar em qualquer lugar.

— Ele é o informante? — Inigo perguntou. — Você sabe?

Fiquei impressionado com aquilo. Depois de tudo o que tinha acontecido, Inigo se juntou a mim na mesma hora. Ele me viu tirar a vida de Griffin e ainda me tratava bem. Tinha me ajudado a levar Blythe para um lugar seguro — o pulso dela ainda estava estável quando a deixamos — e depois me seguiu ao lado de Mamun. Eu não sabia qual era a motivação de Inigo agora: o reino, seu orgulho, a segurança de Blythe. Em todo caso, eu agradecia por tê-lo ao meu lado de novo.

— Não sei — respondi. — Eu o odeio e não confio nele, mas não posso provar nada.

Palmer me conduziu pelos corredores que ainda eram novos demais para mim. Reconheci algumas pinturas ao nos aproximarmos do quarto de Annika, e quando chegamos lá, encontramos a porta escancarada.

O querido Nickolas estava lá dentro. Ele tinha pegado o atiçador da lareira e golpeava todo e qualquer objeto quebrável dentro do quarto. Palmer inclinou a cabeça e observou aquela cena patética:

— Senhor, contenha-se. Estamos no meio de uma batalha — ele disse com calma.

Nickolas apontou o atiçador para nós, com um olhar louco. Parecia ser um homem completamente diferente.

— Quem a tirou do quarto? — questionou. — Eu a tranquei aqui para... mantê-la segura, e ela sumiu!

Cruzei os braços e respondi com um ar de desdém:

— Você se esqueceu que a rainha é capaz de abrir fechaduras sem a chave? Eu não me esqueci.

Ele me olhou confuso.

— A rainha?

Palmer e eu nos entreolhamos. Com uma palavra, eu tinha revelado que Escalus estava desaparecido.

— O príncipe também morreu? — ele perguntou com um sorriso nos lábios. Esse sorriso... era o mesmo que tinha visto no rosto de Kawan quando identificaram o corpo do meu pai. Essa expressão queria dizer que um obstáculo havia sido removido, que a tragédia de uma pessoa era a vitória de outra.

Eu tinha total intenção de arrancar aquela expressão da cara de Nickolas para sempre.

Palmer deu um passo à minha frente.

— Não há tempo para isso. Precisamos encontrar Annika.

Nickolas brandiu o atiçador mais uma vez.

— Você — ele disse, apontando para mim com o queixo. — Por que ela chamou você de rei? Que direito ao trono pode ter um guarda patético?

— Eu não seria arrogante a ponto de insultar um guarda agora — Palmer disse. — Somos três, e você é apenas um. Além disso, temos um camarada muito prestativo que parece bastante disposto a arrancar um dos seus braços — ele acrescentou, apontando para Inigo.

— Não me oponho à ideia — Inigo disse com calma, e eu precisei fazer muita força para não rir.

— Não estou a fim de joguinhos — Nickolas esbravejou. — Quem é você?

Dei um suspiro.

— Infelizmente, não estou a fim de joguinhos também — falei, já avançando com a espada apontada para ele. — O que Kawan lhe deu exatamente em troca da vida de Annika?

Nickolas recuou, com o atiçador ainda na mão.

— O quê?

— Seja lá o que ele tenha prometido, posso garantir que você nunca receberá.

— Eu não quero nada do seu líder, a não ser encontrá-lo morto ao fim desta noite. O rei se foi, o príncipe se foi, e agora — ele disse, levantando a mão esquerda —, por casamento, vou conseguir a coroa que desde sempre deveria ter sido minha. Assim, seja lá o que ela lhe prometeu... você também não receberá.

Olhei para o anel, atônito. Não era possível.

A não ser...

A não ser que Annika tenha recebido uma ameaça relacionada ao irmão... A quem eu queria enganar? Se ele tivesse ameaçado qualquer um, ela teria cedido. Ela se sacrificaria dez vezes se preciso.

Bom, então eu precisava libertá-la.

Estava prestes a brandir a espada, mas me detive quando Nickolas falou:

— Por que todos me perguntam sobre Kawan? — ele indagou.

— Primeiro Annika, depois você.

Inigo e eu nos entreolhamos. Depois, olhei para Palmer.

— Onde você estava quando todos ficaram presos na ilha? — Palmer perguntou.

Nickolas balançou a cabeça.

— Não devo respostas a você — ele disse antes de virar para mim. — E jamais me curvarei a você.

Ele levantou o atiçador de novo, mirando a minha cabeça. Mamun partiu para a ação, e Inigo fez o mesmo. Mas Nickolas se revelou um espadachim bastante competente. Ele desviou das duas lâminas, empunhando o atiçador com tanta força que conseguiu repelir os dois. Como se tivessem treinado juntos, Inigo e Mamun se dividiram e o cercaram pelos dois lados.

Ao querido Nickolas só restou virar a cabeça de um lado para o outro. Ele balançou a mão esquerda, e a luz refletiu no dourado do anel. Era só metal. Como uma espada ou um cadeado. Podia ser quebrado.

Avancei devagar. O que havia de pior em mim desejava matá-lo lentamente.

Mas então, como se estivessem na minha frente, dezenas de lembranças surgiram. Griffin, quase grato por partir. A mãe de Annika. Incontáveis recrutas sem um nome pelo qual ser lembrados.

E não consegui. Não consegui ferir Nickolas.

Baixei o braço.

Palmer notou o meu transe.

— Lennox? — ele chamou.

Ao ouvir isso, Nickolas virou para mim. Ainda era possível ver sua fúria.

— *Você* é Lennox? — ele quis saber.

A distração temporária foi o que Mamun precisava para enfiar a espada nas costas de Nickolas. A raiva foi sumindo de seu rosto à medida que ele caía de joelhos. Inigo tirou o atiçador de sua mão e ele ficou ali, moribundo e indefeso.

Eu me aproximei, levantei sua mão e arranquei o anel. Ele estava fraco demais para me impedir. Joguei a joia no fogo.

— Não sei o que você acha que conseguiu, mas não vai desfrutar de nada — eu disse. — Nem de Annika, nem da coroa. Nada. Você e Kawan são covardes demais para vencer no final.

Ele balançou a cabeça, e um sorriso maníaco brotou em sua boca enquanto o sangue escorria pelo canto.

— Não sei nada de Kawan. Mas não importa. Ela vai fracassar. É fraca demais. E, se eu não posso ter Kadier, ela também merece perder o reino.

— Annika? Fraca? — questionei. — É você quem está morrendo enquanto ela salva a vida do povo dela e do meu. Ela será celebrada. E você? Você será esquecido.

Seu sorriso foi desmanchando enquanto seus olhos viraram para trás. Ele tombou no chão de lado e, por mais que eu odiasse aquele homem, sua morte não me trouxe nenhuma satisfação.

Dessa vez, não tinha sido por minhas mãos. Tentei encontrar consolo nessa pequena verdade. Porém, foi difícil ver o olhar perdido de Mamun.

— Já tinha matado alguém em batalha? — perguntei.

Ele fez que sim, vagamente.

— Na ilha. Mas foi... um pouco diferente.

Coloquei a mão em seu ombro.

— Não leve isso com você. Essas perdas são culpa da guerra, não sua.

Ele levantou a cabeça para mim, e seus olhos estavam mais alertas do que tinham estado segundos antes.

—Você parece ser um homem muito bom. Dá para ver por que ela gosta de você.

Abri um sorriso.

— Então me ajude a encontrá-la.

Annika

Fui para o único lugar que importava: a biblioteca. Lennox estava com a chave, mas eu precisava daquele livro, e, de um jeito ou de outro, eu o pegaria. Quando tudo acabasse, se o exército invasor superasse os guardas do palácio, eles saberiam a verdade sobre Lennox. E, se fossem derrotados, eu precisaria de algo para justificar a minha decisão de transferir o reino para ele.

Eu me senti zonza. Coisas demais tinham acontecido em pouco tempo, e tive a certeza de que, apesar de todos os esforços, eu estava perdendo muito sangue. Ainda assim, segui em frente.

Rainhas não desmaiam.

Fui até a porta e a abri devagar. Os sentimentos de Rhett por mim eram mais profundos do que eu pensava. Talvez até mais do que ele pensava. Ele tinha aceitado a ideia de me ver casada com outro; mas não suportaria me ver *amar* outra pessoa.

Nenhuma cautela seria capaz de me ajudar. Abri a porta e Rhett estava lá, quase na mesma posição em que o tinha deixado quando a batalha começou.

— Você não fez nada? — questionei. — Invadiram o palácio!

— Aquele guarda. É Lennox, não é? — ele arriscou, sem se incomodar com a minha pergunta. — Depois do seu sequestro, você falou dele com certa timidez. Não exatamente com raiva, mas com preocupação. Mas logo, depois da ilha, isso mudou. Havia quase uma ponta de desejo na sua voz... — ele disse como que enojado. — Por que você nunca sentiu isso por mim?

— Rhett, eu não tenho tempo para isso. Estamos no meio de uma guerra — disse, apontando para o que estava atrás dele. — Se queremos que alguém sobreviva, eu preciso desses livros.

Ele soltou um suspiro e me olhou de alto a baixo.

—Você vai dar esses livros àquele porco, não? — Qualquer vestígio de autocontrole nele tinha evaporado, e seu grito ecoou pela biblioteca. — Annika, você... se você odiava Kadier tanto assim, eu lhe ofereci uma saída! Quis levar você embora! Eu te amo!

— Isso não é amor, Rhett! — gritei de volta. — Nunca foi. Você me queria porque não havia mais ninguém. E quase acreditei que era real, porque eu não conhecia nada mais. Mas veja o que você está fazendo agora! Arriscando a vida de tantas pessoas por causa disso. Como pode?

Ele cruzou os braços e pensou por um minuto. Isso parecia a transformação de Nickolas no meu quarto: o Rhett que eu tinha diante de mim era um estranho.

—Você tem razão. Foi você que partiu meu coração. Que traiu o país, a coroa. Por isso, a vida deles também é sua responsabilidade. — Ele foi até a mesa, pegou uma bolsa e a jogou por cima do ombro. Apesar das palavras ameaçadoras, sua postura era calma, e me senti aliviada de ver que ele tinha escolhido apenas ir embora.

Mas, antes de sair, ele pegou o lampião em sua mesa, com o fogo ainda aceso e cheio de óleo no reservatório, e o jogou do outro lado da biblioteca, acertando bem nas estantes que tinham nossos livros de história.

— Rhett! — gritei horrorizada, surpresa com a velocidade com que as chamas subiam pelas paredes.

— Mostre ao seu povo quem você é de verdade, Annika — ele disse, numa voz calma e firme. —Você vai salvar a nossa história... ou a dele?

Não hesitei nem por um momento. Passei por Rhett correndo e comecei a golpear com a espada as estantes com correntes. Ela estava afiada o bastante para cortar a madeira, mas o metal teria de vir comigo. Senti o ferimento por baixo da costela doer cada vez que me movia, mas persisti. Depois de um instante, o livro que eu queria e o do lado estavam livres, presos na mesma corrente. Agarrei ambos, embainhei a espada e lancei um olhar fulminante para Rhett.

Apertei os livros contra o peito e, com a corrente que os ligava tilintando, corri até a seção de história. Não podia pôr os livros de Lennox em nenhum lugar: Rhett podia pegá-los ou uma brasa, acertá-los. Por isso, segurei ambos em um braço e tentei levantar o assento do banco mais próximo para pegar a areia.

Os baldes eram pesados demais para que eu os levantasse com uma mão só. Por isso, comecei a juntar punhados de areia na mão e jogá-los sobre as chamas. Não era suficiente, e eu estava tão perto da fumaça que começou a ficar cada vez mais difícil respirar.

Eu ia perder a batalha.

Recuei, incapaz de conter as lágrimas. Todas as palavras. Todas as histórias. Tudo de bom e de mau que tinha nos formado estava sendo lentamente devorado pelo fogo. "Minha preciosa Kadier... Sinto muito."

— Por que ele? — Rhett quis saber, surgindo de repente ao meu lado.

— Me ajude! — supliquei, tossindo por causa da fumaça. — Você sempre protegeu essa biblioteca com a vida. Por favor, me ajude a salvá-la.

— Ele matou sua mãe! Ele é um *monstro*!

— Rhett, isso pode ser tudo o que nos restará ao amanhecer! Ajude-me a conservar!

Ele não fez nada além de gritar comigo.

— *Eu* estive ao seu lado o tempo todo!

Suspirei, sabendo que era inútil.

— E mesmo assim foi quem mais me decepcionou.

Eu me preparei para sair. Não podia perder tempo com Rhett agora. Precisava encontrar Lennox, ver se ainda conseguia salvar algo para ele.

Rhett agarrou meu pulso.

— Você vai mesmo atrás dele? Agora? Não vai tentar salvar os livros?

Seu olhar era o de um louco, e senti tanta raiva por ele lançar uma acusação dessas contra mim depois de ter começado o fogo e não fazer nada enquanto ele se espalhava, que deixei os livros caírem e mantive a corrente presa no braço. Joguei a mão para trás e o golpeei, mirando na cabeça. Os livros, como sempre, me serviram bem, e Rhett caiu no chão.

Parei na frente dele e tentei me recompor.

— Se Kadier ainda estiver aqui amanhã, é melhor você não estar. Vou mandar prendê-lo por traição.

Apertei os livros contra o peito dolorido e corri como se minha vida, a de Lennox e todas as que eu achava que tinha chances de salvar dependessem disso.

Segui pelo corredor até deparar com quatro guardas.

— Para a biblioteca! — ordenei. — Fogo! Apaguem o fogo!

Eles passaram por mim correndo, sem hesitar. E eu continuei, sem saber aonde deveria ir agora.

Lennox

— Poupem vidas! Façam prisioneiros! — Palmer gritava enquanto corríamos. Inigo e eu fazíamos o mesmo, mas não importava. Para onde eu olhava, via corpos. Estava com medo de encarar os danos quando amanhecesse.

Se chegássemos até lá.

Mamun sugeriu que fôssemos ao salão principal. Aparentemente, ali a luta continuava intensa. Assim, segui Palmer na esperança de encontrar Annika no final desses corredores infinitos.

Percebi que estávamos chegando perto quando vi manchas de sangue no chão. Foi estranho ver a trilha de pegadas vermelhas deixadas no corredor por um sapato com salto pequeno, e me perguntei se a mulher que as tinha deixado estava a salvo. Em seguida, nossos passos começaram a ecoar num salão espaçoso. Algumas velas ainda acesas iluminavam um cenário que parecia ser de destruição absoluta. Cadeiras viradas por toda parte e pilhas de cacos de vidro se amontoavam como folhas sob as janelas quebradas.

Annika também não estava ali, mas não estávamos sozinhos.

— Lennox! — ouvi o grito da minha mãe do outro lado do salão. Sua voz ecoava esperança. Ela começou a vir na minha direção, mas Kawan segurou seu pulso. Ele não parecia ter pressa para se mexer. Aparentemente, tinha encontrado um trono.

Meu trono.

—Você sempre precisa fazer as coisas do jeito mais difícil, não é?

Avancei na direção de Kawan a passos lentos, sentindo que ele, como eu, estava prestes a cruzar a linha de chegada.

— Você nunca espera. Nunca escuta. Nunca, *nunca* obedece — ele falou com raiva contida. Depois, soltou minha mãe e segurou na beirada arredondada do trono. — Mas quando você foi embora e não deu sinais de volta, pensei: "Se aquele menino tonto foi capaz de entrar no palácio sozinho sem ser notado, então vai ser mais fácil do que eu imaginava tomá-lo com meu exército". — Ele então levantou as mãos e logo as deixou cair de novo. — E eu tinha razão.

Depois de rir satisfeito enquanto o nosso povo morria ao redor, continuou:

— E o melhor é que você se arruinou sozinho! Você se tornou um traidor na linha de chegada. Quem vai te seguir agora? — ele perguntou.

Kawan estava se divertindo demais com tudo isso.

— Você sabia? — questionei. — No dia em que foi à nossa casa para falar com meu pai e o convenceu a se juntar à sua causa... você já sabia?

O silêncio dele era a única resposta de que eu precisava.

— Sempre achamos que meu pai tinha tido a ideia de atacar o rei sozinho. Foi você quem o enviou para aquela missão específica? Torcia para que fracassasse? Para que morresse? — Ele girou o pescoço um pouco, desconfortável com as perguntas. — Você achava que se me humilhasse o suficiente conseguiria me destruir? Que eu me tornaria seu escravo? Que nunca teria coragem de tomar o que é meu?

— O que significa isso? — minha mãe perguntou olhando para Kawan e para mim, à espera de uma resposta.

Antes que eu pudesse dizer qualquer coisa, senti uma mão puxar meu cabelo e uma lâmina no meu pescoço. O suspiro que soltei por ter sido surpreendido não foi nada comparado aos gritos da minha mãe. Palmer e Inigo se viraram rapidamente para mim, com as espadas prontas.

— Largue a espada — Mamun vociferou no meu ouvido. — Ou morra.

Soltei a espada a contragosto, e o metal tilintou ao cair no chão de mármore. A lâmina suja de Mamun permaneceu contra minha pele. Eu só conseguia pensar que, depois de ter sobrevivido a tantas coisas, morrer assim não faria nenhum sentido.

— Acabo com ele agora? — Mamun perguntou.

— Ainda não. Talvez eu ainda precise dele — Kawan respondeu.

Fiquei quase impressionado ao descobrir que ele tinha escolhido um reles guarda para ser seu infiltrado. Isso tinha sido inteligente. Um guarda jamais disputaria o poder com ele, nunca ficaria contra ele. Um guarda pegaria o que pudesse e fugiria em busca de uma vida mais fácil.

Isso também explicava por que Mamun tinha matado Nickolas tão rápido. Ele esteve perigosamente perto de nos fazer acreditar que era inocente.

— Como falei para Nickolas, você nunca vai receber o que quer que ele tenha prometido — falei baixinho para Mamun, que não me respondeu.

— E os outros? — Kawan perguntou.

— O rei morreu esta tarde — Mamun informou. — O príncipe estava gravemente ferido, mas ontem ele despertou. Felizmente, fugiu do palácio em nome do amor.

— Eu confiei em você — Palmer falou com uma voz doída. — Como pôde fazer isso com eles?

— Você estava lá! Viu o rei empurrar a princesa em cima da mesa de vidro — Mamun esbravejou. — Testemunhou aquele homem machucar a própria filha. Viu como o príncipe tinha se tornado egoísta. Viu o rei tomar decisões absurdas. Para que precisamos de outra geração da realeza? — Eu conseguia sentir Mamun sacudir a cabeça, e cada palavra saía mais desesperada que a anterior. — Não vou mais servir a eles! Nem a eles, nem aos cortesãos arrogantes que me entregam copos vazios como se eu fosse mordomo deles. Ninguém! Quero viver num país livre!

— Você acha que um homem capaz de arriscar *o próprio povo* numa missão destinada ao fracasso vai lhe dar liberdade? — Palmer gritou, apontando para Kawan.

— Nosso rei não era pior do que isso? — Mamun perguntou, o que fez Palmer se calar. — Não. Tudo será renovado depois que ela desaparecer — ele insistiu, e senti pelo tom de voz que ele falava com

Kawan, em vez de Palmer. — A esta altura, a princesa pode estar viva ou morta; não dá para saber. Se durou até agora, é bem possível que fique feliz em se juntar a ele — acrescentou, referindo-se a mim — quando encontrar o cadáver.

— Você não sabe se ela está viva? — Kawan questionou de modo seco. — Como posso confiar em você se perdeu de vista a única pessoa que precisa estar morta?

— Ah, eu estou bem viva!

Mesmo com Mamun ainda segurando meu cabelo, virei o pescoço o máximo que consegui; só precisava de um vislumbre da minha Annika. Ela entrou no salão ainda descalça e arrastando a espada no chão. Na outra mão, trazia dois livros presos por uma corrente. Ela tinha enroscado a corrente no pulso, o que devia doer, mas ela parecia não notar. No tecido, sobre o corte, havia uma grande mancha de sangue. Além disso, ela estava coberta de outra coisa — talvez terra ou cinzas — e parecia ter passado por maus momentos.

— Nos encontramos de novo — Annika saudou Kawan. — Devo dizer que, para alguém tão determinado a tomar uma coroa, você se comporta como um cão.

— Não sei se é o momento de atirar insultos contra mim. Tenho seu reino nas mãos. Quer que eu ordene a morte de cada um dos seus súditos? Tudo porque a princesa patética deles foi incapaz de segurar a língua? Não lhe ensinaram qual é o seu lugar?

Ela suspirou e lançou um olhar para mim. Pareceu não se incomodar com o fato de eu ter uma espada contra minha garganta nem com o inimigo sentado no trono de seu pai. Ela simplesmente levantou a espada na direção de Kawan e falou, com uma voz carregada de uma irritação cansada:

— Outro que pensa que pode me dar ordens. — Ela tinha razão. Só cometi esse erro uma vez. — Saia do trono do rei — ela ordenou.

Kawan inclinou a cabeça, admirado.

— Seu pai está morto, menina.

Ela o imitou: jogou a cabeça de lado e abriu um sorriso.

— Mas o rei está vivo. Você e eu sabemos disso.

O sorriso de Kawan despareceu na mesma hora.

— Mate-o! — gritou.

— Para o chão! — Annika berrou.

Eu me abaixei, mas não rápido o bastante. Ela cortou um pouco do meu cabelo ao abrir a lateral do pescoço de Mamun com a espada.

Ele recuou, pressionando a garganta para tentar parar o sangramento.

Como eu já estava no chão, peguei minha espada e parti para cima de Kawan. Ele aproveitou para tirar a última carta da manga durante os segundos que levei para atravessar o salão.

Kawan sacou uma adaga, que de início pensei que usaria contra mim. Em vez disso, ele se virou e cravou a lâmina fundo na barriga da minha mãe.

— Não! — Annika gritou, não muito atrás de mim.

Minha mãe tombou no chão, mas continuei encarando Kawan, que começou a desembainhar a espada. Minha vista ficou vermelha e saltei, pronto para acabar com ele de uma vez por todas. No entanto, Inigo surgiu antes que pudesse alcançá-lo.

Inigo sempre foi um pouco mais rápido do que eu. Mais forte, mais inteligente, mais equilibrado. Dei sorte uma vez, e ele precisou se render a mim.

Ele empurrou Kawan para trás, jogando-o contra o trono, e conseguiu ao mesmo tempo bloquear a fuga dele e me manter afastado.

— Você é mesmo rei? — Inigo me perguntou.

Annika, agora abaixada ao lado de minha mãe, respondeu por mim.

— Sim, sim. Ele é.

— Então mostre que você é justo. Leve-o a julgamento. *Você* veio aqui em paz; *ele* fez guerra. Vamos ser melhores do que isso.

Mais uma vez Inigo provava ser superior a mim em todos os aspectos.

— Tenho certeza de que o soldado Palmer vai ficar feliz em

levá-lo ao calabouço assim que puder — Annika comentou em voz suave enquanto tirava o cabelo do rosto de minha mãe.

Dei um passo para trás.

— Amarrem-no — ordenei.

Inigo inclinou a cabeça e jogou Kawan no chão.

—Vai ser preciso mais do que isso — Kawan murmurou.

— Duvido — respondi.

— Rainha-mãe — Annika disse baixinho. Minha mãe fitou os olhos de Annika. O sangue começava a escorrer pelo canto de sua boca, e eu sabia que isso não era bom sinal. Afastei-me de Kawan e me ajoelhei ao lado de Annika. — Tem algum pedido, senhora? Quer que eu faça alguma coisa?

Ela abriu um pequeno sorriso.

— Meu Lennox é mesmo rei?

Annika ergueu o braço acorrentado.

— É. Tenho todas as provas aqui. E vou usar o pouco de autoridade que tenho para garantir o lugar dele. Não precisa se preocupar com nada, minha senhora.

Minha mãe assentiu, fraca, e virou para mim.

—Você escolheu bem. Melhor que seu pai.

Meus olhos marejaram.

— Não diga essas coisas.

Ela estendeu a mão para mim devagar, com o braço trêmulo.

— Eu estava desesperada demais para ser corajosa. Sinto muito.

— Já perdoei a senhora faz tempo. E espero que possa fazer o mesmo comigo.

Ela sorriu.

— Então tenho um pedido.

Inclinei a cabeça para ela, demonstrando o respeito que havia muito devia ter lhe concedido.

— Qualquer coisa.

—Viva. Viva uma vida transbordante de alegria.

Meus lábios começaram a tremer. Eu não queria desmontar na frente dela; não queria que isso fosse a última coisa que ela veria.

— Sim, senhora.

Ela deu um suspiro trêmulo e ficou imóvel. E assim, no mesmo dia que Annika perdeu o pai, eu perdi minha mãe.

Eu não conseguia encontrar palavras para expressar tudo que sentia. O desespero, a esperança, a incerteza. Hoje eu tinha recebido um trono, mas sentia um buraco crescendo dentro de mim, me dando a sensação de vazio.

No fim, não importava se eu tinha ou não palavras. Chegando enfim ao seu limite, Annika desmaiou e caiu nos meus braços.

Annika

Assim que a luz entrou no quarto pela janela, me forçando a acordar, senti nitidamente meu torso arder. Tentei esticar um pouco o corpo, e a dor queimou ainda mais.

Eu me encolhi e levei a mão ao local que doía.

— Não, não! Está sarando. Não toque! — Arregalei os olhos, sem acreditar que Escalus estava aqui. Mas ele estava, sentado ao lado da minha cama. — Pode acreditar quando digo que se recuperar de uma ferida dessas não é nada divertido. Você precisa ter calma.

Nem tentei segurar as lágrimas.

Ele olhou para o chão e balançou a cabeça.

— Eu sei. Sei que você tem todo o direito de me odiar pelo que fiz. Eu nunca deveria ter…

— Eu só preciso que você me responda uma pergunta — interrompi. Ele levantou a cabeça e me encarou com olhos culpados antes de dizer que sim. — Eu enfim tenho uma irmã?

Com os lábios trêmulos, ele confirmou com a cabeça. Em seguida, olhou para o lado e Noemi, que estava perto da janela, se aproximou. Usava um vestido amarelo, com a frente toda ondulada e laços nas mangas. Parecia uma roupa que ela mesma havia feito, e eu me perguntei se ela teria trabalhado nela em segredo ao longo dos anos na esperança de, um dia, poder usá-lo.

Estendi a mão para ela.

— Em primeiro lugar, não viajamos para muito longe. Nós nos casamos numa igrejinha a poucos quilômetros daqui e nos hospedamos numa estalagem no fim da tarde. No meio da noite, porém, o lorde Lehmann entrou gritando a todos que se armassem. Disse que um exército tinha tomado o castelo de uma hora para outra, que a família real inteira tinha desaparecido e que era provável que os invasores ocupassem nossas terras. Ele estava tão alterado que nem me reconheceu. Então voltei ao quarto para encontrar Noemi e contei o que tinha ouvido. Aparentemente, ninguém sabia da morte do nosso pai nem da minha fuga. O que me assustou foi também não fazerem ideia de onde você estava. Eu não sabia se você tinha morrido na batalha e, se isso tivesse acontecido, eu precisaria defender o trono, independente dos meus planos — ele disse, solene. — Noemi, porém, só queria te encontrar.

Ele abriu um sorriso para ela antes de continuar.

— Quando chegamos ao palácio, encontramos os portões arrombados e os muros em ruínas. Havia um número chocante de corpos, e parecia que uma ala inteira do palácio estava em chamas — ele balançou a cabeça. — Não consegui acreditar que tudo isso tinha acontecido em questão de horas.

Engoli em seco. Ele nem sabia metade da história.

— O que mais? — perguntei. — Alguém te parou?

Ele balançou a cabeça.

— Não. Entramos com cuidado, mas parecia que o conflito já tinha acabado quando chegamos. Minha única preocupação naquela hora era te encontrar. Mas um jovem que estava com o exército dahrainiano me encontrou primeiro. Puxei a espada... Annika, quando te falo que mal tinha forças para levantá-la... — Ele balançou a cabeça de novo. — Em todo caso, ele perguntou meu nome e eu falei. Ele disse que eu estava seguro e que devia segui-lo. Tive dúvidas, mas ele me levou para um salão que ainda não estava completamente destruído. Soldado Palmer... Você o conhece, não?

Abri um sorriso cansado e confirmei.

— O soldado Palmer estava sentado no chão com dois livros abertos diante de si. Ao seu lado estava aquele soldado Au Sucrit — ele disse isso me encarando, pois àquela altura já sabia tudo sobre a identidade de Lennox —, que estudava cada página como se tivesse descoberto um tesouro escondido.

Eu me sentei na cama, e meu corpo me odiou por isso.

— Lennox! Onde ele está?

Escalus me encarou atônito.

— Então é verdade?

Engoli em seco.

— Qual parte?

— Ele me contou muitas coisas em que mal consegui acreditar, coisas da nossa história, da linhagem dele. Mas a mais chocante foi sua insistência inabalável de que te amava mais do que qualquer coisa no mundo.

Precisei piscar os olhos para conter as lágrimas.

— Ele disse isso?

Noemi tentava controlar um sorriso jocoso.

— Falou palavras mais lindas do que qualquer livro que você já leu. Se eu já não estivesse muito bem-casada...

Escalus levantou os olhos para ela, fingindo sentir raiva.

— Tarde demais. Você é minha agora.

Ela riu baixinho, aparentando uma alegria absurda.

— Então você sabe? Sabe que o nosso reino é dele?

Meu irmão soltou um suspiro pesado.

— Se eu não tivesse visto os livros, não teria acreditado. De minha parte — ele baixou a cabeça para pensar bem nas próximas palavras —, estava feliz por ter abdicado em seu favor. Não preciso do cargo nem do prestígio. E posso aceitar isso para corrigir um erro terrível. A única coisa que me faz hesitar é não saber nada sobre esse Lennox além de que ele foi responsável pela morte da nossa mãe. Não quero ver a coroa que te cai tão bem ser tirada de você. Parte meu coração te ver ser expulsa do trono, do palácio e provavelmente do país, por causa do seu sangue. *Nosso* sangue.

Fiz que sim.

— Já pensei em tudo isso. Sei que você não conhece Lennox, mas espero que acredite em mim quando digo que eu conheço. Ele não vai negar que fez parte do assassinato da nossa mãe, mas ele se arrepende de um jeito que o deixa aterrorizado. Você sabe quantas vezes ele poupou minha vida? — perguntei com uma risada fraca.

— Além disso, sabe quantas vezes ele *salvou* minha vida de forma intencional? Você não tem nada a temer. Eu... fico triste de ver a coroa ir embora. Escalus, assim que soube que ela seria minha, me apaixonei. Não exatamente pelo poder, mas pela responsabilidade. Pensei em todo o trabalho que vinha fazendo, em como ele era cansativo, mas compensador. Pensei no bem que poderia fazer. No entanto, se a única coisa boa que posso fazer com a coroa é colocá-la na cabeça de quem tem direito a ela... é isso que vou fazer.

— Precisa ser sempre tão poética?

A voz de Lennox mais uma vez percorreu todo meu corpo com o som avassalador de mil batidas do coração. Ele tinha tomado banho, e alguém tinha dado a ele roupas novas. Parecia um cavalheiro de verdade, a não ser pelo fato de estar com o cabelo solto... o que me agradava, para ser honesta.

— Só acontece quando falo de você — confessei.

— Argh! É a minha deixa para sair — Escalus disse, pegando uma bengala que até então eu não tinha notado e dando o braço para Noemi.

Ela riu.

— Você tem noção de que fala da mesma maneira sobre mim, certo? Só que pior.

— Claro que falo — ele respondeu. — E pretendo fazer isso ainda mais vezes, só que ouvir é completamente diferente. Por isso, me ajude a chegar ao nosso quarto. — Escalus parou ao lado de Lennox para acrescentar: — Seja lá o que for dizer, seja delicado. Ela só está acordada faz alguns minutos.

Lennox aquiesceu e observei com alegria Escalus e Noemi saírem de braços dados. Porém, só então eu me dei conta de que não estava no meu quarto. Olhei em volta e não fazia ideia de onde estava.

— Desculpe — Lennox disse. — Não sei o que Escalus contou a você, mas a maior parte do palácio está em ruínas. Trouxemos você para um dos poucos quartos intactos. Você está na ala leste, no terceiro andar, se isso ajuda em alguma coisa.

Pensei um pouco, percorrendo mentalmente o caminho até aqui.

— Sim. Ajuda bastante.

Percebi que Lennox estava segurando os dois livros que eu tinha salvado do incêndio. Estiquei a cabeça na direção deles.

— Ignore meu irmão e me conte tudo. Não importa o que você tenha para dizer, eu aguento.

Ele arqueou a sobrancelha.

— Tem certeza?

Não, pensei. *Não estou preparada para quando você disser que vamos nos separar para sempre.* Mas estava determinada a ser rainha até o fim.

— Absoluta.

Lennox

Percebi que ela estava se preparando. Caso eu partisse seu coração, ela nunca admitiria; em vez disso, receberia tudo com um sorriso gracioso.

Ela era muito parecida com a mãe.

— Você já sabe das coisas mais importantes: seu irmão e a esposa estão vivos, assim como você e eu. O que considero simplesmente um milagre.

— Também considero — ela disse.

— Minha mãe morreu nos seus braços, e não sei se alguém já te contou, mas Nickolas foi morto por Mamun ontem à noite.

Ela se sentou um pouco mais ereta.

— O quê?

Confirmei com a cabeça e continuei.

— Agora entendo que Mamun estava tentando apagar seus rastros. Ele não sabia por quanto tempo precisaria manter o acordo com Kawan em segredo. Por isso, tirou Nickolas do caminho quando ele começou a falar. Nickolas era um covarde, mas parece que no fim era inocente.

Annika balançou a cabeça.

— Não era. — Ela engoliu em seco e fitou os detalhes do cobertor da cama. — Ele me trancou no quarto e saiu para matar meu irmão. Ele não sabia que Escalus tinha ido embora. Abri a fechadura com um grampo e fugi.

— Não esperava menos de você — eu disse, inclinando a cabeça, orgulhoso e agradecido. — Bravo. Kawan está preso, assim como Mamun, e os dois vão ser julgados de acordo com a lei. Meu amigo Inigo está bem, e descobri que Blythe sobreviveu — completei com um sorriso malicioso. — Inigo está todo animado cuidando dela. Palmer ajudou a montar uma área para tratar dos feridos, e os guardas estão retirando os corpos de quem morreu.

Ela fez que sim com a cabeça:

— Vai parar por aí? Preciso saber o que vai acontecer, e não o que já aconteceu.

— Verdade. — Engoli em seco, talvez sentindo o maior medo da minha vida. — Então só preciso lhe fazer uma pergunta.

Ela se endireitou de novo, arrumando os cobertores e se sentando na cama da melhor maneira possível:

— E qual é?

— Simplesmente esta: Annika Vedette, você me concede a extraordinária honra de se casar comigo?

Ela me encarou e notei as lágrimas brotarem em seus olhos.

—Você não faz ideia de como quero dizer sim... mas se o meu povo precisar ir embora, você sabe...

Balancei a cabeça, me aproximei e coloquei os livros sobre a cama.

— Passei todo esse tempo debruçado sobre estes livros, lendo nomes que me pareciam familiares e encontrando relatos que juro que já ouvi antes. Mas — segui, levantando o segundo livro — o que você encontrou aqui é tão interessante quanto.

Abri o livro numa página que trazia um mapa antigo. Ali, finalmente, estava um relato sobre os sete clãs. A obra chegava até mesmo a trazer mapas detalhados do território de cada um deles, além de apresentar as principais famílias, destacando sobretudo as que tinham mais terras.

—Veja — ela disse com um suspiro alegre. — Aqui estão vocês. Éramos vizinhos.

Ela passou o dedo delicado pela fronteira entre seus ancestrais e os meus.

— Sim, éramos. Viu como seu território era grande? Não é de surpreender que o seu povo tenha se sentido traído ao ser preterido pelo meu. Mas sabe o que mais eu descobri?

Ela fez que não com a cabeça.

— Este livro mostra como os seus antepassados organizaram os clãs para lutar contra diversos invasores. Vi seus planos militares, seu sacrifício, seu trabalho. Annika, talvez tenham tirado algo do meu povo, mas nada disso estaria aqui se seus antepassados não tivessem lutado com tanta valentia. Isso merece ser lembrado. E eu sou grato a eles por isso.

— Fico feliz. Feliz por termos salvado esta terra. E de passá-la integralmente a você.

—Tem certeza disso, Annika? Quer mesmo me dar o seu reino?

— Não — ela sussurrou. Em seguida, baixou a cabeça e tocou com carinho o anel em seu polegar antes de tirá-lo e colocá-lo na palma da minha mão. — Quero lhe dar o *seu* reino.

Vi as manchas que suas lágrimas deixaram ao cair no cobertor. Dei-lhe um momento. Ela precisava conseguir me ouvir.

—Você deve se lembrar de que o meu povo não é composto só de dahrainianos — falei com carinho. —Vieram pessoas de diversos países, e nós as acolhemos. Não tenho a intenção de proibi-las de entrar em Dahrain... nem de proibir o seu povo.

Ela finalmente me olhou.

— E não parei de pensar na sua mãe. Até o último suspiro, Annika, ela só quis a paz. Ela não ficaria feliz de ver você abraçar o meu povo como se fosse seu?

Ela fechou os olhos e fez que sim, e eu me ajoelhei ao seu lado.

— De acordo com este livro, você tem razão: eu sou o rei. A coroa deveria ter sido transmitida pela minha linhagem, mas o reino não existiria se não fosse a sua família. Assim, pelo menos uma vez, não vamos deixar que outros decidam por nós. Acho que você e eu, Annika, podemos ter algo. Podemos construir algo — falei, respirando fundo antes de concluir: — Por isso, fique comigo. Case-se comigo. Do contrário, esta vitória será vazia. Do contrário, *eu* serei vazio.

Ela desviou o rosto e, por um instante, temi tê-la perdido.

— Annika?

Ela estava com a mão sobre a boca quando me encarou, mas as rugas ao redor dos seus olhos me diziam que estava sorrindo.

— Desculpe — ela disse, finalmente tirando a mão da frente da boca para secar as lágrimas. Ela colocou a mão sobre as páginas que marcavam nossa história conjunta, tanto o que havia de bom como o que havia de mal. — É só que, durante todo esse tempo, eu ia em busca dos contos de fada para encontrar o meu felizes para sempre. Parece que eu estava buscando nos livros errados.

Tomei sua mão e ela fez o mesmo com a minha, e senti como se o mundo tivesse se encaixado.

— Lennox Au Sucrit — ela começou.

Não me dei conta de tudo o que meu nome significava até ela pronunciá-lo.

— A única coisa que quero no mundo é ser sua.

E foi assim que, em menos de um dia, passei a ter tudo.

Nós passamos a ter tudo.

Ouvimos alguém bater na porta, e Palmer entrou.

Ele olhou para Annika e, ao notar as lágrimas em seus olhos, perguntou:

— A senhorita está bem, majestade?

Ela sorriu.

— Ah, estou perfeitamente bem. E você, majestade? — ela perguntou olhando para mim.

Fiquei perdido por um instante, incapaz de acreditar que o sonho de toda minha vida tinha caído em meu colo. Cheguei mais perto ainda dela, dei o mais doce dos beijos e me banhei no brilho do seu sorriso.

— Nunca estive melhor.

Epílogo

Annika Au Sucrit observava admirada o bebê em seus braços bocejar. Era um movimento minúsculo, mas para ela não menos extraordinário do que o nascer do sol ou uma sinfonia. Lennox ficou igualmente impressionado quando a criança segurou seu dedo, o mesmo em que trazia a aliança de casamento. Ele não admitiria em voz alta que estava amedrontado na mesma medida, mas sua esposa já tinha adivinhado.

Lennox olhou para Annika, dizendo a si mesmo para não ficar surpreso por ela ser ótima em mais uma coisa. Havia algo que ela não era capaz de fazer? E essa nova pessoa — que parecia ter os olhos dele e o nariz dela —, quem poderia prever do que seria capaz?

Os dois pararam um segundo para desfrutar da doçura de formar uma família de três pessoas. Teriam mais tempo depois, quando a enxurrada de visitas cessasse, mas por ora roubavam uns poucos minutos para si.

Lennox insistia que ensinassem aos filhos as brincadeiras dela, como caçar e juntar o máximo de pedras pintadas espalhadas pelo palácio. Annika insistia em ensinar as danças dele, a enlaçar as mãos e girar até ficar zonzos. Ambos insistiam em não dar a eles os nomes de seus pais, mas sim batizá-los com nomes novos. E em amar as pessoas por eles geradas a ponto de irritá-las.

E os dois juraram, de modo absolutamente solene, que lhes contariam tudo. Falariam dos erros cometidos por ambos os lados e dos perdões que um concedeu ao outro. Reconheceriam o passado, cientes de que não podiam ignorar a própria história, assim como não podiam se desculpar por ela o tempo todo. E acreditariam que, se uma mentira tinha sido capaz de apagar algo em poucas gerações, a verdade poderia restaurar tudo em mais algumas gerações.

O irmão de Annika — agora duque — e sua esposa foram os primeiros a fazer uma visita. A rainha e sua querida amiga e irmã ficaram com os olhos marejados ao contemplar o rosto sereno do príncipe. Escalus, que temia todo aquele processo, ficou tão feliz de ver a irmã saudável e viva que por vários minutos nem notou o bebê. Quando Inigo e Blythe entraram, Annika passou o filho para os braços de Blythe, observando com alegria mais um laço se formar na crescente amizade entre as duas. Lennox precisou se esforçar muito para não chorar quando Inigo o abraçou, orgulhoso do melhor amigo de um modo que não conseguia expressar. E Palmer se negou a entrar no quarto, mas ficou de guarda na porta, tenso toda vez que ouvia o menor choro.

Veio mais gente ainda. Casais nobres, embaixadores e uma fila de pessoas comuns que traziam presentes em nome de suas cidades. E, embora nem todos estivessem muito animados com as mudanças ocorridas no último ano, não havia como negar que o jovem casal real fazia o melhor que podia para consertar o que havia sido quebrado, para remendar algo com pedaços do passado. Assim, as pessoas, algumas com o coração alegre e outras com o coração pesado, abandonaram os nomes de Kadier e Dahrain em favor de Avel.

Só muito mais tarde Lennox teve tempo para recuperar o fôlego e tomar o filho nos braços enquanto a esposa dormia em seu ombro. Eles compartilhavam tudo — o reino, a coroa, o nome —, e agora criariam um futuro juntos. Cada vez que algo bom caía no colo dele, ele ficava tenso, esperando que lhe tirassem aquilo. Mas isso nunca aconteceu. Um desafio novo surgia a cada passo, mas todos eram superáveis. Todos eram compartilhados.

Assim, com tudo o que tinha de valioso nos braços, ele prometeu a si mesmo que seria otimista como Annika. Ele seguraria a mão dela e caminharia confiante rumo ao amanhã seguinte.

Agradecimentos

Obrigada, querido leitor. Talvez este tenha sido o primeiro livro meu que você escolheu, ou talvez você venha me acompanhando durante os últimos dez anos. De qualquer maneira, obrigada por passar seu tempo com pessoas que criei e em mundos que inventei. O primeiro motivo por que escrevo são os personagens que não ficam quietos, mas o segundo motivo é você :) Obrigada por tudo. Um grande obrigada para minha agente, Elana Parker, por acreditar em minhas histórias, por sua honestidade sensível e equilibrada e por sua amizade e seu carinho ao longo dos anos. Agradeço também ao restante da equipe da Laura Dail Literary Agency, especialmente Katie Gisondi, que trabalha tanto para fazer com que minhas histórias cheguem às mãos dos leitores do mundo inteiro. Me sinto muito sortuda por ter uma equipe tão maravilhosa representando meus livros. Obrigada por fazê-los voar.

Obrigada a Erica Sussman, da HarperTeen, por atender minhas ligações em horários aleatórios, trabalhar incansavelmente para fazer minhas histórias brilharem e ser uma amiga incrível. Obrigada também a Elizabeth Lynch por suas adoráveis ideias e sua dedicação. Obrigada a Erin Fitzsimmons e Alison Donalty pelo belo trabalho com o design, e também a Elena Vizerskya pela capa incrível. Obrigada a Jon Howard e Erica Ferguson pela excelente atenção aos detalhes e por dar os toques finais ao manuscrito. Obrigada a Sabrina Abballe, Shannon Cox e Aubrey Churchward por todo o trabalho nos bastidores. Eu enxergo todos vocês! Muitas pessoas passaram pela HarperTeen ao longo dos anos, mas nunca deixei de ter uma excelente equipe trabalhando em meus livros. Sou muito grata à dedicação de vocês e por tornarem meu trabalho tão divertido.

Um gigantesco — tipo, incrivelmente enorme — obrigada a Callaway por ser um marido e líder espetacular. Eu te amo muito. Obrigada por me encorajar e pela paciência e pelas coisas que não posso escrever porque senão vou chorar e estou em um lugar público neste instante, então... Obrigada ao meu Guyden pelas piadas sem fim e pelos maiores abraços, e obrigada à minha Zuzu pelas frases incríveis e pela energia brilhante. Obrigada a Theresa por toda a ajuda e por ser uma ótima amiga. Desculpa por você ter tido que esperar, tipo, um milhão de anos para ter seu nome citado aqui. Sou mais fofa do que inteligente.

Obrigada a Mimoo e Grumpa por serem meus maiores fãs e por me aturarem, especialmente entre 1996 e 2001. Obrigada a Mimi e Papa Cass pelo apoio infinito e por me amarem como se eu fosse filha de vocês.

Obrigada à minha família da igreja Grace Community Church pelo fiel aconselhamento e pelos aprendizados. Um grande obrigada às mulheres em meu pequeno grupo — Darlene, Summer, Cheryl, Recebecca, Patti, Bridget, Marrianne, Natalie e todo mundo que eu possa estar esquecendo neste momento — pelo encorajamento e pelo amor constantes.

E, finalmente, gostaria de agradecer a Deus. Se você, leitora, leitor, não sabe, eu comecei a escrever enquanto passava por uma fase especialmente difícil da minha vida. A escrita pareceu um colete salva-vidas que foi atirado a mim enquanto eu me afogava. Eu com certeza não poderia ter previsto que estaria sentada aqui com dez livros escritos, mas eu deveria ter esperado que um Deus grandioso e amoroso levasse embora o pior da minha vida e a redimisse. Pai, eu não mereço a sua bondade, e vou passar toda a minha vida aquém dela. Obrigada por sua graça.

ESTA OBRA FOI COMPOSTA PELA VERBA EDITORIAL EM BEMBO
E IMPRESSA PELA GRÁFICA BARTIRA EM OFSETE SOBRE PAPEL PÓLEN SOFT
DA SUZANO S.A. PARA A EDITORA SCHWARCZ EM DEZEMBRO DE 2022

A marca FSC® é a garantia de que a madeira utilizada na fabricação do papel deste livro provém de florestas que foram gerenciadas de maneira ambientalmente correta, socialmente justa e economicamente viável, além de outras fontes de origem controlada.